Flores
feitas de
Espinhos

GINA CHEN

FLORES
FEITAS DE
ESPINHOS

Tradução de Jana Bianchi

Rocco

Título original
VIOLET MADE OF THORNS

Copyright do texto © 2022 by Gina Chen
Copyright arte de capa © 2022 by Sasha Vinogradova

Todos os direitos reservados, incluindo o de reprodução, no todo ou em parte, sob qualquer forma.

Direitos para a língua portuguesa reservados
com exclusividade para o Brasil à
EDITORA ROCCO LTDA.
Rua Evaristo da Veiga, 65 – 11º andar
Passeio Corporate – Torre 1
20031-040 – Rio de Janeiro – RJ
Tel.: (21) 3525-2000 – Fax: (21) 3525-2001
rocco@rocco.com.br
www.rocco.com.br

Printed in Brazil/Impresso no Brasil

Preparação de originais
BEATRIZ D'OLIVEIRA

Este livro é uma obra de ficção. Nomes, personagens, lugares e incidentes são produtos da imaginação da autora, e foram usados de forma fictícia. Qualquer semelhança com pessoas reais, vivas ou não, acontecimentos ou localidades é mera coincidência.

CIP-Brasil. Catalogação na publicação.
Sindicato Nacional dos Editores de Livros, RJ.

C447f

Chen, Gina
    Flores feitas de espinhos / Gina Chen ; tradução Jana Bianchi. – 1. ed. – Rio de Janeiro : Rocco, 2022.

    Tradução de: Violet made of thorns
    ISBN 978-65-5532-297-2
    ISBN 978-65-5595-152-3 (e-book)

    1. Ficção americana. I. Bianchi, Jana. II. Título.

22-79361
    CDD: 813
    CDU: 82-3(73)

Gabriela Faray Ferreira Lopes – Bibliotecária – CRB-7/6643

O texto deste livro obedece às normas do
Acordo Ortográfico da Língua Portuguesa.

Para os leitores que acreditaram em mim antes mesmo que eu

Capital Solar

Distrito Universitário

Distrito Lunar

Distrito Artístico

Distrito Ribeirinho
Distrito Palaciano
Distrito Botânico
Distrito Mercantil

1

HOJE, O PRÍNCIPE CYRUS VOLTA À CAPITAL COM uma noiva. Ou ele vai ver só.

Da Torre da Vidente, o ponto mais alto da Capital Solar, posso ver uma procissão de estandartes roxos flutuando por entre os campos ao redor da cidade — a caravana real, subindo o aclive íngreme que leva aos portões a sul. Multidões contidas por cordões de isolamento lotam as ruas, esperando para receber o príncipe de volta ao lar. Seis meses se passaram desde que Cyrus partiu em uma jornada pelo continente, desde que foi "buscar na terra e em seu generoso povo toda a sabedoria" que não poderia encontrar no palácio.

Ou algo assim. Parei de ouvir o discurso de despedida dele na metade.

O principal objetivo da excursão era que ele encontrasse uma noiva — a solução para sua maldição. Cyrus não mencionou isso no discurso. Eu sei da questão porque o pai dele, o rei Emilius, o censurou posteriormente pela omissão; precisei mencionar isso no *meu* discurso, dias depois, quando anunciei que tinha sonhado com uma nova profecia.

A melhor parte de ser uma Vidente não é a torre ou os mimos ou o contato com o rei. É a facilidade com que todo mundo acredita no que digo.

— A capital estava menos amimada sem Sua Alteza. Sinto falta das garotas correndo feito loucas, tentando salvar o príncipe — diz a mulher de rosto rosado sentada na minha mesa de adivinhação. — Suponho que isso vá mudar de vez agora. Ele já escolheu nossa nova rainha a essa altura, não é? Se Cyrus me deu ouvidos, então sim.

— É o que eu espero — murmuro, desviando o olhar da janela.

— O que disse?

— Eu disse *escolheu com esmero*.

Abro um sorriso enigmático para a única cliente do dia. Com o retorno da caravana, não acho que vou receber outras visitas na torre hoje. Esta mulher é do tipo prática demais para se meter na multidão só para vislumbrar o rosto de um membro da realeza: ela usa um chapéu com aba e tem as mãos cheias de calos, a palma virada para cima sobre a superfície de mármore da mesa de adivinhação.

— E se está perguntando da profecia que recebi logo antes da partida de Sua Alteza, meus sonhos me disseram apenas que "O príncipe Cyrus vai encontrar uma esposa antes do fim da jornada". Nem mais, nem menos.

Ela assente.

— Não me lembrava das palavras exatas que a senhorita usou...

— As palavras exatas são importantes.

Fiquei dando voltas neste recinto por quatro noites para decidir quais palavras usar, e não vou deixar que se lembrem errado delas agora que enfim têm importância. Erguendo o manto, me sento diante da mulher e puxo a trança pesada por sobre o ombro. Quanto mais cedo a leitura terminar, mais cedo a conversinha fiada vai acabar também, e vou poder ir até o palácio cumprimentar o príncipe pessoalmente.

— Agora, o que a senhora quer que eu veja?

O cenho da mulher se franze. Fica ofendida com o meu jeito curto e grosso, embora não fale nada.

— Minha única preocupação é a época da colheita, Mestra Visionária. Qualquer coisa relacionada ao futuro da fazenda. Rezo para que as Sinas sejam gentis.

Não gosto de fazer essas leituras das mãos. O rei insiste, porém, então interajo com o povo regularmente, para que as pessoas confiem na garota por trás das profecias do reino. Era isso ou dar uma de casamenteira, e lidar com bobocas apaixonados me faz querer vomitar.

Coloco as mãos sobre as da mulher, e o roçar dos meus dedos na pele dela faz algo brilhante como o sol faiscar na minha mente. Fecho os olhos e foco nos sulcos das palmas, nas rugas e nas cicatrizes, no sangue que pulsa logo abaixo — qualquer marca da história dela em que possa ancorar minha magia. Utilizando a Visão da minha mente, encontro os fios que atam sua alma a este mundo:

Uma fazenda ao sopé de uma colina, dourada de tantas flores-de-fada.

Cavalgadas até a Capital Solar, parte da rotina mensal dela.

Outra fazenda na fronteira. Família? O lar de um amante? A Floresta Feérica assoma no horizonte.

Longos dias de labuta no campo se estendendo noite adentro...

E assim por diante.

Os fios mais claros são aqueles relativos ao que já aconteceu — as memórias. Fios do futuro, por outro lado, são meio nebulosos e podem inclusive se contradizer. As Sinas são divindades caprichosas, e destinos estão sempre mudando. Quando não posso ver diretamente o futuro, devo sentir a intenção das Sinas: pressentimentos, como a brisa úmida antes de uma tempestade; oportunidades, como um mergulho em mel quente. Mas na maior parte do tempo, as Sinas não gostam de mostrar suas cartas.

Pelo menos não sem uma intenção por trás.

Meus clientes precisam se contentar com o pouco que vejo. Sou a única Vidente do Reino de Auveny, a única opção que eles têm. Não é coincidência. Há nove Visionários conhecidos no mundo, todos empregados em diferentes cortes — somos úteis demais para sermos deixados em paz.

Ouvi dizer que uma Vidente em Yue, além de suas profecias, é capaz de antever a chegada de tempestades com base nas ondulações em um lago, e outra em Verdant sabe a data de cada nascimento.

Com dezoito anos, sou a mais nova das Videntes, resgatada das ruas da própria Capital Solar sete anos atrás. Tudo o que sei fazer é sonhar, ler fios e mentir.

— Acho que a senhora não precisa se preocupar — murmuro enquanto minha Visão espia o futuro nebuloso da mulher. Incremento as imagens vagas que vejo com detalhes das memórias dela. — Suas flores-de-fada devem crescer bastante este ano. Mas se mantenha atenta. Não vague muito por aí, talvez, e permaneça na sua propriedade.

Quando abro os olhos, a mulher puxa as mãos de volta.

— Pelas gentis Sinas, é muito bom ouvir isso — diz ela.

— Mais alguma coisa?

Divago até ela enfim ficar satisfeita. Enquanto me agradece, ela joga moedas de prata na bacia da fonte seca que virou um repositório de oferendas, e vai embora da torre.

Olho além da borda entalhada da fonte e suspiro. Não preciso de dinheiro, uma vez que o palácio provê tudo de que preciso, mas na época de outras Videntes, a fonte transbordava de oferendas. Durante meu período na posição, porém, ela acabou ficando... empoeirada.

E agora que Cyrus voltou, minha reputação só vai piorar.

A algazarra lá fora ondula com vivas e comemorações. Mal preciso olhar pela janela para saber que a caravana real já adentrou a cidade. A corte começou a se planejar para o retorno de Cyrus praticamente desde que ele partiu. O rei Emilius foi ficando cada vez mais doente, e a expectativa é que Cyrus ascenda ao trono antes do fim do ano. Agora é a hora de tentar cair nas graças dele.

Cerro os dentes. Isso serve para mim também.

∞

Sete anos atrás, a Mestra Visionária Felicita — que as estrelas guiem sua alma — enunciou sua última profecia:

"A terra desabrochará vermelha de sangue, rosas e guerra. O príncipe... seu coração será sua danação ou salvação. A escolha dele pode salvar a todos nós. Sua noiva... tudo depende dela! Uma maldição, uma maldição, uma maldita maldição... Pelos deuses, tenham cuidado..."

E foi tudo que disse antes de morrer. A criada que estava ao lado de seu leito de morte alega que a boca da vidente congelou, escancarada, os punhos cerrados ao redor do pescoço, como se ela estivesse lutando contra alguém para poder falar. Mesmo depois da morte, foi impossível endireitar seu corpo encolhido.

O reino mergulhou em um estado paranoico. Será que Felicita estava anunciando o fim de Auveny? O fim do mundo? Por que o príncipe Cyrus seria o catalisador disso? Virei a nova Vidente logo após a morte dela, mas não passava de uma criança na época — uma órfã vestida em seda, atuando, tão confusa como todo mundo. Nunca sonhei com o que Felicita descreveu.

Minha falta de respostas não ajudou na visão que as pessoas tinham de mim.

Procuramos a ajuda de Videntes servindo em terras vizinhas e os alertamos, mas nem eles foram capazes de detectar presságios. A anciã Vidente de Balica propôs que o que Felicita viu poderia estar muito longe no futuro — isso se ela não estivesse apenas tendo alucinações febris. Teríamos tempo para nos preparar.

E assim, a cada nova estação, baile ou visita de dignitários, o reino prende a respiração, esperando que Cyrus se apaixone. A profecia de Felicita foi claríssima nesse ponto: o futuro reside no coração do príncipe, em sua escolha, em sua noiva.

Em sete anos, Cyrus não escolheu ninguém. Há uma profecia sinistra sobre seus ombros, e ele decidiu ser *seletivo*.

Mas não dá para enrolar para sempre.

Sigo na direção do palácio para ver com meus próprios olhos o resultado da excursão. É uma caminhada curta graças à ponte que conecta a entrada da minha torre à área norte da propriedade do palácio. Sem ela, eu teria de descer os duzentos degraus até a base da torre, acomodada à beira do rio Julep lá embaixo. A Torre da Vidente é uma relíquia retorcida da Floresta Feérica que um dia cobriu todo o continente — uma torre que brotou, não foi construída, então seu principal intuito nunca foi a praticidade.

Segundo as histórias, uma das primeiras Videntes fez as paredes irromperem do chão e crescerem alto o bastante para que ela pudesse morar entre as estrelas. Em teoria, feitos como esse costumavam ser comuns quando a Floresta Feérica era ampla, havia poucas nações e a terra abundava magia. Eu talvez não acreditasse nisso se não tivesse sonhado algumas vezes com fios muito antigos — de um passado quando as árvores eram mais altas que montanhas, as copas cintilavam com fadas e os humanos não eram as criaturas mais inteligentes a vagar pelas matas.

Hoje, a Torre da Vidente simplesmente destoa dos arredores. Desponta para o céu como a presa de uma fera, um tronco de trepadeiras petrificadas irrompendo das margens do rio, o verde intenso se destacando contra a cidade desenvolvida. Uma brisa agita meu manto quando cruzo a ponte e me afasto da torre. A Capital Solar desaparece atrás do domo de mármore do palácio e de suas torres de pontas revestidas de ouro. Passo por uma série de portões, e os jardins se desvelam diante de mim: uma colcha de retalhos de floreiras bem cuidadas, fontes entalhadas e árvores ornamentais.

No caminho, sou cumprimentada aqui e ali: uma mesura rápida ou reverência, junto com murmúrios de "Mestra Visionária" — outros sabem que não ligo para formalidades. Pego um atalho, avançando na ponta dos pés por uma trilha estreita usada pelos cuidadores do jardim. Depois de passar por um labirinto de sebes e uma fileira de begônias recém--aparadas, chego a uma das entradas dos fundos do palácio com apenas um pouco de terra nas sapatilhas.

Lá dentro, todas as salas e todos os corredores estão repletos do burburinho de conversas. Franzo o cenho, preocupada com o que entreouço. Com o que *não* entreouço.

Subo a escadaria que leva à ala dos aposentos reais e as conversas ficam para trás. Os guardas do lado de fora do quarto de Cyrus parecem inquietos quando me aproximo, mas não tentam me deter.

Escancaro as portas duplas.

— *Não deixem ela entrar.* Violet, *vá embora.*

Meu olhar recai sobre Cyrus, que está ao lado do guarda--roupa. O príncipe está vestido, ou quase. E, argh... mais lindo do que nunca.

Cyrus Lidine de Auveny parece saído diretamente de um sonho encantado: impetuoso, culto, sagaz quando se digna a falar com as pessoas, e belo mesmo sem a ajuda de encantos feéricos. Ele seria capaz de vestir um saco de batatas como roupa e parecer elegante, e seu sorriso é responsável por mais desmaios do que o calor do verão.

Já no fim do décimo nono ano de vida, ele atingiu sua altura final, músculos substituíram os ossos proeminentes da adolescência e as roupas não parecem mais esticadas, já que parou de crescer. A cor voltou às suas bochechas, antes brancas como porcelana, depois de uma infância marcada por doenças. Ele se despediu da aparência infantil aparando os cabelos acobreados em um novo corte.

Mas algumas coisas nunca mudam, incluindo o olhar de desprezo que me lança quando me nego a sair. Esses meses que passamos afastados não foram suficientes para atenuar a aversão de um pelo outro.

Nem uma vida inteira afastados seria.

— Você não pode simplesmente invadir... — começa Cyrus.

— Mas invadi — murmuro, olhando ao redor. Sou a única outra pessoa no recinto, o que é um problema. A cama está intocada. O banheiro parece vazio. Não vi nenhuma comitiva lá embaixo, nenhum grupo de damas da corte amontoadas ao redor da mais nova adição à sociedade da Capital Solar. O que faz urgir a pergunta: — Cadê ela?

Cyrus se vira para o espelho e volta a abotoar o colete.

— Ela quem?

— Sua futura Majestade. *A garota com a qual você vai se casar.*

— Não te interessa.

Avanço a passos largos, a trança balançando.

— Pois me interessa. — Eu me enfio entre Cyrus e o espelho enquanto ele bufa. — E me interessa muito.

Se eu não tivesse passado fome na infância, provavelmente teria crescido o bastante para olhar o príncipe nos olhos.

Mas, como não foi o caso, ele é um palmo mais alto, e preciso erguer o queixo para fulminá-lo com o olhar.

— Eu previ que você ia encontrar uma noiva, e cá está você, sem nenhuma garota nos braços. *Não faça de mim uma mentirosa.*

— Você não devia ter mentido, então.

Estreito os olhos. Cyrus me ignora, vestindo um casaco com estampa de pássaros.

Foi só uma mentirinha, algo para abrandar os rumores. No último outono, houve relatos de áreas da Floresta Feérica empretecendo perto das fronteiras, de pétalas de rosas vermelhas como sangue sendo sopradas nos vilarejos à noite. As pessoas estavam ficando nervosas, então o rei Emilius me pediu para vasculhar o futuro em busca de dicas ou mais detalhes sobre a profecia de Felicita.

Mas minhas noites foram infrutíferas, meus sonhos frustrantemente vazios.

Assim, quando Cyrus partiu em sua excursão, inventei algo para acalmar a corte: *O príncipe Cyrus vai encontrar uma noiva antes do fim da jornada.*

Uma mentirinha desce fácil como vinho doce diluído. Você mal percebe — e, quando percebe, não é um problema grande o bastante a ponto de reclamar dele. Cyrus precisava encontrar uma noiva, uma hora ou outra. Tudo o que fiz foi dar um prazo a ele.

— Certo — digo, cruzando os braços. — Eu não sonhei que você ia encontrar uma noiva. Nem devia precisar sonhar. Você já devia ter encontrado alguém a essa altura.

Daria para pavimentar uma via com as admiradoras que desfaleciam nas ruas quando o viam. Quão difícil pode ser arrumar uma esposa?

— Enquanto a profecia de Felicita pairar sobre a sua cabeça, as pessoas vão continuar com medo, e vão temer o seu reinado também. Vão chamar você de *amaldiçoado*. Não na sua cara, é claro. Eu te consegui mais tempo, principezinho. Mais tempo e mais otimismo.

Conferindo os punhos da camisa, Cyrus ajeita os botões em forma de cabeça de leão e diz, ainda em tom enfadado:

— Entendi. Mais preocupada com as aparências do que com a profecia em si.

Eu mostro os dentes.

— Dá para se preocupar com duas coisas ao mesmo tempo.

— Claro. Com a sua reputação precária e a opinião que meu pai tem de você.

— Os relatórios da última patrulha chegaram semana passada. Encontraram árvores apodrecendo na Floresta Feérica.

— Eu sei. Eu vi. — Ele enfim para de mexer nas roupas e me fita; há inquietação adornando o verde de seus olhos, mas não consigo contemplá-los por muito tempo antes que ele os desvie. — Meu pai já devia ter mandado tropas para queimar tudo.

— Mas a *raiz do problema*...

— ... pode ser a última profecia de Felicita, sim, mas não posso fazer nada quanto a isso. Eu não decido quando ou por quem me apaixono.

A profecia de Felicita só mencionou uma noiva. Amor não tem nada a ver com isso, mas Cyrus é um romântico — acha que amor importa. Caso contrário, a esta altura, ele estaria comemorando o terceiro aniversário de casamento com alguma princesa verdantesa.

— Você não está nem tentando — falo com ironia.

Cyrus apenas balança a cabeça.

— Não vou dar falsas esperanças de que a profecia vai ser quebrada. Só isso.

Ele se vira para seguir na direção das portas do quarto. Vou atrás, saindo do aposento para o corredor onde cortesãos perambulam de um lado para outro. Eles se voltam para o príncipe com os olhos brilhando e perguntas na ponta da língua. Cyrus abre um sorriso arrebatador, que morre de repente assim que começa a descer a escada em um passo rápido, evitando a todos. Dois guardas o escoltam, mas consigo passar por eles.

Baixo a voz.

— Você pelo menos tem um plano para quando começar a espalhar pânico por seu povo?

— Não vou discutir isso com *você* — resmunga ele.

— *Comigo?* — zombo, usando o mesmo tom, os dedos apertados contra o peito.

— Com você, que há anos aproveita toda oportunidade para me sabotar.

— Anos que você não teria se eu não tivesse salvado sua vida.

Cyrus me olha com raiva. Ele odeia quando eu trago à tona a ocasião em que nos conhecemos. E amo trazer à tona a ocasião em que nos conhecemos.

Assim que ele chega ao térreo, faz uma curva fechada para evitar a multidão vagando pelo átrio em nossa direção. O carpete abafa o som de seus passos rápidos enquanto ele tenta se livrar de mim e de todas as outras pessoas. Porém mantenho o ritmo, a seda azul do manto flutuando atrás de mim.

— Não tem só a ver com a profecia — digo, ainda no encalço dele. Muitos duques não estão nada entusiasmados com a ascensão de Cyrus. Acham o príncipe *honesto* demais.

— O Conselho vai usar o medo do povo contra você. Dizer que não é apto ao trono. Que parte do *"você é amaldiçoado"* não ficou clara?

Ele comprime os lábios em uma linha fina. Sabe que estou certa.

— O Conselho devia focar o que é da conta dele, e não nas últimas palavras febris de uma profeta, que não dão detalhes nem prazos. Podemos sofrer um terremoto, uma inundação ou um meteoro a qualquer momento, e ninguém está paranoico quanto a isso.

— Bela lógica, mas as pessoas são tão alérgicas à lógica quanto eu a pó de fada. Principezinho...

Cyrus se vira de supetão, e quase trombo em cheio com ele. A barra de sua capa farfalha ao redor dos meus pés.

— Você nem quer que eu seja rei. Por que daria ouvidos aos seus conselhos?

Engulo em seco o nó amargo na garganta. Porque ele *vai* ser rei. Não importa o pânico. Não importa o que o Conselho acha. No fim, Cyrus vai conseguir o que quer.

— Podemos gastar nossa energia brigando ou aprendendo a trabalhar juntos. Não precisamos nos gostar para tomarmos decisões inteligentes.

— E se eu não quiser trabalhar com você?

— Um dia vai ter que trabalhar. Sou sua Vidente.

— Eu poderia mudar isso.

Rio por puro hábito, mas o olhar dele tem uma sombra gélida. Sempre discutimos desse jeito, mas mesmo assim... Não, Cyrus não me dispensaria de verdade. Ele não tem coragem para fazer algo tão sem precedentes quanto destituir a Vidente em exercício, não com tão poucas no mundo.

Umedeço os lábios.

— Você precisa de mim mais do que me odeia.

Arrogante, talvez, mas essa é a única forma de se testar um blefe. O canto da boca de Cyrus se curva para cima, a única pista de que ele apreciou qualquer parte da conversa.

— Ah, é?

Ele me dá as costas. Fico olhando enquanto o príncipe deixa o salão na direção das portas douradas da Câmara do Conselho. Um lacaio a abre para ele e faz uma mesura, e Cyrus desaparece lá dentro.

A maioria dos catorze duques do Conselho ou seus intendentes chegou uma semana atrás para a sessão que acontece duas vezes ao ano. Há pompa demais e progresso de menos conforme discutem impostos e a alocação da Guarda Dracônica em seus respectivos domínios. Auveny é a maior e mais próspera das três nações do Continente Solar, superando a República de Balica a sul e o Reino de Verdant, para além da Floresta Feérica e das montanhas a leste — um status que encoraja uma mistura de ambição e complacência por parte de nossa liderança. Também nos orgulhamos de sermos um reino modelo, com leis justas e oportunidades até para os súditos mais inferiores.

Então há uma boa dose de presunção também.

A sessão é muito cheia de conversinha fiada para que valha a pena espiar, mas qualquer coisa interessante vai se espalhar de imediato; na Capital Solar, segredos saltitam como pulgas. Se houver algo que exija a atenção da Vidente, o rei Emilius vai me convocar pessoalmente.

Depois que Cyrus entra na Câmara do Conselho, aguardo as repercussões na biblioteca do andar de cima. Passo muitas tardes entre os tomos cuidadosamente escolhidos; por mais insípidos que sejam, consultar essas obras é uma das formas de dar nomes às coisas desconhecidas que vejo em meus sonhos. Nunca fui muito além das colinas entremeadas por rios da capital. Meus deveres me mantêm aqui, e tento fazer com que minha presença seja sempre notada; já recebo muitas críticas, não preciso de *preguiçosa* somada à lista.

Estou folheando um diário de viagem de um famoso explorador de Yue, do Continente Lunar, quando ouço as portas sendo escancaradas e depois uma torrente de gritos. Não se passou nem uma hora. Coloco o livro de lado e sigo na direção do escândalo, junto a uma multidão cada vez maior, até chegar ao pátio principal, onde lorde Rasmuth, do Sétimo Domínio, e lorde Ignacio, do Décimo Terceiro Domínio, estão discutindo.

O segundo bate o pé com tanta força que o estalido assusta os pássaros e os faz voejar.

— Que se dane a eficiência! — berra Ignacio. — O príncipe ainda está amaldiçoado! Não vou apoiar o reinado dele até que encontre uma rainha! E digo mais: talvez não apoie nem depois!

Mesmo sendo baixinha, me destaco em meio à multidão com a trança preta e grossa e o manto cintilante e esvoaçante. Pares de olhos começam a se virar na minha direção, pedindo respostas — exatamente o que eu queria evitar.

Solto um suspiro profundo quando uma senhora perto de mim, com a cabeça coberta por um xale, me encara e desvia o olhar três vezes, como se estivesse juntando a coragem necessária para emitir a pergunta. Ela enfim fala na quarta vez que se vira para mim, depois de fazer uma leve mesura.

— Mestra Visionária, não vamos ter um matrimônio em breve? A senhorita disse...

— Que Sua Alteza encontraria o verdadeiro amor antes do fim de sua *jornada* — termino, enfática. — Não antes do fim da *excursão*. Claramente, a jornada dele ainda não terminou.

É por isso que as palavras exatas são importantes.

Peço licença, fingindo que estou com dor de cabeça. Abrindo caminho pelo palácio, posso ver as novas implicações da minha resposta se espalhando pelo público na forma de expressões chocadas e sussurros. A informação vai se difundir por toda a cidade antes de escurecer.

Os passos de Cyrus ecoam de algum ponto próximo, mais altos que quaisquer outros, transmitindo a mensagem de que

Sua Alteza *não* vai responder a nenhuma pergunta no momento. A cauda do casaco passa estalando por mim quando ele segue na direção da ala que abriga o gabinete do pai.

Não consigo resistir ao ímpeto de gritar:

— Odeio ter que dizer que eu avisei, principezinho... Ah, mentira, não odeio, não. *Eu avisei!*

Ele não para sequer para me olhar feio.

A tentativa de rebeldia de Cyrus traz inconveniências para nós dois, mais para ele do que para mim. O rei Emilius conhece o filho. Apesar dos sorrisos diplomáticos que exibem em público, Cyrus talvez discuta mais com o pai do que comigo — e o príncipe nunca vence. Sei disso porque nunca na vida vi o rei mudar de ideia.

Eu, por outro lado, sempre estive nas graças do rei, e Cyrus se ressente disso. O respeito do pai dele é algo difícil de conquistar, raro como um tesouro resgatado das profundezas de um covil de dragão. Esse respeito vai me proteger mesmo quando Cyrus ascender ao trono. O rei Emilius provavelmente vai continuar mexendo pauzinhos em Auveny até quando passar a coroa; o Conselho de Duques — em que todos os membros foram indicados por ele — é leal a Emilius, e é nisso que reside o verdadeiro poder.

A noite começa a cair logo depois que volto à minha torre. Gosto dessas horas, quando é tarde demais para que qualquer um peça pelos meus serviços. Depois de subir para o quarto, acendo a lareira e preparo um banho frio. Deixo o manto escorrer pelos ombros, desabotoo a saia, solto a blusa e a puxo pela cabeça.

Depois de juntar coragem, mergulho na banheira e me esfrego sob a luz do fogo. A maior parte das cicatrizes antigas desapareceu da minha pele, amaciada por sabão. Meu cabelo se espalha ao meu redor, negro como nanquim e pesado de água perfumada.

Quem me vê hoje jamais diria que nasci uma moleca desgrenhada nos barracos do Distrito Lunar. Agora tenho minha própria torre com minha própria banheira de porcelana e uma cama com lençóis de seda. Sei ler e escrever, como com tanta fartura quanto a família real, e as pessoas se curvam diante de mim.

Ainda assim, um título e uma torre não apagam o medo de coisas que as pessoas não entendem. Enquanto algo tão estranho quanto magia residir em uma pessoa tão estranha para eles quanto uma garota de traços claramente estrangeiros, nunca terei a menor chance. Devo me lembrar disso quando sou arrogante com o príncipe, mesmo que esteja certa.

Depois de me secar, visto a camisola e me jogo na cama, exausta.

Quando fecho os olhos, escuto algo estalando lá embaixo.

Ouço de novo, sem parar: *cleque-cleque-cleque*.

Os móveis de madeira se dilatando? Franzo as sobrancelhas.

Cleque-cleque-cleque-cleque.

Uma risadinha.

As batidas do meu coração ecoam nas têmporas. Não há motivos para eu não estar sozinha. Deslizando para fora da cama, pego o objeto mais ameaçador que consigo encontrar na escuridão — a escova de cabo longo apoiada na lateral da banheira. Seguro a respiração e desço devagar, com cuidado para não fazer os degraus rangerem.

No escuro absoluto, circulo o cômodo, tateando as paredes, mas o único som é o dos meus pés raspando no assoalho.

Não há ninguém. Mas pergunto à escuridão mesmo assim, só para sossegar a mente:

— Tem alguém aí?

Escuto um silvo, como o de uma língua tocando um pedaço de metal incandescente. Brandindo a escova em um arco amplo, atinjo algo sólido que tilinta e desliza pelo chão.

Uma bandeja de madeira e uma cumbuca. Solto o ar. Risadas borbulham. *Ha-ha-ha.*
Vi-o-let.
Giro de novo, tropeçando. O eco do meu nome gruda no fundo da minha mente, presente e ausente ao mesmo tempo.
Que nome
mais apropriado
tu tens,
Vi-o-let.
Violeta.
As palavras se sobrepõem — muitas vozes se misturando em uma só. Meu coração bate como um tambor; não é um som deste mundo.
Vil.
Vi-o-let.
Violeta Lunar.
Nunca ouvi essas vozes antes, mas são instintivamente familiares, naturais como uma camada da minha própria alma.
— Quem são vocês? — pergunto, mesmo já sabendo a resposta.
Duas luzes baças brilham na escuridão ao longe. Minha respiração fica presa na garganta. Nada no cômodo poderia produzir esse tipo de luz.
Garantimos poder a ti, infeliz.
Com a escova estendida adiante, chego mais perto das luzes com passos hesitantes, contornando a bandeja que derrubei. Reconheço a direção que estou seguindo: a fonte de oferendas, onde meus clientes depositam presentes e moedas. E, esculpida no topo da peça, há a estátua sem rosto para a qual eles às vezes rezam.
Que *era* sem rosto.
A escultura de cobre esverdeado está desgastada desde que a vi pela primeira vez, mal dá para notar uma forma,

que dirá reconhecê-la como uma Sina. Sua única característica notável é que é antiga, supostamente tão velha quanto a primeira Vidente.

Mas conforme me aproximo, os sulcos da estátua formam uma mulher, friamente serena, envolta em um tecido que flui dela como uma cachoeira. Os olhos ardem com um fogo azulado. Da boca dela, irrompe a estrofe:

Sete anos ganhos,
a dívida de uma vida.
Tu salvaste o menino coroado
que tínhamos o direito de reivindicar.
Evitou sua morte
para que pudesses viver em tua torre.
É hora de retribuir.

Memórias surgem: o príncipe correndo pelo mercado do Distrito Lunar. Eu, detendo-o para evitar que fosse atropelado por uma carroça puxada por cavalos. Não passávamos de crianças na época. Felicita ainda estava viva. Faz muito tempo.

— Não estou entendendo. — Cada veia em meu corpo pulsa, ciente de um perigo que não consigo definir. — Isso é uma ameaça?

Há sempre um preço por desafiar o destino.
A dívida de uma vida.
O garoto deve morrer
antes do fim do verão,
ou tu vais queimar.

— Por quê? Mas eu não...

Sinto a mão vacilar ao redor do cabo de madeira, o único fio que me liga a algo sólido. Meus pés ficam dormentes.

O garoto deve morrer,
pois toda história deve chegar ao FIM.

Vento invade o cômodo — ou será que é só minha imaginação? Foi assim que Felicita ficou louca? Não posso estar mesmo falando com divindades. Isso é impossível.
As vozes aumentam, ensurdecedoras, concretas o bastante para preencher a escuridão:
CHEGOU A HORA,
ENFIM, ENFIM,
SANGUE, ROSAS E GUERRA.
Golpeio a estatueta com a ponta da escova. A metade superior do corpo dela se estilhaça no chão. Tentáculos negros irrompem do toco de mármore, espalhando-se como uma teia de aranha pela fonte. Uma risada ecoa pelas paredes. Levo as mãos à cabeça, soltando uma lamúria.
Estou enlouquecendo. Isso é loucura. Vasculho o chão em busca de qualquer coisa que possa interromper as risadas e corto a mão no mármore quebrado. Grito com a dor lancinante. Relâmpagos piscam. O cômodo estremece, como se atingido pelos céus.
TU NÃO ÉS DIGNA DE QUALQUER AMOR QUE A SALVE.
Inalo fumaça.
A torre irrompe em chamas.

※

Acordo arfando com a lembrança de cinzas, apertando o pescoço com as mãos e com as pernas contorcidas sob os lençóis. Fogo queima minha pele por um instante incandescente. Outro piscar de olhos e a noite está escura e gélida. Acima de mim, as pedras preciosas engastadas no teto da torre cintilam, intocadas pelo fogo, como se soubessem o que vi.

Devagar, afasto as mãos do pescoço.

Foi uma profecia ou...? O que mais pode ter sido? Uma alucinação? Foi tão vívido.

A sensação não foi nada similar à das profecias que já tive. Nenhuma falou direto comigo antes.

Nenhuma me *ameaçou* antes.

Chutando as cobertas, arrasto-me para fora da cama e visto o manto com mãos trêmulas. Um vento frio sopra pelos meus joelhos quando empurro as portas da sacada e me apoio na balaustrada. O alvorecer pinta o céu. Os telhados escamosos da Capital Solar cintilam abaixo. Além das muralhas da cidade, a terra mergulha em vales cheios de sombras.

— O que vocês querem? — pergunto para o céu.

Nada responde. Talvez seja porque não acredito de verdade na influência de Sinas, e o que mais divindades fazem o dia todo além de encontrar razões irrisórias para se sentirem insultadas?

Vapor espirala da minha boca como fumaça. A menção à profecia de Felicita é o que mais me abala: *sangue, rosas e guerra*. Se a profecia for verdadeira... Se já tiver *chegado*...

Por que ela estaria conectada ao fato de eu ter salvado Cyrus, sete anos atrás?

Por que as Sinas iam querer a morte dele?

As pessoas acham que, porque eu tenho a Visão, sou uma mensageira das divindades. Como se eu entendesse tais forças ou como minha magia funciona. Já sonhei com passado e futuro, e agora estou ouvindo vozes...

Mas nunca sei o porquê.

Se as Sinas controlam nosso futuro, não entendo as razões. Aqui em Auveny, a crença é de que elas nos julgam. Se formos generosos, honestos, pouco falastrões, ponderados e misericordiosos, elas trançam nossos fios de modo que encontremos o amor e ganhemos o peso do nosso coração em ouro. Tudo mundo já ouviu falar da gentil filha do moleiro que se casou com uma pessoa da nobreza, ou da criada que fez uma fera se revelar um homem, ou de garotas devotas trancadas em torres à espera de seus cavaleiros.

Mas não acredito em nada que supostamente me conheça mais do que eu mesma.

Sou melhor mentirosa do que profeta. Não acredito que haja motivos que afetem o desenrolar de nosso destino. Não acredito que o mundo é justo. Acredito em lobos — em vigaristas e monarcas que ostentam a impiedade como se fosse um talento, que não pedem opiniões antes de devorar o que lhes cabe. Eles sabem que o futuro não passa de uma rolagem de dados viciados, então melhor que eles mesmos os viciem.

Reis e seus duques vêm escrevendo futuros com nada além de mentiras e sorrisos. Entendo *esse* poder melhor do que qualquer voz incorpórea na escuridão.

Fecho os olhos e me lembro do que a voz disse: *O garoto deve morrer antes do fim do verão, ou tu vais queimar.*

Ou. Se não é uma ameaça, é uma escolha.

Significa que posso ser salva, se ele morrer.

Agarro a balaustrada, os nós dos dedos ficando brancos. No momento, isso não passa de um monte de palavras. No momento, é só um pesadelo.

Ninguém precisa saber a respeito disso.

Olhando uma última vez para o céu silencioso, entro de novo na torre, fechando as portas da sacada atrás de mim.

2

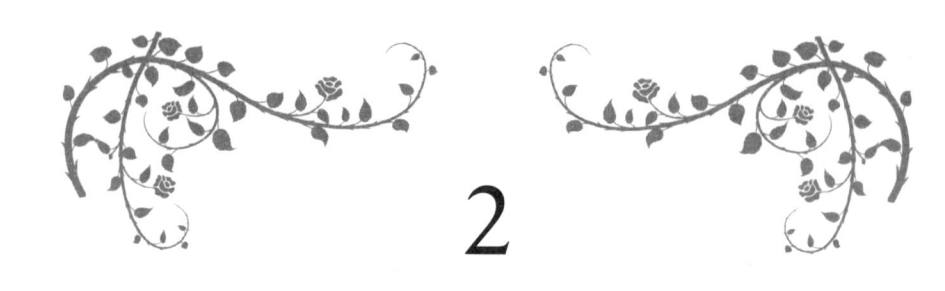

QUANDO ACORDO DE NOVO, ENCONTRO UMA mancha de sangue nos lençóis. Minhas regras vieram mais cedo que o esperado — uma surpresa ruim em uma manhã já terrível. Enrolo a roupa de cama e a coloco no cesto de roupa suja, que será esvaziado depois por uma criada.

No andar de baixo, a estatueta da fonte das oferendas está inteira, com o rosto borrado e inerte ao toque. Foi um sonho, então. Isso torna a noite anterior ainda mais inquietante. Meus sonhos sempre se realizam.

Cubro a peça com um pano.

Corro o olhar pela sala de adivinhação. Parece não ter mudado nada desde o dia anterior. Nada digno de nota: uma mesa e cadeiras para minhas leituras, uma área de descanso acarpetada e uma lareira. Limpei este lugar o melhor que pude, anos atrás. Pilhas de quinquilharias foram se acumulando ao longo de séculos de Videntes, e as pessoas têm muito medo de cometer alguma blasfêmia acidental ao jogar itens fora. Optei pela segunda melhor escolha, que foi enfiar todos os itens inúteis em armários para que nunca mais voltem a ver a luz do sol.

Lá fora, um sino badala. Hesito, uma memória vindo à tona. Estou esquecendo algo.

Outra badalada. *Blém.*
Ah. Minha reunião semanal com o rei...
Blém.
Merda. Boto a cabeça para fora da janela. Outra badalada vem da torre do relógio, que será seguida por mais oito, a julgar por quão alto o sol está no céu.
Eu *dormi demais.* Estou *atrasada.*
Pesadelo idiota, esse negócio todo... é idiota. Sem querer agir como o príncipe, mas tenho preocupações mais urgentes do que alertas crípticos, que de fato soam bobos à luz do dia. O rei Emilius pode não me ameaçar com chamas, mas seu olhar fulminante quando é contrariado seria capaz de fazer murchar todas as rosas de seu jardim.
Eu nunca o contrario.
Passo um pente pelo cabelo e o prendo, sem tempo para trançá-lo. Coloco um vestido novo e o manto por cima, que no momento cintila em um tom vivo de azul sem nuvens. O manto da Vidente é uma relíquia auvenense, cortada de um pedaço do céu, de acordo com a lenda. O tecido muda para combinar com o céu acima.
Também tem mangas bem espaçosas. Pego três pãezinhos frios da lareira; enfio um na boca e os outros dois em uma das mangas. Se as estrelas quiserem, não vou derrubar migalhas aos pés de Sua Majestade, mas melhor isso do que um estômago roncando.
Sigo às pressas na direção do palácio. Quando chego à metade do caminho pelos jardins, noto que há estranhos demais nas trilhas pavimentadas. Também há mais guardas em patrulha, embora pareçam relaxados, como se não houvesse perigo real por perto.
Será que estou esquecendo mais alguma coisa?
Seguindo o fluxo, contorno até a frente do palácio, onde uma multidão barulhenta e bem-vestida bloqueia a entrada.

Nos portões externos, guardas estão permitindo a passagem de um número limitado de pessoas da turba ainda maior que se apinha lá fora.

Meus olhos recaem sobre uma garota irrequieta no primeiro degrau da entrada, que parece jovem o suficiente para ser intimidada. Pigarreio e me inclino para perto dela.

— O que as pessoas estão esperando?

— A-ah! Mestra Visionária! — A menina faz uma mesura. O vestido dela é simples, embora bem-feito, e não a reconheço como herdeira de nenhuma família nobre. Se os guardas estão deixando civis entrarem, deve haver algum tipo de audiência aberta. — O príncipe vai fazer um anúncio a respeito do baile.

— O *quê*?

— O baile. A senhorita não viu os panfletos? Estão espalhados por toda a cidade.

Ela balança um pedaço de papel, que arranco de sua mão. O conteúdo não podia ser mais simples:

ESTÃO TODOS CONVIDADOS PARA A

Festa das Feras

No dia onze de anesol,
as portas do palácio se abrirão às 7 da noite
para revelar um espetáculo.

Encoraja-se a presença de jovens damas.
Usem seu melhor traje e impressionem.
Máscaras são obrigatórias.
Nosso príncipe estará presente.

Então foi nisso que resultou a conversa de Cyrus com o pai, na noite anterior: num baile de emergência.

— Obrigada.

Tentando não abrir um sorriso largo demais, entrego o panfleto de volta para a menina. Ao menos estão lidando com *esse* problema.

Ainda preciso entrar no palácio, então vou abrindo caminho em meio às pessoas. Me arrependo da decisão de trazer o desjejum quando um dos pãezinhos escapa da minha manga e é esmagado até virar uma panqueca melecada de creme de limão. Ao meu redor, cabeças se viram e pés se arrastam, e pessoas vão abrindo espaço quando veem quem sou.

O salão de audiências está apinhado e incomodamente quente, um bolo de pessoas suadas com chapéus de pluma e mangas bufantes em cor pastel seguindo a moda da estação. Todas estão vestidas de forma elegante. Algumas até trouxeram suas fadas, que não estão lidando bem com o calor e jazem desmaiadas sobre a aba de chapéus, o brilho dourado embaciado.

Fadas costumavam abençoar apenas pobretonas desafortunadas e raramente eram vistas além das fronteiras da Floresta Feérica. Criaturas mágicas são todas acumuladoras de alguma forma, e esses serezinhos minúsculos e escandalosos gostam de colecionar os melhores humanos — embora colocar as coisas dessa forma possa angariar olhares atravessados. Agora, fadas seguem qualquer um nascido em berço de ouro... ou melhor, de ambrosia. A ambrosia é preciosamente destilada do néctar dourado das flores-de-fada da Floresta Feérica. É a única moeda de troca aceita pelas criaturas porque é a única coisa capaz de fazê-las se embriagar até cair.

Quando o rei Emilius viu a demanda de encantos, encorajou os fazendeiros auvenenses a aprender a cultivar a planta, apesar de serem nativas da Floresta Feérica. Desde então, esse se tornou nosso principal negócio. É impossível caminhar por qualquer um dos distritos superiores da Capital Solar sem ver fadas zunindo pelo céu.

Mesmo para quem tem um coração venenoso como uma abóbora podre, basta oferecer algumas gotas de ambrosia para fazer as fadas prontamente enfeitiçarem seu cabelo para permanecer arrumado, fazerem sua risada soar como música, e lhe arranjarem trajes tão grandiosos a ponto de ser difícil passar pelas portas do salão de baile. Apenas os mais abastados podem arcar com um serviço diário; sei quais dos presentes estão usando encantamentos só de ver as maquiagens que não estão escorrendo pelo rosto.

Quem precisa de gentileza? Isso é para pessoas feias e pobres.

O rei Emilius está em uma cadeira na ponta do tablado, as mãos pousadas na bengala, parecendo mais saudável do que em semanas. Meus ombros relaxam de alívio quando ele inclina a cabeça e sorri para mim; não estava me esperando. Retribuo o movimento e quase trombo nas volumosas mangas bufantes de alguém.

A princesa Camilla está na frente do salão também, cercada por suas amas. É impossível ignorá-la: a irmã gêmea de Cyrus tem o mesmo olhar cativante que ele, com um esplendor extra garantido pelos vestidos tingidos de dourado. É um dedal mais alta que o irmão, e seria chamada de uma beldade graciosa, não fosse pelos músculos adquiridos através de lutas com espada e expedições de caça.

Ela sorri quando me vê escapar do caos. Puxa uma das minhas mãos enluvadas e enlaça o braço no meu, de forma a ficarmos próximas o bastante para conversar de maneira privada.

— Procurando uma noiva para meu irmãozinho. Ele está mesmo crescido. — Ela é meia hora mais velha. — O tempo voa.

Analiso o salão, procurando o outro único rosto amigável que posso encontrar.

— Dante não está? — Deveria ser mais fácil localizar Dante do que Camilla, já que há poucos balicanos na corte, mas não vejo sua silhueta desajeitada nem seu emaranhado de cachos negros.

— Achei que ele ia chegar com você.

Já *eu* achei que ele estaria grudado em Cyrus. Com o retorno do príncipe, Dante vai voltar a ser amigo dele em vez de meu; só mais uma razão pela qual Cyrus devia ter sido devorado por um dragão em vez de voltar. Dante é a única pessoa para quem considero contar o que aconteceu noite passada.

A multidão fica em silêncio. Minha atenção volta ao tablado. Cyrus subiu nele, vestido em um elegante casaco roxo com uma estampa de raios solares se estendendo pela lapela. Ele não parece estar sequer suando.

— Bem-vindos — diz ele, abrindo um sorriso encantador, como se fosse instintivo.

Todas as jovens segurando panfletos avançam, se apinhando contra os cordões de veludo que delimitam o espaço, e o ar do salão é agitado por um suspiro apaixonado coletivo.

Pelas divindades, odeio como isso tudo é fácil para ele.

O discurso de Cyrus começa comportado, falando das viagens pelo continente. Ele elogia o desenvolvimento das fronteiras, credita as cortes de Balica e Verdant por recebê-lo de forma calorosa e ri quando conta de um encontro com fadas perdidas a caminho da cidade.

— Agora, quanto ao baile...

— Vossa Alteza — interrompe uma voz séria vinda do mezanino. — Por mais ansiosos que estejamos em celebrar, esperávamos uma festa de matrimônio, não um baile. O que houve?

Olho para cima e franzo o cenho. Não lembro o nome da mulher, mas sei que é a esposa mais recente de lorde Ignacio. Será que ela está querendo causar tumulto para beneficiar o duque?

O rei Emilius agita a mão cheia de rugas, incitando Cyrus a continuar, mas o príncipe apenas amplia o sorriso cativante.

— Não aconteceu nada. Encontrei muitas belas damas, mas não achei uma rainha. As pessoas criaram esperanças por algo que não era garantido. Talvez não devessem acreditar em tudo o que a Vidente diz.

O olhar dele atravessa o salão e se fixa em mim, uma ameaça. Murmúrios chocados se espalham pela audiência, incluindo um "Ai, Cyrus, *não*" vindo da princesa.

Sinto o rosto corar. Moleque com miolos de sapo.

— Sua Alteza...

Mas quase ninguém se detém para me permitir falar, e minha voz é soterrada por outras.

Rosnando de raiva, solto meu braço do de Camilla e vou abrindo caminho até abaixo do palanque onde está o desdenhoso príncipe. Sempre precisei me esforçar para ser vista e ouvida da forma que desejo. A corte sempre esperou que eu fosse submissa, já que vim dos barracos da cidade para a torre da Vidente. Como se meu lugar na corte fosse um ato de caridade, como se nunca me pertencesse por completo, sendo que pertenço mais a este lugar do que eles.

Eu só sei ser ousada. Me nego a conquistar respeito de qualquer outra forma. Então recomeço, elevando mais o tom de voz desta vez.

— *Sua Alteza* — digo, e o burburinho para — vai encontrar seu verdadeiro amor antes que a jornada dele acabe, como previ. Ele quer me culpar pela própria indolência. Talvez a jornada terminasse mais cedo se ele parasse de questionar minha sabedoria.

— *Talvez*, se a senhorita fosse mais precisa, Vidente, eu não a questionasse — diz Cyrus acima dos murmúrios; o som que a audiência emite é um suspiro familiar demais.

— Será que poderia me dizer ao menos *onde* termina essa minha tal jornada?

— Não é no seu umbigo, então talvez devesse parar de olhar só para ele.

Risadas irrompem da multidão — Camilla praticamente gargalha — enquanto o rosto de Cyrus ruboriza.

— *Bruxas e príncipes, sempre como cães e gatos* — zomba alguém.

O rei Emilius tamborila os dedos no apoio de braço — um gesto simples, despido de raiva.

— Creio que tanto meu filho quanto minha Vidente estão querendo dizer que não somos todos agraciados por uma busca simples quando falamos de amor. Eu me considero sortudo por tê-lo encontrado com minha querida Merchella, quando ela estava entre nós. Que as estrelas guiem sua alma. É bom nos lembrarmos de como o amor verdadeiro vai nos salvar da escuridão. — Ele fecha a boca em uma linha solene.

O salão sossega, e o príncipe e eu viramos o olhar para direções opostas. Não consigo imaginar Cyrus assumindo o lugar do pai antes do fim deste ano, armado até os dentes com charme, mas ainda despertando uma mísera fração da mesma reverência.

Antes que o silêncio fique constrangedor, Camilla bufa e vai até o palanque.

— Hora de salvar o Príncipe Encantado — murmura ela.

A princesa faz um gesto na direção do irmão e o enxota. Camilla Lidine é um tipo de tempestade completamente diferente de Cyrus — entende e acolhe os trovões de seus passos.

Depois que Cyrus é relegado a um canto do tablado, ela abre os braços e se dirige à audiência.

— Hora de dar início à parte divertida, amado povo de Auveny. O baile. A *Festa das Feras*. — Murmúrios de aprovação. — Nome esplêndido, não? Eu que inventei. Agora, *quais*, vocês devem estar se perguntando, serão as estranhas criaturas exibidas nesta festa? — Ela dá de ombros, e um par de asas parece se desfraldar atrás dela. Um xale pintado para parecer um cisne. — Nós, é claro.

O público solta uma interjeição impressionada.

— Vistam seus melhores e mais ousados trajes, e a máscara mais brilhante que forem capazes de conjurar. Vamos encher o palácio com criaturas de terras nunca antes vistas. Me impressionem! Mas, mais importante ainda, impressionem meu irmão. Se puderem chamar a atenção dele, quem sabe...? — continua Camilla, e a multidão se agita. — Um beijo na mão? No rosto? Será que serão capazes de conseguir um *anel* dele? — Gritinhos irrompem em meio ao povo. Cyrus sai do personagem por um instante ao soltar um grunhido audível. — Empolgante, não? Perguntas?

Todas as mãos se erguem ao mesmo tempo. Camilla adora atenção; vai sustentar esse espetáculo por tanto tempo quanto possível. Cyrus parece resignado ao próprio destino, os olhos quase desfocados, o sorriso congelado em uma expressão automática.

Eu também estou cansada do reboliço e, ao contrário de Cyrus, não preciso ficar aqui. Escapo pela porta com tanta facilidade quanto entrei, a turba sedenta e ansiosa por preencher o espaço que abro; a etiqueta mal as impede de babar no chão.

Quando saio para o jardim, protejo os olhos do cintilar do sol alto e do reflexo vindo das paredes de mármore do palácio, brancas como no dia em que foram construídas. De longe, o edifício parece uma coroa brilhante acima dos telhados que compõem os distritos hierárquicos da Capital Solar.

No portão, encontro a pessoa que não vi em meio ao povo.

— Dante! — chamo. — Você perdeu a diversão.

À primeira vista, ninguém diria que alguém desmazelado como Dante Esparsa poderia ser o melhor amigo do príncipe. Ele está com um traje mais casual do que as pessoas ao redor: uma camisa solta e o chapéu com penas de pavão que Cyrus lhe deu de presente. Ametistas cintilam em suas orelhas e um cinto feito da mesma pedra preciosa cinge sua cintura; assim como eu, ele não dá a mínima para a moda em tons pastel da capital, optando por tons mais intensos que complementam melhor o tom marrom-argila de sua pele. Dante tem uma bolsa repleta de papéis pendurada no ombro — trabalho, provavelmente; ele traduz textos para a biblioteca do palácio quando não está ocupado frequentando aulas na universidade.

Suas origens não são exatamente humildes; como filho adotivo de um antigo líder balicano, Dante teria um título de nobreza se a República de Balica tivesse aristocracia, mas de toda forma ele prefere evitar essas bobagens de corte. "Se eu quisesse passar os dias sendo tratado feito criança, teria ficado na casa da vovó", ele tinha dito certa vez. Dante vive entre Balica e Auveny desde o começo da adolescência. A princípio, planejava ser embaixador, até ver que política dá muita dor de cabeça. Uma pena: ele é o tipo de pessoa que consegue se dar bem com qualquer um, se quiser, mas geralmente não faz a menor questão.

Ficamos amigos anos atrás, quando eu estava procurando por tutoria, embora eu não seja uma boa companhia. Mas talvez a gente funcione por isso: às vezes, as pessoas só precisam de alguém com quem reclamar da vida.

Dante acelera o passo na minha direção, enfiando o chapéu embaixo do braço quando nos encontramos no meio do pátio.

— Pense o seguinte: se o anúncio terminou, então cheguei bem na hora certa.
— Onde você estava?
— Meu tio está indo embora hoje. Precisei pagar um almoço para o sujeito para que ele concordasse em levar algumas cartas para a família. Uma cavalgada tranquila até a fronteira de Balica pode demorar até duas semanas; o tio dele não vai voltar tão cedo.
— Mas então, o que perdi, hein? — Dante bate as palmas. — Que horrores Camilla inventou desta vez?

Caminhamos pelos jardins vazios, seguindo uma trilha pavimentada com mosaicos de raios solares enquanto conto a ele sobre o anúncio. Canteiros de terra, preparados para novas plantas, estão salpicados com o verde tenro de brotos. Uma topiaria na forma de um leão ruge para nós quando passamos sob o arco formado por suas patas.

Dante bate o dedo no queixo, pensativo.

— Cyrus mencionou mais alguma coisa sobre a excursão? Algo preocupante?

— Como o quê?

— Patrulhas encontrando árvores apodrecidas às margens da Floresta Feérica.

— No Décimo Primeiro Domínio. Nada de novo. Ouvi dizer que estão botando fogo nelas. Ah... é perto de Balica, não é? Imagino que eles não estejam nada felizes com isso.

Ele faz uma careta.

— Não estão.

Oficialmente, Auveny e Balica estão em paz há dois séculos, mas há um histórico de disputas territoriais entre as nações — em geral, relativo à Floresta Feérica, posicionada bem no âmago do Continente Solar. É a última terra sem soberania: um aglomerado de árvores retorcidas e moitas espinhentas, inóspita a tudo, exceto às criaturas mais estranhas, como as fadas que dão nome ao local.

Balica considera a Floresta Feérica uma área sagrada. Os auvenenses a tratam como um monte de mato que vai nos amaldiçoar se não queimarmos tudo logo.

A doença que ataca as árvores nem é o problema, embora alguns se preocupem com a possibilidade de ela contaminar os lençóis freáticos; é só um sintoma de quão imprevisível é a Floresta Feérica. Ela não se comporta como uma floresta. Não muda com as estações, e as plantas crescem como bem entendem. Alguns dizem que nem sequer é uma mata — que as árvores são apenas magia que assumiu a forma de plantas, e que podem se moldar para criar o que mais quiserem. Ao longo das fronteiras, é possível ouvir histórias de fantasmas que tremulam à sombra das árvores, ou de frutas enfeitiçadas que atraem as pessoas para a morte, ou de coisas que não deveriam existir, surgindo e desaparecendo em um piscar de olhos.

Mas o fato é que ela ainda queima como uma floresta. E Auveny não hesita em usar fogo para conter a mata — ou invadi-la, dependendo do ponto de vista. Os quatro domínios mais recentes correspondem a áreas que eram Floresta Feérica no começo do governo do rei Emilius. Balica há tempos alerta que passar dos limites é arriscado, mas o rei insiste que a Floresta Feérica é perigosa e defende sua erradicação. Ele só cedeu quando os alertas escalaram para escaramuças, oito anos atrás. Um incidente isolado, mas há tensão entre as nações desde então.

— Você é contra queimar as árvores doentes? — pergunto.

Pego o pãozinho amassado de dentro da manga. Parto no meio e ofereço metade a Dante, mas ele recusa.

— Só porque é estranho não significa que seja perigoso, mas... o problema é que *pode, sim, ser perigoso*, mais do que a gente imagina. Cyrus passou pela área afetada durante o último trecho da viagem. Foi direto até a fronteira da

Floresta Feérica, que não dá para ver da estrada, e viu que o solo estava coberto de rosas.

Engasgo ao engolir a comida.

Dante dá tapas fortes nas minhas costas.

— Tudo bem aí?

Sangue, rosas e guerra. Arfo, cuspindo pedaços do pãozinho.

— Rosas normais? *Rosas proféticas?*

— Calma. Primeiro, não morra. — Ele pega o cantil do cinto e o coloca na minha mão. — Eu estava torcendo para que você soubesse dizer. Sonhou com alguma coisa recentemente?

Quase engasgo de novo enquanto bebo a água. Considero contar a ele da noite passada, mas se os presságios forem verdadeiros... Uma coisa é eu querer que Dante me convença de que tudo não passou de um pesadelo; outra completamente diferente é contar a ele que seu melhor amigo está realmente condenado.

— Não, mas ainda estou preocupada. — Limpo a boca, sem pressa. — Uma... intuição. Coisas grandes tendem a acontecer todas ao mesmo tempo. A ascensão dele, esse baile...

— Cyrus acha que lorde Denning plantou as rosas de propósito para criar rumores. Não eram flores vivas, só botões e pétalas, mas estavam frescas. Duvido que tenha alguém com um jardim gigante de rosas por aí, então de onde elas vieram? Cyrus pagou os guardas para manterem silêncio, mas se algo profético estiver emergindo da Floresta Feérica...

— Então ele *sabe* que não devia ser tão cabeça-dura para escolher logo uma noiva.

Dante dá uma risadinha.

— Ele tem seus motivos. Mas concordo com você. — Ele fixa o olhar em um ponto atrás de mim, na direção do palácio. — Hum. Falando em Cyrus...

Me viro. O príncipe em questão vem a passos largos pela trilha, o casaco roxo ondulando atrás de si, parecendo uma das estátuas do jardim que criou vida: corpo perfeitamente esculpido sob roupas perfeitamente ajustadas e — entalhado em seu rosto — um olhar perfeitamente irritado.

Já consigo ouvir o suspiro sofrido no fundo da garganta de Dante.

— Violet... Por acaso você sabe por que ele está com cara de quem foi forçado a chupar limão azedo por um de nós?

Sinto um rubor tomar meu rosto.

— Talvez eu tenha... dito que ele olha apenas para o próprio umbigo. Na frente de todo mundo.

— Mas pelo amor dos...

— Mas você também acha isso!

— Sim, mas eu *não falo isso por aí*. — Dante massageia a testa enrugada. — A gente não é mais criança. Ele vai ser o rei muito em breve, o *rei de verdade*.

— Ele vai ser um *idiota de verdade* se não *der ouvidos* a... Oi, Cyrus.

O príncipe para a alguns passos de nós e meu olhar encontra o dele, que mira o meu rosto como uma faca logo que digo seu nome. Será que ele sempre foi bonito assim? As fadas do palácio devem ter feito alguma coisa — talvez ressaltado seu cenho, dado uma modificada no nariz cheio de sardas. Ele não parece amaldiçoado. Na verdade, está exatamente como no dia anterior: muito irritante.

A atenção dele recai sobre Dante.

— Você dá atenção para qualquer uma quando não estou por perto, é isso? Ela vai corrompê-lo, sabia?

— Eu sei me corromper sozinho, obrigado. — Dante ignora a tensão aparente abrindo um sorriso. — Além do mais, integridade é só para quem *se importa* com isso. É melhor para um bom líder ser um mentiroso esperto do que alguém honrado e inútil.

— Está me chamando de inútil?

— E honrado.

O canto da boca de Cyrus se ergue. Dante avança e lhe dá um tapa no ombro, depois se cumprimentam segurando o braço um do outro, batendo os punhos fechados e estalando uns dedos em um gesto secreto que é rápido demais para captar. Pelas divindades, sinto que estou sobrando aqui.

Depois o príncipe se vira e olha para mim.

— Depois de viajar até Balica e Verdant e ver as Videntes muito educadas que eles têm, me questiono o que raios deu errado com você.

— Desculpe, eu devia ter ficado quietinha enquanto você me insultava? — Bufo. — Foi você que começou.

— Foi um aviso. Eu podia ter falado coisas piores. Não vou fazer isso de novo, mas se quiser continuar sendo Vidente, você precisa começar a se comportar de acordo.

Faço uma mesura zombeteira.

— Conquiste meu respeito e vou te tratar com respeito.

Com um passo rápido, Cyrus se aproxima de mim sem sequer dar atenção a Dante, que murmura:

— *Acho que vou indo.*

Eu avanço como se estivéssemos dançando, o coração acelerado. Senti falta disso — dessas discussões em que nos circulamos como duelistas, trocando investidas e fintas. Ele costumava alegar que discutir comigo era perda de tempo, mas nunca resistia ao ímpeto de tentar me humilhar.

— Você é esperta, mas arrogante — murmura Cyrus. — E vai descobrir que as pessoas só dão ouvidos a você porque tem um rei te apoiando, o que não vai continuar assim por muito tempo. — Um único cacho de seu cabelo macio sai do lugar quando ele baixa a cabeça, o olhar obscurecido pelos cílios compridos. — Você não tem um único pensamento altruísta nessa sua mentezinha abençoada, e nunca vou me submeter a uma pessoa assim. Seja orgulhosa mesmo, porque orgulho é tudo que você tem.

Meu sangue ferve. Já que ele quer me colocar no meu lugar, vou colocar o príncipe no dele. Tiro as luvas e as enfio nas mangas.

— Talvez eu devesse dar uma olhada mais atenta nos seus fios. — Cyrus não me deixa ler os fios dele desde o meu primeiro ano aqui. — Já que confia tanto no fato de que pode traçar seu caminho sem mim, eu devo ver apenas sucesso no seu futuro.

Estendo a mão para pegar um de seus punhos, cerrados ao lado do corpo, e Cyrus recua quando meus dedos roçam os nós de seus dedos. Será que é medo... ou vergonha? Ele sabe que sou capaz de ver memórias; pergunto-me o que tem a esconder.

— Violet. — Dante me puxa pelo ombro.

Ele se coloca entre nós dois, estreitando os olhos castanhos. Depois me solta e tenta afastar Cyrus também, que se desvencilha dele.

— Pode deixar ela — dispara Cyrus.

— Tem gente nos jardins.

Cyrus solta o ar com força por entre os dentes, como se estivesse subitamente ciente de quão feia é a cena. Ninguém está perto o bastante para nos entreouvir, mas nossos gestos são mais do que claros para qualquer um assistindo: o príncipe é incapaz de controlar sua Vidente que, menos de meia hora atrás, humilhou-o alegremente diante de seus cortesãos.

— Você não estaria aqui se não fosse por mim — digo. — Nunca se esqueça disso, principezinho.

Balançando a cabeça, Cyrus mergulha os dedos no cabelo, como se quisesse arrancar os resquícios de sua frustração.

— Eu nunca esqueci. — Uma risada seca corta suas palavras como uma foice. Ele vira de costas sem nem olhar para mim. — Vejo você em outra hora mais oportuna, Dante.

Fico olhando até ele ser cercado por seus guardas, as botas estalando no caminho de mármore.

Atrás de mim, Dante murmura:

— Será que vocês poderiam não me colocar mais nessa posição?

— Eu não ficaria ofendida se você escolhesse Cyrus em vez de mim. Ele claramente precisa de ajuda.

— Não é questão de *escolher*, Violet. Vocês não são frutas na barraquinha do mercado. Não é assim que funciona. Eu gosto dos dois.

Dou de ombros, mordendo a língua. Não consigo vislumbrar meu próprio futuro, mas sei que sempre vou estar às margens, rindo de longe. Sou estranha demais para me adequar à corte, ambiciosa demais para ser feliz entre os plebeus. Sou grata por ao menos ter essa amizade com Dante. A maior parte das pessoas diria que eu devia ser grata por ter sido abençoada com a Visão, por estar aqui — não deveria sentir nada *além* de gratidão.

Dante entende, mesmo que não goste. Ele sabe como é complicado ser um forasteiro.

Uma década atrás, a mãe dele, a Líder de Hypsi, comandou o conflito que conteve o avanço de Auveny pela Floresta Feérica. Como o estado de Balica que faz fronteira com Auveny, Hypsi suporta há muito tempo o ônus de lidar com disputas territoriais. A líder acreditava que as ameaças violentas eram as únicas que recebiam atenção, e ela não estava errada.

Quando notícias da escaramuça chegaram à capital, Auveny ameaçou enviar mais soldados para o sul. Para evitar guerra direta, a República de Balica e o rei Emilius negociaram: não haveria mais queimadas não autorizadas, mas a Líder de Hypsi seria afastada da posição. Se Cyrus não tivesse lutado com unhas e dentes por Dante, que estava na Capital Solar na época, ele também teria sido expulso da cidade.

A demanda pela minha magia e o fato de que estou nas graças do rei Emilius me protegem, assim como estar nas graças de Cyrus protege Dante, mas isso nunca será o bastante. Sentimentos podem mudar, afinal de contas. Reis mudam. Podemos facilmente perder tudo o que construímos sem fazer nada de errado, como no caso de briguinhas entre lordes ou de príncipes muito cheios de si se ofendendo com qualquer coisa. Não tenho o privilégio de ser agradável. As únicas pessoas que são agradáveis são as que jamais precisaram lutar por nada que queriam.

Há pessoas *gentis*, como Dante, que sabem como a vida é injusta e, de alguma forma, ainda mantêm a compaixão. Mas eu tampouco sou gentil.

Pessoas gentis são devoradas vivas neste mundo.

Dante e eu terminamos o passeio pelos jardins, falando sobre qualquer coisa que não seja Cyrus e o futuro, mas o olhar afiado do príncipe quando me confrontou ainda paira em minha mente, confiante demais para o meu gosto.

3

À TARDE, GOSTO DE FICAR NA SACADA DA MINHA torre, as pernas balançando através das grades de ferro da balaustrada. O manto se espalha ao meu redor, tingido com o roxo-rosado do crepúsculo.

Daqui, tenho a melhor vista de toda Auveny.

A neblina que vem do rio se espalha pelas ruas cada vez mais vazias do Distrito Universitário e do Distrito Artístico. Nas áreas mais baixas da cidade, construções vermelhas marcam o Distrito Lunar, onde muitos imigrantes de classes inferiores vindos de Yue se instalaram em Auveny para morar e trabalhar, incluindo a mãe que nunca conheci. Os becos labirínticos onde passei os primeiros onze anos da minha vida.

Na época, eu mal conseguia ler as placas em yuenês penduradas nas janelas de restaurantes que serviam miúdos e de lojas de itens de segunda mão. Achava que era possível encontrar qualquer tipo de tesouro no mercado, onde um músico de rua gentil me comprou doces de mel uma vez. Achava que o mundo terminava onde eu me deparava com muros altos demais para escalar.

Eu já tinha visto terras estranhas nos meus sonhos, mas minha mente ainda não tinha aprendido como se agarrar às imagens. As florestas do tamanho de montanhas, os horizontes sem fim, as risadas e os gritos de guerra de outras épocas — em comparação, meus dias eram restritos e empoeirados. Como aqueles lampejos podiam ser qualquer coisa além de fantasia, uma vida anterior?

Quando, com mais idade, entendi o dom que tinha, soube que meu destino era a grandeza, mas também que eu precisaria me provar para chegar lá. Ter a Visão não valeria de nada se eu não pudesse convencer as pessoas disso.

Havia muitos mendigos loucos. Profetas, nem tantos.

Quem era eu para alegar que minha mente era especial? Uma órfã sem um tostão no bolso e com perninhas desajeitadas, vestida em farrapos, com um rosto que tinha mais sujeira do que pele. As pessoas só acreditam no que veem, e só veem aquilo em que acreditam, e eu era apenas mais uma criança magrela dos becos. Tão indistinguíveis umas das outras quanto insetos.

Minha chance de sair das ruas veio em um sonho.

As construções do Distrito Lunar assomavam altas e brilhantes demais em minha mente, como se alguns filtros que cobriam o mundo tivessem sido removidos. Uma carruagem perolada puxada por cavalos, branca como as paredes do palácio, avançava pelos arcos do distrito enquanto trombetas soavam.

Portas se abriram nas laterais entalhadas do veículo. Duas crianças saltaram de dentro: um irmão e uma irmã, vestidos nos mais finos trajes em roxo e dourado. Tinham narizes, sardas e cabelos iguais; os fios brilhavam em um tom de âmbar sob as luzes ofuscantes no céu — um céu sonhado, pintalgado por mais estrelas do que eu jamais tinha visto.

As crianças dispararam por um labirinto de barraquinhas sem esperar pelos guardas. Em um piscar de olhos, a imagem ficou borrada. Um ruído devastador e úmido de algo se quebrando fez o mercado silenciar.

A visão me arrastou pelas barraquinhas, pelos produtos empilhados, pelas testemunhas apinhadas na rua… até os destroços da carroça cheia de cerâmicas ao lado dos quais jazia o corpo quebrado do menino, o crânio esmagado sob os cascos de um cavalo descontrolado.

O animal tinha se soltado da carroça e o condutor havia reagido um segundo tarde demais para agarrar as rédeas antes que a tragédia se consumasse. A magnitude do erro mal importava; o garoto estava morto.

Estaria morto.

Eu não sabia então quem ele era, mas vi suas roupas, a carruagem, o horror de todos ao redor. Era alguém importante.

Era exatamente do que eu precisava.

Quando acordei, fui até o mercado. Fiquei parada à sombra de uma construção alta, a alguns passos de uma carroça com dois andares de urnas de cerâmica pintadas, e aguardei. Fiz a mesma coisa dia após dia até certa manhã, quando o ar estava doce e espesso como frutas maduras, e ouvi as trombetas da carruagem.

O garoto passou derrapando pela carroça, rindo. Quando me viu, com os pés plantados firmemente no chão e os braços estendidos, os olhos dele encontraram os meus como se soubesse que eu estava ali por ele.

Antes que o garoto pudesse elaborar uma pergunta, eu o puxei para a frente. A carroça explodiu em uma nuvem de madeira e porcelana. Um cavalo passou a toda pelo ponto em que o garoto estava um segundo antes.

Quando o choque dele retrocedeu até um tremor controlável, contei ao rapazinho sobre minhas visões e como eu sabia que devia salvá-lo. Ele perguntou meu nome, e respondi com o que inventei para mim mesma: *Violet*. Ele então perguntou meu sobrenome e respondi que não tinha família, então ele me chamou de *Violet Lune*, Violeta Lunar, por conta do distrito em que eu morava.

Em troca, me contou o nome dele: Cyrus Lidine.

Eu tinha salvado o príncipe-herdeiro.

Naquele momento, vi meu futuro mais nítido do que nunca; não através da Visão, mas pela forma como o garoto me olhava, como se eu fosse um milagre. Eu podia pedir qualquer coisa que ele faria questão de me dar.

Apontei para a torre no centro da capital, a que parecia alta o suficiente para atravessar o céu. Perguntei sobre a bruxa que morava lá e se era verdade que ela via o futuro assim como eu.

Perguntei: *Posso morar lá também?*

Cyrus me levou para o palácio, onde me ajoelhei diante do rei e jurei servi-lo. Cada dia depois disso foi como um redemoinho, me empurrando cada vez mais para longe da vida que eu conhecia e na direção de outra que nunca havia sequer imaginado. Necessidades não eram mais questão de *se*, e sim de *quais*. Descobri que gostava de doces, de infusões bem fortes e de travesseiros não tão macios, e que me trariam qualquer uma dessas coisas na hora em que pedisse. Deixei meu cabelo crescer abaixo da cintura, e rodopiava na frente de espelhos usando vestidos escolhidos pela princesa, que ficou feliz de ter uma nova companheira de brincadeiras no palácio. As pessoas me viam. Elas me *procuravam*. O mundo se abriu diante de mim, assim como minhas ambições.

A única parte negativa foi a morte da Mestra Visionária Felicita. Ela já estava doente quando cheguei e, no fim daquele mesmo mês, morreu dizendo a profecia que ainda nos assombra, me deixando pouco familiarizada com suas tradições. Talvez tenha sido uma brincadeira das próprias Sinas; coisas grandes tendem a acontecer todas ao mesmo tempo.

O que veio depois da minha investidura como Vidente foi algo que eu não poderia ter previsto — minha entrada turbulenta na corte, os anos ganhando respeito, a decadência da boa vontade de Cyrus conforme o pai parecia me favorecer em detrimento a ele. Eu só percebi quando Cyrus já tinha se fechado completamente. O príncipe parou de sorrir para mim e só falava comigo quando era para me passar um sermão. Se minha memória não fosse perfeita, eu quase acreditaria que aquele garoto de olhos deslumbrados que salvei no Distrito Lunar nunca existiu.

Mas me lembro do menino, no mínimo pelo seguinte: ele manteve a promessa, feita enquanto segurava firme minha mão naquele dia assustador em que nos conhecemos.

Eu vou te dar um lar.

Uma batida na porta interrompe meus pensamentos.

Suspiro, afasto as pernas dos vãos da grade da balaustrada e desço as escadas. Estava ficando muito sentimental, de qualquer forma.

Parado diante do batente, o lacaio do rei me cumprimenta, vestido em uma libré amarela.

— Boa noite, Mestra Visionária. — Ele faz uma mesura. — Sua Majestade está no roseiral.

— Certo — eu ainda não tive minha reunião com o rei. Tentando desamassar o manto, sigo o lacaio e deixo meu passado no passado.

O ocaso deu lugar à escuridão. Quando cruzo a ponte que leva ao palácio, os jardins além dos portões não passam de manchas grandes e obscuras formadas por sebes e copas. Estrelas começam a cintilar acima da minha cabeça e nas mangas do meu manto. Uma única lamparina brilha no caminho que leva às rosas, onde um vulto corpulento me aguarda a sós.

O roseiral é o espaço favorito do rei Emilius em toda a propriedade — ou, mais precisamente, o favorito da falecida rainha, mas ele assumiu fervorosamente o posto depois da morte dela. Rosas costumavam variar tanto em significados quanto variam em cores, mas só querem dizer uma coisa desde a profecia de Felicita: *maldição*. Ninguém as cultiva mais, mas elas resistem no palácio como uma marca de ousadia — uma declaração de que a coroa não teme o futuro, pois a profecia se provará benéfica.

Chego mais perto do rei, inclinando a cabeça em uma curta reverência.

— Vossa Majestade. O senhor parece bem.

— Vidente.

Embora a bengala adornada por uma cabeça de leão no punho trema, ele não está curvado, maior evidência de sua boa condição de saúde. Os homens da família Lidine padecem de uma doença sanguínea que enfraquece os ossos e os músculos na velhice. Avançou com rapidez no último ano. Embora não vá matar o rei Emilius, é só uma questão de tempo até ele ficar permanentemente acamado.

— Alguma novidade vinda das estrelas?

O garoto deve morrer antes do fim do verão, ou tu vais queimar.

— Nada esta semana — minto.

Ele assente, olhos cerrados em pensamento.

— Então, no momento, precisamos lidar com a questão da próxima rainha de Auveny. Já forçamos demais a paciência do nosso povo. Há mais sinais da profecia nas fronteiras.

— As rosas perto das árvores apodrecidas — digo, como uma vigia exemplar.

— Sim. Também há relatos de campos se enchendo de rosas do dia para a noite em um vilarejo mais distante da Floresta Feérica. Felizmente, o fazendeiro afetado tem certa má reputação junto aos vizinhos, e as pessoas acham que foi só uma peça que ele pregou para disfarçar a colheita fraca. — A respiração seguinte do rei sai na forma de um suspiro, rouca com a antecipação de um acesso de tosse. — De qualquer forma, venho me preparando para o pior, caso aquela infeliz profecia enfim recaia sobre nós. E, para isso, vou precisar da sua ajuda, Vidente.

Viro a cabeça para enxergar melhor a expressão do rei, mas está escuro demais para ver muito além da silhueta de seu perfil; ainda assim, conheço esse tom de voz bem o bastante.

Foi o rei Emilius que me pediu para mentir sobre as minhas profecias pela primeira vez. Para aproveitar o fato de que ninguém em Auveny pode negar o que vejo, dado que ninguém tem a mesma magia que eu. Eu era jovem e ingênua, e fiquei chocada. Não porque ele estava me pedindo para mentir ou indo contra a reputação virtuosa que eu sabia que ele tinha, mas por alguém como ele *precisar* mentir. Por ver que mesmo o poder de um rei pode estar à mercê dos caprichos de um larápio qualquer.

Ele me disse que a mentira é uma ferramenta, tanto quanto a honestidade. Ambas dizem respeito a escolher bem as palavras. Ambas podem ter consequências.

O que se obtém, no fim das contas, é o que importa.

— Uma garota diferente de todas as outras vai comparecer à Festa das Feras — continua ele, virando-se na minha direção enquanto abre o mais diminuto dos sorrisos. — Ela vai entrar às onze. A máscara da jovem vai ser de um verde esplêndido, no formato de asas de borboleta, adornada com uma quantidade luxuosa de escamas-de-dragão, esmeraldas e jade, e ela estará com um vestido coberto de flores-de-fada douradas. Vai ser impossível não prestar atenção nela. E ela se tornará o verdadeiro amor de Cyrus. Está entendendo?

Não entendo, não por um longo momento, porque a única coisa que ele pode estar querendo dizer é... A menos que ele *de fato* esteja falando de...

— Um casamento arranjado?

— Exatamente. Com uma refinada dama de Balica, escolhida por uma pessoa que mandei junto com Cyrus em sua expedição.

Deixo escapar uma risadinha repentina. Cyrus passou todo esse tempo discutindo só para terminar com um *casamento arranjado*.

— Perfeito. É o que Cyrus devia ter feito anos atrás.

— E é também uma coisa a menos com a qual preciso me preocupar.

As pontas do bigode grisalho se curvam para cima.

— Que bom que você concorda. Espero que Cyrus também concorde. Você deve convencê-lo de que ela é o verdadeiro amor dele.

— Como assim? — Eu hesito. — Ele não sabe a respeito dela?

— Pelas estrelas, não. — Enfiando a bengala sob o braço, o rei Emilius apoia as mãos na fivela do cinto, um sol entalhado em ouro. — *Nós* entendemos que uma noiva é meramente uma noiva, uma questão prática, mas meu filho infelizmente é teimoso a respeito de se apaixonar. Esse arranjo vai funcionar melhor se ele acreditar que o encontro dos dois foi obra do destino. O baile vai ser apenas uma cortina de fumaça. — Ele ergue dois dedos; seus tremores ficam mais pronunciados com a mão suspensa no ar. — Primeiro, desviará a atenção das fronteiras. Segundo, vai ser o cenário perfeito para uma história de amor, tudo aos olhos do público. E vai saber? Talvez Cyrus *de fato* se apaixone. Ela parece extraordinária em muitos sentidos.

Um plano elegante — se *eu* não tivesse de ser a pessoa responsável por convencer Cyrus. O rei analisa minha expressão.

— Você parece em dúvida.

— Bem... — Mal consigo evitar gaguejar. Estou de queixo caído. Fecho a boca com força. — Posso convencer o *público* disso, mas Cyrus não confia muito em mim.

— Você vai ser a Vidente dele em breve. Precisa construir essa relação de confiança de uma forma ou de outra.

— Ao longo do tempo, espero de fato que isso aconteça — digo devagar, tentando ser diplomática sem esconder minha antipatia. — Mas o senhor viu o que aconteceu durante o anúncio.

— Cyrus só estava bravo porque você estava certa. Ele sabe que está sendo cabeça-dura. Acho que vai mudar o tom muito em breve. — O rei Emilius faz uma pausa, como se refletindo a respeito de algo. Depois diz: — Você é mais esperta que meu filho, sendo completamente sincero. Se ele tivesse sua inteligência, eu me preocuparia menos com o futuro destas terras.

Não consigo reprimir um sorriso. Eu nunca imaginaria que o rei daria mais valor a mim que ao próprio herdeiro, mas compartilhamos uma visão mais parecida do mundo. Podemos discutir estratégias em termos honestos, e ele nunca me repreende por expor minhas opiniões de forma sincera, mesmo que elas envolvam a corte ou as falhas do filho. Ele cuida do futuro de Auveny acima de tudo. Não é nada pessoal.

Estou mais orgulhosa do que confiante, mas vai ter que servir no momento. No fim das contas, não posso recusar a menos que tenha um plano melhor.

— O senhor não tem com o que se preocupar.

— Essa é a minha Vidente. — Ele estreita os olhos, um par de crescentes oculto nas sombras. — Dê ao reino uma história de amor que repercutirá por eras, Violet. Uma que seja digna de derrubar a terrível profecia com a qual Felicita nos deixou.

Eu nunca o decepcionei.

— É o que vou fazer, Vossa Majestade.

4

SEIS SEMANAS ATÉ O BAILE. AS FACHADAS DA CAPITAL Solar se transformam do dia para a noite. Vitrines se enchem de bolsinhas, leques, joias — coisas de que uma garota pode precisar para chamar a atenção do príncipe. Modistas despem seus manequins das roupas de verão feitas de linho leve e, no lugar, expõem sedas e saias bufantes de veludo. Barracas com amostras de perfumes surgem por toda a cidade, perto de vendedores ambulantes de máscaras e aviamentos.

E se torna impossível chegar a um raio de um metro e meio do príncipe Cyrus Lidine. Dentro do palácio, ele está sempre cercado de puxa-sacos da corte. Quando pisa na cidade, surgem as admiradoras escandalosas.

Sua condição de solteiro atraiu dois tipos de perigo da Capital Solar: as moças que acham que são delicadas flores-de-fada esperando para serem colhidas por uma versão onírica do Príncipe Encantado; e outras mais parecidas com os espinheiros da Floresta Feérica, prontas para escalar — à base das garras. Famintas pelas coisas que apenas um príncipe pode oferecer: joias, carruagens com cavalos brancos, a inveja da sociedade.

Um príncipe sem seus brinquedinhos, afinal de contas, é apenas um garoto.

Quando Cyrus organiza uma sessão de perguntas e respostas sobre si mesmo na Praça da Universidade, compareço com a esperança de encurralá-lo depois. Vou pedir uma trégua, pelo bem de Dante; pelo menos quanto a isso podemos chegar a um acordo.

O público na sessão é gigante, espalhado dos pilares de um salão de ensino ao outro, e franzo o nariz enquanto me esforço para conseguir um lugar livre nos degraus de um dos prédios. Cyrus pode até ser Sua Lindíssima Alteza e um ótimo partido, mas o rostinho bonito dele não vale mais que metade dessa turba.

Ele presenteia a multidão com detalhes fúteis a respeito do que gosta ou não gosta, da sua rotina de exercícios, do que acha atraente em uma parceira — tudo salpicado com piscadelas frequentes. Estou quase cochilando no meio de um flerte patético quando uma jovem no público desmaia. Cyrus salta do palco para segurá-la bem a tempo e, quando veem seu sinal de heroísmo, outras cinco garotas desfalecem, esperando o mesmo tratamento. Pessoas surgem do nada e se apinham para chegar perto dele, tentando obter uma pequeníssima amostra de cabelo, unha ou mesmo saliva — poções do amor estão em alta.

O caos é tamanho que a Guarda Imperial precisa ser convocada, e vou embora sem conseguir falar com ele. Por mais que odeie a perspectiva de ter de ganhar a confiança do príncipe, não estou evitando a reconciliação de forma intencional. Não consigo chegar perto o bastante dele nem para *tentar*.

Considero enviar um convite para uma reunião, mas parece ousado demais. Cyrus já parte do princípio de que estou sempre maquinando contra ele — e bem, *errado* não está. Ele me conhece há mais tempo que qualquer outra pessoa, e a única coisa decorrente disso é que é impossível mentir para ele.

Preciso semear uma pequena amizade. Abrir meu mais doce sorriso e esperar que não pareça uma zombaria. Eu poderia começar concordando com tudo que ele dissesse: *Sim, meu único propósito é de fato irritar você, principezinho, como você é esperto.* Praticando diante do espelho, sou incapaz de ter essa conversa sem cair na risada.

⁂

Volto a abrir a torre para leituras públicas e mudo meu foco para construir o resto da épica história de amor de Cyrus. Se tem uma coisa que todo conto precisa é de *drama*. É como diz o ditado: todos os futuros são merecidos, e nenhum destino vem sem sangue.

Embora a Festa das Feras seja um baile de fachada, preciso fingir que não é. As presentes devem sentir que têm chance com o príncipe. A noiva escolhida deverá competir por ele, mesmo que a batalha seja tão insignificante quanto garantir a última dança.

Assim, acrescentando ao fervor que já varre a Capital Solar, me preparo para aumentar ainda mais a obsessão por nosso príncipe herdeiro.

— Que as estrelas me ajudem.

Acordo já ouvindo os ruídos abafados dos clientes do lado de fora da porta da sala de adivinhação. O sol mal está no céu por tempo suficiente para afugentar o frio do chão impecavelmente limpo. Faço minha rotina matinal me arrastando. Experimento três trajes diferentes, escovo o cabelo até ele brilhar, limpo a mesa de adivinhação e leio todos os boletins deixados pelo pássaro-mensageiro.

Desde que lady Gilda botou as mãos em uma prensa e começou a publicar o *Papo da Gilda*, todas as fofoqueiras da corte decidiram investir em um negócio igual. O *Ziza Atualiza* de lady Ziza Lace é o pasquim mais envolvente de todos, graças às sórdidas descrições de Cyrus que fariam jus a uma aula de anatomia. Hoje, os boletins lutam pelo público leitor publicando perfis que cobrem de tudo, das comidas favoritas do príncipe à sua constelação de nascimento. Ele é de Cisne, nascido sob a lua crescente, o que quer que isso signifique.

Faço passarinhos de papel com os boletins e os atiro da sacada. O ruído constante na minha antecâmara se transformou em barulho de fundo a essa altura, pontuado por ocasionais gritinhos. Nunca vou estar preparada para encarar isso, mas preciso.

Enfim, respirando fundo, abro a porta...

... e me deparo com um caos bufante e reluzente.

A antecâmara está lotada — pessoas ombro a ombro, mais espremidas do que mercadorias em uma carroça puxada por cabras a caminho do mercado — com todas as damas elegíveis da Capital Solar. Se o anúncio estava abarrotado, o que vejo diante de mim é um verdadeiro *sufoco*.

Compreendo parte dos berros:

— EU MERECI MINHAS FADAS, SUA RATAZANA COMEDORA DE NÉCTAR!

— ... a cor favorita do príncipe Cyrus? Preciso ir à modista depois para comprar um novo xale.

— ... daria para ralar um rabanete naqueles músculos dele...

— A Vidente *enfim* chegou!

Um suspiro exausto escapa da minha garganta. Um pesadelo atrás do outro. Devia estar grata pela demanda, porém. O caminho que o público em geral precisa tomar até a torre envolve duzentos degraus cobertos de vinhas escorregadias e sem corrimão. É um perigo em dias ensolarados, e uma sentença de morte em caso de clima chuvoso. O fato de que essas damas vieram até aqui nesta manhã tomada pela neblina só para ouvir o que eu tenho a dizer... Bem, nesses tempos tumultuados de mudança de trono, isso significa estabilidade no emprego.

A primeira da fila é uma menina com os dentes da frente separados, imóvel a centímetros da porta fechada até pouco antes. Ela faz uma longa mesura e começa a recitar o cumprimento formal:

— Vim buscar suas sábias palavras, Mestra Visionária. Sua conexão com as Sinas é abençoada e...

Faço um gesto para que ela entre logo, já cansada.

— Certo, certo, vamos logo ao que interessa.

Ela adentra o cômodo com passinhos apressados.

— Que empolgante! Minhas amigas todas tiveram a sorte lida pela senhorita e disseram que é uma experiência muito interessante e que a senhorita é de um estranho encanto. Ah, estranho de uma forma boa, é claro...

Nos acomodamos no centro do cômodo, de lados opostos de uma mesa esculpida em mármore sustentada por quatro dragões de corpo serpentino. Um conjunto de chá e uma pilha de cartas estão posicionados ao lado, prontos para serem usados.

A garota — Sicene, foi o nome com o qual se referiu a si mesma em algum ponto do falatório — olha ao redor, maravilhada.

— É tão vazio aqui... Bom, não que seja ruim. É limpo, quero dizer. Uma vida simples é uma vida saudável, meu pai costumava...

Pigarreio.

— O que a senhorita gostaria de ver?

— Ah, é, bom. Eu gostaria de saber o que o futuro guarda para mim em relação à Sua Alteza, o príncipe Cyrus. Se for possível.

Estendo as mãos com a palma para cima, já sem as luvas.

— Me dê as mãos e começamos.

Sicene obedece, toda animada, e fecho os olhos. Em minha mente, desconectada da terra e em um lugar conhecido apenas pelas estrelas, outro par de olhos se abre.

Sicene, fazendo compras no Distrito Palaciano com as irmãs, tagarelando efusivamente.

A caravana real avançando por uma rua de paralelepípedos. O reflexo do príncipe Cyrus preenche toda a janela da carruagem. Ele é a coisa mais adorável que ela já viu.

Ouro — um lampejo do salão de baile do palácio? Um tinido musical ecoa, abafado e distante.

Continuo vasculhando por um tempo, mas não há muito mais o que ver. As Sinas não dão a mínima para essa garota. É mais ou menos o que eu esperava; não somos todas princesas ou órfãs destemidas — ou, pelo amor das estrelas, princesas órfãs destemidas — com grandes destinos pela frente.

Minha língua busca algo misterioso para oferecer a ela.

— A senhorita deve ter uma conversa muito esclarecedora com o príncipe Cyrus — digo. Sicene fala sem parar, e se eu mencionar algo assim, ela vai ter a confiança de ir em frente. — Talvez troquem apenas palavras, mas se a senhorita puder encontrar as palavras *certas*, ele vai guardá-las para sempre no coração. Não perca as esperanças.

Ela agarra minhas mãos com força, soltando um arquejo diminuto.

— Não vou perder! Fico feliz de ao menos ficar nos *pensamentos* dele.

Deixo que ela divague sobre potenciais tópicos de conversa por algum tempo antes de mandá-la embora. A caminho da saída, ela joga uma oferenda generosa na fonte.

Depois de Sicene, o padrão continua: clientes vão entrando, as mãos se acomodando ansiosas nas minhas. O coração delas pertence ao príncipe, mas sua ânsia pertence a mim.

"A senhorita vê amor?", perguntam quase todas, tímidas ou muito recatadas para serem mais específicas, embora todas estejam ali pela mesma razão.

Conforme exploro mais fios, consigo construir um panorama mais completo do baile: vestidos rodopiantes, máscaras extravagantes, torres de bolinhos suficientes para alimentar nosso exército. Um cavalheiro usando uma máscara dourada de raposa se destaca, alvo da atenção de todas as presentes, e parece tão provável que seja Cyrus que sugiro a algumas clientes que procurem essa pessoa específica.

— Para ter boa sorte — digo, tentando ser enigmática.

Recebo clientes insuportáveis, também, como lady Mirabel, que não gosta da minha franqueza, mas mesmo assim deposita dinheiro na fonte das oferendas como todas as outras.

— Acha que está sendo engraçadinha, bruxa, mas a única coisa que está demonstrando é sua inveja — diz ela. — Precisa armar uma *cena* para ser notada, enquanto Sua Alteza é capaz de encantar um salão usando apenas o olhar! Ah, aposto que, lá no fundo, a senhorita sequer *deseja* que ele encontre uma noiva.

— *Ahh*, a senhorita me pegou no pulo. — Agito os dedos de forma pretensamente assustadora, dando uma risadinha enquanto ela se retrai. Mas minha piadinha é interrompida quando um brilho intenso se aproxima do meu rosto e solta um gritinho. Uma poeira cintilante faz meu nariz coçar, e espirro. — Fadas são proibidas na sala de adivinhação!

Mirabel faz uma careta, mas espanta a criaturinha com a mão. A fada não vai embora, então a mulher saca um frasco dourado da bolsa e derrama uma gota de ambrosia no polegar. A fada resplandecente pousa em seu dedo e, em um piscar de olhos, sorve toda a substância antes de sair zumbindo meio embriagada pela janela.

É quando me deleito entregando a Mirabel uma leitura concisa sobre como ela vai encher a cara e passar a maior vergonha. Ela sai indignada depois de cuspir no meu rosto.

A cliente seguinte é uma surpresa: lady Ziza Lace, sobrinha do lorde do Quarto Domínio.

Antes de começar a publicar seu boletim, Ziza era conhecida por seus muitos quase noivados, uma lista alegadamente mais longa que os registros fiscais de Auveny. A reputação dela abarca os dois lados do oceano; não raro, Ziza viaja para Yue para visitar a parte paterna da família. Ouvi dizer que ela planejava se manter solteira depois de concluir que todos os pretendentes eram indignos de sua mão. Agora, com trinta e poucos anos, e na liderança de projetos bem-sucedidos, não acho que tenha interesse no príncipe.

Cachos pretos emolduram o rosto perolado e coberto por uma quantidade excessiva de pó. Ela está espremida em um vestido ocre com um corpete tão apertado que seria capaz de ordenhar vacas. Tudo o que o traje sustenta balança quando ela se senta.

— A senhorita leu a edição de hoje do *Ziza Atualiza*? O que achou da análise das constelações?

Argh, constelações de nascimento. Se Cyrus de fato se importasse com adivinhações falsas, proibiria as *desse* tipo.

— Eu não mexo com...

— Como um Cisne de lua crescente, o príncipe Cyrus é uma pessoa naturalmente reservada. Gosta de charadas e é muito organizado, e não gosta de pessoas irritantes.

Abro a boca, depois volto a fechá-la.

— E alguém *gosta* de pessoas irritantes?

— Eu gosto. Caso contrário, seria uma hipócrita. — Ziza dá uma gargalhada e se debruça na mesa de adivinhação com os olhos brilhando. — Pois então, srta. Lune. Me conte quem vai ser. A noiva que o príncipe Cyrus vai escolher.

Ergo as sobrancelhas. Não é possível que ela saiba dos planos do rei.

— Eu é que não vou ser! — Ela ri de novo antes de continuar: — Sou ambiciosa, não iludida. Considere as probabilidades: ele só vai se casar com uma única garota. Uma *por vez*. As probabilidades são bem pequenas mesmo. Mas a futura rainha pode ter tantas amigas quanto quiser.

Então esse é o objetivo dela. Espertinha. Melhor ainda fazer amizade com uma rainha antes que esta seja coroada, fazendo a conexão parecer mais genuína.

— Se eu soubesse a resposta, ele não teria embarcado nessa busca por uma noiva, para começo de conversa — digo com frieza, estendendo a mão para pegar meu bule cheio de chá frio. Clientes falastrões como Ziza me deixam com a garganta seca.

— Ah, que pena. — Ziza afunda na cadeira. — Meu tio acha que há uma chance de Cyrus *não* achar seu verdadeiro amor. Sei que a Mestra Visionária Felicita devia estar louca, mas mesmo assim o Conselho parece muito apreensivo a respeito da profecia dela. Ouvi dizer que estão considerando o lorde Fidare do Décimo Domínio de novo.

Quase transbordo minha xícara de tanto chá que sirvo.

— Para o trono?

O lorde Fidare, que as más línguas chamam de "Fifi", é o primo mais velho de Cyrus e Camilla. O Conselho de Duques fez um esforço considerável para que o rei Emilius o indicasse como herdeiro quando Cyrus caiu gravemente doente aos quinze anos, ocasião em que o medo da profecia atingiu um nível de histeria.

Mas escutei o que gritavam atrás de portas fechadas, o que sussurravam uns para os outros quando achavam que estavam na companhia de pessoas confiáveis — a pressão de indicar Fidare não era motivada pelo medo. Não, os duques só não gostavam do fato de que o príncipe interagia muito pouco com os filhos e filhas dos nobres, preferindo a companhia de um balicano — Dante. Tampouco gostavam do fato de ele teimar em falar publicamente contra a queima da Floresta Feérica, assim como contra a modinha da ambrosia que enriqueceu os duques.

No fim, Cyrus ficou bom e, em vez de indicar o sobrinho ao trono, o rei Emilius enviou Fifi para as fronteiras para presidir o Décimo Domínio — onde ele esteve pelos últimos quatro anos. Eu não tinha ouvido um pio a respeito do assunto desde então — até agora.

Ziza agita uma das mãos.

— Ah, mas isso é só boato. O Conselho não pode forçar a indicação de ninguém enquanto Cyrus estiver vivo. Sua Majestade nunca substituiria o filho! Mas me pergunto se lorde Fidare vai estar no baile.

Levo a xícara aos lábios.

— Fifi... Lorde Fidare já é comprometido. — Com alguma herdeira de uma família mercadora de Yue, se bem me lembro.

— "Já é comprometido" também significa "ainda não é casado" — declara ela, e quase engasgo com o chá. — A *senhorita* não preferiria Fidare no trono?

Solto uma risadinha automática. Fifi é um cavalheiro gentil, gentil até demais, mas é tão esperto quanto uma porta. Ele sem dúvidas terminaria sendo um fantoche dos outros duques, se chegasse ao poder, e os outros duques não estão interessados em nada além de deixar os próprios bolsos mais cheios.

— Não preferiria? — insiste ela.

Ergo os olhos e vejo que Ziza está analisando meu rosto assim como analiso o dela.

— O que a senhorita quer dizer?

Ela dá de ombros.

— Me perdoe se estiver sendo franca demais, mas a animosidade entre a senhorita e o príncipe Cyrus é conhecida. Eu mesma cogitei a possibilidade de ele voltar dessa excursão com uma Vidente qualquer para substituir a senhorita. Verdant tem duas Videntes, afinal de contas, e ele visitou a corte de lá, não visitou?

Uma sensação de ameaça percorre minha coluna.

— Substituir uma Vidente é algo sem precedentes em Auveny.

— Ah, mas é o trabalho do rei criar precedentes. Você é uma mulher perigosa, srta. Lune, e digo isso no melhor dos sentidos. — Quando ela junta as palmas sobre a mesa, os dedos de Ziza tilintam com uma quantidade de anéis digna do tesouro de um dragão. O sorriso da mulher é tão afiado que poderia cortar vidro. — Reis podem subir ao trono e cair dele por conta do amor do povo, mas uma Vidente não precisa de algo tão volúvel quanto amor. Somos *nós* que precisamos de gente como a senhorita. Suas palavras abençoadas pelas Sinas têm um peso, com ou sem um título formal. Palavras que poderiam impedir que Sua Alteza assumisse o poder, se a senhorita assim quisesse.

Estreito os olhos. Isso é traição. *Mas é verdade.* Eu poderia prever todo tipo de coisas horríveis sobre o reinado dele e mandar os planos de coroação de Cyrus por água abaixo. Haveria consequências, como é o caso de toda faca de dois gumes, mas eu *poderia* fazer algo assim. Fácil como um sussurro, contanto que as pessoas acreditassem em mim.

Mas... eu não conseguiria suportar a ideia de dar a vitória de bandeja para os duques. Não gosto de Cyrus, mas ele está certo em exigir integridade deles.

Não recebo muitos clientes do interior, mas, pelos fios, consigo ver o bastante para pintar uma imagem de vilarejos em dificuldade. Não combina com a opulência de seus domínios. Nos fios dos lordes, vejo cofres cheios de moedas e livros-caixa borrados, e me pergunto o que fizeram em troca de uma matemática que os favorecesse. A ganância é mais comum que moscas, mas ainda sinto nojo ao pensar muito no assunto; eles já têm demais.

Talvez eu até admirasse o idealismo do príncipe, se ele tivesse planos práticos associados a isso. Mas ele teria mais sorte tentando tirar integridade de pedras.

Não, eu não preferiria o voraz Conselho ou lorde Fidare ou algum outro esquema escuso a Cyrus. Mas a possibilidade de ser traída por ele existe, como uma arma embainhada.

Sem desviar o olhar, engulo qualquer tentação.

— Acho que a senhorita está sendo franca demais — digo apenas.

Lady Ziza faz uma mesura, um sorrisinho minúsculo pairando nos lábios.

— Peço perdão, Mestra Visionária.

※

Os clientes que vêm depois de Ziza não são nem de perto tão interessantes quanto ela. Por um tempo, fico grata por isso, até as horas começarem a parecer dias. Além de fazer previsões sobre vidas amorosas, também leio os fios de uma mulher investigando um segredo de família, de viajantes de Yue buscando a aprovação das Sinas antes de partirem em sua jornada, de um fazendeiro que quer saber quando suas sementes mágicas recém-compradas vão brotar — minha Visão não funciona com objetos inanimados, mas meus olhos normais puderam ver que não passavam de ervilhas secas.

Quando o sino bate as sete badaladas, dispenso todas as pessoas que ainda estão aguardando, subo as escadas e me jogo na cama.

Pessoas me exaurem.

Fecho os olhos — só um pequeno descanso. Todos os fios que acompanhei hoje se misturam em lampejos borrados da Capital Solar e de foliões mascarados. Visões do passado marcam com facilidade minha memória, mas tentar me lembrar de fios do futuro é como tentar conter água com as mãos.

Ouço o relógio da torre de novo — onze badaladas dessa vez. A noite se aprofunda numa escuridão ainda mais intensa e as estrelas iluminam o céu, girando e girando, flutuado e rodopiando...

Não, não estrelas.

Fadas. O céu está cheio de fadas.

Estou sonhando.

Abro os olhos — mas as fadas não somem. Pairam como enfeites dourados, silenciosas exceto pelo farfalhar de suas asas.

De repente estou de pé, parada no meio do vazio. Não importa com que frequência aconteça, a passagem da vigília ao sonho nunca fica mais fácil de identificar. Quando estendo a mão, três fadas pousam nos nós dos meus dedos. Seus membros minúsculos me fazem cócegas. Ao menos fadas oníricas não me fazem espirrar.

É a hora, diz o vento numa voz rouquenha. *Eles vão se erguer, fera e roseira. Enfim, enfim.* Um calafrio percorre meu corpo. O vento fica mais calmo. Uma fada sobe até a ponta do meu dedo e puxa. É pequena e brilhante demais para que eu possa ver para o que está apontando, mas continua puxando, forte como um beliscão, como se quisesse me mostrar algo.

Dou alguns passos adiante.

No passo seguinte, a escuridão parece se abrir. Bordas irregulares de arbustos surgem onde antes não havia nada. Sob meus pés, um tapete de musgo ganha vida. Quando respiro, ar gelado preenche meus pulmões.

O resto das fadas surge em meio à vegetação rasteira. Sigo pelo caminho que iluminam, abrindo espaço entre ramos e vinhas. Espinhos fazem cortes diminutos na minha pele. Conforme avanço, o terreno fica escorregadio, mas manobro com a ajuda da memória: sou uma pequena ladra de novo, perambulando por terraços repletos de varais de roupa.

Este lugar não parece uma floresta. Não há troncos de árvores, samambaias ou pedras, apenas cordões feitos de folhas, se enrolando e se entrelaçando, se estendendo na direção de um centro. Quando me detenho por tempo o bastante para que o som farfalhante pare, escuto um retumbar constante, e as vinhas ao meu redor pulsam no mesmo ritmo. Como um coração.

Não devo estar correndo perigo real, mas fico incomodada do mesmo jeito. Acalmo a respiração e dou cada passo com muito cuidado. As fadas estão cada vez mais esparsas. Uma nesga da lua surge entre a vegetação e ilumina uma clareira. No emaranhado de espinheiros logo adiante, há algo preso...

Um corpo.

Um garoto.

Pendurado de pé, com os olhos fechados, os lábios rubros como frutinhas silvestres. Tão belo que até eu quero dar um beijo nele.

O príncipe.

O peito dele sobe e desce, o único movimento presente. Está adormecido, não morto, embora esteja pálido como a morte. Tremo conforme me aproximo. As sombras ao redor dos olhos dele são hematomas; os lábios estão partidos por um corte. É fácil odiar Cyrus quando estou acordada, mas aqui nos meus sonhos, ele é apenas o peão de uma profecia. Pode morrer antes do verão, se o que essas vozes me dizem for verdade.

Uma gavinha em broto serpenteia pelo cabelo dele e se enrola perto da bochecha. Posso *vê-la* crescendo diante dos meus olhos, e é tão perturbador que ergo a mão para afastá-la.

Os olhos dele se abrem de repente. Eu me retraio.

Vinhas espinhosas envolvem seu corpo, deixando pontinhos de sangue que florescem em rosas. Quando as folhas abrem espaço, consigo ver a camiseta em farrapos, manchada de marrom-oxidado na parte da frente.

O vento fica repleto de sussurros. Não ouço nenhum deles. Só consigo focar o olhar penetrante de Cyrus, verde como a mata que o cerca.

— Minha maldição — profere ele, em tom acusador. — Minha ruína.

A vegetação o engole.

5

O REI ME DEU A TAREFA DE DAR FORMA AO FUTURO de Cyrus.
Meus sonhos me dizem que Cyrus talvez *não tenha* um futuro.
Dante diz que todo mundo sonha. Mas os sonhos que ele descreve são muito diferentes dos meus. No último que me contou, ele cavalgava um sapo até sua cidade natal para encontrar a irmã e a parabenizar por sua nova cenoura.
— Você nem tem uma irmã — falei a ele na ocasião. — E por que você parabenizaria alguém por uma cenoura?
— Exatamente — respondeu ele então. — Sonhos são assim.
Não entendi nada. Tudo com que sonho já aconteceu ou vai acontecer — ou *deveria* acontecer. E, agora, estou recebendo mensagens enigmáticas enviadas por divindades e fadas e príncipes oníricos, sendo que nunca recebi esse tipo de presságio antes.
Não tenho como alertar Cyrus a respeito disso.
Minha ruína, afirmou a versão dele no sonho.
Eu acredito.
Talvez haja outra forma. Não seria a primeira vez que eu mudo o destino. Foi como toda essa confusão começou: li-

vrei o príncipe do perigo quando não deveria. As divindades devem desejar mais coisas além da vida do príncipe ou da minha. Será que Cyrus pode morrer antes de a profecia de Felicita se realizar? Talvez esteja tudo conectado. Ou talvez eu só esteja enlouquecendo...
    Eu definitivamente estou enlouquecendo.
    Entre o tumulto das leituras e minhas noites ansiosas, perco a noção do tempo. Uma semana se passa, e preciso encontrar com o rei de novo. Ele pede uma atualização do meu progresso, e arranjo desculpas fracas para o fato de Cyrus ainda não saber da noiva à qual está destinado.
    — É importante ser meticulosa. Se ele suspeitar da farsa, a ideia não vai vingar — diz o rei Emilius. — Mas o baile está chegando.
    — Compreendo, Vossa Majestade.
    Ele assente, seu semblante preocupado, apesar do sorriso. As palavras do rei nunca são exatamente ameaçadoras, mas sinto o perigo no hábito que ele tem de descartar conselheiros e duques quando não lhe são mais úteis, e na grandiosidade de suas visões e de sua habilidade de alcançá-las. Já vi mapas de Auveny de décadas anteriores. O reino agora é duas vezes maior do que quando o reinado do rei Emilius começou — e ainda está crescendo.
    É impossível conquistar algo assim sem ser pragmático ao extremo.
    Embora o rei tenha me criado como se eu fosse sangue de seu sangue, ainda sou descartável — ao contrário de membros da família. Se eu não der conta disso, não sei quão disposto em me apoiar ele estará quando Cyrus enfim subir ao trono. Fiz graça a respeito disso, mas consigo imaginar dezenas de cenários em que Cyrus colocaria as ameaças em prática e me substituiria. Até os fofoqueiros da corte veem

essa possibilidade; e são tão certeiros em algumas coisas que talvez eu não seja a única profeta por aqui.

Melhor ter uma surpresa agradável do que ficar vulnerável. Abri meu caminho até o topo deste reino com unhas e dentes, e é uma queda considerável até o chão.

Depois da reunião, vou direto para o segundo andar do palácio procurar o príncipe em seus aposentos. Vai ser meio deselegante, mas não posso ficar esperando pela hora e pelo lugar perfeitos.

Bato na porta do quarto, que Cyrus já aprendeu a trancar, e aguardo. Olho ao redor e vejo que a antecâmara ainda não mudou muito. É mobiliada para fazê-lo parecer impressionante: itens curiosos emoldurados, livros ornamentados, um astrolábio — tudo imaculado e sem uso.

Bato de novo.

A porta para um cômodo adjacente se abre. Eu recuo, sobressaltada.

Cyrus me encara das sombras do escritório, com olheiras e uma marca vermelha na bochecha, como se tivesse dormido sobre o cabo de um abridor de cartas — um abridor adornado com um monograma, segundo indica a marca de "CL" invertido. Tenho a sensação de tê-lo flagrado pelado; ele não está usando nenhum encanto.

O príncipe esfrega os olhos e tenta alisar a camisa amarrotada.

— O que você quer? — murmura, não baixo o bastante para disfarçar a rouquidão sonolenta.

Sinto uma vontade súbita de passar a mão no rosto dele para fazer alisar a marca, assim como quis afastar a pequena gavinha, no meu sonho. Sempre gostei mais do príncipe assim — não que ele dê a mínima. Encantos o deixam muito previsível. Mas ver Cyrus exausto assim me faz pensar no que ele está aprontando, sendo que geralmente não penso nele nunca.

Estendo a mão.

— Uma trégua. Pela sanidade de Dante, ao menos.

Cyrus olha para baixo, inabalado.

— Achou que eu não ia perceber que você está sem as luvas? Pelo amor d...

— Isso não é um *truque*, principezinho. Eu só...

— Se quiser me pedir desculpas, devia fazer isso diante da corte inteira.

Fico irritada. Engasgaria no meu orgulho, se tentasse engoli-lo.

— E por acaso ofereci um pedido de desculpas? Eu ofereci uma *trégua*.

— Não estou interessado. — Cyrus segura a maçaneta. Estendo um braço, escancarando a porta.

— Você está horrível, principezinho. Deve saber disso. — Dou uma risadinha quando, por reflexo, ele ajeita o cabelo; não acredito que ficou mesmo constrangido. — O que está roubando seu sono? O baile? O Conselho? Ouvi dizer que estão falando de Fifi de novo. Honestamente, você *devia* permitir que eu faça uma leitura adequada dos seus fios. Não estou interessada nas suas memórias chatas; eu provavelmente estava presente na maioria delas, pelo amor das estrelas. Mas posso alertar você sobre o que vem pela frente.

O cheiro de nanquim paira no ar quando Cyrus se aproxima, o cenho franzido.

— Você falou com meu pai antes de vir até aqui?

— Tivemos nossa reunião.

— E o que ele pediu para você fazer?

Resisto ao ímpeto de me encolher. O tom dele não é de acusação, mas sinto outra pergunta pairando ao fundo.

— Nada. Eu só atualizei o rei das coisas. Fiz um monte de leituras esta semana.

— Você deveria saber que meu pai pode até recompensar a lealdade, mas ele mesmo não é leal a ninguém.

Isso é uma ameaça ou... ele está tentando me *alertar*?

— Ele é o *rei*. Todos *nós* devemos lealdade a ele.

Cyrus não responde imediatamente, o peito subindo e descendo sob a túnica de tecido leve.

— Alguns são mais leais que outros.

Franzo os lábios quando ele volta ao escritório, o andar desleixado mostrando que já está farto de fazer sala para mim. Por mais que nós genuinamente tentemos fazer as pazes, as coisas sempre terminam assim: uma troca de confiança para qual nenhum de nós está disposto a dar o primeiro passo.

— Cyrus — digo, sabendo que não vai adiantar.

Ele bate a porta.

∝

Minhas próximas noites de sono são menos alarmantes, cheias do tipo de visões que tive a vida toda. Sonho com cenários bucólicos — lares com comida quentinha, pastores batendo papo em línguas que não entendo, criaturas dotadas de presas perambulando por colinas repletas de arbustos. Esta manhã, acordo de um sonho de uma jornada marítima que deve ter acontecido há muito tempo, no convés de um navio enorme e atarracado com uma estrutura que não condiz com a de nenhuma das nossas embarcações atuais.

Em tempos mais calmos, às vezes tento descobrir a que era pertencem as cenas que vejo, se o navio era auvenense ou yuenês ou talvez de alguma cultura decaída da qual temos apenas relíquias; há até rumores de um terceiro continente do outro lado do mundo. Posso não agir humildemente diante dos cortesãos, mas a amplitude das minhas visões faz com que eu tenha consciência de que não passo de um grão de poeira. Não fazemos ideia do quanto não sabemos. O que jaz nas profundezas do oceano ou no éter entre as estrelas? Mesmo o âmago da Floresta Feérica, tão próxima de nós, permanece inexplorado.

Neste exato momento, há apenas um sonho que quero decifrar. As visões que tive de Cyrus não são como as convencionais, nem como os sonhos que outras pessoas têm. Pareciam *feitas* para mim. A ambientação não parecia real, mas pode ter sido baseada em algo real, como a Floresta Feérica.

É onde vou começar a procurar por respostas.

Minha torre está aberta há duas semanas seguidas, e o fluxo de clientes diminuiu a ponto de eu conseguir tirar um dia livre. Vou até a biblioteca do palácio sem o espalhafato todo do manto e das luvas, vestida em um traje leve de verão: uma blusa cor de creme com uma gola larga de renda e uma saia com listras prateadas presa na cintura por um cinto.

As pilhas de livros em todas as direções são estonteantes, quase chegando ao teto abobadado. Escolho um corredor onde certa vez passei uma tarde lendo a respeito da botânica da Floresta Feérica e me empoleiro de escada em escada, consultando as lombadas. Quase todos os tomos na ala são contos de fada e livros sobre medicina. Alguns mais grossos sobre cultivo de flores-de-fada parecem bem manuseados.

Um livro de couro adornado com letras douradas chama minha atenção: *Tradições e magias da floresta*. Puxo o volume da prateleira e o abro. Graças aos deuses: são diagramas. Alguns têm tanto texto espremido em letrinhas pequenas que as páginas parecem mais ser totalmente cobertas de tinta.

— Violet?

Abaixo, Dante está espiando num canto do corredor, arrumadinho com seu colete e sua gravata-borboleta. Está usando um pingente de esmeralda em forma de gota na orelha esquerda e barba no queixo, cultivada para o baile. Ele acha que ela o faz parecer maroto; já eu acho que ele parece um estudante estafado que esqueceu de se barbear.

— Precisa de ajuda? — pergunta ele.

Por onde começo, que não seja *Meus sonhos estão me ameaçando* ou *Um de nós precisa morrer, Cyrus ou eu* — *de quem você vai sentir mais saudades?* Não é uma pergunta retórica.

— Não, está tudo bem — respondo.

Prendo o livro embaixo do braço e escorrego pela escada.

— *Tradições e magias?* — Ele aponta para o tomo. — Esse é velho, mas ainda deve ser útil. Foi o antigo arquivista balicano que traduziu, então não deve ter pulado as melhores partes.

— As melhores partes?

— Os comentários, sabe? As razões pelas quais a gente faz o que faz. — Ele é sempre tão acadêmico. — Tudo o que o arquivista-chefe auvenense traduz do balicano parece um manual de instruções, o que é uma pena.

Sigo Dante por entre as pilhas de escritos até as mesas de estudo, diante das quais há uma lousa toda preenchida por uma escrita bagunçada.

— Aliás, Camilla está por aí? — pergunta ele.

Além do trabalho como arquivista, ele também instrui a princesa duas vezes por semana — hipoteticamente, ao menos. Ela geralmente falta as aulas.

— Eu não a vi. Provavelmente está ocupada com a tal da *Festa das Feras*. Todo mundo está. — Eu me jogo em uma cadeira e deixo os braços penderem dos lados, resmungando:

— É ridículo. Duas semanas atrás, eu atendi uma cliente *literalmente* espumando. Ela tinha bebido uma dessas poções que algum vendedor ambulante garantiu que a deixaria mais atraente. Só esqueceu de mencionar que ela ficaria mais atraente para as *moscas*.

Limpando um dos lados da lousa, Dante transforma a história de disputas de território em pó de giz.

— Não é sempre que as pessoas têm a oportunidade de virar rainha. Vale a pena dar o melhor de si, mesmo que as chances sejam pequenas.

— *Minúsculas*. Não vale a energia despendida, para não falar no orgulho. Isso sem falar nas que realmente estão apaixonadas por Cyrus. Elas não têm ideia de como ele é.

— Brincando com a ponta plumosa de uma pena, murcho mais ainda no assento. — Ele ainda está sendo um babaca. Não quer minha ajuda a menos que eu me humilhe. Será que você não podia convencer seu amigo a me dar uma chance?

Dante olha por cima do ombro, analisando os corredores vazios e as portas fechadas.

— Eu também não aprovo as suas profecias, hã, digamos... menos fundamentadas. Se é assim que você planeja *ajudar* Cyrus.

Franzo o nariz.

— Aposto que se sua coroa estivesse em jogo, você me deixaria fazer uma dessas.

Tenho apenas um vislumbre do começo de um sorriso antes de Dante se virar.

— A coisa não está tão feia assim.

— Tem certeza? Ele apenas finge que está tudo bem. Olhe: é do interesse de Cyrus virar rei, e é do meu interesse que Cyrus confie em mim, e é do seu interesse que a gente se dê bem. Todo mundo ganha.

— É do meu interesse melhorar este mundo, favorecendo todos que vivem nele — diz Dante com leveza, formando uma pilha alta de livros.

Antes que eu possa alertar sobre o peso, ele levanta o monte inteiro com bastante facilidade; arquivistas que ficam carregando pilhas em bibliotecas estão mais em forma que nossos soldados.

— E minha primeira atitude vai ser encontrar a princesa, para que ela tenha uma aula adequada de história a respeito dos tratados entre Auveny e Balica.

Para não ficar sozinha, me junto a ele na busca por Camilla. Conferimos os pátios e campos de treinamento que ela costuma frequentar. Subo as escadas até o quarto da princesa e me pergunto se vou encontrá-la adormecida, com as janelas fechadas, máscara de dormir no rosto, uma garota em cada braço. Mesmo em matéria de mulher, Camilla supera Cyrus — suspirar pelos Lidine é um eufemismo sazonal na Capital Solar. Mas, como ela não vai ser governante, ninguém liga muito para isso, exceto os fofoqueiros de plantão.

Mas a princesa tampouco está em seus aposentos. Meus tornozelos estão a ponto de desistir quando, enfim, o grito frustrado de Camilla ecoa, vindo do salão de baile:

— Pão, pão, pão, pão, não *suporto* mais pão!

O salão gigantesco foi esvaziado, desceram os lustres para que fossem limpos, enceraram o assoalho. Criados em casacos brancos passam atarefados de um lado para outro com bandejas de sobremesas; todas destinadas a Camilla, a única ocupante da mesa que poderia comportar cinquenta comensais. Ela tem uma baguete em cada mão e está gesticulando loucamente na direção do que parece ser uma réplica do palácio feita inteiramente de produtos de panificação.

— Se eu vir *outra* escultura de pão, vou amarrar no próximo idiota que passar por aqui e trancar o sujeito no aviário.

A Festa das Feras é um evento que vai marcar a década! A gente pode ao menos ter um arranjo de frutas! Uma escultura de gelo!

— No verão, Vossa Alteza? — Perto dela, sua dama de companhia anota coisas em um caderno, atarantada.

— Se dá para ter calor no inverno, por que não pode ter gelo no verão? Esqueça o gelo, então... Uma obra feita de algodão-doce? Chocolate?

Conforme me aproximo sorrateiramente de Camilla, tenho de tomar cuidado para não tropeçar na gata cinza-chumbo da princesa, Catástrofe, que vem se esfregando nas minhas pernas. Ela aparentemente também está experimentando as sobremesas, segundo as migalhas nos bigodes.

— Já pensou em usar pão? — pergunto.

Uma das baguetes acerta minha bochecha quando Camilla vira para mim.

— Não tem graça, Violet.

Há uma piada entre fazendeiros que diz que Auveny se transformaria em um mar de álcool se os campos fossem deixados para apodrecer, já que tudo o que cultivamos além de flores-de-fada são fermentáveis, como grãos e uvas. A maior parte dos produtos agrícolas que consumimos aqui é importada de Balica, onde o solo é mais fértil e ainda não foi exaurido pela plantação de flores-de-fada. Mas o transporte terrestre de lá até a Capital Solar demora semanas e, às vezes, quando os vagões são abertos, o que aguarda é um monte de frutas estragadas — o que significa festas estragadas também.

— Aí está você. — Dante está arfando quando me alcança. Ele solta a pilha de livros na mesa diante de Camilla, fazendo um aglomerado de palitos de aperitivo vazios se espalhar por entre os talheres. — Foi aqui que você passou a semana inteira, princesa? Comendo?

— *Planejando*. Assumi a tarefa de decidir as sobremesas da Festa das Feras. O primeiro passo é, obviamente, experimentar todas.

Camilla estende um prato de bolos com cobertura de caramelo na direção dele, cada um pequeno como uma moeda e com um palitinho espetado no topo.

— Você sabe que as aulas são para o *seu* bem, não sabe?

— E, no entanto, não sinto que me fazem bem algum. Não planejo me envolver com política.

— Qualquer coisa que saia da sua boca *é* política — dispara ele, soltando a gravata-borboleta com um puxão para respirar melhor. — Só porque você não está no trono não significa que...

Camilla boceja alto, se erguendo da cadeira. Pega Catástrofe no colo, que solta um miado.

— Tenho algumas coisas para resolver na cidade. Se quiser continuar discutindo, fique à vontade para vir junto. Companhia sempre torna a viagem mais divertida.

Dante e Camilla trocam farpas durante todo o caminho até os estábulos. Vou junto, ainda com a esperança de que eles possam me distrair.

Pegamos uma carruagem com cavalos brancos em vez de optar por qualquer meio de transporte mais discreto. Ao deixarmos os jardins, tenho um lampejo de Cyrus na praça — *acho* que é ele, ao menos. Mal dá para enxergar o príncipe em meio às damas ensandecidas, algumas das quais reconheço das leituras que fiz. Os guardas dele esperam nas proximidades. Parte da popularidade dos gêmeos reais se deve à sua acessibilidade; quando se é possível caminhar direto até eles, é fácil acreditar que qualquer um pode cair nas graças dos dois.

Aposto que Cyrus está se exibindo como um pavão.

A praça desaparece de vista. Me apoio na janela de vidro para assistir enquanto o Distrito Palaciano vai ficando para trás. A menina dos olhos dos sete distritos da cidade é também a parte mais antiga e bem cuidada da metrópole, ostentando séculos de estilos arquitetônicos. Construções residenciais austeras de mármore branco se aninham entre prédios mais novos pintados em tons pastel. Toldos rendados e luminárias rebuscadas de ferro enfeitam as fachadas. Ao longo das calçadas, magnólias florescem.

A carruagem chacoalha enquanto Dante e Camilla insistem em gesticular como maestros de orquestra para reforçar seus pontos.

— Por mais horrível que soe, e se alguma coisa acontecer com Cyrus? — Dante já esgotou os argumentos lógicos e agora passou a apelar para o emocional. — Você precisa estar pronta para assumir.

— E se! — Camilla grasna do assento diante de mim. — De que vale um "e se"?

É mais provável do que imagina.

— *Deveria* ser você no trono — digo, brincando com a ponta da trança. Camilla é a primogênita, afinal de contas, mesmo que seja por apenas meia hora. — Mesmo que Cyrus não fosse amaldiçoado.

Camilla sorri. Já discutimos isso antes.

— Poder é ótimo, mas responsabilidade não, e não gostaria de ver este reino queimado por fogo de dragão só porque irritei alguém. O que as estrelas bem sabem que eu vou fazer. Neste momento, não tenho que participar de reuniões, nem beijar pés de ninguém, posso cavalgar pelo interior como bem entender... Por que eu ia querer governar?

Eu entendo. Só odeio quando alguém exerce poder sobre mim, então *eu* prefiro exercê-lo. Camilla nunca teve medo de perder seu estilo de vida. Eu não tenho família à qual recorrer.

A escaramuça enfim termina quando Dante entra na agência postal para conferir se recebeu cartas de casa. Camilla e eu avançamos com a carruagem por mais algumas ruas, e chegamos ao alfaiate para pegar o traje novo dela para o baile. Suas fadas vão aplicar um encanto sobre a peça, mas ela ainda queria uma base que estivesse na moda.

— Estava pensando em asas modificadas por encantos — diz ela, se encarando na parede de espelhos. O provador no fundo da alfaiataria é maior que muitos aposentos nos quais já dormi. — Será que é exagero?

— Provavelmente.

— Ótimo. O que você vai vestir?

— Eu não vou ao baile.

Ela tira a camisa e experimenta outra, esta de um tom profundo de carmim.

— As fadas do palácio vão conjurar algo bonito para você.

Cerro os dentes.

— Esse não é o problema.

— Tem razão. O *problema*, Violet Lune, é você ficar enfurnada naquela torre. A Festa das Feras vai matar dois coelhos com uma cajadada só: arrumar uma pretendente para Cyrus e arrancar *você* da toca.

— Não preciso sair da toca, as outras pessoas é que *precisam se enfiar de volta na toca delas*.

— Você devia pensar em que tipo de vestido quer, caso contrário as fadas vão decidir por conta própria e te enrolar em tanto tafetá e franjas que você vai competir com as cortinas do salão de baile. — Ela posa diante do espelho, depois solta um *hummm* e abre mais um botão da gola para aprofundar o decote. — E eu sei que você não é alérgica a encantos, então nem venha usar essa desculpa de novo.

— Mas eu ainda sou alérgica a pó de fada!

— Então coloque um prendedor de roupa no nariz. Ah, o chá de bebê de lady Emmacine é hoje à tarde. A gente precisa ir. Vai ser uma boa oportunidade para você praticar a habilidade de interagir com as pessoas.

Aceitar convites para eventos é garantia de horas pagando de casamenteira divina para aristocratas animadas que acham que beber vinho é um passatempo.

— Eu prefiro ir beijar sapos.

— Está vendo? Esse é exatamente o tipo de coisa que você não devia falar para as pessoas — repreende Camilla. — Você é bonita e inteligente, mas é tão encantadora quanto o traseiro de uma mula, Violet, e isso precisa mudar. Já é ruim o bastante que as pessoas te olhem como se você fosse uma bruxa comum.

Franzo o cenho. Se isso mantém as pessoas afastadas, talvez seja bom. Sou comum, sou uma bruxa — é a verdade. Quero que as pessoas me respeitem, não que gostem de mim. Não quero ter que ficar tentando impressionar o povo, se eu puder evitar.

Com a camisa aberta, Camilla espia pela porta do provador para chamar a assistente do alfaiate, que vem correndo, o rosto corado, gesticulando futilmente para que a princesa se cubra. Enquanto Camilla olha alguns tecidos para outro traje que quer encomendar, dou uma saída para tomar ar fresco.

As ruas estão movimentadas; todos estão fazendo compras para o baile que vai acontecer em duas semanas. Fadas de asas douradas voejam acima das pessoas como estrelas diurnas; uma, bêbada, se esborracha contra uma janela recém-limpa.

O lorde do Sexto Domínio passeia com a família.

— Na minha época, não tínhamos tanta ambrosia assim, a ponto de todos poderem ter uma fada à mão. — Ouço ele dizer para a filha. — Recorríamos à pólvora e ao arsênico, como todo mundo.

Considero comprar uma tortinha de um vendedor ambulante antes de me lembrar das montanhas de sobremesa no palácio. Em vez disso, me sento nos degraus da carruagem. No mesmo instante, transeuntes começam a se virar devagar na direção de algo mais acima na rua, e meus olhos seguem o movimento.

Pelas estrelas, o que está acontecendo?

Manchas em tons pastel vêm em disparada na nossa direção, assumindo a forma de vestidos e lenços agitados. Há gritaria. Um vulto solitário corre à frente da turba, a gola da camisa aberta farfalhando ao vento e as pernas dando passadas largas como se a vida dele dependesse disso. Quase engasgo na minha própria saliva quando reconheço o rosto do rapaz.

Cyrus.

Correndo de uma manada de admiradoras.

Os guardas ficaram para trás, retardados por conta do peso das armaduras. Transeuntes cambaleiam para fora do caminho. Alguns poucos *se juntam* ao tumulto. Mas por que...

—UM ENCONTRO PARTICULAR COM QUALQUER UMA QUE ARRANCAR A FLOR DA LAPELA DELE! — berra alguém.

Ah. Cyrus agora está perto o bastante para que eu possa ver o botão cor-de-rosa preso ao peito da camisa, chacoalhando enquanto ele foge. O príncipe provavelmente tentou ser brincalhão e inventou uma pequena competição, mas as coisas saíram de controle.

— ARRANQUE A FLOR E JOGUE PARA NÓS!

— ARRANQUE A *CAMISA* E JOGUE PARA NÓS!

Para usar palavras leves.

Quando o caos começa a avançar na minha direção, salto para dentro da carruagem. Turbas são como o clima: parte química e parte acaso, uma mistura de emoções complicadas agitadas por uma mão furiosa. Qualquer pessoa que entrar no caminho de uma turba decidida pode acabar virando picadinho.

Ponho a cabeça para fora da janela e vejo, a uma rua de distância, uma garota trajada com o que provavelmente é seu melhor vestido saltando e derrubando Cyrus no chão. A multidão o pega pela camisa — bem, a multidão o pega por tudo. Dezenas de mãos buscam a flor, rasgando-a em pedacinhos cor-de-rosa.

Mas a histeria não termina. Há uma luta pelas pétalas, depois pelos membros do príncipe, todos esparramados e não mais sob o controle dele. O primeiro dos guardas acabou de chegar, mas não consegue abrir caminho conforme a turba se agita e engole observadores incautos. Uma garota com uma marca de nascença em forma de sapato na testa se arrasta para fora do aglomerado de saias enquanto puxa o príncipe pelas pernas.

— Vamos manter a *civilidade*... — arqueja Cyrus acima do som da baderna, seu belo rosto tingido de vermelho.

Pelos deuses, ele está prestes a ser esquartejado.

A metade inferior dos botões da camisa voam para longe, e uma pessoa agarrada à barra da peça cai para trás, levando junto uma fileira inteira de pessoas como se fossem pinos de boliche. Cyrus consegue se desvencilhar, com a camisa aberta e cada músculo torneado à mostra.

Com gritos cada vez mais histéricos, a perseguição prossegue.

Deixo o corpo afundar ainda mais no estofado do banco da carruagem, longe da janela, com a mão sobre a boca e a barriga doendo de tanto rir. Ele não sabe que vi a cena toda.

A carruagem balança quando a porta é aberta de supetão.
— Desculpe, eu preciso...
Cyrus olha para dentro. Olho de volta para ele e seu torso seminu, ambos desesperadamente necessitados de abrigo. Neste segundo, juro que consigo ouvir as Sinas rindo.
Não, as Sinas não estão rindo; é só o grupo frenético vindo atrás de Cyrus. Ele desperta do estupor e tenta entrar. Em um piscar de olhos fico de pé, bloqueando o caminho dele com meu corpo.
— Me deixe entrar!
— De jeito *nenhum*! — Quase fecho a porta nos dedos do príncipe, mas ele faz força para mantê-la aberta.
— Você está sempre certa, eu estou sempre errado, agora e para sempre...
É o pânico, e não as palavras dele, que me convence. Porque quanto mais tempo Cyrus passar ali, maior a possibilidade de eu ficar presa no meio da multidão também — e eu não supostamente preciso que ele confie em mim, ou coisa do tipo? É difícil pensar com os berros alcançando uma frequência capaz de estilhaçar vidro.
— *Está bem*. — Recuo um passo. — Mas isso não vai funcionar sempre e...
Cyrus se joga para dentro.
— Vai, vai, vai! — grita para o cocheiro. — *O que está esperando?*
A carruagem entra em movimento e minha cabeça bate no teto. A porta se fecha com uma pancada e trombo com Cyrus em uma bagunça de cotovelos, quase nos derrubando no chão. Ele me segura pela cintura antes que isso aconteça.
— Um aviso teria sido ótimo!
Minha visão se estabiliza e tenho a vaga consciência do suor dele em minha pele e do fato de que estou pressionada contra o peito nu do príncipe.

— Camilla ficou para trás...

— Ela pode pegar outra carruagem! Não viu o que estava atrás de mim? — diz ele, grunhindo. — É a porcaria do encanto. Usei demais.

Estreito os olhos. Seu rosto perfeito não parece diferente, mas o que sei a respeito disso? Claramente, todo mundo enxerga algo que não consigo.

— Bom, parabéns, principezinho, você não consegue controlar nem suas admiradoras! — digo. Cyrus me fulmina com o olhar e abro um sorrisinho amargo. — Você já pode me soltar, aliás.

Ele demora um segundo para perceber que estou em seu colo, e que seu braço envolve minha cintura. Está vermelho de tanto correr, mas seu tom corado se transforma em um carmim intenso logo antes de ele me soltar no chão da carruagem.

6

A VIAGEM É TURBULENTA.
Cyrus abotoa o que resta da camisa. Me largo no assento diante dele, de braços cruzados. A carruagem diminui a velocidade quando adentra as ruas estreitas do Distrito Artístico. Carroças transportando mármore e lenha atravancam o trânsito. Não consigo mais ouvir a horda de admiradoras do príncipe, mas se elas estiverem determinadas, não devem estar muito atrás, e a carruagem real salta aos olhos como neve no verão. É só questão de tempo até nos alcançarem.
Algumas placas lá fora exibem caracteres yueneses. Logo entraremos no Distrito Lunar e o tráfego de pedestres pode fazer com que tenhamos de parar completamente. Ainda conheço estas ruas. Talvez pudesse guiar Cyrus por elas até um ponto do qual a gente pudesse se esgueirar até o palácio sem ninguém ver.
Eu também poderia empurrar o príncipe para fora do veículo.
Sei que preciso engolir meu orgulho e aprender a ser simpática com ele. Não preciso de Dante e do rei e de todo mundo me lembrando de que Cyrus logo vai ascender ao poder. Se ele viver por tempo o bastante para assumir o trono, eu talvez precise morder a língua até ela sangrar para suportar.

Precisei conquistar meu lugar em Auveny. Minha mãe era uma exilada do Reino de Yue, de acordo com o orfanato que me acolheu. Alguma concubina com cicatrizes de chicotadas que apunhalou um oficial na garganta e depois se escondeu em um navio com destino ao Continente Solar, a mais de mil e quinhentos quilômetros de distância. Ela acabou indo parar no Distrito Lunar, como a maioria dos yueneses da classe trabalhadora que atravessavam o oceano, mas não durou muito; quando a doença a tomou, não tinha nada para me deixar, sequer um nome. Inventei o meu depois de sonhar com um campo de flores de uma cor que eu nunca tinha visto em tanta abundância. Como o crepúsculo pintado na terra.

São violetas, uma herbalista me disse quando apontei para um buquê na barraquinha dela feito com as mesmas flores que vi. *Violetas*, daninhas e teimosas. *Violet*.

Eu devia ter uns oito ou nove anos quando fugi do orfanato. As ruas eram perigosas, mas eu precisava saber: o que mais do que via em meus sonhos estava por aí?

Aprendi a falar yuenês como uma vendedora de rua, a falar auvenense como uma mentirosa, a ser esperta e atenta e melhor que todo mundo.

Eu precisava ser, se quisesse ter algo que pudesse chamar de meu.

Então eu sei — sei qual é a coisa inteligente a se fazer, mas perdão se minha vontade é jogar Cyrus para a multidão mesmo assim. Pode não ser sábio ou mesmo satisfatório, mas o garoto sentado diante de mim só precisou *nascer* para ter tudo, e nunca vai fazer o suficiente para merecer o que tem.

A carruagem vai ficando mais lenta até estar praticamente se arrastando, abrindo espaço em meio a uma multidão que não para, embora a preferência seja do veículo. A alta placa vermelha da Pousada Doce Celestial se ergue acima da construção para marcar a fronteira do Distrito Lunar.

Quando inspiro fundo, meu orgulho revoltado se acalma, cada vez mais silencioso, até ser engolido pelo rangido de rodas sobre paralelepípedos. Abro a porta da carruagem e pego o braço de Cyrus, com o cuidado de não encostar minha mão na dele.

Ele se encolhe ao toque.

— O que você...

— Elas vão pegar a gente, se continuarmos aqui. — Seguro a estrutura da carruagem e me viro para ele. — Podemos despistar elas pelas ruas. Venha.

Coberta por sombras sobrepostas, a expressão do príncipe não parece tão severa. Ou talvez eu só o tenha pegado em um momento genuíno de surpresa.

— Eu não conheço essa região.

— Mas eu conheço — digo. Ele não se mexe. — Também posso deixar você aqui sozinho. A escolha é sua.

Um instante passa. Cyrus desce, olhando para mim mais confuso do que desconfiado.

— Volte para o palácio — diz ele ao cocheiro. — Atraia elas para longe.

E me segue na direção do mercado.

Eu não *quero* ter de arrastar o príncipe de um lado para outro, mas mesmo assim há certa satisfação em andar por um lugar em que fico mais confortável do que ele. Há poucas coisas aqui que não posso obter em estabelecimentos yueneses mais chiques em outros distritos, mas sinto falta dessa atmosfera. Vendedores de comida lotam esta avenida do Distrito Lunar. O ar está espesso por causa da fumaça e da gordura, e é quase impossível avançar sem trombar em churrasqueiras ou fornos quentes. Todos ao redor nos impelem para a frente; não ligam para quem somos, príncipe ou Vidente ou qualquer outra coisa — cada um tem um destino ao qual precisa chegar. A corte acha que esta parte da Capital Solar não passa de desordem e caos, mas não veem que o lugar é como as corredeiras de um rio: turbulento, mas sempre fluindo, eficiente a sua própria maneira.

Conseguimos abrir caminho até um canto mais vazio do mercado. Pego um chapéu de palha e um casaco comprido com uma mulher que está vendendo mercadorias sobre uma manta estendida no chão, jogando para ela mais moedas de prata do que os itens valem. Cyrus abre mão do chapéu, mas veste o casaco. Fica meio apertado nos ombros e não cai tão bem, mas cobre a camisa aos farrapos. Depois, seguindo com os pés leves de batedores de carteira, guio o príncipe até sairmos do mercado para um beco lateral.

Um açougue e uma loja de itens medicinais ocuparam os prédios vazios que antes havia nesta área; as paredes foram pintadas de branco. Cyrus para, erguendo a cabeça, depois olha ao redor. Não encontra a exata memória que está procurando, mas reconhece o lugar.

A rua onde salvei a vida dele, sete anos atrás.

— Você lembra — digo.

Ele fica em silêncio.

Só alguns quarteirões nos separam do rio. Dali, podemos seguir para norte acompanhando a margem até chegar ao Distrito Palaciano sem chamar muito a atenção. Ergo a saia quando as ruas dão lugar à lama. Andamos em fila única pelo pavimento estreito que corre acima da água suja.

— Cuidado! — diz ele.

Cyrus me envolve com um dos braços, me empurrando contra a parede. Um carrinho de mão largo e cheio de entulhos passa por nós.

Quando some de vista, o príncipe não se move.

Estou sentindo o olhar dele sobre mim desde que descemos da carruagem, e enfim o encaro. Seus olhos são verdes como esmeraldas, tão brilhantes e pesados quanto, pedras preciosas em um rosto já belo. Mesmo com esse casaco, que provavelmente é feito de restos de lençóis, Cyrus parece o herói de um livro de histórias. É a coisa mais injusta a respeito dele.

— Por que você está me ajudando? — questiona ele. A pergunta sai baixa e em um tom curioso.

Porque preciso que você confie em mim. Porque preciso fazer você engolir as mentiras do seu pai. Porque pode ser a última coisa simpática que faço por você antes da sua morte.

Só posso oferecer a ele uma verdade diferente, em vez dessas que não posso compartilhar.

— Porque você sempre terá tudo, e sempre vou ser eu a ceder.

O cenho dele se franze em uma leve expressão de surpresa. Cyrus avalia meu rosto, mas não consigo nem imaginar em que está pensando até que vejo seus olhos pairando nos meus lábios por um tempo longo demais. Algo nele me lembra do garoto que me deu a outra metade do meu nome. *Lune. Violet Lune, Violeta Lunar.* Um presente lindo que ele me deu sem pensar direito. Depois que me tornei a mentirosa do seu pai, não fizemos nada além de discutir.

Mas manter uma rixa com alguém também é um tipo de intimidade.

Desvio o olhar.

— É como te disse: a gente pode passar o resto da vida brigando, ou podemos nos ajudar só o bastante para nós dois conseguirmos o que queremos. Depois, a gente nunca mais precisa falar um com o outro, a menos que seja necessário.

—Jure lealdade a mim.
Me viro de súbito para ele de novo.
—O quê?
O cantinho da boca de Cyrus se curva para cima.
—Jure lealdade e vou acreditar em você. Estou pedindo uma coisa pequena. Você jurou lealdade ao meu pai.
—Quando eu era uma *criança*. — E porque não tinha outra escolha, se quisesse um lugar ali, porque ainda não tinha noção do que os reis faziam. — Eu não poderia fingir? Cruzar os dedos atrás das costas?
—Então finja.
As palavras entalam na minha garganta, mas meu maxilar se nega a se mover. Sinto o rosto corar.
—Não.
—É como eu imaginava... Orgulhosa demais para ceder de verdade.
Os braços dele relaxam ao lado do corpo, deixando um vestígio de calor onde tocavam minha pele, e Cyrus passa por mim para continuar na direção da via rente ao rio onde os paralelepípedos se transformam em terra.
—Idiota — murmuro. Vou atrás dele, um pouco atordoada. — *Orgulhosa demais*, diz o príncipe orgulhoso demais para aceitar qualquer coisa exceto uma Vidente submissa.
—Tenho meus critérios.
—É por isso que você está dando corda para qualquer garota da capital que tenha um par de lábios?
Ele não se vira rápido o bastante para conseguir esconder o sorriso.
—Eu preciso ser cortês com quem demonstra afeição por mim.
Cyrus tem uma resposta diplomática para tudo.
O caminho se alarga quando chegamos às margens do rio Julep. As ondas cintilam como escamas de dragão, e um

punhado de barcos flutua sobre as águas salobras. Pescadores ociosos jogam cartas em um molhe. Olham para nós brevemente, apontando e rindo, e depois voltam para a jogatina. Na margem oposta, distante demais para que nos identifiquem, fica o calçadão movimentado do Distrito Universitário.

Pego uma pedrinha achatada para atirar na água.

— Você não tem curiosidade de saber o que já descobri com as minhas leituras? Você não é o único sendo perseguido por causa do baile. Já fiquei sabendo de relacionamentos secretos, de muitos cortesãos dos quais você devia suspeitar...

Cyrus para de caminhar por tempo suficiente para eu atirar a pedrinha na água, depois me agracia com um franzir de cenho que demonstra toda a sua insatisfação.

— Você não devia ficar vasculhando as memórias dos seus clientes com sua Visão.

— Não posso evitar ser boa no que faço. — Sorrio, me sentindo mais ousada durante nosso cessar-fogo temporário. — Descobri algumas coisas interessantes sobre o futuro também. Garotas com quem você vai dançar. Planos do Conselho. Você só tem conhecimento a adquirir comigo, principezinho... Mas vai ter que parar de querer me dar lição de moral.

Ele balança a cabeça.

— Violet, faça o que quiser. Só... — Mas Cyrus não termina a frase.

— Só o quê? Só não use as visões para cumprir seus objetivos terríveis e malvados? Você está sempre insinuando isso. Eu não estaria sempre na ofensiva se você não me acusasse tanto. Simples assim.

Minha intenção é só manter a conversa fluindo, mas é bom dizer isso em voz alta. Ele não responde — talvez porque não tenha uma boa resposta. Chego mais perto, tirando as mãos de trás das costas para espalmá-las diante dele, viradas para cima.

Fiquei andando de um lado para outro no meu quarto, treinando essa parte: me ofereço para ler os fios de Cyrus. Digo a ele o que realmente vejo, é claro — e depois finjo ter tido uma visão de seu verdadeiro amor. A mulher adornada em flores-de-fada e borboletas que vai chegar quando o relógio tocar as onze badaladas. A mentirinha oferecida pelo rei.

Mas nunca tinha antecipado a pergunta que salta da minha língua, agora que ele está aqui em pessoa:

— Por que você tem tanto medo de mim?

Vislumbro algo nos olhos dele, tão penetrante como no escrutínio anterior — como se ele soubesse alguma coisa, como o Cyrus nos meus sonhos sabia. Com os lábios vermelhos, o cabelo penteado já meio bagunçado pelo vento, ele não parece muito diferente de sua versão enrolada em espinheiros, prestes a ser engolido pela escuridão.

Minha maldição. Minha ruína.

Um piscar de olhos e uma respiração depois, a expressão já sumiu.

— Você está imaginando coisas — diz ele, se afastando, as botas fazendo um barulho úmido enquanto ele avança sem se preocupar com as poças no caminho.

Voltamos para o palácio antes que pensem que o príncipe morreu. Camilla está batendo o pé na escadaria do saguão de entrada, nem um pouco feliz. A carruagem substituta que trouxe a gêmea de Cyrus e o volumoso resultado de suas compras já foi embora.

Ela não deixa o irmão passar até ele dar uma explicação para a carruagem desaparecida. Quando ele enfim conta o que aconteceu, Camilla cai na gargalhada.

— Lembro a primeira vez que fui perseguida na rua. Você tem que cultivar a atenção dos outros como se fosse um jardim. — Ela solta um muxoxo. — Definir os limites o quanto antes, aparar um pouco mais caso necessário. Plantas que recebem muito amor se afogam. — Ela puxa a manga esfarrapada dele. — Mas e então, encontrou alguém de quem goste?

Cyrus tira o casaco e o deixa embolado no chão do saguão enquanto entra.

— É óbvio que não.

— Ah, então você *encontrou* alguém. Ela é bonita?

— Preciso de um banho demorado.

— Se acabar dispensando a garota, mande ela para mim — grita Camilla para o irmão. Depois fala comigo: — Ela é bonita?

— Não tem ninguém.

— Que maravilha. Estamos todos condenados.

Pelo canto do olho, vejo Cyrus subir as escadas. Tivemos progresso hoje. Mas só tenho mais duas semanas até o baile; ter progresso não é suficiente. E ele não é meu único problema.

Camilla voltou a atenção para o bando de servos levando as compras para os seus aposentos. Vislumbro um cesto cheio de roupas, um conjunto de sabre e pistola, uma torre de chapéus e mais três caixas sem identificação.

— Ah, esses não — diz ela, correndo atrás de um rapaz subindo com uma pilha de livros. — Leve isso de volta para a biblioteca.

São os livros que Dante tentou entregar a ela — e a cópia de *Tradições e magias da floresta* que larguei na carruagem.

— Espere um instante, esse é meu — digo, puxando o tomo do monte.

Levo o livro e meus ossos cansados de volta para a torre. Depois de subir uma quantidade excessiva de degraus até meu quarto, tomo um banho para me livrar do suor e da sujeira do dia. Depois acendo uma série de velas e passo a noite lendo à luz delas, as pernas penduradas no descanso de braço da cadeira da escrivaninha.

O primeiro terço de *Tradições e magias da floresta* é dedicado à medicina e à fabricação de cataplasmas. Procuro descrições de vinhas que crescem rápido demais ou qualquer coisa relacionada a rosas, mas o livro fala de poucas espécies reais. Alega que, na mata viva, não se pode acreditar que a maioria dos organismos seja real, que a floresta pode transformar magias estranhas em plantas e frutas tentadoras.

A seção seguinte é sobre limpar a floresta para construir habitações. Toda a vegetação rasteira deve ser queimada, e uma linha de sangue deve ser traçada no chão para delimitar um perímetro. Sangue é a essência da mortalidade, e ele e magia funcionam como água e óleo; onde sangue macula a terra, a Floresta Feérica não cresce.

Ao contrário do senso comum auvenense, esse texto trata a Floresta Feérica como algo que deve ser preservado. Fala de coisas que nunca ouvi serem discutidas: rituais de limpeza, como descartar apropriadamente as cinzas, a importância de não limpar mais do que o necessário porque a destruição é permanente. O lado oeste do Continente Solar é um lembrete disso: antes de os Lidine unirem o reino, séculos de guerras sangrentas entre senhores feudais tinham destruído o que havia de Floresta Feérica ali. Mesmo depois de duzentos anos de paz, ela não voltou a vicejar naquelas terras.

Enquanto bocejo ao ler partes mais densas do texto, uma das criadas de Camilla vem até a torre trazendo um cesto de sobremesas da sessão de prova de mais cedo. Só então percebo que esqueci de jantar e estou morrendo de fome. Depois que ela vai embora e fecha a porta, dou uma conferida na fonte na entrada da sala de adivinhação.

Peguei as moedas da bacia recentemente, e o fundo está manchado de vermelho — sempre supus ser ferrugem.

Mas depois de ter lido esse capítulo do livro, lembro de algo em que nunca pensei muito: as Sinas são associadas ao sangue.

Essa essência da mortalidade, o fio que nos ata ao tempo, um novelo que se desenrola de nossos ancestrais à nossa mãe, a nós — o sangue rola os dados do destino desde que nascemos. Os mais devotos dizem que nossos corpos não passam de receptáculos das Sinas.

As pessoas costumavam fazer oferendas de sangue, também. Já vi avós mantendo cumbucas cheias de sangue de bode em casa para ter boa sorte, e explorando pequenos bosques nas periferias da capital é possível encontrar altares onde animais foram sacrificados em nome das divindades. Me lembro de ver isso de passagem em meus sonhos: como a prática foi minguando quando aristocratas começaram a contratar fadas que se negavam a trabalhar na presença de sangue. De repente, o sangue virou uma mácula — arruinava a beleza dos encantos.

E as oferendas? Tornaram-se desagradáveis e grosseiras.

A estátua no centro da fonte me encara quando me agacho e traço uma linha com o dedo na base da bacia. Poeira escura suja a ponta dele.

No passado, este era um receptáculo de sangue.

Há quanto tempo não é usado?

Me lembro de como as Sinas falaram comigo naquela noite. Não eram criaturas indiferentes. Eram *rancorosas.*

Será que as Sinas se ofenderam porque paramos de adorá--las — ou pior, por que as substituímos por criaturas terrenas? Alguns anciões dizem que as bênçãos feéricas são um insulto ao destino, porque agora são dadas a quem não as merece. Talvez haja um fundo de verdade nisso.

Sangue em oposição à magia, estrelas em oposição à terra.

Que prova existe de que os deuses querem o melhor para as pessoas?

Quando volto para a escrivaninha, encaro o livro aberto, esfregando os olhos embotados. Nem toda a pesquisa do mundo vai compensar o fato de que não sei o que as Sinas de fato querem. E não vou encontrar a resposta nas conjecturas de segunda mão de um acadêmico mal pago. Por que estou fingindo o contrário?

Enterro a cabeça nos braços. Há algo aqui... Se eu ao menos soubesse o que estou procurando...

※

Aí está você.

As vozes ecoam no meu ouvido, me fazendo perder o fôlego enquanto me endireito na cadeira. Tusso quando sinto o cheiro pungente e doce — de *rosas?* — seguido por um fedor que faz meus olhos lacrimejarem. O pânico sobe pela minha garganta antes de eu apertar os braços de madeira da cadeira, e distingo coisas em meio à escuridão.

Não estou na minha torre. Não há escrivaninha ou livro ou cesta com sobremesas pela metade. Esta é a escuridão do vazio.

Estou sonhando.

Andei procurando por você, estrelinha.
Que inferno, as Sinas de novo. Quando disse que queria respostas, não estava falando disso; é por isso que usamos *pelas divindades* quando queremos reclamar.
— O *que vocês querem?* — grito. — Eu não aguento mais...
Você quer a confiança do príncipe.
Eu me calo.
Posso jurar que sinto uma presença sorrindo. Uma presença *única*, percebo em um momento de calma. Uma voz apenas. Não o coro de divindades com que já encontrei, que chegou em uma tormenta de provocações fragmentadas.
Você está escutando?
— Quem é você? Você é uma Sina?
Responda à minha pergunta, estrelinha.
Encaro a escuridão, levemente ciente da minha insignificância e com um medo feroz e assolador.
— Estou prestando atenção.
Ótimo. Diga exatamente as seguintes palavras para o seu príncipe.
Se divindades têm gargantas, acabei de ouvir uma pigarreando.
Nunca é tranquila a jornada até o amor,
e seu pai não aprovará a sua, quando a hora for.
A pessoa lhe pegará de surpresa, disfarçada,
mas lhe escapará antes que a meia-noite ecoe a última badalada.
— É isso? — Franzo o cenho, analisando a escuridão vazia à procura de um vulto, um rosto, qualquer coisa. Essas palavras soam como uma profecia. — Por que eu deveria confiar em você?
E você confia em alguém?

Bufo, mas não respondo. Minha língua parece pesada. Eu provavelmente deveria ser mais educada com uma divindade; poderia ter aliados piores.

Eu quero te ajudar. A voz é um tanto sedutora, astuta como Camilla sabe ser. *Vi seu futuro, e acredite: temos muito a conquistar se nos unirmos.*

— Como o quê?

Vou dizer quando os fios tiverem terminado de se desenrolar. Você será traída. Por todos. Só depois disso vai entender.

— Quem? Entender *o quê*?

Nada disso é uma resposta digna. Odeio a linguagem das adivinhações.

Que você merece muito mais, estrelinha. Que você nunca mais deveria se ajoelhar em troca da esmola de reis.

7

BATIDINHAS.

Minha cabeça dói. Minha bochecha arde como se tivesse sido ferroada, e sinto um gosto ferroso na língua. Descolo o rosto da página do livro, úmida de baba. Há quanto tempo estou dormindo na escrivaninha?

A luz que entra pela janela é suave, insuficiente para machucar meus olhos. Caído ao meu redor, meu manto está da cor cinza-prateada da neblina.

Mais batidinhas.

Meus ossos reclamam, lamentosos, quando saio da posição na qual estava dormindo. Fico de pé e cambaleio com dificuldade na direção do barulho. Um vulto flutua diante da janela. Espero encontrar um dos pássaros-mensageiros que geralmente trazem os boletins.

Em vez disso, o que encontro é um falcão branco como a neve.

Franzo o cenho. Não faz sentido uma ave de rapina aqui.

Será que Camilla saiu para caçar? Nesse caso, ela estaria nas florestas de carvalho a nordeste da Capital Solar, não perto da torre. Solto a tranca e abro a janela. O falcão entra, soltando ruidinhos. Há um bilhete amarrado à pata dele.

Agora me lembro: Cyrus treinou um pássaro desse pessoalmente. Levou a ave em sua excursão, e eu não a via desde então. As asas de sua ave eram ásperas e escuras.

Desamarro o papel. O falcão mexe a cabeça para a frente e para trás até eu dar a ele um pedacinho de carne-seca e uma coçadinha sob o bico, depois voa para longe.

A mensagem só tem duas linhas cuidadosamente escritas: *Acho que não agradeci a você por ontem, mas deveria. Obrigado.*

Solto uma risada pelo nariz, sorrindo. Bem a cara de Cyrus ser tão indiferente e direto ao ponto.

Mas ele se deu ao trabalho de mandar o recado, ao menos. Amasso o bilhete sem pensar muito, mas hesito antes de jogar a bolinha na lareira.

Aliso de novo o papel, dobro-o ao meio e o coloco entre as páginas de *Tradições e magias da floresta* como um marcador de página. Um pedaço de sentimento, guardado.

Tenho uma profecia para passar a ele hoje.

⸺✦⸺

Navegar pelo labirinto de pátios e corredores do palácio exige um bom jogo de cintura quando se quer ir rápido. Se der um passo apressado demais ao virar em uma passagem, pode-se acabar no meio de uma correnteza de criados apressados ou fofoqueiros de tocaia.

Passo por círculos de conversa, fazendo minha rotina usual de cumprimentos desanimados, de ouvido atento a papos sobre partes da Floresta Feérica apodrecendo. Ao longo das últimas semanas, notícias a respeito disso vêm se espalhando discretamente, minimizadas como incômodos que as patrulhas locais já contiveram.

Mas os rumores mais recentes mencionam o Décimo Domínio em vez do Décimo Primeiro, onde a doença foi relatada inicialmente. Lorde Fidare não fez muito caso disso, já que o trecho afetado foi queimado sem dificuldade, mas claramente alguns conselheiros têm uma opinião diferente; estão preocupados com o fato de a praga ter saltado de uma área para a outra sem aviso ou motivo aparente. Ainda não ouvi pessoas falando em rosas brotando de forma espontânea; a falta de uma conexão clara com a profecia talvez seja a única coisa que mantém as preocupações abafadas por enquanto.

Fora os rumores, todo o resto parece normal quando a sineta do almoço toca: nada de sangue, nada de rosas, nada de vozes divinas. Encaro o movimento no salão de jantar e perco o apetite; nunca recuso uma oportunidade de comer bem, porém, então arranco as cascas de um pedaço de pão para separar a parte mais macia e a devoro com geleia.

As reuniões de Cyrus com o Conselho geralmente são por volta desta hora. Vago pelos salões procurando por ele enquanto meus pensamentos alternam entre *Talvez a Mestra Visionária Felicita também tenha ficado doida de tanto ouvir as divindades* e *Se eu tivesse outra opção além de ouvir as vozes na minha cabeça, eu a escolheria*.

Dou uma espiada no salão de baile principal, onde os preparativos finais para a Festa das Feras estão a toda. Empilharam barris de vinho perto de esculturas que servirão de decoração central. Há escadas apoiadas nas paredes e enfeites brilhantes penduradas no teto. O palácio provavelmente empregou metade dos artesãos da cidade só para fazer este baile. Os fundos reais estão ótimos no momento; a Guarda Dracônica do Décimo Terceiro Domínio invadiu uma série de covis cheios de tesouros ao longo da primavera e a carga da caravana enfim chegou à capital no começo do mês.

Há um grupo de garotas perambulando pelo salão, deslocadas e atrapalhando o movimento dos criados. Reconheço algumas da turba que perseguiu Cyrus. A líder delas — suponho eu, dada a forma como anda à frente das outras como se fosse uma guia turística — é lady Mirabel, filha do lorde do Décimo Terceiro Domínio e rápida em criar intrigas.

— Se lembrem deste espaço. *Inspirem* este espaço — declara ela. — Em alguns dias, este será seu campo de batalha, onde lutarão o último confronto na guerra pelo coração do príncipe, e todo o trabalho duro que tiveram será recompensado. Vão precisar do pacote completo para sobreviver: aparência, astúcia e ardilosidade. — Ela deve ter passado a semana inteira para inventar isso. — Fiquem atentas. Mantenham suas chantagens à mão. Se um rumor errado corre por aí, já era: direto para a vala!

Tento passar despercebida enquanto atravesso o salão, mas uma das garotas no fundo começa a acenar freneticamente para mim.

— Vidente!

Eu me retraio, lembrando o rosto redondo dela de uma leitura que fiz.

— Olá... É Sicene, não é?

Relutante, saio do meu esconderijo perto do cabideiro de casacos — seria mais constrangedor se eu continuasse ali.

— Isso mesmo! A senhorita teve alguma visão nova a respeito do baile?

Mirabel faz uma careta quando a atenção se desvia dela.

— A Vidente não saberia distinguir um sapo de um príncipe nem se fosse beijada por um deles! Os serviços amadores que prestou a mim... Ela diz coisas horríveis para as pessoas só porque tem inveja!

— Inveja do quê? — digo em um tom frio. — Eu preferiria beijar um sapo a Cyrus. A menos que o sapo fosse você.

— Ahá! *A-há!* — Ela agita o indicador na minha direção, como se eu tivesse um alvo desenhado na testa. — Acabou de provar meu ponto!

— Mira. — Uma de suas amigas, de cenho franzido, a contém antes que ela se jogue em cima de mim.

— Esta corte a *tolera*, Vidente. E isso já é muita generosidade!

— Eu não me importo — respondo. — Nunca viveria apenas para ser apreciada.

Essa é a função de pratos de porcelana, e pores do sol, e bolos de mel, e filhotinhos que nem conseguem sustentar a cabeça avantajada.

As garotas irrompem em risadinhas e arquejos, e estou quebrando a cabeça para entender o que tem de tão engraçado no que falei quando ouço passos atrás de mim. Seguidos justamente pela voz límpida da pessoa que estou procurando.

— O que está acontecendo aqui?

Ótimo — Cyrus me pegou sendo mesquinha só por diversão. Agora ele vai jogar isso na minha cara por, ah, uns dez anos.

Giro nos calcanhares e trato de abrir um sorriso bem largo.

— Principezinho, eu estava procurando você.

— *Principezinho?* — sibila alguém atrás de mim.

Cyrus sempre se veste com um traje mais formal nos dias de reunião com o Conselho; o cabelo dele está penteado para trás e a camisa abotoada até o pescoço, enfeitada por um adorno de gola rendado. Ele puxa um relógio de bolso, abre a tampa com um peteleco e depois a fecha.

— Me procurando por quê?

— Seria melhor discutirmos sobre isso em particular.

— Se for desperdiçar meu tempo, saiba que estou ocupado hoje.

— Por que você acha que...? — Solto um resmungo. Atrás de mim, escuto um falatório. Que constrangedor. — Eu tive um sonho, está bem?

Ele me encara por mais um tempo. Suspira fundo.

— Certo. Seja rápida.

— Vossa Alteza! — Mirabel esbarra de propósito em mim e segura o braço de Cyrus. Alguns dos guardas dele levam a mão às armas. — Eu sei que o Décimo Terceiro Domínio é muito longe, mas uma visita do senhor será bem-vinda por lá sempre que quiser. Meu tio organiza bailes que são tão esplêndidos quanto este será.

Cyrus muda de expressão de repente, tão rápido quanto o jogar de uma moeda, os cílios longos tremulando.

— Obrigado pelo convite, lady Mirabel — diz ele. Pelos deuses, até o tom de voz dele muda, ficando doce como mel.

— Já expressei minha, ah, gratidão pessoal a seu tio pelas contribuições que está fazendo a esta suntuosa Festa das Feras. Suntuosa *até demais*, eu diria.

— A seu dispor. O senhor acha que deve viajar de novo em breve?

— Eu não...

— Não é um problema se a resposta for não. Há inúmeras coisas esplêndidas para se fazer na Capital Solar também...

Mirabel começa a tagarelar sobre a beleza da zona ribeirinha e dos parques, e posso ver o sorriso de Cyrus morrendo. A perna dele treme como o reflexo de uma presa acuada, e sinto a ânsia das outras garotas que se apinham atrás de mim. Como uma armadura decorativa, o príncipe é polido e bonito, mas nada adequado à guerra — que é o que a busca por uma esposa é. Porém vou ao seu resgate dessa vez, porque *eu* preciso dar andamento ao meu dia também.

Agarro o outro braço do príncipe e começo a puxá-lo para fora do salão enquanto Mirabel reclama. Cyrus tropeça e depois começa a caminhar, seguindo atrás de mim com uma expressão de choque no rosto.

— Você não pode ser grosseiro, mas eu posso, então *vamos* — sibilo para ele, puxando sua manga com tanta força que os botões arrebentam. Ele enfim acompanha meu ritmo. Um "Argh!" de Mirabel ecoa atrás de nós, e o falatório é abafado pelo som de criados atarefados. Quando puxo Cyrus para dentro de um vestíbulo vazio, resta apenas o som de risadas.

As risadas dele.

Seu riso é intenso e súbito, e acaba assim que nossos olhares se encontram.

— Isso era mesmo necessário?

O sorriso de Cyrus se curva em uma expressão mais austera, só para mim. Pelas divindades, isso me faz ficar brava de novo.

— Você é mesmo um falso — disparo antes de me lembrar que supostamente deveria estar cultivando a confiança dele nesse nosso cessar-fogo, não a jogando no chão como um vaso de porcelana caro.

— Ora se não é a mentirosa crônica me dizendo o que fazer.

— Você é um *hipócrita*.

— Estamos em situações diferentes. A cortesia com que trato meus súditos...

— Ah, pelo amor das estrelas, *cale a boca*. — Minha vontade é de esganar o príncipe com o babado ridículo que tem ao redor do pescoço.

Cyrus se apoia na parede estampada, os braços cruzados.

— Certo, Violet, me conte a respeito do seu sonho. Mas eu *estou mesmo* ocupado.

Ele não está me levando nem um pouco a sério. Eu *devia* fazê-lo perder um bom tempo.

Solto o ar. Vamos só terminar com isso logo.

— Eu sonhei com você.

Ele se empertiga, um olhar curioso no rosto. *Eu ando sonhando só com você*, eu diria, se fosse contar toda a verdade.

— Vi você dançando com uma garota — continuo. — Ela chega ao baile perto das onze, usando uma máscara de borboletas feita de joias e escamas de dragão. O vestido dela também é coberto de borboletas... e flores-de-fada. Você olha para ela e perde o fôlego. Você a beija, e parece que simplesmente *sabe*. E eu pensei que você devia ser informado de que... bom, você finalmente vai encontrar.

— Meu verdadeiro amor? — murmura ele, estranhamente quieto.

— O que é ótimo, porque acho que também estou sonhando com sinais da profecia de Felicita.

Ele arqueia a sobrancelha.

— Sangue e um... cadáver. — *O seu.* — Coberto por rosas.

Cyrus me olha de cima a baixo.

— Você tem um tique nervoso sempre que mente.

Franzo o rosto.

— Não tenho nada — digo, e depois imediatamente: — Que tique?

— O que ganho em troca?

As palavras dele têm um tom maroto, mais adequado ao flerte. O sorriso do príncipe fica menos pronunciado quando percebe isso ao mesmo tempo que eu.

— Entre nós, não cabe esse tipo de relação — ficar assim tão próximos, a respiração e o coração acelerados por conta de nossa escapada do salão de baile. Eu não confundiria as coisas, mas...

— Violet. — Cyrus pigarreia.

— *Nunca é tranquila a jornada até o amor* — disparo ao mesmo tempo.

Ele se encolhe.

Lambendo os lábios, despejo o resto dos versos:

— E *seu pai... não aprovará a sua, quando a hora for. A pessoa lhe pegará de surpresa, disfarçada, mas lhe escapará antes que a meia-noite ecoe a última badalada.*

— Onde você ouviu isso? — Ele parece um tanto admirado. E um tanto... amedrontado?

— Já falei. Nos meus sonhos.

— Durante minha excursão, a Vidente de Balica... me disse a mesma coisa.

— As mesmas palavras exatamente? — Então foi *mesmo* uma Sina que falou comigo. Andam falando com outras Videntes além de mim? — Mas... seu pai me disse que você não recebeu nenhuma previsão a respeito de encontrar seu verdadeiro amor.

Cyrus dá de ombros.

— Eu menti. Ele não a aprovaria, afinal. Certo?

A simplicidade da resposta me desconcerta — o que aparentemente é visível, pois ele dá uma risada.

— Certo. Eu sou um hipócrita. Está feliz? Acabei de mentir para Mirabel agora mesmo, inclusive, se quer saber.

— O quê?

— Minha *gratidão pessoal* ao tio dela envolve pressionar o homem por ter trazido tesouros roubados de Balica.

Ainda estou confusa. Estamos sempre tendo duas conversas diferentes ao mesmo tempo.

— A carga da Guarda Dracônica?

— O Décimo Terceiro e o Décimo Quarto Domínios andam deixando os dragões proliferarem nos penhascos perto das fronteiras. Os bichos voam para sudeste, até Balica, atacam e depois voltam para os covis do lado auvenense, cheios de ouro do vizinho. Depois os guardas se encarregam de eliminar as criaturas. Não preciso nem dizer que não devolvemos tudo para os donos. Eu passei a manhã lidando com isso.

Não é à toa que boa parte da Guarda Dracônica é enviada para as fronteiras. Dragões são uma peste no interior mais rural, atacando vilas em busca de coisas brilhantes e cuspindo fogo quando provocados. Estaríamos em apuros se eles ainda fossem tão grandes quanto seus ancestrais, enormes como prédios, mas agora a luta é majoritariamente contra a procriação irrestrita das criaturas e suas patas gananciosas.

E contra as patas gananciosas dos nossos duques também, pelo visto. Não me surpreende — Auveny pode até fingir que o destino é designado justamente pelas Sinas, e que a sorte recai sobre aqueles que merecem, mas depois de fuçar pelos fios dos meus clientes, sei que almas verdadeiramente bondosas são exceções, uma em mil. As demais pessoas estão só torcendo para não serem pegas com a mão na botija.

— Você podia ter me dito — balbucio, o coração batendo frenético.

— E o que você teria feito? — Cyrus está estranhamente relaxado, as mãos enfiadas nos bolsos. Não parece mais apressado.

— Não sei... Acabei de ficar sabendo! Eu poderia ter... atraído alguns conselheiros para uma leitura... Procurado segredos ou discrepâncias nos fios deles. Eu entendi, principezinho, que você não confia em mim, mas precisa me dar uma chance.

— Eu dei. Estou dando.

— E baixe sua régua, já que está guardando segredos também. — Estreito os olhos. — Você devia ter me contado o que a Vidente disse, no mínimo. Todo mundo está em pânico com a ideia de você não encontrar seu amor e, enquanto isso, você *sabia* que não precisava se preocupar.

— É difícil acreditar até acontecer. Fui perseguido por profecias a vida toda, todas vagas. — Ele contempla o teto com grande interesse enquanto uma dezena de pensamentos parece cruzar seu rosto. — Mas o baile ainda precisa acontecer, suponho. Um vestido de borboletas e flores-de-fada. Parece interessante.

— O que mais você ouviu? Se eu soubesse o que outras Videntes disseram, poderia interpretar melhor meus próprios sonhos.

— Você sabe por que só temos uma Vidente em Auveny? Porque é mais fácil para o rei controlar. — Seu olhar encontra o meu, um tom neutro nas palavras. — Política do meu pai, desde o início do reinado. Ele poderia ter tido outra Vidente trabalhando junto com a Mestra Visionária Felicita, mas tentar influenciar *duas* Videntes quando queria que certa profecia fosse propagada de uma forma específica... Ele não gostava nada da ideia. Ofereceu a outra em uma negociação com Verdant por um preço ridiculamente baixo.

— Eu sei disso. — Eu não sabia disso. — Você não respondeu minha pergunta.

Ele nega com a cabeça.

— A outra Vidente não me contou muita coisa. Você sonhou com algo mais?

Uma frieza se assentou entre nós como neblina. Eu poderia avisar Cyrus das ameaças. Dos espinhos.

Das rosas desabrochando de sua pele respingada de sangue.

Da morte dele, ao fim do verão — ou da minha, em vez disso.

Mas a missão que eu tinha junto ao rei está completa, e não estou mais me sentindo generosa.

— Não — digo, sem hesitar. — Só isso.

Estou deitada na cama, acordada. Chutei as cobertas para longe; está calor demais. Cada nova preocupação que tenho se crava em meu crânio como um alfinete.

— Funcionou — digo para mim mesma. — Cyrus acreditou em mim.

As portas da sacada estão escancaradas, mas é uma noite sem brisa. Me pergunto se alguma divindade pode me ouvir. Talvez elas estejam de briguinha lá em cima. Uma delas parece querer me ajudar. O resto não se importa se vou morrer ou não. Não sei como conseguir uma mensagem de qualquer uma delas.

— Você falou de traição no meu futuro...

Corro o dedo pelos padrões bordados nos lençóis, meio que esperando por uma resposta, nem que seja uma risada zombeteira. Mesmo que signifique que tudo o que disseram é verdade. Só quero uma *resposta*.

— Se há traição a caminho, não quero ficar só esperando. Me fale o que vai acontecer que darei ouvidos a tudo o que você disser.

Fecho os olhos, aguardando o sono vir.

A voz não responde.

Mas, enfim, sonho:

Pelagem úmida e com odor almiscarado. Um emaranhado de folhas. Um cheiro ferroso no ar.

Um grunhido esfomeado e uma voz quase inumana:

— Me ajude... me ajude.

Uma criatura monstruosa se ergue, os chifres torcidos brilhando prateados sob o luar. O ser é todo errado — homem, fera e floresta ao mesmo tempo.

Ele se arrasta na direção de uma janela, caminhando desajeitado sobre duas patas. Atrás dele, deixa um rastro de pétalas de rosa.

8

A FESTA DAS FERAS ENFIM CHEGA. Conforme o sol se põe, carruagens ocupam toda a praça principal e o fluxo de foliões se afunila nos portões do palácio. Antes da meia-noite, Cyrus vai encontrar seu verdadeiro amor.

Acho.

Os versos do sonho se repetem na minha cabeça ao longo de todo o dia. Deve ser uma profecia real, já que a Sina enunciou as mesmas palavras para mim e para outra Vidente, mas a segunda linha continua atraindo minha atenção: *e seu pai não aprovará.*

Deixei Cyrus acreditar que a garota que descrevi e a outra dos versos são a mesma pessoa. Mas sei que foi o pai dele que inventou a primeira, o que significa que ele aprova; não pode ser a mesma garota.

Será que outra pessoa vai atrair a atenção de Cyrus? Será que há um duplo significado que não estou captando? Estou cautelosa. Divindades gostam de brincar com a gente.

E também há a visão — não sei o que era aquilo. A silhueta de uma fera. Eu gostaria de ter visto mais.

Às sete e meia, Eina — a antiga ama dos gêmeos reais, e uma mulher muito obstinada — bate na minha torre.

— A senhorita é a única que ainda não está pronta, venha logo.

— Eu não vou ao baile — digo a ela pela fresta da porta.

Quando me viro, porém, as três fadas a serviço do palácio já entraram pela janela.

Depois de uma rodada de discussões, barganhas e espirros, Eina me empurra até o espelho. A mulher tira minhas roupas até me deixar só de anáguas e coloca um prendedor de roupa no meu nariz para evitar que eu inale pó de fada.

De qualquer forma, as fadas mantêm distância. Eina as observa, depois estala a língua.

— Suas regras desceram por esses dias?

— *Ai não*, isso é um problema? — Finjo um tom dramático. — Acho que não posso ir, então.

— Elas conseguem encarar um pouquinho de sangue. Só tome cuidado para não sujar o vestido.

A mulher solta estalidos na direção das fadas.

— A senhora consegue falar com elas?

— Eu entendo por alto.

As fadas trocam ruidinhos rápidos, como se estivessem discutindo os detalhes. Laços surgem em pleno ar e desaparecem no instante seguinte. Argh. Já vou ficar feliz se não me fizerem parecer dividida em três; fadas têm um senso estético meio complicado.

Uma brisa sopra minhas pernas. Quando olho para baixo, as criaturinhas fizeram surgir pétalas de chiffon do nada e começaram a me envolver com elas — camadas e mais camadas de tecido, todas quase translúcidas. Luvas cobrem minhas mãos, sapatos envolvem meus pés, e depois o resto do pano de um cinza lunar se acomoda na forma de um vestido. Quando me afasto do espelho, a cauda se move como neblina, oscilando ao menor movimento. Pequenas pérolas no decote baixo cintilam como gotas de orvalho em uma teia de aranha.

— Ah — digo em uma voz abafada, o nariz ainda fechado pelo prendedor. — Estou bonita.

Eina concorda com a cabeça, presunçosamente orgulhosa. Desfaz minha trança e prende meu cabelo para cima em um penteado sofisticado. Ergo a máscara que as fadas conjuraram. Uma fênix me encara, as asas prateadas estendidas, brilhando em um arco-íris de cores ao refletir a luz. Os sapatos são, felizmente, sapatilhas bem práticas, então não despenco para a morte quando Eina enfim me enxota para fora da torre.

Acho que posso *tentar* aproveitar a noite.

O lado norte da propriedade do palácio está vazio. Ninguém me vê falhando em tentar equilibrar a bolsa, o xale e o leque também conjurados. Acabo largando os acessórios todos em um banco no jardim. Passo por leões e dragões no pátio, todos em trajes esplendorosos: vestidos que desafiam a gravidade, caudas que mudam de cor, cenários bordados que demorariam um ano para serem costurados à mão. Um dos vestidos parece uma gaiola gigante com pássaros flutuando dentro.

Todos são encantos da melhor categoria. Fadas são indiferentes às disputas entre nós, mortais, até *elas* estarem a fim de se exibir. Em dias normais, sou capaz de dizer quem comprou a fada a seu serviço com ambrosia — essas pessoas têm mãos macias demais, sapatos limpos demais, uma postura grosseira demais. Com as fantasias, porém, os ricos são indistinguíveis dos protegidos legítimos das fadas. Os verdadeiros vencedores da noite são os comerciantes de ambrosia.

Me junto à fila para adentrar o salão de baile principal, como se fosse apenas mais um rostinho bonito buscando meu destino. Assim que passo pela porta, arquejo.

É como se as estrelas tivessem descido à terra.

Eu vi o planejamento da arrumação. Sei que há espelhos nas paredes, criando a ilusão de que o salão se estende infinitamente. A neblina que cobre o chão é um truque químico. Acima, mil velas foram espalhadas cuidadosamente para replicar as constelações do céu estrelado. Não é magia de verdade, mas o palácio fez um ótimo trabalho na tentativa de fazer parecer que é. Quando o relógio bater as onze badaladas, a garota arranjada para ser o verdadeiro amor de Cyrus vai entrar pela porta — e, por um instante, esqueço que é tudo uma enganação.

Um criado me guia na direção da área central, onde a população da capital está dançando e jantando. Ouço pedaços de conversas aqui e ali: especulações a respeito da máscara do príncipe, conversas sobre seu verdadeiro amor e papos indecentes sobre quem vai ter encontros devassos e em quais cantos escuros.

— *Atrás de toda aquela indiferença, posso ver que o príncipe tem uma alma gentil e uma profundidade...*

— *E ele tem o corpo de um deus! Desculpe, isso foi blasfêmia?*

Já estive em eventos chiques antes. Sou capaz de colocar um sorriso no rosto. Faço isso todo dia. Mas, pela primeira vez em muito tempo, me sinto deslocada. Todos estão felizes por estar aqui, rindo com uma alegria embriagada, enquanto eu...

Minha vontade é encher um prato com comida e ir embora.

Não tenho vontade de falar com ninguém aqui. Não *gosto* de ninguém aqui. A fofoca me entedia; já estou a par de tudo. Nunca fui sociável. Quando eu era criança, era mais seguro ser quietinha, não chamar atenção alguma, como se fosse uma sombra, e não podia falar abertamente sobre minha Visão para que as pessoas erradas não tirassem vantagem. Logo que cheguei ao palácio, era assumidamente tímida até ficar mais à vontade. Nobres são gentis de formas que não me passam confiança. Muitos são parentes distantes dos Lidine, a família real, e me fazem pensar se tive sorte de nunca ter tido uma família, para que meus parentes não possam explorar minha posição.

As ruas fizeram de mim uma pessoa desconfiada, mas a vida no palácio transformou meu coração em uma pedra de gelo. Uma pequena parte de mim tinha esperanças de que o destino fosse mesmo discernido pelas Sinas — de que as melhores pessoas vivessem as melhores vidas. Conforme fui me acostumando com meus deveres, porém, aceitei que não há tal hierarquia. Pessoas são cruéis mesmo quanto têm de tudo — mais ainda nesse caso, por medo de perderem o que têm. O crime de bater carteiras por aí de repente passou a parecer pequeno comparado aos delitos dos ricos: comerciantes infringindo leis, lordes que assinam acordos invalidados antes que a tinta seque, um Conselho conspirando atrás de portas fechadas.

Mesmo assim, essas pessoas me procuram, sem se preocupar ou ter vergonha do que fizeram, sabendo o que vou ver nos fios. Enfim aprendi o preço de um reinado próspero, e que isso não tem nada a ver com bondade.

Também barganhei, fiz minhas próprias concessões, mas sou incapaz de rir estando em companhia dessa gente. Não sem virar uma careta.

Suspiro e olho para a parte mais densa da multidão. É ali que Camilla deve estar — e o vinho também.

Demoro apenas um minuto para encontrar a princesa sentada em uma mesa vaga como se ela fosse um trono, cercada por no mínimo vinte garotas. Um par de asas iridescentes irrompe do colete azul da princesa. A máscara de penas de pavão tem de largura o equivalente a quase minha altura. Ela se inclina na minha direção e, sem querer arruinar o baile de Camilla, faço sumir o tom sombrio do meu rosto.

— Cyrus e eu apostamos quem vai cortejar mais garotas antes do fim da noite — diz ela, vertendo vinho de uma taça nos lábios de uma garota com máscara de gato.

Tradicionalmente, meninas beijam um amuleto e o entregam a quem têm apreço. A princesa está sentada ao lado de um baú que deixaria um dragão com inveja.

— Cyrus ao menos já chegou?

Camilla aponta para cima. No mezanino do salão de baile, um cavalheiro com uma máscara dourada de raposa se debruça no parapeito. Pelos arquejos da multidão, outros também notaram. A máscara de Cyrus não é exatamente um segredo, depois que sussurrei a respeito disso nas minhas leituras. O aprendiz de ourives também abriu o bico sobre uma encomenda especial que recebeu semana passada, e todos os boletins publicaram detalhes do assunto no dia seguinte.

Mas talvez Cyrus saiba ser esperto, afinal de contas — porque outra raposa dourada surge das sombras atrás da primeira.

Depois, outras duas.

E, em seguida, mais quatro.

Oito raposas douradas idênticas se enfileiram atrás da balaustrada e fazem uma mesura ao mesmo tempo. Sete impostores e um único príncipe.

O grupo se dispersa assim que chega ao térreo. A melodia que vem da orquestra fica mais intensa, atraindo os convidados à área de baile, esperançosos e de olhos arregalados, suspirando, segurando-se uns aos outros, rindo.

Há *pelo menos* mais três horas disso pela frente.

Meus olhos recaem sobre a saída.

— *Tente* ficar até a próxima badalada — diz Camilla, como se pudesse ler meus pensamentos.

Resmungando, vou até a mesa de sobremesas.

O relógio toca as nove badaladas. Concluo: as luzes estão brilhantes demais, os flertes estão horrendos, e, ao comer um dos doces, derrubei um monte de migalhas no corpete do meu vestido — então, se as Sinas estão assistindo, nem *elas* me querem aqui.

Não consigo acompanhar todos os cavalheiros de máscara de raposa, mas sempre que me aproximo muito de um deles, sou engolida por um turbilhão de meninas se acotovelando e dando gritinhos, e estou a um fio de gritar: *Nenhuma de vocês, suas miolinhos de sapo, vai se casar com o Cyrus! Estão todas sendo enganadas!*

Me largo em um assento à sombra de uma escultura de gelo em formato de cisne que a esta altura derreteu até estar mais parecida com um pato. Há muita comida empilhada pelas mesas, bolos inteiros que nem sequer foram tocados. Em outra mesa, há um dragão em tamanho real feito de pão, a barriga recheada com frutas e moedas de chocolate. Começo a cortar fatias do meu bolo favorito — uma monstruosidade de três camadas sabor mirtilo e limão, com cobertura de merengue.

Camilla me vê enquanto pega para si uma bandeja inteira de bebidas.

— O que você está fazendo?

— Comendo três fatias de bolo e cinco de arrependimento. O que parece que estou fazendo?

Depois da segunda fatia, vejo a outra única pessoa que não quero matar. Ele está com uma taça de vinho na mão, e tem o cabelo cacheado preso em um rabo de cavalo, usa uma máscara simples de marfim e um ultrajante chapéu amarelo adornado com uma pena — Dante Esparsa, meu companheiro de sofrimento.

Amigos da universidade o cercam.

— Esparsa, quais são nossas chances? — escuto um dos cavalheiros dizer. — Sua Alteza com certeza vai escolher uma noiva, mas ainda não se falou muito sobre a escolha dos amantes. Eu não ia achar nada ruim se a gente tivesse uma oportunidade.

— De mínima a nenhuma, temo dizer — diz Dante.

— Seja sincero conosco, modestos forasteiros: é curioso isso de você ser favorito de Cyrus há tanto tempo.

Uma careta cruza o rosto de Dante. A insinuação é clara, mesmo que os amigos não tenham más intenções: por qual outra razão o príncipe teria em suas graças um bastardo estrangeiro, e mais nenhum dos outros, se não fosse porque Dante está dormindo com ele?

— Estão insinuando que meu papo é tão chato que devo ser bom de cama? Não sei se deveria estar me sentindo ofendido ou lisonjeado.

Os amigos caem na gargalhada. Toco o braço dele, e Dante se afasta do círculo de bom grado assim que me vê.

— Ora, ora, ora... Olha só quem as fadas conseguiram arrancar da toca. Tentando jogar de igual para igual com Camilla?

Corando, cubro o decote com a mão.

— Cale a boca.

— Você está bonita.

— Não me sinto eu mesma.

— Garanto que ainda dá para ser arrogante arrumada.

— Ele olha por cima dos ombros. Os amigos saíram para atacar uma tábua de frios. — E *muito* obrigado. Eu teria ficado maluco, isso se não caísse de bêbado primeiro. Os cavalheiros não estão à caça, e as damas têm Cyrus para encontrar. — Dante pega minha mão enluvada e se curva para sussurrar de forma conspiratória: — Quer dizer que encontrou o verdadeiro amor dele, é?

— Espero que sim. — Abro um sorriso fraco. Não gosto de mentir para Dante.

— Completamente injusto. Se você sonha com beijos, é uma profecia. Se *eu* sonho com beijos, tenho que ouvir: *Teve uns sonhos molhados, é?*

Arqueio as sobrancelhas.

— Bom, você teve?

É a vez dele de arquear as sobrancelhas.

A pista de dança está repleta de raposas valsantes e vestidos rodopiantes, como vi nos fios dos meus clientes. Conforme a música vai diminuindo de volume, um novo conjunto de dançarinos toma o salão.

Dante me puxa suavemente.

— Me dá o prazer de uma dança?

Eu empaco, um verdadeiro pesadelo lampejando diante dos meus olhos.

— Eu não sei dan...

O braço livre dele me envolve pela cintura, a mão quente apoiada bem na base das minhas costas.

— Só relaxe.

Pareço uma boneca de pano. Mas conforme Dante se move, minhas costas se endireitam e meus pés desgrudam do chão. Começo a me mover em perfeita sintonia com ele, e quase parece magia.

Na verdade, parece exatamente magia.

Olho para meus pés.

— Estes sapatos são encantados.

— Eu posso ou não ter pedido para a ama Eina encomendar alguns detalhes para as fadas que conjuraram seu traje. Não é todo dia que Camilla intimida você a ponto de conseguir sua presença numa festa. Você tem *três* fadas à disposição, é melhor aproveitar. Todo mundo na corte mataria para ter *duas*.

— Quer dizer então que este decote... é coisa *sua*?

— Ah, não, isso foi a Camilla. Por favor, eu tenho classe.

— Dante dá uma piscadela. — Mas você está adorável.

Meu olhar fulminante dura um segundo antes que ele me gire e o crescendo da música distraia meus pensamentos.

Dante sabe dançar *para valer*; ele é escuro, alto e bonito, do tipo que poderia fazer qualquer dama e cavalheiro no salão suspirar, se não estivesse competindo com um príncipe, e se as pessoas não presumissem que todos os balicanos são místicos do interior obcecados por árvores — e são elas que saem perdendo com isso.

Mas nem mesmo Dante é capaz de afastar por completo minhas preocupações, o que fica evidente.

— O que foi? — pergunta ele.

— Estou pensando em algumas visões que tive. — Eu não *paro* de pensar nelas. — Mesmo se... *Quando* Cyrus se apaixonar hoje à noite, não vai significar que a última profecia de Felicita foi quebrada. Ou que nenhuma outra coisa ruim vai acontecer. Não que vá, mas... tem essas pequenas peças se juntando.

— Se alguma coisa acontecer — começa Dante, com um sorriso suave e um halo de velas-estrela acima dele —, vamos fazer o que sempre fazemos quando parece impossível ter esperança.

Ergo os olhos.

— Vamos ter esperança.

— Essa é a pior resposta que já ouvi. Preciso que você saiba disso.

Ele ri. A canção termina e Dante me conduz para fora da área de dança, meus pés trêmulos quando paro de bailar e o encantamento termina.

— Você acredita em amor verdadeiro? — pergunto. — Falando sério.

Parte de mim quer que Dante diga que sim só para ter algo em que acreditar.

— É... complicado.

— É o que todo mundo diz.

— Não, eu quero dizer que envolve uma lição de história — diz ele, irônico.

Roubando um jarro inteiro de vinho das mãos de um criado, eu aponto com a cabeça na direção da saída e solto um carinhoso suspiro de derrota.

— Bom, qualquer coisa é melhor que isso aqui.

✿

Pouco depois de o relógio bater as dez badaladas, Dante e eu estamos meio altos e aquecidos em um canto esquecido dos jardins, com as máscaras no colo. Figueiras e cabeças de mármore sem corpo nos cercam — aparentemente encontramos um cemitério das estátuas quebradas do palácio. São companhias melhores do que qualquer pessoa dentro do salão de baile: elas não falam.

Dante me entretém com uma historieta protagonizada por Emilius I, tataravô de Cyrus, e ancestral em cuja homenagem nosso rei atual foi batizado. Ele viveu uma história de amor que ficou mais conhecia como "O Príncipe e a Plebeia".

Por séculos, os territórios que agora compõem Auveny foram pequenos e divididos, muitos durando apenas o tempo de um único reinado. Quando Emilius I era criança, as terras estavam se unindo sob um só estandarte. As regiões mais distantes não tinham lordes e eram majoritariamente colônias. A capital tentou botar ordem nelas, mas com a ordem vinham também impostos e leis, e elas se rebelaram.

Na mesma época, uma bruxa dos rebeldes convocou as Sinas. Pediu que elas amaldiçoassem o príncipe para que cantasse até ficar rouco e acabasse sem pés de tanto dançar, se a disputa não se encerrasse até o décimo sexto aniversário do rapaz. Os duques riram e disseram que a disputa terminaria quando eles vencessem, mas as estações passaram rápido e, quando o rei fez dezesseis anos, a fumaça ainda obscurecia os campos de batalha.

Os pés do rapaz começaram a se agitar. Música passou a fluir de sua garganta sem cessar.

A rainha organizou um baile especial para mascarar a condição de Emilius. Depois de catorze dias de dança, uma plebeia chamada Giraldine chegou. Ela sequer devia estar no palácio — as coisas mais cruéis e mortais cruzaram seu caminho para impedir sua ida, mas seu coração era tão puro que as Sinas interferiram. Colocaram a garota em uma carruagem cristalina e garantiram que fadas tecessem para ela um vestido tão delicado que podia ser danificado até por um sussurro. O olhar dela cruzou com o do príncipe, do outro lado do salão de baile; ele ficou tão chocado com tal beleza que congelou e pediu a mão dela em casamento, embora já estivesse sem voz havia muito tempo.

A maldição foi quebrada. O resto é história.

— Ou então — diz Dante, levantando o jarro de vinho para tomar outro gole — considere o seguinte: Giraldine era só uma garota normal, nascida nas cinzas de uma revolução falida. O velho Emilius até gostava dela, mas a opinião dele não importava muito, se todo mundo gostasse. Foi exatamente por isso que ele a escolheu: porque ela era o tipo de beldade jovem e brilhante pela qual os homens iam para a guerra. Pela qual *tinham* ido à guerra. Assim, ele casou com ela para que os homens fossem à guerra por ele em vez de contra ele.

— Você acha que a maldição de Emilius I foi forjada para acabar com as rebeliões?

Depois que dou mais um gole, Dante esvazia o restinho do conteúdo do jarro na língua.

— Não é difícil manter a ilusão de um príncipe dançante por duas semanas, e dá para ficar rouco de tanto cantar só de passar uma noite numa taverna. Duzentos anos depois, quem sabe qual era a verdade? Mas então, se eu acredito em amor verdadeiro? Acredito em histórias como essa? A resposta muda todos os dias.

Balanço a cabeça.

— Não entendo por que as Sinas se envolveriam com a gente.

— As histórias balicanas atribuem características humanas às Sinas. Elas podem ser vingativas, impulsivas, empáticas...

— E são mesmo.

— Do jeito que você fala, parece que já conversou direto com elas.

— Talvez eu tenha conversado.

— Olha ela! Me conte seus segredos, Mestra Visionária Violet.

Ele está com os olhos brilhantes e o rosto corado quando se inclina, ficando um tanto perto demais, e me pergunto como seria pressionar meus lábios nos dele.

É o vinho. E um pouco de curiosidade que surgiu enquanto a gente dançava. Nunca beijei ninguém. Nunca considerei muito a perspectiva de um romance. As pessoas não pensam na Vidente dessa forma — e, sinceramente, sou tão atraente quanto uma moita de urtiga. Camilla pode achar que sou muito fechada, cínica e que tenho medo de me arriscar, mas vejo finais com mais clareza do que começos, e não acho que conseguiria me devotar a ninguém. Reconhecer isso é a coisa mais altruísta que posso fazer.

Acredito no amor tanto quanto em sua raridade. Acredito em tolerância, hábitos e codependência. E isso é suficiente, espero. Embora o belo maxilar e o sorriso com covinhas de Dante me tentem à diversão, eu nunca brincaria com o coração dele, não quando ele corresponde a metade de todas as amizades que tenho no mundo.

Coloco a máscara de volta enquanto me aprumo no banco.

— Vou te contar segredos outra noite. Preciso voltar para a torre.

Ele parece um tanto decepcionado, mas um pouquinho bêbado também.

— São quase onze horas. Talvez eu fique por aqui.

A penumbra ondula no rosto de Dante e se reflete em seus olhos negros.

— Já vi tudo acontecer no meu sonho. Não é exatamente empolgante.

Fico de pé, o ar noturno fazendo um calafrio correr pelos meus braços. Um atalho pelo labirinto de sebe é a melhor rota até minha torre. É um caminho escuro, mas já o percorri centenas de vezes durante meus primeiros anos no palácio.

Descosturo uma rosa de fita do corpete do meu vestido, beijo-a e amarro a faixa de seda cinzenta ao redor do punho de Dante.

— Obrigada por fazer a noite valer a pena. Vejo você quando a cidade voltar à sobriedade.

Eu me perco na porcaria do labirinto de sebe.

Devia ter imaginado que isso aconteceria, mas o álcool me disse que tudo ficaria bem. Posso *ver* minha torre acima das paredes de sebe, mas não consigo chegar até ela.

Viro em um corredor. Os ruídos do palácio ficam ainda mais abafados atrás de outra muralha de vegetação. Beco sem saída. Recuo, viro de novo...

— Ah!

Um cavalheiro vestido de branco tromba comigo e me atira às moitas. Ramos arranham meus ombros. Vinho espirra no meu braço.

— Senhorita...

Depois de me puxar pelos braços, ele tira os galhinhos presos no meu vestido com a mão livre enquanto equilibra a taça com a outra. Eu recuo, caso ele pense em levar a mão ao meu corpete. Realmente, não tem como este baile ficar pior.

— Minhas mais profundas desculpas. A senhorita está bem?

A voz é familiar e faz algo se agitar dentro de mim. Meus olhos recaem direto sobre a máscara dele — e quase caio de costas.

Uma criatura ferina me encara, similar demais à que vi em meu sonho. O focinho é pontudo e dotado de pelagem, como o de um cervo. Vinhas delicadas entrelaçam fios dourados em seu cabelo, e os cachos de um ruivo intenso estão polvilhados de pó cintilante. Ele parece ter nascido de um brilho de verão. Completando a transformação de homem em fera, há um par de chifres curvados de cristal irrompendo da cabeça. Rosas desabrocham ao longo da espiral, vermelhas como sangue.

— Peço perdão, eu estava... Não há desculpas plausíveis, não é?

Um olhar aguçado avalia minha expressão através do rosto falso. Encantos nunca modificam os olhos; são expressivos demais, e a magia os deixa baços de forma estranha e artificial.

São os olhos de Cyrus.

Mas ele não pode estar aqui. Se está aqui, então as raposas douradas ao redor das quais todos estão se apinhando...

— Senhorita?

— O que você está fazendo aqui? Por que está vestido como...?

Meu choque ainda não passou. Que coincidência. De todas as pessoas com as quais eu poderia ter trombado, fui trombar justo com Cyrus, nosso príncipe amaldiçoado da noite.

O mundo parece girar. Estou bêbada. Vendo coisas. Viro de costas para ele e analiso a escuridão em busca de um ponto de referência melhor. Dois passos depois, tropeço na cauda do vestido e ele me segura outra vez. Minha máscara entorta no rosto.

— Violet? — A voz dele muda por completo, agora baixa e cortante. É ele *mesmo*.

— Parabéns — murmuro quando uma pontada tardia de constrangimento percorre meu corpo. Ajeito as penas prateadas da máscara. — Eu facilitei, né? Não é como se tivesse sósias flertando pelo salão de baile para despistar.

O canto da boca dele se curva em uma expressão arrogante. Ainda estou meio sustentada pelos braços dele, e o calor dos dedos de Cyrus atravessa o vestido.

— Admita: foi um truque brilhante. Encomendar oito máscaras de raposa, dá-las a atores que foram encantados, e ninguém presta atenção em mais nada.

— E você tinha que estar... *assim*?

Ele ergue a mão e colhe uma pequena rosa das vinhas enroladas nos chifres.

— Meu verdadeiro amor não vai se importar com minha aparência meio ferina. A Vidente de Balica descreveu uma visão da minha máscara e achei perfeita. Provocativa. Além disso, todo mundo está se divertindo sem mim, e mal posso esperar pelas onze badaladas... Isso se sua previsão for confiável.

Irritada, inspiro fundo antes que o orgulho me faça falar algo idiota. Não vou arruinar semanas de planejamento no último minuto.

— Divirta-se. Estou voltando para a minha torre.

Seguro a saia para não tropeçar mais nela e torço para que o caminho atrás de mim leve à saída do labirinto.

— Você não vai rebater? Geralmente gosta de ter a última palavra.

Sei que Cyrus está me provocando, mas ele soa satisfeito demais consigo mesmo.

— Está querendo brigar? — Chego perto, exibindo o esgar afetado que ele tanto desejar ver. — Você sempre está, mesmo que tente disfarçar. O que é um *truque* senão uma *mentira* com um nome diferente? A verdade é que você gosta de ser um pouco desonesto, um pouco lupino... um pouco como eu.

— Eu não tenho nada a ver com você.

— Verdade. *Eu* não finjo ser melhor do que sou.

A diferença no comportamento dele nunca foi tão clara quanto nos trinta segundos em que achou que eu fosse outra pessoa.

Cyrus inclina a cabeça para o lado. Os chifres de cristal brilham. Andamos em círculos com passos minúsculos, a dança que costumamos dançar.

— Você me odeia — diz o príncipe.

— Eu não odeio você. Dá muito trabalho. Mas alguém deveria odiar.
— Você se ressente de mim, então.
Solto uma bufada.
— Se quiser que eu liste todas as razões pelas quais me ressinto de você, pode ir pegar outro jarro de vinho.
— Você tem medo de mim?
Apenas rio.
A respiração dele forma uma pequena nuvem no ar noturno.
— Você me perguntou uma vez se tenho medo de você. Seria pela mesma razão que você deveria ter medo de mim. A gente pode arruinar um ao outro, e não hesitaríamos em fazer isso.
— Isso é uma ameaça?
Cyrus sorri. Não consigo decifrar mais nada da expressão com o resto do rosto dele escondido sob a máscara bestial.
— Eu não tenho medo de você — sussurro, uma pulsação distante soando em meus ouvidos.
— A gente não pode trabalhar juntos como rei e Vidente se não formos honestos um com o outro.
Arranco as luvas.
— Se realmente quiser ser honesto...
Cyrus tenta se afastar, mas sou mais rápida. Agarro as mãos dele, derrubando a taça, e os fios do príncipe se desenrolam em minha mente.
Bem na dianteira de seus pensamentos, um fio pulsa com a raiva de uma ferida antiga. Uma cena familiar surge, uma que relembro do meu próprio ponto de vista.
Ele ainda pensa naquele dia, que foi uma vida inteira atrás. Mas, na cabeça dele, a memória é a seguinte:
Uma garota surge do nada, puxando-o para longe da morte certa como uma bênção das Sinas. Uma coisinha linda, toda suja. Um milagre.

Ele leva a garota para casa, para seu pai faminto e sua corte faminta. Eles a colocam em uma torre, sussurram promessas que aplacam a fome dela. Ele a vê virar tudo o que ele mais despreza. Ele odeia o que ela se torna, sua língua ferina e astuta. Ele odeia todo mundo mais ainda por transformá-la nisso.

Meus lábios se abrem em dúvida assim que Cyrus se liberta. Tenho vontade de rir.

— Não me diga que você ainda está se perguntando onde foi parar aquela menininha que você salvou. — Minha intenção é envolver o sussurro em veneno, em escárnio, mas estou meio incrédula. — Ninguém me forçou a ser assim. Eu estava desesperada para sair das ruas. Usei você para conseguir chegar àquela torre. Só isso.

A vida no palácio me transformou em uma pessoa fria, mas eu mesma fiz essa escolha.

O olhar dele é tempestuoso.

— Tão orgulhosa de não ter coração...

— Eu sei as consequências de ser quem eu sou. E você?

O baile, a cidade e as estrelas parecem mais distantes do que nunca quando o príncipe me olha como se eu fosse algo perigoso. Vou mexer fundo em suas feridas.

— Você acha que não é tão rancoroso quanto eu? — Dou um passo adiante. Desfruto demais do momento para fingir que não. — Todo dia que convivo com você, eu te lembro de que não sou a garota que pensou que eu fosse. Que roubei a afeição do seu pai e construí minha vida aqui sem você.

Avanço mais um passo. Arfamos tanto e estamos tão perto que nossos corpos se tocam. Posso sentir o coração dele batendo sob a camisa. Ou talvez seja o meu. Somos mais velhos agora — não as crianças de anos atrás, que podiam gritar e se empurrar à vontade contanto que corrêssemos rápido o bastante para escapar. Nossos mundos agora são maiores e mais obscuros, anuviados pela ambição.

Pelo desejo.

Os lábios dele estão tão próximos que eu quase sinto o gosto do vinho. Ele envolve a base do meu pescoço com a mão, como se para deter meu avanço, ou talvez — enquanto seu polegar traça uma linha na minha garganta — para me puxar para mais perto.

O sino badala. O relógio está batendo as onze horas.

— Vá encontrar seu destino — sibilo.

Com a boca franzida de desgosto, Cyrus me solta.

9

MUDEI DE IDEIA. QUERO TESTEMUNHAR A HISTÓRIA que ïnventei. Quero saber para os braços de quem mandei Cyrus.

É preciso sair deste maldito labirinto.

Sigo o príncipe até o palácio. Ele me ignora ao longo do caminho todo. O barulho do salão de baile diminuiu. As pessoas estão sonolentas depois da bebedeira. Até os enxames de gente ao redor das raposas estão menores.

Arquejos chocados irrompem da multidão conforme o príncipe abre caminho por ela. Uma fera é assustadora, mesmo sendo uma fantasia, mesmo com uma máscara coberta de rosas tão bela quanto a que ele usa. Cyrus está desafiando as Sinas, mas talvez seja de propósito.

Não vejo a garota ainda. Estou prestes a seguir para um lugar mais alto de onde possa ter uma visão melhor do espaço quando uma sensação na nuca chama a minha atenção. Viro para a entrada do salão de baile.

Sob uma estátua arqueada de duas Sinas há uma única silhueta. Não me lembro de ter visto essa pessoa antes.

A garota sai das sombras. O rosto dela está meio escondido atrás de uma máscara de borboleta, a parte visível de suas feições delicadas como as de uma boneca feita pelas mãos mais hábeis. O vestido... é do tipo que evoca sonhos de infância e faz inveja a mulheres adultas. Um tecido verde a envolve como se ela fosse algo que desabrochou na Floresta Feérica, soltando pétalas e folhas que vão do verde-primaveril ao dourado-outonal e dissolvem em vapor cintilante. Uma abundância das flores-de-fada douradas tão cobiçadas pelas fadas cascateia de sua saia.

Tinha tudo para ser cafona. Até Camilla acharia o vestido exagerado demais. Mas a garota está linda nele, e não entendo como. Não consigo descrevê-la como nada menos que a alma gêmea destinada a um príncipe. Destinada a *alguém*, ao menos.

É ela. Tem que ser ela.

Cabeças começam a se virar na direção da recém-chegada. Um cheiro doce impregna o ar. Quando vislumbro o príncipe feral no limiar da multidão, ele está imóvel como um cervo, hipnotizado. Os dois formam um belo par: uma fera de chifres adornados por rosas e uma noiva abençoada pelas fadas.

Vejo Camilla acenando para mim pelo canto do olho, mas ainda não consigo desviar o olhar. Preciso ver essa fábula se desenrolar até o fim.

Oito cavalheiros com máscara de raposa se aproximam da jovem, galantes. Ninguém protesta; estão provavelmente com mais inveja das raposas do que da garota. Ao mesmo tempo, todos estendem a mão e falam em coro:

— Posso ter o prazer da primeira dança?

A jovem os analisa. Um suspiro coletivo é contido: será que ela vai escolher o certo?

— Quero dançar com ele. — Ela aponta para além deles, na direção da fera.

Uma maré de murmúrios. Aqueles que ainda estão sóbrios aos poucos compreendem como as raposas são uma enganação. O verdadeiro príncipe Cyrus pega a mão dela, hesitante, como se estivesse maravilhado com a existência da mulher — e que a existência dela seja para ele, até onde sabe. Nisso, ao menos, o futuro previsto está se tornando realidade.

A música recomeça. A multidão rapidamente se fecha ao redor dos dois. Não consigo mais enxergar o casal, exceto pela ponta dos chifres de cristal de Cyrus.

Alguém agarra meu pulso.

Tropeço e giro. Um pavão aterrorizante me encara de cima, a mão erguida.

— Camilla?

— Quem é a menina mais linda do salão? — diz ela, a voz ribombando. Há um alfinete afiado em sua mão, pronto para atacar.

— O quê...?

— Responda antes que eu espete você!

— É v-você! — balbucio, me encolhendo. — Mas o que é isso, Camilla?

Com as narinas dilatadas, ela abaixa o alfinete.

— Aquela menina no vestido de flores-de-fada. Ela está mais enfeitiçada que uma carruagem de abóbora. Acho que ela é uma bruxa ou... ou... não sei.

A princesa me pega pelo braço e me puxa na direção das escadas que levam ao mezanino. O polegar dela está sangrando, deixando uma mancha no meu punho e abrindo um buraco na minha manga com um chiado.

— Cuidado! Você está derretendo o encanto da roupa.

Camilla mal está ouvindo, os olhos focados no térreo, onde o irmão faz uma mesura diante da garota misteriosa.

— Nunca vi nada assim. Preciso arrancar aquele vestido dela.

Mordo a língua para não deixar escapar uma piada obscena.

— Camilla, pare com isso. — Eu talvez possa contar a verdade. Ela vai descobrir tudo em breve. Baixo a voz até um sibilo baixinho. — Seu pai arranjou tudo isso em segredo. Essa menina... foi escolhida com antecedência. Ele me mandou dizer a Cyrus que ela é o verdadeiro amor dele.

A princesa parece surpresa.

— Quem é ela?

— Eu... Eu não sei.

— Se a magia feérica nela é forte a ponto de fazer *aquilo*, como saber se essa *completa estranha* não enfeitiçou o papai também?

— Aquilo o *quê*?

— O feitiço. O... toque extra de encanto. — Camilla me olha de um jeito engraçado, como se *eu* fosse a criatura mais esquisita no salão. Balança a cabeça. — Mal afeta você, não é? Isso costumava frustrar Cyrus.

Só tenho mais e mais perguntas.

— Eu ainda não estou...

— Olhe como a garota está chamando a atenção. É como as pessoas olham para mim e meu irmão, mas de forma muito, muito mais potente. — Camilla estala os dedos diante de um criado cuja bandeja cheia de taças está escorregando enquanto ele fita o casal dançando, mas não faz diferença alguma. — Nós não somos tão desejáveis à toa. Há magia feérica na gente o tempo todo. Não muda nossa aparência, mas cria uma certa atração, um certo carisma... Chame como quiser. As pessoas não conseguem evitar olhar para nós. Ficam um pouco seduzidas.

O frenesi constante ao redor de Cyrus. A forma como as pessoas *prestam atenção* sempre que um dos gêmeos entra no recinto.

— É por isso que todo mundo se apaixona por vocês.

— Bom, eu não *preciso* disso para ser desejável — acrescenta ela sem hesitar.
— É claro — confirmo.
— Os encantos funcionam melhor naqueles já predispostos a nós. Então, se alguém gosta de Cyrus, gosta muito, *muito* dele. Precisamos de todas as três fadas do palácio para dar conta de nós dois. Aquela garota está *pingando* encanto. Agradeça às Sinas por eu ter tido o bom senso de me espetar assim que percebi. — Ela tamborila o dedo na balaustrada.
— O que fazer, o que fazer... A gente precisa chegar mais perto deles... Ah! Dance comigo!

Camilla me empurra de novo escada abaixo e agito os braços para manter o equilíbrio. Ao contrário de Dante, a princesa é uma parceira vigorosa. Ela me puxa contra o seu corpo antes que eu possa responder. Ergue um dos meus braços no ar, forçando uma postura espalhafatosa enquanto protesto.

— Camilla...!
— Shh! E *se concentre*! — Ela nos faz avançar, usando nossas mãos unidas como um aríete para abrir caminho na multidão. Os fios de Camilla lampejam em minha mente.

O povo a aplaudindo no anúncio da Festa das Feras.

Um colar de vidro com uma gota de líquido vermelho.

Festas e mais festas repletas de risadas vazias, todos os olhares sobre a garota nos braços do irmão dela.

No presente, se Cyrus e a jovem não estivessem atraindo todos os olhos da audiência, as pessoas talvez se perguntassem por que outro par de dançarinas se juntou subitamente à pista. Camilla e eu vamos rodopiando, abrindo caminho na direção deles em meio a uma bagunça de pés que se movem em pouco mais que um gingado bêbado. As luzes das velas acima giram sem parar, e consigo a proeza de chutar minha própria canela; nem os sapatos enfeitiçados são capazes de me salvar.

— Só um pouco mais perto... Como ela faz para distrair todo mundo? Nunca vi algo tão efetivo assim — murmura Camilla. — Certo, não se assuste.

— Eu *já estou* assustada!

Camilla puxa uma adaga do bolso. Corta a ponta do polegar, fazendo uma careta quando o sangue começa a escorrer. Ela pega um jarro de água de um criado às margens da multidão e enfia a mão lá dentro.

Água com sangue respinga em mim. Me afasto enquanto minhas mangas derretem.

— Mas o quê...?

Tropeço na cauda do vestido da garota. Ela arqueja. Cyrus demora para nos reconhecer.

Camilla corre adiante e derruba a água neles.

— *Argh!*

A máscara da mulher encolhe e derrete. As mãos dela voam até o rosto enquanto água rosada escorre do queixo. Já posso ver o vestido murchando, o verde desbotando.

Cyrus salta sobre Camilla, arrancando o jarro dela e virando a mão cortada da irmã para cima.

— Você está maluca?

Ela retribui com um empurrão.

— Você está encantado...

— Claro que estou! Ela é meu verdadeiro amor!

— Não! Está *literalmente* encantado, seu miolos de sapo!

— Ela está indo embora! — grita alguém.

As portas do salão de baile chacoalham. A garota passa voando por elas, o vestido deixando um rastro de magia atrás de si.

Sinto algo úmido na perna. Olho para baixo e minha máscara cai. Ajeito a peça de novo no rosto.

Meus encantos também estão se desfazendo.

Alguém me segura pelo ombro. Eu me viro e encontro o olhar fulminante de Cyrus.

— Sempre você, não é? — rosna ele.

— Eu não... Foi a Camilla...

Eu me contorço para me desvencilhar dele. É mais fácil do que imagino, visto que Cyrus está mais lento pela mistura de feitiços e de vinho. Mergulhando multidão adentro, procuro algo atrás de que me esconder, mas a massa de pessoas me impele na direção da saída conforme a turba persegue a jovem.

Preciso ir embora daqui.

Então corro. Como uma garota de volta às ruas, quase descalça enquanto uma das sapatilhas derrete.

Meu vestido se torna farrapos, libertando minhas pernas. Corro ainda mais rápido.

Agarrando o que resta da minha máscara, irrompo na noite. Gotas de chuva salpicam meus cílios, borrando minha visão. Não vejo quase nada exceto o perfil da garota misteriosa contra as luzes brilhantes além dos portões do palácio atrás dela. Estreito os olhos e noto a silhueta de fadas. Uma, duas... três...

Em situações raras, várias fadas podem servir o mesmo protegido, embora ter duas fadas frequentemente seja pior do que ter apenas uma — duas vezes mais poder de fogo mágico, mas em geral elas mais discutem entre si do que ajudam. Ter três fadas é lenda. O palácio tem três, mas são compradas com uma quantidade obscena de ambrosia e compartilhadas entre toda a família real. De acordo com os rumores, é um pesadelo tentar fazer três fadas terem a *disposição* de trabalhar juntas. Praticamente um milagre.

Mais que três é uma coisa sem precedentes.

Há cinco fadas atrás da jovem.

A algazarra da multidão se aproxima. Corro para trás da guarita, me agachando à sombra dela. Quando olho para trás, a garota desapareceu e Cyrus está parado sozinho diante dos portões do palácio, contemplando as ruas silenciosas. Ele pede uma equipe de guardas e cavalos. Minutos depois, cavalga na direção da cidade, com Dante e os soldados atrás dele, assim como boa parte da turba.

No meio do caos, cambaleio pelos jardins, voltando à torre. Ninguém vem atrás de mim. Arranco os pedaços de seda encharcada assim que entro nos meus aposentos e me deito na cama ainda molhada.

Só então percebo que perdi meu outro sapato.

10

ALGUÉM ESTÁ BATENDO COM FORÇA NA PORTA.
Rolo na cama, esperando que o barulho pare. Minha camisola está gelada, grudada em mim como uma segunda pele. Ainda está escuro lá fora, o sol mal nasceu.

No térreo, a porta chacoalha. E chacoalha. E chacoalha.

Cubro a cabeça com o travesseiro. Sussurro uma oração cheia de xingamentos para as Sinas que abençoaram esta torre antes de jogar as cobertas de lado. Visto meu manto, enrolando o tecido com firmeza para esconder a camisola.

A noite anterior é um borrão que relego de bom grado aos fios do meu passado. Consegui a proeza de irritar um futuro rei ao me vangloriar por tê-lo usado. Depois o irritei de novo ao afugentar a garota que ele achava que fosse seu verdadeiro amor, o que também vai irritar o rei atual. Além disso, para começo de conversa, ninguém gosta de mim.

Mas, a esta hora, não tenho nem disposição para ficar nervosa.

— Já levantei! — grito. Não que dê para me ouvir através dos encantos à prova de som. Desço até a sala de adivinhação com uma lamparina acesa. — Nem o sol se levantou ainda, mas pelas Sinas, graças a você eu com certeza me levantei.

Abro a porta com um puxão.

Cyrus está sozinho na antecâmara, os olhos injetados e vermelhos. Ainda está vestido com as roupas do baile, a camisa para fora da calça e a gola toda torta — muito diferente da fera de vestes brancas e imaculadas. Ele cambaleia, emanando o cheiro doce de vinho e chuva. Nas mãos, traz... *meu sapato*.

— Perdeu isso aqui?

De queixo caído, arranco o calçado da mão dele.

— Você se envolveu em uma briga de taverna com um troll? — *É tudo* o que consigo dizer.

Ele aperta a ponte do nariz, suspirando demoradamente.

— Me diga a verdade, Violet. Quem era ela? A garota que fugiu correndo?

O rosto da jovem lampeja na minha mente — a surpresa e o medo dela sob o brilho de cinco fadas. Certamente Cyrus não passou a noite inteira procurando por ela...

— Eu... mal consegui ver uma silhueta. Você sabe que horas são?

— Eu estou cansado.

— Provavelmente porque não dormiu. Principezinho, acho que nem *amanheceu* ainda.

— Eu estou cansado — repete ele — de todo mundo mentir para mim e achar que vai sair impune.

— Que bom que você faz o tipo bêbado alegre.

— Eu sei que a garota é uma armação.

Qualquer palavra que eu estivesse planejando dizer em seguida escapa como tosse. Cyrus ergue o olhar com uma careta satisfeita enquanto agarra o próprio cabelo, fazendo voar água de chuva e poeira dourada da maquiagem. Ele descobriu tudo e, pela sua expressão, preferia *não ter descoberto*.

— Então, posso entrar?

Quando não respondo, ele abre passagem e adentra a sala de adivinhação.

— Todos os lordes que conheci, da Capital Solar a Verdant, tinham um esquema na manga. Não é uma grande surpresa descobrir que meu pai também estava tramando o dele — diz Cyrus enquanto fecho a porta atrás de mim.

— Sei que você me considera apenas um ilustre jumento, e aprecio isso. Vou te contar um segredinho: gosto quando meus inimigos me subestimam.

Preciso avançar com cuidado agora.

— Sou sua inimiga?

— É o que vamos ver. — Ele está inquieto. Andando de um lado para outro. — Dante acabou de encontrar a garota que fugiu e me disse que sabe quem ela é. Raya Solquezil. Raya de Lunesse, a líder da maior região da Balica, que tem jurisdição da maior parte da Floresta Feérica, a maior influência. Que coincidência ela também ser meu verdadeiro amor.

Coloco a lamparina de lado. Já cultivei boa vontade suficiente com nosso rei atual; é melhor recuperar a confiança do futuro governante.

— Seu pai arranjou tudo. Eu só sabia o que ela ia vestir. Só isso. Não sabia que era Raya. Mal sei quem ela é.

A República de Balica não tem um único monarca, e sim um líder para cada um dos quatro estados: Lunesse, Gramina, Hypsi e Solrook. Só ouvi o nome de Raya de passagem, como uma aliada que deveria ser tratada com lisonja.

— Meu pai está desesperado para me ver casado e sendo útil. Eu estava disposto a dar a ele e a você o benefício da dúvida, mas esse casamento foi claramente planejado para transformar nossos vizinhos em súditos.

Por que Cyrus parece surpreso com isso? Sem a ameaça de profecias pairando sobre eles, reis nunca se casam por amor; se casam para firmar alianças úteis e gerar bebês úteis.

— Se não encontrou seu verdadeiro amor até agora, não pode achar que as pessoas ficariam contentes com a ideia de você só continuar esperando. E eu sonhei com aqueles versos... — Como eram mesmo? — E se aquela garota realmente for seu verdadeiro...

— Não é.

Um sorrisinho amargo colore o semblante de Cyrus quando ele se vira para me olhar. Quando sua respiração acelera, noto que minha camisola está à mostra. Corando, puxo o manto, envolvendo o corpo com a seda sem estrelas. Ele desvia o olhar para a fonte das oferendas, para as cortinas, para as prateleiras vazias — para qualquer outro lugar.

Meu coração tamborila um alerta. O sangue pulsa nos meus ouvidos.

— O que você está fazendo aqui, Cyrus?

— Preciso de respostas. Mas para alguém que alega saber de tudo, você não sabe de muita coisa.

Ele parece ter retomado a sobriedade. Avança na direção da porta com passos decididos, mas bloqueio a passagem.

— Você aparece na minha torre antes de o sol nascer, fazendo parecer que sou *eu* quem está criando armadilhas, sendo que você já entendeu que foi seu pai...

— Nada disso é sobre você — diz ele, tenso.

— Mas sempre acaba voltando para mim! — Afundo a ponta do dedo no peito dele. — Sempre que você fica paranoico com qualquer coisa, coloca a culpa em mim. Sou sempre eu, porque todo mundo acha que você é imaculado e trágico, mas eu não caio nessa. — As palavras deixam minha língua mais rápido do que posso contê-las; sempre estiveram ali no fundo da minha mente, esperando uma oportunidade de encurralar o príncipe. — Por mais que você deteste, sou a única com quem não precisa fingir, então aqui está você. Eu vejo como você me olha. — Os olhos verdes dele ficam mais escuros, um par de abismos gêmeos. — Você não me odeia. Se eu não te conhecesse tão bem, diria que está tentando ao máximo *não me querer...*

E a boca de Cyrus está na minha.

Trombamos contra a porta, os joelhos dele contra as minhas coxas, o punho da espada pressionando meu quadril. Ele é bruto. *Sufocante.*

Uma rendição e uma emboscada — a coisa mais verdadeira que ele já fez.

Meu choque é sobrepujado pelo calor fluindo pelas minhas veias, mais inebriante que qualquer vinho. Não é o tímido primeiro beijo que eu imaginava que teria, um gesto discreto para saciar minha curiosidade; isso é uma provocação respondida. Nossa rixa transformada em algo físico. E descubro rápido que...

Também o quero.

Não sei como ser suave. Mal acredito em amor. Mas sou a pior coisa na vida de Cyrus, e nunca provei nada mais doce.

Arfando em meio à respiração irregular dele, procuro algo em que me segurar e só encontro a camisa de Cyrus. Ele segura meu queixo, abrindo minha boca, e me beija com mais intensidade. Sua pegada também fica mais forte. Quase arranco a língua do príncipe com uma mordida. Só nos encaixamos se estivermos lutando. Mas com o corpo de um contra o corpo do outro, somos fósforos que enfim foram acessos.

Quero empurrar a cabeça dele para trás, lamber a maquiagem dourada de seu maxilar. Quero vê-lo aproveitando o gesto.

Quero muito mais do que jamais imaginei.

Nosso próximo beijo envolve dentes. Sangue e cinzas se misturam em minha língua. Atrás dos meus olhos, rosas desabrocham.

Duas luzes azuis e brilhantes cintilam e uma risada ecoa: *Tu vais queimar.*

Eu recuo, afastando as mãos das de Cyrus. Elas estavam enlaçadas.

Ele percebe. Agarra minha mão de novo — mas a visão se foi. Um nó de futuros permanece, nenhum que eu seja capaz de desfazer em meu estado atual.

— O que você viu?

Minha cabeça dói no ponto em que se chocou com a porta. Não tem como ele saber — o que será que ele *acha* que eu vi? Mas um desespero diferente toma sua expressão, que, pelo contrário, é gentil quando ergue meu queixo.

— Violet, me diga.

— Eu não vi nada.

— Mentirosa. — Os lábios intumescidos dele roçam os meus. — Vou precisar te convencer?

Me retraio para longe dele, a clareza voltando em um golpe.

— Você se superestima.

Mas nós sempre trocamos blefes. Uma risada irrompe da garganta dele e Cyrus me beija mesmo assim, um beijo profundo e doce, como se fosse a coisa mais natural a se fazer.

— Você fala tanto, mas o que é que você sabe? Apenas o que *vê*.

Ele desliza a mão para debaixo do meu manto, percorrendo meu corpo até a curva da perna, erguendo o tecido da minha camisola. Estremeço quando o ar frio sopra em minha coxa e os dedos dele afundam na carne.

— Cyrus — digo, com um arquejo.

Empurro ele para longe.

Ele cai com tudo no chão, ralando os cotovelos, sangue escorrendo dos lábios. Uma sensação se espalha pelo meu corpo, como se eu estivesse nua, e enrolo o manto no corpo com mais força, a pele queimando logo abaixo.

Cyrus fica onde caiu, a respiração curta e entrecortada. Joga a cabeça para trás.

— Bom, acho que não é você.

— O quê? — Odeio como as palavras saem trêmulas. — Acho que não sou capaz de dar um passo sem desmoronar.

— O que estou fazendo? — murmura ele, em meio a uma gargalhada infeliz.

A luz bruxuleante das velas o pinta de dourado. Ele ergue o olhar para encontrar o meu, a boca formando palavras silenciosas que Cyrus não tem coragem de dizer.

A sensação não passou — ao contrário, se aprofundou em dor onde quer que ele tenha tocado. O que *nós* estamos fazendo?

— Cyrus...

— Você precisa ir embora de Auveny — diz ele, em voz baixa.

Talvez eu desmorone de qualquer forma.

— O *quê*?

— Invente alguma história sobre como as Sinas estão convocando você para outro lugar. — Ele engole em seco, o olhar ficando mais severo. — Vá para Yue, Balica, para a Floresta Feérica, até, *não me importa*. Vá para qualquer lugar que não seja aqui.

Quando Cyrus se levanta, tento empurrá-lo de novo para baixo, mas ele me afasta com a boca retorcida. Momentos atrás, mal conseguia tirar as mãos de mim; agora, não consegue suportar a ideia de estarmos no mesmo *reino*.

Um calafrio se espalha das minhas entranhas para meus membros. Não, ele não aguentaria. Faz sentido agora — o nojo toda vez que me vê. Ele não me odeia por ser uma mentirosa. Ele só odeia o fato de que não pode me controlar, e que não pode controlar a si mesmo.

— Não complique ainda mais as coisas. Sei que você não vai me dar ouvidos.

A expressão carrancuda dele se suaviza, e Cyrus assume de novo a postura do benevolente e belo Príncipe Encantado que o resto do mundo conhece: o honrado tolo. Eu deveria ter arrancado a língua dele quando tive a chance.

— Por que você acha que vai ser tão fácil se livrar de mim *agora*?

— Posso dizer que você tentou me sabotar no baile. Jogou sangue no meu verdadeiro amor. O povo ama histórias sobre bruxas invejosas. — Ele arruma o cabelo e a camisa, e passa por mim para seguir até a porta.

— Covarde.

Fechando os olhos, ele absorve a palavra.

Vou atrás dele até a antecâmara escura, o zumbido em meu corpo é uma traição a tudo que eu deveria estar sentindo.

Covarde, covarde, covarde, *covarde*.

Eu deveria colocar fogo nesta torre agora mesmo. Parte de mim quer fazer isso, só para aniquilar as evidências do que aconteceu — só para que a pior coisa que já fiz não seja ter beijado Cyrus.

Nossos passos ribombam e ecoam conforme descemos as escadas.

— Você não pode fugir disso — digo quando o alcanço.

Cyrus fica imóvel, os nós dos dedos brancos de tanto apertar o corrimão.

— Você...

— Shhh.

Há mais alguém aqui?

— Deixe... — *Deixe que ouçam*, é o que pretendo dizer, mas Cyrus cobre minha boca com a mão trêmula.

Um medo cheio de apreensão envolve suas pupilas. Ele aponta para baixo, para a única entrada da torre.

Escuto antes de ver: um rosnado abafado e rascante preenchendo o silêncio de nossas respirações contidas.

Não é alguém. É *algo*.

Não sei o que esperar quando olho para baixo. Nada que conheço faz esse som, e agora, com o coração pulsando nas têmporas, não consigo escutar nada direito.

Uma enorme pata dotada de garras envolve o arco da entrada. Folhas e pétalas de rosa são sopradas pela brisa. Uma silhueta gigante bloqueia a penumbra do amanhecer.

Fera.

A criatura se contorce para entrar, um chifre espiralado depois do outro, grande demais para passar de uma vez pela porta. Não é como a máscara finamente esculpida que Cyrus usou no baile; não, é a fera que vi nos meus sonhos, uma mistura de pelagem desgrenhada e musgo, sem elegância alguma em sua forma. Um manto de espinheiros afiados envolve o torso da criatura, dando a impressão de que um lobo se enroscou em moitas — mas nunca vi um lobo perambular por aí nas patas traseiras. É uma criatura saída de livros de histórias — de histórias horripilantes, contadas para evitar que crianças se afastem de casa.

A fera olha para a escadaria com olhos verdes e brilhantes, as narinas dilatadas, as presas expostas. *Ele sabe que estamos aqui*, algum instinto me alerta. Vejo pela maneira como fareja, como tomba a cabeça para o lado de forma intencional.

Ele ataca.

— *Merda!*

Disparo escada acima, com o príncipe logo atrás. Todo o prédio estremece quando a criatura se choca contra a escadaria. Tropeço e, por pouco, consigo me segurar no corrimão. Cyrus, saltando dois degraus por vez, passa por mim e me puxa para cima.

Desastrada de tanto medo, salto na direção da porta aberta dos meus aposentos, embora saiba que um pedaço de madeira não vai ser suficiente para conter a fera; vi suas garras cintilantes, longas como punhais. Vamos ficar encurralados.

Algo corre pelas minhas costas, afiado e frio. Eu me viro, as mãos buscando um vaso de flores no canto da antecâmara. Atiro o objeto na direção da coisa atrás de mim.

Porcelana se estilhaça. O bicho cambaleia.

Agarro a mesinha onde o vaso repousava, feita de ferro fundido e robusto. Me preparando para o impacto, empurro a fera para trás com o móvel, tentando conseguir uma vantagem antes que a criatura volte a si.

Aço lampeja no canto da minha visão. A fera ruge de dor, segurando o braço.

Cyrus, com a espada desembainhada, circula até se posicionar entre o bicho e eu. O príncipe tem sangue — não sei de quem — na bochecha e no ombro.

— Vá! Vá procurar ajuda! Eu distraio a criatura.

O príncipe golpeia com a espada mais uma vez.

Estou quase chocada demais para me mexer. Vejo um caminho desimpedido até a escada, e passo correndo pela luta. Estou sangrando e atordoada, a ponto de desmaiar, mas se não conseguir descer, estamos mortos. Sei como sobreviver, e é nunca parando de correr.

Ar frio invade meus pulmões quando disparo para fora da torre e irrompo descalça no caminho pontilhado de pétalas. O som da luta fica mais distante a cada passada larga. Há guardas do outro lado da ponte, além dos portões do palácio; *só preciso chegar até eles.*

Mas.

Minhas pernas desaceleram.

Mas e se for para Cyrus morrer assim?

Eu poderia me salvar, deixar que ele pereça no confronto com o monstro, e seria só um terrível acidente. Eu daria às Sinas o que elas querem. Ele tem que morrer de qualquer forma antes do fim do verão.

É tão fácil, tão tentador — é a escolha inteligente e cruel a se fazer. A escolha eficiente e necessária, para o meu próprio bem. Ele quer que eu vá embora, me disse isso pessoalmente: nós não hesitaríamos em arruinar um ao outro.

Mas.

Ele me protegeu. Pulou entre a fera e eu. Deixou que eu escapasse, quando poderia ter fugido.

Um ato não é mais verdadeiro que palavras?

Engolindo o desprezo mais uma vez, grito a plenos pulmões:

— *Socorro! Guardas! Alguém!*

Vou me arrepender disso.

Escuto um grunhido atrás de mim, mais perto do que imaginava. Faço a coisa mais estúpida possível e me viro em vez de correr para atravessar a ponte que leva ao palácio.

Uma segunda fera, os chifres repletos de botões desabrochados, assoma sobre mim.

— Não...

Ela me derruba no chão antes que eu possa gritar de novo, as patas imobilizando meu peito. Uma garra afiada força a parte macia logo abaixo do meu queixo. Meu corpo lateja de dor — é peso demais. O cheiro de terra úmida toma minhas narinas.

Arranho a pata do bicho, tentando enfiar uma das mãos embaixo dela, o suficiente para evitar que a garra perfure minha garganta enquanto me debato.

Imagens lampejam na minha mente:

Crianças de cabelos encaracolados correndo ao redor de um chalé em uma colina, chamando o pai.

Os habitantes de uma movimentada cidade balicana se reunindo em um salão de alvenaria. Discutindo sobre ataques misteriosos que ocorreram à noite.

Com machadinhas nas mãos, um grupo de homens se aproxima de um casarão coberto de vinhas.

Pisco e vejo apenas os olhos brilhantes da fera e a mandíbula mortífera diante de mim.

Gritos de ordem. Um ruído de ossos sendo triturados.

O corpo da criatura enrijece; o brilho abandona seus olhos. Sangue escorre de uma seta de balestra despontando do centro da testa da criatura.

Ela despenca. Pelagem e pétalas de rosas me sufocam. Tudo dói demais para que eu consiga pensar. Ao longe, ouço o tilintar de metal contra metal e o ruído de passos.

Alguém me liberta do peso esmagador. Ele repete meu nome até ser o único som que escuto no meio da escuridão.

11

O ALVORECER RASTEJA PROGRESSIVAMENTE PELA terra tomada pela neblina, assomando sobre colinas douradas e verdejantes, escorrendo para vales e por janelas fechadas até chegar às fronteiras da Floresta Feérica, onde toda a luz se detém. Nuvens pretas avançam no céu, fazendo chover cinzas. A mata está queimando.

Um vilarejo próximo está em silêncio. Corpos ressequidos e destroçados pontilham as ruas. Espinheiros avançam, devorando corpos e construções até o assentamento inteiro ser encoberto. Acima, fadas voejam, piscam e se desfazem em pó.

Das sombras, feras se erguem. A pele coberta por uma pelagem feita de musgos, as garras e as presas pingando escarlate, dois chifres com rosas desabrochadas irrompendo da cabeça. As criaturas perambulam pelo interior como soldados de passadas pesadas, os ossos chacoalhantes de uma floresta esfomeada.

⚜

Espirro. Meu corpo inteiro se contorce de dor.

— Ei... Xô, xô! — A voz de Eina soa alta e clara.

Abro os olhos. A ama está afugentando um trio de fadas como se fossem insetos. As criaturinhas fogem janela afora.

Reconheço a decoração cafona: estou no palácio, em um dos inúmeros quartos de hóspedes. Este é adornado por uma quantidade exagerada de veludo carmim, atribuindo ao cômodo uma aura sanguínea. Numa bandeja próxima, mingau de peixe e pão fumegam. Meu estômago reclama.

Eina olha para mim por cima do ombro, erguendo as sobrancelhas grisalhas.

— Ah, ótimo. Beba um pouco de água. Você ficou apagada por um dia inteiro.

Com muita dificuldade, me apoio sobre os cotovelos. A cama é muito mais macia do que a minha, e acabo afundando mais no colchão. Meus músculos parecem intactos e funcionais; só estão rígidos e lamentando alto por isso. Minha cabeça está estranhamente revigorada. Esta deve ter sido a melhor noite de sono que tive em anos, mesmo tendo sonhado.

Será que as fadas fizeram alguma coisa?

Ainda sinto o gosto de pelagem na boca. Obedeço ao comando de Eina e bebo o copo todo de água antes de fazer a primeira pergunta.

— Cadê Cyrus?

— Sua Alteza está se preparando para anunciar o noivado.

— Anunciar *o quê*? — Me sento de supetão, fazendo uma careta de dor. Parece que minhas costelas vão se romper.

— Deite, menina. Você não quebrou nada, mas ainda está meio abalada — bronqueia Eina. — Como está sua cabeça? Siga meu dedo com os olhos.

Mordendo a língua, obedeço Eina e passo nos testes. Estou mais tonta do que deveria. Quando ela dá uma trégua, pergunto de novo.

— Cyrus está noivo?

— Lady Raya. Uma coisinha linda. Veio lá de Balica.

Raya Solquezil de Lunesse. Cyrus tinha praticamente cuspido o nome dela ao me contar.

— Ainda bem que ele a encontrou — continua Eina. — Justo quando as feras chegaram.

— Sim — concordo sem muita animação. Ela não sabe o que mais aconteceu ontem. Que, de todas as feridas, a que sinto mais é a da minha boca. — O que aconteceu com as feras?

— Levaram as carcaças para algum lugar, para serem estudadas. Mas você não deve se preocupar com isso. Sua única preocupação é descansar. — Eina alisa as cobertas e as ajeita ao meu redor, como se estivesse sentindo minha urgência em retornar à torre. — Ainda estão limpando a bagunça de rosas que elas deixaram. É a... profecia de Felicita, então?

— Não sei o que mais poderia ser.

Ela assente, a preocupação tomando o semblante enrugado. Ninguém gosta de contemplar o desconhecido.

Muita coisa mudou em uma noite. O futuro chegou, conforme previ, e não é nada parecido com o que eu esperava.

⚜

Com os gêmeos reais crescidos e sem mais criança alguma gerada pelo rei viúvo, a ama tem todo o tempo do mundo para mim. Eina acha que está me fazendo um favor ao me fazer companhia enquanto termina de coser roupas furadas. Não é tão ruim enquanto estou comendo, mas ela fica mesmo depois que lambo até a última gotinha de mingau da cumbuca.

Preciso ver algumas pessoas.

Quando ela enfim deixa o quarto para buscar uma moringa fresca de água e o material de leitura que pedi — a biblioteca é do outro lado do palácio —, jogo as cobertas para o lado e pego as roupas limpas ao pé da cama.

Então Camilla entra correndo no quarto com os braços repletos de flores e um prato de bolo.

— Graças às estrelas! Violet, você parece meio morta!

— Estou bem. — Tiro a camisola com dificuldade. Erguer os braços ainda dói.

— Você estava praticamente toda morta quando te trouxeram...

— Eu nem quebrei nada. — O pior machucado foi um corte no queixo que precisou de uns pontos.

— ... e Cyrus não quis me contar *nada* do que aconteceu. *Estou cansado, Camilla* — imita ela. — Mas não estava cansado demais para carregar você no colo até o palácio...

Estico a cabeça para fora das roupas emboladas.

— Ele fez o quê?

— ... e precisei ouvir tudo de segunda mão de Ziza Lace, mas você sabe que a mulher é tão confiável quanto uma casa feita de doces. — Camilla coloca as flores em um vaso, acomoda o bolo na mesa e se senta ao meu lado. — Ficou sabendo? Cyrus está noivo. Eu tentei impedir. Ela é uma *bruxa*, ainda posso jurar.

— Lady Raya?

Só consigo me lembrar da silhueta dela, graciosa e chocada.

— É só Raya, tecnicamente. Meu pai a chama pelo título só para que soe apropriado. Eles não usam títulos de nobreza em Balica. A Líder de Lunesse seria uma pretendente à altura, se ela já tivesse demonstrado algum interesse em diplomacia antes. E se não tivesse chegado à capital com *cinco fadas*. Uma fada, tudo bem, é fofinho. Mas *cinco* fadas? Com cinco fadas, a pessoa só pode significar encrenca!

Visto a blusa de linho e me esforço para abotoar uma saia amarela ao redor da cintura. O que Camilla está dizendo faz certo sentido, mas ela *também* está mais do que um pouco irritada por não ter sido a coisa mais empolgante da Festa das Feras, aposto.

— *Você* tem três fadas que usa com o intuito de encantar as pessoas...

— É diferente! — Ela faz um biquinho, mas não argumenta. A hipocrisia corre nas veias da família real. — A pior parte é que alguém da equipe de buscas contou a Ziza sobre as fadas, e ela publicou a informação no *Ziza Atualiza* antes que eu pudesse impedir. Ziza está criando uma boa imagem para Raya. Diz que ela merece as fadas, pois *quem mais além do verdadeiro amor do príncipe seria tão especial assim?* — A princesa imita uma ânsia de vômito.

— Ziza mal vê a hora de lamber as botas da próxima rainha.

— Eu quero é ver a profecia sendo quebrada antes de deixar qualquer pessoa colocar uma coroa em Raya. Não confio nem um pouco nela.

— Nem eu. Mas eu gostaria de conhecê-la antes.

E, com sorte, ler os fios dessa estranha garota — mulher? Raya me pareceu pouco mais velha que eu, à primeira vista, mas tenho quase certeza de que ela já é Líder de Lunesse há anos.

Penteio o cabelo com as mãos e o enrolo sobre o ombro para tentar ficar minimamente apresentável, depois me ponho de pé.

— Será que você pode dar uma enrolada em Eina, quando ela descobrir que fugi?

Camilla agita a mão cheia de anéis.

— Ora, é só contrabandear uma boa garrafa de vinho de ameixa para a velhinha que ela esquece até como fala, se você quiser. Mas está indo para onde? Quero saber o que aconteceu depois do baile. O que meu irmão estava fazendo na sua torre?

Me beijando e um pouco mais, e eu provavelmente não teria impedido se minhas visões não tivessem dado o ar da graça. Mas proferir verdades em voz alta não é tão fácil para mim quanto para a princesa.

— Estávamos discutindo meu futuro como Vidente.

— De madrugada?

Cyrus realmente devia ter escolhido uma hora melhor para me confrontar, incluindo a melhor hora de todas: nunca.

— Ele estava bravo com o acordo que fiz com seu pai. E provavelmente bêbado. Ele... me ameaçou. — Faço uma careta. — Quer que eu deixe meu cargo.

— O quê? Ele não pode fazer isso. — Ela inclina a cabeça, como se estivesse me esperando reagir.

Estou ocupada demais pensando para me preocupar. Preocupação só traz pânico. Pensar pelo menos me permite fingir que estou sendo produtiva.

— É claro que não vou embora! Com as feras aqui, as prioridades de Cyrus mudaram. Não vou tomar decisões apressadas porque *ele* tomou.

— Ótimo. Vou falar com o meu irmão. Sei que ele não está pensando direito. Magia feérica deixa as pessoas confusas.

Ou eu deixo. Viro para esconder o rubor no rosto.

— Obrigada. Um pouco de certeza na minha vida seria ótimo.

— A Vidente querendo certezas! — Camilla solta uma gargalhada ruidosa. — É o fim dos tempos mesmo.

Nos corredores do palácio, encontro o caos que esperava: cortesãos amontoados como besouros, perguntando dos planos de casamento do príncipe e de questões relacionadas à profecia. Abrindo meu caminho por entre a multidão, evito tanto as pessoas quanto as perguntas. Não vejo Cyrus ou Raya, mas avisto as penas roxas dos elmos da Guarda Imperial.

Vou atrás deles. Perto da Guarda Imperial, deve estar o rei.

— Vossa Majestade — chamo. — Por favor, perdoe minha aparência. Podemos conversar por um instante?

Um sorriso estica as rugas do rosto do rei Emilius quando ele me vê.

— Ah, Vidente... Você acordou. Claro, venha comigo. Fico feliz de ver que já está melhor.

Andamos lado a lado, trocando cortesias enquanto ainda estamos ao alcance dos ouvidos de terceiros, discutindo distraidamente como as Sinas abençoaram o príncipe Cyrus. O rei parece mais fraco, precisando tanto da bengala quanto da ajuda de um dos guardas para andar. O ritmo da caminhada me favorece; também não estou no meu melhor.

Enfim chegamos ao gabinete dele, um cômodo organizado e todo coberto em painéis de madeira aninhado no coração da ala leste. A biblioteca particular do rei ocupa duas das paredes, há uma lareira na terceira, e retratos cobrem o espaço atrás da escrivaninha. Se me dissessem que é contra lei a entrada de um grão de poeira no cômodo, eu acreditaria.

O rei Emilius fecha a porta atrás de nós. Com os guardas do lado de fora, guio o homem pelo resto do caminho até a cadeira acolchoada.

— As feras... Sonhei que mais delas virão — digo, agora que estamos sozinhos. — Em uma quantidade que pode ser suficiente para sobrepujar o reino.

A visão do vilarejo vazio me fez sentir um arrepio, mas era um fio do futuro — um que ainda posso evitar que aconteça.

O rei parece apenas levemente perturbado, como se já estivesse preparado para isso.

— De onde elas vêm?

— Eu talvez possa definir o local exato, mas acho que não importa. Estão perambulando por todo o interior. — Não sou capaz de disfarçar o tom nervoso em minhas palavras; preciso ser a Vidente perfeita, uma da qual Cyrus nunca se desfaria sem gerar uma repercussão feroz. Preciso ser exata. Preciso ser inestimável. — Estão sempre perto da Floresta Feérica. Se estão ou não vindo de lá, porém...

— É provável que estejam — interrompe ele. — Trouxe médicos da universidade para dissecar o corpo das criaturas. As descobertas são estranhas. Elas são formadas tanto de plantas quanto de carne: seiva corre em suas veias, e a pele sob a pelagem é amadeirada. A vegetação que cresce nelas é similar à encontrada na Floresta Feérica. Também fica preta quando entra em contato com sangue.

— As feras... As feras pareciam humanas?

Vi memórias quando segurei a pata de uma delas. E, nos meus sonhos, ela falava como um homem.

— Um humano transformado?

— Não é isso que a Floresta Feérica faz? Sua magia permite coisas brotarem. Se transformarem. — Nunca encontramos uma explicação para a doença que deixa a vegetação apodrecida nas fronteiras, nem para as rosas surgidas do nada. — Se a magia pode transformar a terra, talvez possa transformar um ser humano também.

O rei entrelaça os dedos das mãos enluvadas sob o queixo, o cenho franzido.

— É por isso que precisamos domar essas matas, como fizemos com as fadas que viviam nelas. Uma magia dessas fluindo livremente é algo inaceitavelmente perigoso. Se não pudermos usar esse poder a nosso favor, ele ficará à mercê de forças sombrias. E aí, quem sabe o que pode acontecer?

— Balançando a cabeça, ele se apoia no encosto da cadeira. — Vamos continuar incendiando a Floresta Feérica, por mais que Balica não aprove. Nunca devíamos ter parado. Me lembro das colunas de fumaça no meu último sonho, como as feras avançavam mesmo assim.

— Mas se a profecia de Felicita *já está* se realizando...

— Então nada que fizermos pode ajudar, e Raya, a noiva de Cyrus, talvez seja nossa única salvação — termina o rei Emilius. — Estou ciente disso também.

Salvação *ou* danação. Mas focar o pior resultado da profecia de Felicita não ajuda em nada.

— Meu medo é que já seja tarde demais. Cyrus mal a conhece.

O rei solta uma risada súbita, e o som me faz sentir uma coisa esquisita no estômago. Estou sendo tratada com condescendência.

— Você não acredita em amor à primeira vista, Vidente? Não se preocupe, ele já está fascinado por ela.

— Ah. — Calafrios fazem os pelos dos meus braços se arrepiarem. — Fascinado?

— Ele mal sai de perto dela. Segue a mulher como um filhotinho apaixonado. Francamente, é até vergonhoso, mas meu filho sempre foi um pobre coitado.

Minhas últimas lembranças de Cyrus são reavivadas, cada músculo do meu corpo tensionando para afastar o calor do meu rosto. *Na verdade, Vossa Majestade, acho que seu filho é um ótimo ator*, tenho vontade de dizer.

— Entendi — respondo, em vez disso. — Que... bênção.

— Suspeitei que a profecia de Felicita estivesse se desenrolando. Intervenções podem acabar funcionando como catalisadores. Não acho que seja coincidência as bestas surgirem logo depois do plano com Raya. Vamos atacar essa situação de todos os lados. Um casamento rápido para cumprir os requerimentos da profecia. Queimar a Floresta Feérica nesse meio-tempo também.

— Eu devia ler a mão de Raya — acrescento rapidamente. — Os fios dela serão interessantes.

Ele concorda com a cabeça.

— Vou cuidar para que vocês se encontrem. Não posso forçar Raya a aceitar; afinal, não somos a primeira nação a usar uma Vidente para espionar. Mas, à luz destas circunstâncias drásticas, ela deve entender. Raya não faz parte da profecia, afinal de contas. — Com um braço no apoio da cadeira, ele usa o outro para coçar o queixo, os olhos fechados. — Descubra o que puder.

Espione, ele quer dizer.

— Devo ler os fios do senhor também? — sugiro por educação. — Para que saiba das coisas com antecedência.

A boca dele se contorce. O rei Emilius sabe exatamente a extensão da minha magia, e não é sempre que me permite que leia os fios dele. Então não fico surpresa quando responde:

— Não, não me preocupo com o meu futuro. Mas talvez você deva ler os fios do meu filho.

— Cyrus e eu não... Digo...

— Cyrus já vai ter preocupações suficientes sem começar uma rixa com sua Vidente. Ainda quero conquistar muitas coisas através do reinado dele, enquanto estiver bem o bastante para guiar meu filho, de modo que as sementes que plantei para Auveny possam continuar a florescer. Você é e deve continuar sendo uma peça-chave nisso.

Faço uma mesura, abrindo o primeiro sorriso genuíno do dia. Conheço os planos secretos do rei, mais do que seu próprio herdeiro. Sou útil, e isso vale mais que qualquer amor que eu pudesse oferecer.

— Fico feliz em servir.

— Mantenha o moral do reino tão alto quanto possível. Rezo para que os acontecimentos da profecia ocorram o quanto antes. Então Auveny poderá, enfim, se concentrar em unir o Continente Solar.

Evito por pouco uma expressão surpresa. *Unir*, uma palavra inteligente para *conquistar*. O rei Emilius já falou de adquirir terras balicanas antes, com frequência enquanto elogiava o poderio do Continente Lunar, do outro lado do oceano, unificado sob o Reino de Yue. Já comentou de forma hipotética sobre anexar Verdant também — embora com menos entusiasmo, já que o reino isolado depois das montanhas não é tão valioso, no ponto de vista dele. O rei tem parentes distantes na família real verdantesa com os quais precisaria lidar também.

Mas, por mais que já tenha dito esse tipo de coisa, nunca havia insinuado que planos de unificação já estivessem em andamento.

Este acordo com a Líder de Lunesse é no mínimo o começo de alguma negociação com Balica. Com as queimadas da Floresta Feérica e as lamentáveis práticas da Guarda Dracônica, não andamos cortejando muito bem nossos vizinhos ao sul. Talvez não seja *negociação*, então. *Intimidação*. Auveny age como se já governasse todo o Continente Solar. Afinal de contas, chamamos nossa capital de Capital Solar, como se ela representasse as três nações daqui.

Mas não faço mais perguntas. Nunca me abro muito com o rei, para evitar que nossas opiniões estejam em desacordo, e já tenho muito o que refletir sobre o assunto sem despertar dúvidas nele.

O rei Emilius tem a fama de ser justo e magnânimo, contanto que você não seja seu inimigo.

12

O ANÚNCIO DO MATRIMÔNIO REAL DEVERIA CRIAR um rebuliço, com partes iguais de estardalhaço e alfinetadas, mas ninguém sabe como agir depois que feras proféticas traumatizaram o príncipe e a Vidente. Desde o ataque, completos estranhos me dizem que sentem muito pelo que aconteceu, celebram minha recuperação, desabafam seus medos para mim — um festival de comportamento já mais do que familiar com o qual não tenho vontade alguma de lidar. Pior: as pessoas estão sendo realmente *gentis* comigo, o que significa que *eu* preciso ser gentil em troca.

É exaustivo.

Minha vontade é de desabar aqui mesmo, na câmara de audiências, segurando uma taça de vinho cerimonial quase vazia enquanto proponho mais um brinde tépido ao novo casal.

No tablado, a futura rainha de Auveny parece desengonçada como uma cegonha empalhada, engolida por um enorme vestido bufante que, embora esteja na moda para os padrões da temporada, não cai nada bem nela — muito diferente da aparência etérea do baile. Vestidos balicanos tendem a ser mais leves e adequados ao clima ameno, mas Raya busca aceitação, e se aclimatar ao absurdo vestuário local é uma forma de fazer isso. O roxo auvenense combina com ela, fazendo sua pele marrom brilhar contra a cor vibrante, e ela tem flores-de-fada belamente entremeadas no cabelo trançado. Um véu de seda leve obscurece o rosto da jovem. Raya parece estranhamente reticente ao longo da apresentação embromada que Cyrus faz dela.

— Raya possui uma combinação rara de generosidade e perspicácia — diz ele, pegando a mão dela. — Quando passei por Balica, nos vimos apenas de relance, mas senti o puxão do destino na mesma hora. Ela também, claramente, já que viajou até aqui para me encontrar de novo. — Ele sorri, se inclinando até *quase* encostar o nariz no dela. O príncipe se acostumou rápido a mentiras repugnantes. — Se ela não tivesse vindo, eu mesmo teria voltado lá.

Cada vez que Raya se remexe, incomodada, ouço outro pigarro cético ao meu redor. Discursos floreados não impedem o avanço de feras. Todos pensamos que haveria tempo de medir o valor da pretendente do príncipe e formar opiniões, mas o manto profético já está sobre seus ombros, e agora estamos presos a uma noiva que parece considerar que é *ela* quem está presa *conosco*.

Um berro agudo rasga o ar, seguido por outro. Cadeiras são arrastadas.

Despertando dos devaneios, identifico a fonte do clamor — há algumas garotas tentando invadir o tablado, os braços ostensivamente estendidos na direção de Raya, que se esconde atrás do manto de Cyrus.

— Ela é uma bruxa! *Está enfeitiçando o príncipe!* — guincha uma delas.

São inofensivas garotas da alta sociedade, não assassinas; não machucariam nem uma mosca, porque seria nojento. Possuídas por inveja ou algum tipo de magia feérica no ar, o único alvo delas é a reputação de Raya.

Ouço Camilla rindo em algum ponto no meio da multidão.

Guardas detêm as jovens com agilidade e as escoltam para fora. Muitos na audiência abrem sorrisinhos entre sussurros chocados; a princesa não é a única que desconfia de Raya.

Sei que embaixadores balicanos também andam ocupados nos bastidores. Segundo rumores, não foram informados da chegada de Raya, o que é estranho. Dante não sai do lado de Cyrus, sempre parecendo estressado, conversando com o amigo em voz baixa; me pergunto quanto ele sabe dos verdadeiros sentimentos de Cyrus pela futura noiva.

No momento, o príncipe está envolvendo Raya com um braço, sussurrando no ouvido dela. O que quer que seja, parece tranquilizar a jovem. Olhando sem muita atenção, dá até para acreditar que os dois estão apaixonados.

Isso para quem não conhece o olhar de pupilas dilatadas que ele dedica ao que realmente deseja. Para quem nunca arrancou o verniz dele com as próprias unhas enquanto tinha o corpo pressionado contra uma parede.

Ninguém acreditaria que Cyrus prefere me beijar a beijar a noiva, nem que as próprias Sinas anunciassem. As pessoas iam preferir parar de acreditar nas Sinas.

Quando todo mundo se acalma, Cyrus enfim anuncia a data do casamento: dia 28 de hetasol. Um dia antes do equinócio de outono.

Termino meu vinho. O prazo final das Sinas para a morte de Cyrus é o fim do verão.

Poucas coisas são coincidência.

Uma queima de fogos de artifício começa nos jardins, e a multidão se dispersa para celebrar o casal... ou fingir. Meu olhar encontra o de Cyrus por um brevíssimo momento antes de ele seguir os outros para fora. Sua expressão está completamente neutra: sobrancelhas afastadas, lábios relaxados, camisa engomada, como se ele tivesse acabado de voltar de sua excursão e eu fosse apenas um incômodo.

Ainda não foi sequer coroado, mas já está reescrevendo a história.

Nunca esperei algo diferente. Histórias de amor não cabem no trono. Apenas segredos, esquemas, e reis manipuladores.

Ainda assim, fico pensando.

Será que algum dia houve um fio no qual as coisas foram diferentes? No qual não acabamos nos ressentindo um do outro? No qual até nos gostássemos?

Será que há algum no qual eu nunca o salvei?

Se não tivesse salvado Cyrus, será que eu teria chegado ao palácio de alguma outra forma? Será que Camilla estaria assumindo a coroa? Ou será que o Conselho estaria controlando o primo dela ou qualquer outra pessoa escolhida pelos duques para assumir o lugar do príncipe morto? Será que, nesses fios, eu estaria segura na minha torre?

Mas eu salvei Cyrus aquele dia no mercado. Teci essa escolha à trama do mundo, cortando todos os outros fios. A gente se beijou na manhã seguinte ao baile, e vou pensar nisso sempre que vir o príncipe — a memória marcando meu rosto, minha voz, meu julgamento. Não há como desfazer o que já foi feito.

Junto com meus sonhos, o toque dele assombra meu sono. Na noite sem luar, me reviro sob os lençóis, ansiando por coisas que nunca tinha nem sequer imaginado.

⁂

Minha torre está queimando.

Escurecidas de alcatrão, escurecidas de podridão, as vinhas continuam a crescer ao redor dela em espasmos mori-

bundos. Afiadas como espinheiros, se enrolam e se multiplicam até serem engolidas pelo fogo também.

Eu estou queimando. Os lábios dele imploram pela minha pele, traçando sussurros de minha boca até minha garganta até meus ombros. As mãos dele se ajustam ao meu corpo como se me conhecessem desde sempre. Sou a sua fraqueza em carne e osso. Nossos corpos se enlaçam, avidez gerando avidez.

Um casarão está queimando. Chamas estalam como trovões, o som alto como gritos. Na sacada, uma silhueta de quadril largo se destaca contra a noite, às gargalhadas. A sacada despenca. O vulto some. Um corvo paira no céu.

⋊⋉

No dia em que minha torre reabre para leituras, o lacaio do rei chega trazendo uma mensagem para mim.

— Por gentileza, Mestra Visionária, separe um tempo no fim da tarde — diz ele. — Lady Raya virá lhe visitar na torre.

O lacaio evita as áreas destruídas da antecâmara ao sair. O carpete vai precisar ser substituído por completo; as garras danificaram até a madeira. As criadas tentaram limpar o sangue da melhor forma, mas é impossível ignorar as manchas escuras. Às vezes encontro tufos de pelo presos atrás dos móveis, o cheiro almiscarado como o de peles de animais recém-abatidos.

Gotas tamborilam nas paredes de madeira da torre conforme a chuva de verão encharca a capital, fazendo meu manto assumir um tom cinza-escuro. Recebo uma quantidade decente de clientes, apesar do clima. Alguns parecem otimistas a respeito de lady Raya, mas quase todos estão cabisbaixos e sombrios como o clima.

Um cliente ou outro me pergunta como vamos saber se a profecia foi quebrada, e respondo "Você vai notar quando acontecer", o que é um completo disparate. Não se pode chamar uma coisa de milagre se der para explicá-la com antecedência.

Também quero respostas. Estou recebendo mais presságios, mas é como se estivesse montando um quebra-cabeça sem saber a imagem final.

A chuva para e o céu abre o bastante para revelar um pôr do sol brilhante, o laranja-queimado escurecendo em um azul-profundo enquanto a noite engolfa o céu. As badaladas do relógio vão ficando mais numerosas.

Raya ainda não apareceu.

Janto diante da lareira, um prato farto de frango e vegetais assados, e depois acendo um incenso leve para mascarar o cheiro de comida. Alho é uma das poucas coisas mais teimosas do que eu.

Espero mais um pouco, agitando o palito de incenso para soltar as cinzas acumuladas na ponta. Eu poderia procurar Raya no palácio — ouvi dizer que vai ficar hospedada aqui até o casamento —, mas ainda não sei em quais aposentos foi acomodada.

Enfim, depois de o relógio dar as sete badaladas, ouço uma batida na porta.

Corro até ela, arfando, e a abro.

— A senhorita está atrasada, lady... não é Raya. Oi.

— Oi — diz Cyrus.

A postura dele está quase impecável, exceto pela falha na respiração quando falei, que o entregou.

A camisa larga mal cobre a nova cicatriz irregular na clavícula. Toques cintilantes de encantos cruzam seu rosto; ele foi bem arranhado pela fera. Consigo imaginar por que escolheu esconder as cicatrizes — porque são feias e impressionantes, ou porque mostram que ele foi tolo, ou porque mostram que foi corajoso. Mas me pergunto qual das razões o motivou de verdade.

Ficamos nos encarando. Parecemos meio abobados, mas pelo menos tenho uma desculpa: o que falar para um príncipe que me beijou, depois me disse para sair do reino dele, e depois me protegeu de uma fera antes de ficar noivo de um dia para o outro?

— O que você quer? — pergunto, curta e grossa.

Uma oferta implícita de voltarmos à normalidade. De fingir que o beijo nunca aconteceu.

— Eu... pensei bastante sobre o futuro. — Cyrus pigarreia. Brinca com os botões dourados dos punhos da camisa.

— Meu futuro, e o futuro de Auveny. Não tenho muitas esperanças de que Raya seja a pessoa mencionada na profecia, mas uma noiva é melhor que nenhuma. Gostaria de tentar me apaixonar por ela.

— Ótimo. — Ignoro um novo sentimento que parece cavar um buraco em meu coração. Eu poderia ficar com ciúmes, mas seria idiota. — Ótimo saber que você enfim me deu ouvidos.

Ele não parece nada feliz com isso. Parece estar reprimindo algo. O olhar de Cyrus recai sobre o corte no meu maxilar, e ele franze a testa. Ergue a mão, e a ponta dos dedos roça nos pontos. Eu não deveria mais me afetar com isso — ele só é delicado quando é conveniente —, mas uma parte traiçoeira de mim sofre. Me afasto.

— Você... ainda é uma distração. — Cyrus suspira, baixando a mão. Faz parecer que a culpa é *minha*. — Não vou te expulsar de Auveny, mas é bom que saia da capital depois de terminar seu trabalho aqui. Vamos negociar uma troca com a Vidente de Verdant.

Então nada mudou. Bom, minha resposta a isso tampouco.

— Não.

— Vou falar o que falei para Camilla: se você continuar aqui, vamos estar sempre em conflito.

— *Não*.

— Pessoas se mudam o tempo todo. — A voz dele é apaziguadora, um fio de mel sobre o veneno que toma meus ouvidos. — Fidare foi mandado para a fronteira quando tinha dezessete anos só porque meu pai não gostava que ele fosse tão querido. Meu primo agora ama governar o Décimo Domínio. Não é tão horrível quanto você está pensando. Posso cuidar da sua acomodação. Instalar você em um casarão mobiliado...

— Sozinha, em um lugar desconhecido. Isso não é um *presente*. — Fúria azeda no fundo da minha garganta: ele está determinado a falar comigo como se eu fosse o objeto de uma transação comercial. — Não vou embora por causa de sentimentos dos quais *você* tem vergonha.

Cyrus fecha os olhos.

— Para uma Vidente, você parece não enxergar com muita clareza a consequência das coisas. E se outras pessoas descobrirem que há algo mais entre nós?

— Você ter usado sua língua não significa um compromisso, principezinho. Foi só *uma vez*.

— Ainda assim, não tenho lugar para uma Vidente que é, antes de mais nada, uma oportunista.

— Como se isso fizesse diferença. — Passo pela porta a passos largos, batendo com o indicador no peito dele; Cyrus arqueja. Foi bem assim que nos beijamos naquela noite. — Eu fiquei fora do seu caminho, não fiquei? Venho fingindo, assim como você, que a noite do baile nunca aconteceu, deixando você planejar seu casamentozinho...

Ele agarra meu pulso, e estou perto o bastante para ver aquele azul baço tingindo seus olhos.

— E quanto tempo isso vai durar? É difícil largar velhos hábitos.

Dou uma risadinha irônica, mas a verdade da afirmação me faz calar. Meu coração já está batendo forte, o sonho com ele ocupando minha mente. Podemos negociar o quanto quisermos, mas o fato é que Cyrus está encarando minha boca como se quisesse tomá-la de novo, e a parte de mim que vai dormir pensando nele também quer.

— Você não pode me forçar... só porque... — Só quando as palavras escapam dos meus lábios é que percebo que soam como uma súplica. — *Não é justo.*

— Eu sinto muito.

Cambaleando, me desvencilho de Cyrus, minha firmeza se esgotando rápido. Ele não vai facilitar as coisas.

— Eu não vou embora.

— Estou pronto para confessar nosso beijo para o meu pai, se for necessário — continua ele, implacavelmente calmo. — E aí ele mesmo vai mandar você embora. Talvez eu precise confessar de qualquer forma, caso a gente queira a Vidente de Verdant. É uma pena meu pai gostar tanto de você, caso contrário eu não precisaria de desculpa alguma.

Dou um tapa no rosto dele — bem na área com o encanto, sob o qual sei que há um ferimento. Ele tropeça para trás e sibila, as faces coradas de repente.

— Vai se foder — cuspo.

Volto para a sala de adivinhação e bato a porta na cara chocada do príncipe.

Estou tremendo agora que me permito respirar. Uso a mão formigante para secar as lágrimas que brotam nos olhos.

Sei que, como último recurso, eu poderia implorar a Cyrus que mude de ideia. Se eu bancar a donzela em perigo, chorando e soluçando em seus braços, ele enxugaria minhas lágrimas, pediria perdão e se acharia muito caridoso por isso. Já eu, seria uma pobrezinha em dívida com ele.

Prefiro me enfiar num contêiner e ser despachada para o outro lado do oceano.

Encho os pulmões, inspirando e expirando devagar, até o tremor parar. Depois, ando de um lado para outro nas sombras gélidas da sala de adivinhação. Se Cyrus contar ao pai dele... Pelas divindades, seria meu fim. Represento um risco muito grande, especialmente com esse casamento iminente.

Nós deveríamos ser uma impossibilidade.

Eu posso negar o que aconteceu. Cyrus me beijou; não preciso admitir que retribuí. Posso torcer para que o rei Emilius fique do meu lado.

Torcer — a ideia me faz rir. É pouco, mas precisa ser suficiente.

No meio-tempo, vou ser insubstituível. Tive as visões novas da minha torre e do casarão queimando. Há magia das trevas em ação; posso descobrir de onde está vindo. E depois, dizer ao rei como impedi-la.

Só preciso estar alguns passos à frente.

Na minha escrivaninha, abro de novo a edição emprestada de *Tradições e magias da floresta*, as mãos trêmulas de novo. O bilhete de agradecimento de Cyrus escorrega de entre as páginas, e dessa vez jogo o papel na lareira.

Releio os trechos que falam do efeito do sangue sobre a Floresta Feérica. Sangue é capaz de fazer a mata apodrecer, mas será que pode fazê-la se transformar em outras coisas? Tanto meus sonhos distorcidos quanto essas feras quiméricas... parecem ser algum tipo de corrupção. Porém, mais importante é descobrir quem ou o que pode estar por trás disso.

Humanos com magia inata são raros, quase um mito. Não sei se de fato existem, além de nós Videntes e nossa Visão. As pessoas aprenderam a extrair magia de plantas e usar a ambrosia para barganhar a magia das fadas, mas nunca vi provas de que seja possível transformar tal magia em algo mais grandioso.

Meus pensamentos recaem nas próprias Sinas. Do que *elas* são capazes? Não perambulam pelo plano físico, mas devem manipular os fios do tempo *de alguma forma*.

Ninguém sabe como as Sinas pareciam estar se divertindo quando falaram da maldição. Naquela noite em que me ameaçaram, riram da minha destruição e da minha impotência. Exigiram a vida de Cyrus como se não fosse nada de mais. Talvez só quisessem o que lhes era devido, mas não acho que elas se preocupem com mais ninguém além de si mesmas.

Se as Sinas *querem* que essa profecia de sangue, guerra e feras envoltas em rosas se cumpra, que forma melhor de conseguir isso senão eliminando o príncipe no centro do presságio?

Inclino a cadeira sobre as pernas de trás, repassando pensamentos até a cabeça doer. Toda essa especulação para provar meu valor, sendo que eu não deveria precisar fazer nada disso.

Sendo que pode nem adiantar, porque um único escândalo pode acabar comigo.

Uma voz ecoa na minha mente: *você merece muito mais*.

Aquela Sina que falou comigo por último... *ela* poderia me ajudar, se algum dia nos falarmos de novo. Foi a única divindade útil dentre todas elas. Se ao menos eu pudesse chamá-la...

Tamborilo os dedos no assento de madeira enquanto volto a acomodar as pernas da frente da cadeira no chão.

Talvez eu possa.

Divindades provavelmente são tão egoístas quanto nós. As pessoas chamam as oferendas de *tributos* e *presentes*... como se não fossem minimamente coagidas a fazê-las. *Suborno* seria mais adequado.

Não vejo problema em um suborno.

E as Sinas provavelmente estão ávidas, agora que ninguém mais faz sacrifícios.

Algo nesta torre deve me ajudar a realizar um ritual. Vou para o térreo. Lady Raya claramente não vem me visitar esta noite; então vou passar meu tempo com isso.

Vasculho os armários, fuçando entre antigos trajes ornamentados, orbes que cintilam ao menor toque, diagramas e astrolábios que nunca uso. Enfim, em um baú cheio de caixinhas menores, encontro um conjunto de facas.

Não tenho muito conhecimento de como *fazer* um sacrifício — apenas cenas com que sonhei e algumas poucas menções a rituais no livro lá em cima, relacionadas à Floresta Feérica: *Realize rituais e outros tipos de abates utilizando recipientes e facas diferentes, para evitar contaminação. Ferrugem-sanguínea pode ser letal para plantas da Floresta.*

De todos os tipos de sangue, o humano é o mais potente.

Tirando uma das facas da bainha incrustada com pedras preciosas, ergo a lâmina sob a luz. Meu reflexo distorcido está de testa franzida. Desde quando era criança e via meu reflexo nas janelas, eu sabia que nunca teria uma aparência delicada, com minhas sobrancelhas finas, lábios estreitos e a pele do tom amarelado das asas das mariposas. Mas parecia pronta para lutar com algo duas vezes maior que eu, e isso não mudou.

Testo a ponta curvada da faca em um pedacinho de tecido. Ainda está afiada. Vai servir.

Acendo uma vela e limpo o fio da lâmina na chama. Depois vou até a entrada da sala de adivinhação, até a fonte que já foi um repositório de sangue e agora recebe apenas as moedas dos meus clientes. Recolho as oferendas do dia até deixar a bacia vazia, e me ajoelho diante dela.

Com uma careta, aperto a ponta da lâmina no dedo até fazer surgir uma gota de sangue escuro. Esfrego o dedo no fundo da bacia.

E espero.

O corte lateja fraquinho, como as batidas de um coração. Logo vai parar de sangrar. Nada aconteceu ainda.

Então talvez *um pouco* de sangue não seja suficiente.

Mordendo o lábio, vou buscar um pedaço de tecido sobressalente no quarto. Estendo o pano no chão e ajeito um jarro de água e ataduras limpas ao lado. Me sento de frente para o centro da bacia e pego a faca com a parte cortante virada para a palma.

É idiotice.

Talvez seja melhor não fazer isso.

Pelas divindades, não quero fazer isso.

Mas sei que, se não fizer agora, vou acabar fazendo na calada da noite, quando estiver frustrada e insone de novo.

O aço contra minha pele está gelado, mas se aquece rapidamente. Se houver um futuro vindo na minha direção, quero saber. E, se eu quiser um plano, não tenho opção.

Aperto a lâmina no punho cerrado e corto minha palma.

— Merda — ofego, com uma careta de dor. O corte parece... profundo.

Derrubo a faca suja de vermelho. Fico de joelhos e busco as bandagens, mas com o fluxo repentino de sangue em minha cabeça e a hemorragia na mão, não dou conta do recado. Cambaleio. Manchas escuras aparecem no meu campo de visão, e não desaparecem quando pisco.

— *Merda* — repito. Acho que vou desmaiar.

E desmaio.

13

QUE DESESPERADA.
    Abro os olhos. Minha mão está doendo. Minha *cabeça* está doendo.
    Apoio a mão boa no chão para me levantar — meio zonza, mas bem. A parte da frente da minha camisa está repleta de manchas vermelho-escuras. As velas queimaram até o fim, e a sala de adivinhação está um pouco borrada, como se as bordas de tudo estivessem tremulando. Como se fosse imaginação.
    Pisco e esfrego os olhos. Devo estar sonhando de novo.
    Ou sofrendo os efeitos da perda de sangue.
    Enfim acordou.
    Os cabelinhos na minha nuca se arrepiam. Olho para trás por puro reflexo, mas não tem ninguém; só os sons de alguém sussurrando no meu ouvido. É a mesma voz da Sina que me disse aqueles versos, que me avisou da traição — a Sina de que preciso.
    — Você vai me ajudar de novo? — pergunto.
    Eu estou aqui, não estou?
    Sinto um calafrio em reação ao tom de voz etéreo.
    — Como podemos impedir a profecia? Duas feras com chifres cobertos de rosas já atacaram a capital... *me* atacaram, e sonhei com a presença de mais delas no interior.

O *que você diz é verdade: a terra encharcada de sangue, as feras de chifres cobertos de rosas, a guerra sem fim... todas essas coisas estão a caminho. São inevitáveis. E não podem ser impedidas.*

— Tem que haver futuros diferentes. A profecia diz que o coração do príncipe vai ser salvação *ou* danação. Ele escolheu uma noiva, Raya Solquezil. A que você descreveu nos seus versos.

Isso não é uma discussão. Vou repetir: essas coisas são inevitáveis.

Lambendo os lábios, me levanto. O cômodo ainda gira.

— Não acredito em você. Acho que essa é a saída fácil. — Divindades devem gostar de simples obediência tanto quanto qualquer outra autoridade. — Se minhas visões representassem mesmo o destino, eu não teria sido capaz de salvar Cyrus, sete anos atrás. Eu mudei aquele futuro.

E está pagando o preço agora.

— Mas foi possível.

A Sina faz uma pausa, como se pensasse.

Responda o seguinte primeiro: por que você quer salvar esta terra?

— Eu quero... Digo... — Me enrolo para começar a frase, já que nenhuma palavra parece exatamente certa. — Aqui é meu lar. Se este lugar está sob perigo, então eu estou sob perigo.

Então sua única preocupação é salvar a si mesma.

Sinto o rosto corar. Quantas vezes ouvi palavras como essas vindas de Cyrus?

— Se chegar a esse ponto, sim, mas eu não...

Não estou dando bronca. Acho isso sábio. Acho que você não se protege o bastante. Tem o coração mole.

— Eu? Coração mole?

Você podia ter deixado as feras devorarem o príncipe, mas não deixou.

— Ele me protegeu. — Engulo em seco, duvidando da minha decisão. — No calor do momento, eu... não consegui.

Mas ele deve morrer de qualquer forma. Será ele ou você. Você sabe disso.

Não consigo absorver por completo o fato de que as Sinas *querem* que Cyrus morra.

— Vocês, Sinas, não são exatamente o que eu esperava.

Divindades nunca são. Há uma vibração na voz dela, como se estivesse contente. É uma emoção tão mundana que chega a ser perturbadora. *Muito bem. Vou dar uma escolha a você, se é isso que procura. Vá para a parte externa da torre, até a nova vegetação.*

Mesmo a contragosto, a esperança desabrocha em meu peito. Só meio ciente do sangue deixando um rastro atrás de mim, desço cambaleando a escada em caracol até sair pelo arco marcado pelas garras da fera.

Lá fora, a noite está clara. Não vejo guardas do outro lado da ponte que leva ao palácio; geralmente há dois prostrados diante dos portões. Não escuto nada além do vento.

Seguindo rente à parede, desço pela escadaria externa da torre. Não há corrimões e, nas sombras, é difícil enxergar os degraus molhados de chuva.

Na metade do caminho, vejo finas gavinhas verdes que começaram a entremear as paredes de madeira da torre. Depois de outra meia volta ao redor do prédio, elas desaparecem por completo atrás de vinhas espessas e folhosas, verdejantes como no dia em que brotaram.

Toque as vinhas. Deixe seu sangue se misturar a elas.

A pele ao redor do meu ferimento se estica quando ergo a palma, o vento a secando com um sopro cortante. A dor induz um momento de clareza, e deixo a mão pairar no ar.

— Sangue destrói o que vem da Floresta Feérica — digo. O *seu* vai fazer mais que isso, estrelinha.

Estremeço. Não por causa da voz, dessa vez, mas por causa da implicação de que há uma estranheza a meu respeito que ainda não descobri. Minha Visão pode não ter fronteiras, mas no mundo desperto, carne e osso me ancoram como fazem com qualquer outra pessoa. O corpo no qual vivo possui volume finito e partes contáveis; fica frio no inverno e é frágil sob uma faca. Não devia haver mistérios nisso.

No entanto, quando aperto a palma ensanguentada contra a parede verde, a planta sob ela treme. Começa a encolher, como eu esperava, mas também há algo crescendo, brotando da decomposição...

Afasto o braço no mesmo instante em que um espinho irrompe da superfície.

Cambaleio para trás, e meu pé pisa no vazio. Agarro o espinho, e ele se quebra com um estalo. Mal mantendo o equilíbrio, me jogo contra a parede.

Escorrego até me sentar nos degraus, tremendo. O espinho é quase tão longo quanto meu antebraço, e pesa mais do que sua espessura sugere. A ponta é de um tentador vermelho-brilhante. *Veneno*, a cor me faz pensar. Na parte quebrada, a seiva se solidificou em uma crosta de âmbar duro, quase como se formasse um punho.

De uma adaga.

Meu sangue *fez* isso.

— Como?

A Visão é apenas a superfície da magia de uma Vidente. Há muito mais a descobrir.

— Você está sendo enigmática de novo.

Tenho muitas perguntas: quem mais sabe que algo assim é possível? O que mais meu sangue pode fazer? Entre a escassez de Videntes e nossa lealdade a diferentes reinos, mal temos a oportunidade de compartilhar conhecimento umas com as outras. Roço o polegar na ponta afiada do espinho. Ele afundaria facilmente na minha carne.

Faço a pergunta mais importante.

— O que faço com isso?

Apunhale o coração do príncipe.

— Isso é *assassinato* — digo. E depois me lembro do porquê de estar aqui, e do que a voz disse que me daria: uma escolha. Meu corpo congela. — Não vou *matar* Cyrus.

Você sentiria falta dele? Uma risada. *Como as Sinas disseram, ele deve morrer antes do fim do verão, ou você vai queimar. Se usar o espinho, pode sair impune. Quando acertar o coração do príncipe, a arma vai destruir o corpo dele.*

Franzo a testa, repassando as palavras, um novo calafrio se espalhando a partir do meu âmago. *Como as Sinas disseram...*

— Você não é uma Sina?

Sou e não sou.

Meio divindade, meio mortal? Um ser nascido de ambos? Mas as Sinas não caminham por este mundo...

— Fale sem rodeios. — Minha mão começa a pulsar de dor, uma lembrança do meu desespero. Um alerta para não me deixar levar pela segunda vez. Estou barganhando com alguém que não conheço. — Como está na minha cabeça, se não é uma Sina?

Mesmo um resquício do meu antigo poder é vasto. Mas errei ao depositar minha fé em mortais, há muito tempo, e agora sou tão igual às Sinas quanto sou igual a você. É por isso que quero ajudar. A voz soa quase carinhosa, quase parental, como o rei soa quando usa meu primeiro nome em vez de meu título. *Vejo em você o que eu era: alguém que se* apega a pessoas que estão destinadas a abandoná-la. Elas nunca vão amar você como deseja que amem. Nunca vão ver o que você Vê.

Sinto a garganta seca.

— Não sei do que você está falando.

Não negue. Este lugar não merece você. Seu príncipe tampouco. Mate-o antes que ele a traia, se tiver algum bom senso. Cumpra os desejos das Sinas e estará livre para qualquer que seja a vida que busca.

Uma parte odiosa de mim quer acreditar em tudo que a voz disse, porque certamente já creio em algumas coisas. Cyrus me expulsaria — *já expulsou*. E ele não me merece.

Mas a melhor parte de mim sabe que esta voz está me guiando na direção do caminho sangrento de propósito. Quem quer que seja esse ser, conhece intimamente a profecia e as possibilidades que me aguardam no futuro. Conhece tão bem que talvez esteja por trás dos próprios eventos. Entrou nos meus sonhos primeiro, depois preparou informações que fariam Cyrus confiar em mim, para que eu pudesse confiar *nela*.

— Se Cyrus morrer, o que acontece com as feras? — pergunto, cautelosa. Deixe a voz pensar que estou mais tentada do que de fato estou. Deixe que me conte mais. — O derramamento de sangue e a guerra próxima? Como isso será impedido?

Isso não lhe diz respeito.

— Eu sonhei com guerras. Vi como podem ser devastadoras.

A guerra vai acontecer com ou sem você. Este mundo é banhado em sangue e cinzas. Cunhado pela guerra.

Penso brevemente no rei Emilius querendo criar um império; em algum ponto dos planos, ele sem dúvida vai usar a força para alcançar seus desejos. A história já provou que somos frios e cruéis mesmo sem a ajuda de divindades. A voz está certa quanto a isso: com ou sem profecia, vai haver sangue e guerra.

Você duvida de mim. Posso sentir.

Mostro os dentes.

— Se me conhece tão bem assim, não deveria ser surpresa que me deu muita coisa em que pensar. Ainda não sei quem você é de verdade. E não gostaria de cortar minhas amarras com um rei apenas para me prender a amarras novas.

Os fios vão se desenrolar, estrelinha, independentemente dos seus desejos. Quando descobrir a profundidade dos seus poderes, enfim vai realmente Ver.

Posso sentir o gosto de veneno nas palavras. Posso sentir as amarras se enrolando nos meus pulsos. Mas são frases sedutoras; são promessas novas. Nunca me senti tão à deriva quanto aqui, na borda escorregadia da minha torre; uma brisa poderia me seduzir na direção do chão lá embaixo, tão distante que eu talvez tenha tempo para me arrepender do ato. Reis e maldições, garotas e divindades — esses são os temas de histórias. Tudo o que fiz foi sangrar e pedir.

Será que eu suportaria matar Cyrus? Sempre odiei a forma como as pessoas falam a respeito do destino, como se não tivessem participação nele. Como depositam a culpa nas estrelas em vez de no próprio coração, culpando as Sinas por suas decisões. Se eu enfiasse esta arma no coração de Cyrus, não culparia ninguém além de mim mesma.

Não hesite. Os fios devem ser trançados.

Olho para o céu repleto de estrelas, desesperada de novo, procurando a origem dessa loucura.

— Quero saber mais.

Quanta ganância. Ah, neste caso, vou revelar mais uma traição: a mulher que conhecem como Raya trouxe as feras até vocês.

— O *quê?*
Ao mesmo tempo, um grito ecoa no ar, mais real que qualquer coisa que deveria existir neste mundo:
— Violet!
A nova voz vem do topo da escadaria, onde a sombra de uma silhueta familiar está parada. Ele corre na minha direção enquanto os sonhos se fragmentam e o eco de uma risada soa em meus ouvidos.
A torre é partida ao meio, as vinhas se desenrolam, o céu assume uma miríade de cores insondáveis. Arquejando, estendo a mão na direção do vulto, que tenta me alcançar.
O chão cede sob meus pés.

✥

A dor é a ponte entre o sonho e a vigília. Quando abro os olhos, os tons do mundo estão baços. Estou de volta no ponto onde desmaiei, sobre o frio chão laqueado da sala de adivinhação. O brilho do fogo dança na periferia do meu campo de visão. A almofada cheia de babados da banqueta está acomodada sob minha cabeça, que pulsa de dor.
E não estou sozinha.
Dante está agachado diante da lareira, pegando uma chaleira fumegante. Prendeu o cabelo cacheado e arregaçou as mangas, e a forma como o casaco está largado sugere que meu amigo está aqui há algum tempo. Quando se vira, solta um suspiro aliviado.
— Graças às Sinas.
— O que você está fazendo aqui?
— Eu *estava* vindo dizer que Raya não vai poder comparecer ao encontro que marcou com você. — Ele despeja a água em uma banheira e testa a temperatura com um dedo.

— Aí vim até a torre, me deparei com as portas escancaradas, e quando conferi lá fora, vi você desmaiada nos degraus com sangue para todo lado. Achei que tinha sido atacada por outra fera.

— Eu... tentei induzir uma visão. — As memórias nebulosas vão retornando. — Achei que cortando a mão...

Ele solta um grunhido.

— Em que você estava pensando, Violet?

— *Funcionou.*

Dante continua balançando a cabeça.

— Espero que tenha valido a pena. Conheço alguns cogumelos saborosos que podem provocar a mesma coisa *sem* a hemorragia potencialmente fatal.

Pegando meu braço esquerdo, ele guia minha mão até a banheira e despeja água quente sobre a ferida usando uma cumbuca. Eu sibilo quando o corte na palma se estica e abre.

— O que você sabe sobre lady Raya? — Estendo a mão para pegar a cumbuca, mas ele não me deixa fazer nada.

— Ajudei ela a se acomodar na cidade. Ela é... interessante.

— Você também desconfia dela.

Dante suspira, puxando o babado da gola da camisa.

— As relações entre Auveny e Balica estão estremecidas. Estou tentando botar panos quentes. Entender o está acontecendo. A Líder de Lunesse não é o que eu esperava. Ela *supostamente* é uma líder muito respeitável, mas... Colocando as coisas de forma delicada, espero que os padrões em Lunesse não sejam tão baixos.

— É tão ruim assim? — Franzo a testa. — Por que ela não pôde visitar minha torre hoje?

Ele dá de ombros.

— Quando fui ver Raya em seus aposentos, ela deu uma desculpa esquisita. Disse que o rosto estava cheio de brotoejas. Algo sobre medo de altura? Estava tão histérica que deixei para lá. Estamos tentando arrastá-la para fora da toca para discutir a eleição de um novo líder para Lunesse, já que ela vai ficar por aqui como rainha, mas alguns conselheiros acham que ela devia ser as duas coisas *ao mesmo tempo*, o que não tem precedente algum...

Dante deixa a voz morrer. Seus olhos estão fundos; será que esteve cuidando de Raya esse tempo todo? Cyrus deve estar apresentando os arredores para a noiva quando pode, mas no resto do tempo, não consigo imaginar muitas pessoas às quais o príncipe confiaria a futura esposa.

A proximidade de Dante com a situação me deixa mais nervosa. Mas preciso contar minha visão para *alguém*. Se Raya trouxe as feras para cá, se é a bruxa que Camilla e outros suspeitam que seja, precisa ser impedida.

— O que você vai ser quando Cyrus for rei? — pergunto.

Dante responde com um resmungo distraído.

— Nesse ritmo, grisalho.

— Você está fazendo muita coisa por ele.

— Não é só por Cyrus. O embaixador Pincorn precisa de uma ajudinha, principalmente nos últimos tempos. Não é tão ruim quanto eu me lembrava... A papelada e as reuniões, digo.

— Já que você está tendo todo esse trabalho, deviam nomear você embaixador também. Ou Cyrus devia te indicar como conselheiro.

Dante vive em Auveny há tanto tempo que quase todos que o conhecem bem na Capital Solar o consideram auvenense. O que acontece é que aqueles que o consideram um forasteiro fazem mais barulho.

— Não oficialmente.

— Por que não? Um título traria respeito.

Um pensamento parece hesitar na ponta da língua dele.

— Eu... Talvez seja mais fácil conquistar algumas coisas sem um cargo oficial.

A corte vê Dante como um mero arquivista que dorme com o príncipe; não o consideram nada especial quando não está junto de Cyrus. Sempre lamentei isso — mas talvez seja o que Dante quer. Ou a melhor forma de encarar uma situação irritante. Sei bem o valor de ser subestimada.

Depois de limpar o ferimento, Dante coloca uma gaze embebida em mel sobre o corte e enrola uma atadura com firmeza ao redor da minha mão. Tenho o cuidado de não deixar meus dedos tocarem a palma dele em respeito à sua privacidade. Quando ele termina, me deito em seu colo. Estou exausta, e a tontura se transformou em uma dor de cabeça.

Estava com saudades da sua companhia. Estava com saudades de ter alguém com quem falar que não estivesse preocupado com coroas e alianças e Videntes obedientes. Mas agora acho que ele não pode mais ser essa pessoa.

— Minha Visão disse que Raya trouxe as feras para cá — digo, sem preâmbulo.

Por um longo momento, ouço apenas os estalidos da lareira enquanto Dante permanece completamente imóvel. Ele fecha os olhos com força e esfrega o rosto, a ruga na testa tão profunda que poderia prender um alfinete. Se estivesse um pouco mais estressado, ele se transformaria em uma única ruga gigante.

— Por favor, me diga que está de brincadeira — diz ele.

— É possível que eu esteja envolvida em alguma maquinação divina e uma divindade esteja me manipulando; bem, alguém *que parece* uma divindade. Nesse caso, temos um problema completamente *diferente* em mãos. — Suspiro, e Dante murcha mais ainda conforme continuo falando. — Mas se esse não for o caso, a profecia não pode ser quebrada. E de todas as coisas que *podemos* fazer, descobrir se essa lady que está prestes a vir morar em nosso palácio está mentindo parece a tarefa mais fácil de riscar da lista, então... Você consegue descobrir se essa acusação tem fundamentos?

Dante parecia muito cansado quando eu despertei. Agora, parece cinco anos mais velho. Me empurrando suavemente para que saia de seu colo, ele escorrega para o tapete e se deita, os braços esparramados em um gesto de derrota.

— Esta sala é à prova de som?
— Você vai gritar?
— Melhor numa almofada?
— Só vá em frente.

E ele grita. Faço uma careta.

— Me conte tudo o que sabe — pede ele, a voz rouca. — Depois, preciso ir ver como Raya está, para garantir que não vamos ter um incidente internacional.

— Andei sonhando com feras tomando as terras da fronteira, com florestas corrompidas... Sinais de coisas ruins chegando, mas nada sobre como detê-las. — Me ajeito para me sentar ao lado dele, puxando uma almofada do sofá para usar como assento. — Quando cortei a mão, pedi ajuda de uma voz que já tinha falado comigo antes. Eu achava que era uma Sina, mas parece ser uma entidade que está trabalhando sozinha. Não sei o papel dela na maldição de Cyrus, mas dá para ver que sabe coisas do futuro. Da primeira vez em que conversamos, ela me disse os mesmos versos que Cyrus ouviu da Vidente balicana. Se a voz estiver *mesmo* dizendo a verdade, também sabe detalhes da profecia de Felicita. Acrescentou palavras. Disse: "A terra encharcada de sangue, as feras de chifres cobertos de rosas, a guerra sem fim."

Dante estende um dedo após o outro, contando.

— Já temos as feras, e podemos riscar os outros dois itens de uma vez só, se Auveny achar que Raya foi enviada por

Balica para nos matar. — Ele abre os braços, exasperado. — Já estou até vendo: Sua Majestade e o Conselho censurando as proteções de Balica à Floresta Feérica, acusando a nação de proteger a mata todo esse tempo por alguma razão sinistra, em vez de por básico senso de conservação. Balica *já* está irritada com o fato de que o rei Emilius decretou mais incêndios. Vão ficar indignados diante das falsas acusações.

— O que Balica pode fazer? Eles não estão preparados para uma guerra.

Dante hesita.

— Chega uma hora em que é necessário bater o pé e não ceder, e que se danem as consequências. Se fosse por mim, entre uma morte rápida na guerra ou uma lenta ao longo da anexação a um império, eu preferiria cair lutando.

Ouvir isso em voz alta faz um nó surgir na minha garganta.

— Por outro lado, seria um desperdício desse rostinho bonito. — Dante curva os lábios, e dou um sorrisinho.

— Mas que inferno, e o que eu falo para o rei a respeito de Raya?

— Nada. Balica é quem deve tirar ela daqui.

— Então devo fingir que está tudo certo?

— Vai nos ajudar a ganhar tempo. — Ele se senta, passando a mão pelo cabelo que se soltou. — Precisamos de evidências de que o que a voz disse é verdade. Depois, temos que garantir que essa evidência vá parar nas mãos certas, sem o Conselho ou aqueles fofoqueiros de plantão distorcendo as coisas.

— Faça ela vir me ver, se puder. Vou ler os fios dela.

Raya pode estar tentando me evitar, mas vou arrastar a jovem até aqui, se for necessário.

— Não quero te envolver nisso mais do que o necessário.

Dou uma risadinha sarcástica.

— Eu diria o mesmo de você.

Dante continua muito sério, uma careta contorcendo a boca.

— Violet... Eu mantive as informações sobre essa situação extremamente privadas até o momento. Não é nada pessoal, mas enquanto você obedecer ao rei Emilius sem questionamentos, vou duvidar das suas intenções. Ele poderia usar a traição de Raya para mandar exércitos para o sul antes do fim da semana, e não posso correr esse risco.

Meu sorriso desaparece. É claro. Proclamei em voz alta que priorizo meus próprios interesses. E Dante deve saber que ajudei o rei a armar o casamento de Cyrus com Raya.

— Eu não apenas *obedeço* ao rei Emilius — digo mesmo assim, em uma parca autodefesa. — Ele é o rei. O que mais deveria fazer?

— Você vai obedecer a Cyrus sem questionamentos quando *ele* estiver usando a coroa?

Aperto os lábios.

— Não é a mesma coisa. O reinado do rei Emilius vai terminar logo. Só preciso tolerar o homem por mais um tempinho.

Passei a adolescência aprendendo tanto quanto possível, procurando avidamente migalhas de influência. Nenhuma discordância valia despertar a fúria do rei enquanto tentava conquistar meu lugar na corte.

— O rei Emilius *espera* minha obediência. Garanti que Cyrus não espere.

— O primeiro ato de desafio é o mais difícil.

Concordo com a cabeça.

— Eu devo muito a Emilius. Ele viu potencial em mim e me ensinou a ser sagaz na corte. Acho que é como um pai teria...

— É fácil confundir medo com respeito — interrompe Dante, tão gentil quanto possível.

Baixo os olhos, fitando a mancha vermelha na palma da mão. Quero protestar, dizer *eu não tenho medo*, com tanta confiança quanto disse para Cyrus, mas uma sensação fria se espalha pelas minhas entranhas, e só consigo focar nisso. Dante vê partes de mim que ignoro pelo meu próprio bem, a preocupação e alegria que tento disfarçar, e ele me conhece há tempo suficiente para oferecer perigo.

Por mais que Cyrus e eu briguemos, uma parte secreta de mim mal pode esperar pela ascensão do príncipe como um novo começo. Ou ao menos era como eu me sentia, antes do baile.

— Já está tarde. Preciso ir — diz Dante, quebrando o silêncio.

Ainda bem. Ele se levanta, deixando um espaço vazio ao meu lado. Ouço ele botar o casaco e seus passos em direção à porta.

— A gente deveria fazer algo a respeito dessa voz nova na sua cabeça?

— Vou descobrir a quem ela pertence, se acontecer de novo. — Me viro para ver meu amigo ir embora. — Só estamos conversando... Não acho que ela seja capaz de me machucar.

— Bom, se alguma coisa mudar... — Ele faz um gesto vago na direção do próprio peito. — Você também devia visitar uma curandeira amanhã, para trocar as ataduras... Ou eu posso dar uma passada aqui.

— Você já está muito ocupado. Só durma um pouco.

Dante abre um sorriso torto. A porta bate atrás dele, e volto a ficar sozinha.

Depois de uns minutos, quando tenho certeza de que Dante se foi, pego as bandagens restantes e saio da torre.

As luzes da Capital Solar cintilam lá embaixo. Telhados cobrem a encosta da colina como as escamas de um dragão adormecido. Desde que vim morar aqui, mantive as raízes superficiais, mas este é meu lar de qualquer forma. Conheço os criados e os recantos silenciosos do jardim. Ando pelo palácio com os dedos roçando em obras de arte inestimáveis como se fossem minhas. Nunca achei que precisaria ir embora.

Nas ruas, relaxar demais é pedir para levar uma facada. Aqui, segredos fazem o mesmo estrago.

Tenho tantos segredos...

Quando chego à metade da escadaria externa, vejo uma mancha escura nas vinhas. No mesmo ponto, há seiva fresca escorrendo de algo que foi removido dali. Vou até a base da torre e dou a volta até encontrá-lo, envolto em um emaranhado de ervas daninhas: um espinho brilhante, de ponta vermelha.

Enrolo o objeto em um pedaço de atadura e o escondo dentro da manga.

14

SEJA QUAL FOR O MÉTODO QUE DANTE ESTEJA usando para descobrir as verdadeiras intenções de Raya, não está sendo rápido o bastante — e com certeza não encorajou no príncipe um senso saudável de autopreservação.

Cyrus e Raya começam a ter encontros românticos, fingindo que estão apaixonados. Compram joias para o casamento. Trocam beijinhos castos. "Fogem" dos guardas para remar um barquinho no lago a sós, tudo bem diante dos olhos dos cidadãos da Capital Solar que os espiam a cada passo. Uma peça de teatro que não podia ser mais armada. Só falta um quarteto de cordas escondido nas moitas.

Não estou com ciúmes.

Certo, eu estou com um pouco de ciúmes.

Todas as histórias falam de garotos e garotas se apaixonando simplesmente porque são bonitos. Mas mesmo a mais bela bruxa é estranha e perversa. Infeliz para sempre, com um coração partido, desejos não atendidos e sozinha, sempre sozinha.

Cyrus vai receber uma ovação de pétalas de rosa no dia do casamento.

Para mim, os espinhos.

O espinho que brotou a partir do meu sangue está escondido em uma caixa trancada no fundo de um armário. Tento me esquecer dele até que um cliente, um fazendeiro com marcas de catapora, me diz:

— Mestra Visionária, não sei se a senhorita viu, mas tem uma praga se espalhando pela sua torre.

Sigo o homem para dar uma olhada, fingindo que não tenho ideia do que ele está falando. A marca escura de podridão não está concentrada apenas no ponto em que o espinho surgiu — se espalhou.

Agradecendo profusamente, dispenso o fazendeiro. Depois volto para dentro para pegar uma faca afiada e cavoucar as partes escurecidas. Com a mão machucada e pouco espaço para manobrar nos degraus, é uma tarefa difícil.

Não posso contar a ninguém a respeito disso. O palácio não tem como saber do espinho, não tem como saber o porquê de essa podridão ter surgido, mas fico paranoica mesmo assim. Todos estão procurando mais sinais da profecia de Felicita.

Todas as histórias precisam de um vilão, e a linha entre venerado e odiado é tênue como uma única acusação.

Não pretendo usar o espinho. Não confio naquela voz, e mesmo que confiasse... Talvez para o ser me observando, matar Cyrus para me salvar seja uma decisão fácil, mas não sou uma vilã — só oportunista, como todo mundo.

Além disso, o que realmente quero é olhar Cyrus nos olhos quando eu o superar. Arrancar dele cada truque e sorrisinho astuto, até que o povo veja o mesmo que eu.

Quero que o Príncipe Encantado caia em desgraça.

⊷⊶

Raya se muda oficialmente para o palácio hoje. Se ela não vem até mim, vou até ela.

Desenterro um vestido do fundo do guarda-roupa. O azul é de um tom escuro demais para o verão, mas gosto dos bordados — girassóis espalhados por todo o corpete e pela barra. Moldo minha trança em uma coroa, que adorno com grampos de pérola.

No canto do espelho, algo cintila.

Confiro a janela aberta, em cujo peitoril repousa uma gargantilha. Tem formato de grinalda de folhas, um estilo comum para ornamentos conjurados; quando a pego, é leve como uma pena, não pesada como ouro de verdade. Olho para fora, mas a fada que fez isso já se foi.

Camilla deve ter enviado a peça. Não faz meu estilo, e é muito chamativa para o resto da roupa, mas também é linda demais para não ser usada, então a fecho ao redor do pescoço. Cabe perfeitamente.

A chegada de Raya deveria ser informal, mas as pessoas se apinham cedo nos portões e boa parte da corte dá um jeito de adentrar os salões. As aparições públicas de Cyrus e Raya geraram empolgação, e aqueles que a consideram o mal encarnado querem as fileiras da frente para observar a jovem.

Há um grupo pequeno reunido em um dos átrios. Os participantes lutam por espaço entre plantas, cadeiras e presentes, e cachorrinhos de colo correm à solta por baixo das saias. Fadas que chegaram com seus protegidos voejam acima das pessoas, bêbadas pelos dedais de ambrosia. O ar vibra com pó de fada, incitando espirros.

Vislumbro Camilla no salão da entrada, três cômodos além de onde estou. Ela usa um vestido espalhafatoso, xadrez de rosa e cinza; chama tanta atenção que eu provavelmente a veria de fora da cidade, caso tentasse. Vou até ela.

Assim que ela me vê, abre o leque com um gesto do punho e enlaça o braço no meu.

— Violet! Está aqui para a festa?

Não consigo conter um suspiro.

— Achei que devia sair da toca.

— Não é uma mentira completa. Duvido que isso vá ajudar, mas mediante minha expulsão eminente, ser amigável não vai fazer mal algum.

Camilla resmunga em concordância.

— Qualquer que seja seu motivo escuso, não preciso saber. Contanto que esteja aqui. Chegou bem na hora!

Toda a atenção do pátio principal se concentra em uma carruagem que parou diante dos portões. Guardas formam duas filas para abrir um caminho a partir da porta do veículo. Raya desce, vestida em um traje verde-esmeralda com uma fenda bem no meio da saia, as duas metades divididas como pétalas. A parte inferior do rosto dela está coberta por um véu, e os cachos escuros obscurecem o resto.

— Ela está sempre escondendo o rosto — murmuro.

— Ao que parece, é tão bela que faz isso pelo nosso próprio bem. — Camilla mal consegue conter uma risadinha pelo nariz. — Ou o que aconteceu no baile vai acontecer de novo, com todo mundo sendo enfeitiçado. É *essa* a história que estão espalhando: a grande falha da garota é ser *bonita demais*.

— Mais bonita que você? — Dou uma mordida em um pãozinho recheado que escondi em uma das mangas.

— Não vamos exagerar. — Ela dá uma olhada para o meu colo. — Ah, que bonito.

Levo a mão à gargantilha.

— Achei que fosse um presente *seu*.

Ela nega com a cabeça.

— Uma das fadas provavelmente decidiu abençoar você.

— *Me* abençoar? O mundo vai acabar no dia que *eu* for gentil o bastante para merecer favores de fadas.

— Talvez elas estivessem querendo uma distração. Estão mantendo distância de mim no momento por causa disso. —

Camilla bate no próprio pescoço, onde há um cordão com um frasquinho de perfume cheio de um líquido vermelho. — Um pouquinho escandaloso, como todas as melhores coisas do mundo.

Vi o frasco nos fios dela durante o baile, mas não parei para pensar a respeito. De perto, imediatamente percebo o que o torna alarmante.

— Isso aí dentro é *sangue*?

Ela sorri, exibindo todos os dentes.

— Esperto, não? Não posso andar por aí derrubando sangue em Raya sempre que tiver uma chance, mas *posso* transformar esse tipo de acessório em moda. Inibe feitiços feéricos próximos de forma bem satisfatória. Testei nas criadas. As fadas também não gostam do colar, mas tudo bem. Não preciso de encantos para ser interessante. Não é todo mundo que pode dizer isso.

Ela lança um olhar significativo à frente, onde Cyrus, esbelto em seu casaco cor de ameixa, está escoltando Raya até a propriedade, de mãos dadas. A jovem parece ansiosa. Não de forma maléfica e conspiratória... Parece tomada mais pela ansiedade de alguém que tem medo de grandes multidões.

— Bem-vinda, lady Raya — diz Camilla, assim que o casal chega ao salão de entrada. — E então, quando a maldição começa a ser quebrada?

Raya dá uma risadinha hesitante, olhando para Cyrus como se quisesse uma dica de como proceder.

— Eu, é... aprendi muito sobre a profecia nos últimos dias, Vossa Alteza. Não sabia que tinha essa responsabilidade sobre meus ombros. — Um sotaque sulista molda as palavras, arrastando-as.

— Espero que não tenha tido mais surtos de *brotoejas* — digo, lembrando a desculpa que deu para Dante.

Raya se encolhe. Não espero que ela seja tão exuberante como Camilla, mas, bem, espero *alguma coisa*. Até o momento, ela foi responsiva como um tijolo.

— Sabe, como Vidente, tenho familiaridade com vários tipos de profecia. Deveríamos agendar outra leitura de fios para esta tarde.

Ela ri de novo.

— Ah, parece...

— ... uma excelente ideia — completa Cyrus.

Arqueio uma sobrancelha. O príncipe está ostentando o próprio sorriso falso; um sorriso de covinha ensaiado que aprendeu assim que sua voz mudou e todos acharam que ele se casaria em breve. Seu rosto parece totalmente curado. Espero que meu tapa tenha doído por dias.

Ele passa por nós e guia Raya até a festa. Quero falar com a futura rainha, mas todo mundo quer o mesmo. Por ora, sigo Camilla enquanto ela se mistura aos outros.

Mas minha atenção é desviada. Conforme pulo de círculo social em círculo social, sem nem dar bola para as conversas, não consigo evitar entreouvir Cyrus, sua risada ecoando por todo o átrio.

— Se eu pudesse, teria escolhido ter todas as senhoritas como minhas noivas. — Eu o escuto dizer não muito atrás de mim. Mesmo compromissado, o príncipe tem tempo de flertar.

Se ainda fôssemos crianças, eu enfiaria a cabeça pela parede de lilases que nos separa e faria uma careta horrenda para assustar o grupo. Por muito tempo, quis virar adulta e ser levada a sério. Mas agora que *sou* adulta, estou alta e perdi todos os dentes de leite, sinto falta de poder ser imprudente sem me preocupar. Não é como se quisesse estar na multidão fingindo que rio da piada de algum lordezinho.

Embora, às vezes, eu queira. *Quero* querer me misturar à multidão. Tudo seria mais simples se eu não soubesse o que sei, se não pensasse o que penso, e se pudesse ser apenas como *qualquer outra pessoa*.

Eu odiaria essa versão de mim.

Por outro lado, se eu fosse assim, nem saberia que deveria me odiar.

Essa outra Violet seria grata por ter a Visão e grata por ter um lugar no palácio.

Essa outra Violet seria, bem... *feliz*.

O próximo grupinho para o qual Camilla me arrasta é formado por uma variedade de damas mais velhas. Camilla ostenta o colar de sangue, tirando outros vazios da bolsa para dar àquelas que perguntam a respeito.

— Pessoalmente, acho que nosso uso das fadas já passou dos limites — afirma ela, se inclinando para perto das pessoas. — Vejam bem, as fadas de lady Raya parecem ter pulado as bênçãos de hoje, e a diferença é aterradora — completa ela, e o grupo irrompe em murmúrios. — Quero apenas que meu irmão encontre o amor, mas depositar nossas esperanças em uma possível charlatã...

Diante de nós, uma mulher usando um xale vermelho coloca as mãos ao redor da boca.

— Duvido que mais alguém além de Belina e eu se lembre, mas quarenta anos atrás, quando eu era uma moçoila, fadas eram consideradas inimigas das Sinas. Ninguém conta mais essa história hoje em dia, mas sangue e magia feérica não combinam por uma boa razão. Nosso sangue é domínio das Sinas, e elas não aceitam nada bem esse envolvimento com magia. Faz o destino desviar do caminho!

Outra mulher, que reconheço como a empertigada lady Herina do Quarto Domínio, pigarreia para chamar a atenção.

— Seria melhor mantermos a fé e contermos as calúnias para quando houver alguma evidência.

— Calúnia? — Camilla solta uma risada alta. — Raya de repente resolve atravessar o continente, sozinha e sem aviso algum, retocada com encantos de cinco fadas. Isso não é calúnia. Isso é *estranho*. Por mais temperamental que possa ser, a princesa sempre escolhe as palavras com cuidado, sabendo quando distribuir gentilezas e quando apresentar seus pontos com firmeza.

— As *Sinas* são estranhas, Vossa Alteza. E são ávidas.

— Herina estende o dedo em riste. — Não temos uma boa história há eras... Maldições e bênçãos esquisitas, sim, mas quando foi a última vez que um drama de verdade varreu estas terras? O verdadeiro amor de Sua Alteza, aquela que vai quebrar a profecia, deve ser uma mulher única. Faz todo sentido que ela seja diferente do que estamos acostumados a ver. Ah, Mestra Visionária...

Herina se aproxima de mim com os braços abertos. Não me lembro dela sendo horrível — é sempre educada durante as leituras, e tem a reputação de ter ganhado mais sabedoria do que complacência com o gerenciamento da contabilidade do Quarto Domínio. No entanto, não gosto nada de como olha para mim, como se tivesse encontrado uma resposta.

— Estamos vivendo tempos em que o destino está sendo moldado — diz ela. — Feras andam entre nós. Amores verdadeiros nos enfeitiçam. O que a senhorita tem a dizer sobre o futuro de Auveny?

Estou acostumada a agir como se soubesse menos do que sei, cumprimentando clientes como se não tivesse visto trechos de seu futuro próximo em outras leituras, ou criando desculpas quando minhas profecias não batem com a realidade.

— Tive sonhos conflituosos — digo, cautelosa. — Devemos tomar cuidado com a expectativa de que lady Raya seja algum tipo de salvadora. O futuro reside na decisão do coração do príncipe Cyrus, e ele é *volúvel*. — Reforço a palavra com mais intensidade do que planejava, mas ninguém parece dar atenção: logo começam a discutir entre si.

— Devo admitir que Sua Alteza não parece um homem apaixonado — diz alguém.

— E isso importa? A profecia de Felicita menciona apenas uma noiva.

— Não, não, a profecia menciona o coração dele também, não esqueça...

— Herina está falando a verdade. Como dizem, não há destino sem sangue.

— Ele foi encantado por feitiços feéricos. Talvez agora esteja se arrependendo...

— Bom, ele está olhando mais para cá do que para lady Raya.

Ergo os olhos. De fato, Cyrus está nos fitando — *me* fitando, para ser mais arrogante e exata. Um sorriso neutro curva seus lábios, um sinal educado de cumprimento ao grupo, mas sinto o olhar dele seguindo o meu, se demorando no meu colo onde a gargantilha está acomodada. Sinto a pele formigar, quente.

É só a magia atraindo o olhar dele.

Mas o momento me enche de coragem. Chega de ficar pisando em ovos.

— Por que não fazemos uma leitura dos fios de lady Raya agora mesmo? — proponho. — Ainda não tive a chance.

Camilla solta uma exclamação animada, batendo palmas.

— Que ideia genial! Raya! — Ela agita a mão, frenética, chamando a atenção do salão inteiro. — Você precisa ter seus fios lidos pela Vidente enquanto ela está livre. Ela anda com uma demanda altíssima ultimamente.

Em questão de segundos, a princesa ordena que criados montem uma mesa diante da fonte, completa com velas decorativas e uma toalha rendada. Raya, segurando o véu, é levada a se sentar em uma cadeira. Disparando olhares para os lados, parece uma toupeirinha que acabou de sair de um túnel no chão bem diante do covil de um lobo.

Sento de frente para ela.

— Preciso das suas mãos, lady Raya. Ah, digo, apenas uma. — Estendo a mão direita. — Machuquei a outra.

— Certo. É claro — responde ela, a voz trêmula.

A primeira coisa que noto, assim que a palma dela toca a minha, é que ela tem mãos calejadas. As pulseiras que escorregam e tocam a ponta dos meus dedos são geladas.

E depois meu pensamento se resume às imagens passando pela minha Visão:

Noites de viagem sufocantes, passadas em claro. Três carruagens atravessando o interior. Duas chacoalham com uma carga perigosa encarcerada em caixotes enfeitiçados.

Um coração batendo amedrontado se junta ao ritmo acelerado da orquestra. O palácio brilha a distância, vibrante com a festança. A carruagem dela ignora o trânsito diante dos portões.

Dois caixotes despencam da encosta do penhasco atrás do palácio. A madeira se estilhaça nas corredeiras do rio lá embaixo.

Da água, vultos gigantescos emergem. As feras rosnam.

Minha mão se retesa. Mordo o lábio para manter a calma. A voz estava certa.

A Capital Solar está atrás dela. Ela escala uma colina rochosa, com fadas aninhadas nas mãos. Um sussurro: "Só mais um pouco."

Um conjunto de coroas. Um conjunto de alianças. Um salão todo decorado com magnólias, em branco e dourado esplendorosos.

O príncipe diante dela no altar, a testa franzida.

Sinto meu próprio cenho se franzir. São fios do futuro? O ar espesso com cheiro ferroso. Sangue... Sangue demais. A voz aterrorizada dela em um salão de baile coberto de espinheiros escuros:

— Por que você está fazendo isso?

Um estalo, o estrondo de um trovão e um agito de penas negras.

— Vidente. — A voz de Cyrus rasga minha Visão ao meio. — Está esmagando a mão da minha prometida.

Abro os olhos e solto um leve arquejo. Os dedos longos de Raya estão espremidos entre os meus, suados e trêmulos. Todos nos encaram.

— Ah.

Eu a solto, mas não há como esconder o choque em meu rosto: acabei de ver algo horrível. Ainda posso sentir o cheiro de sangue.

O que devo dizer? Raya trouxe as feras, mas isso não faz sentido. Ela parecia assustada. Havia — *vai haver* — uma festa de casamento, e depois um desastre. Mas por quê?

E se for por minha causa?

Mal escuto o resto do que Cyrus diz à multidão silenciosa atrás de nós:

— Podem nos dar licença? Quase me esqueci, mas temos uma reunião com meu pai hoje. Não deve demorar muito. Vamos, Violet. Antes que nos atrasemos.

Minha cadeira raspa no chão de ladrilhos quando me levanto em um movimento automático. É uma desculpa desajeitada para me tirar daqui, mas sigo o príncipe sem dizer mais nada.

15

CYRUS NÃO SEGUE NA DIREÇÃO DO ESCRITÓRIO do pai, e sim por um corredor menos movimentado na ala leste.
— O que você viu? — pergunta ele.
Ainda estou tremendo, mas estamos longe da multidão agora. Não preciso mais ir atrás dele. Giro nos calcanhares.
— Violet!
Os passos dele estrondam atrás de mim. Cyrus agarra meu braço. Viro de súbito, os lábios apertados. Seu aperto me é familiar de um jeito que não era um mês atrás. Me lembro desse toque em todo meu corpo. O jeito como ele me olha a essa distância é íntimo, independentemente do que estamos fazendo.
— Não sou obrigada a contar nada para você — sibilo.
Praguejando entredentes, o príncipe abre a porta do cômodo mais próximo e, sem cerimônia alguma, me empurra para dentro.
Sou recebida por uma lufada de ar quente e com cheiro de guardado enquanto tropeço pelo que parece ser um depósito de armaduras pouco utilizadas. Cotas de malha e estantes cheias de espadas com punhos esmaltados brilham sob uma camada fina de pó. Não há muito espaço aqui para nada que não seja feito de aço.

Cyrus fecha a porta atrás dele.

— Você viu alguma coisa.

Recuo até bater com as costas em uma armadura montada em um manequim, nervosa feito uma gata encurralada.

— Talvez.

— Dante me disse que você teve uma visão outro dia. Que dizia que lady Raya trouxe as feras até aqui.

— Parece familiar.

Ele solta um grunhido exasperado.

— A gente está do mesmo lado. Acho que Raya está escondendo alguma coisa, mas precisamos de provas, e sua cooperação pode fazer toda a diferença. — Cyrus age como se *eu* estivesse confusa, e entendo exatamente o que está se passando pela cabeça dele. — Se você tiver *qualquer* informação...

— Ah, desculpe, *estamos trabalhando juntos agora?* — Dou uma gargalhada amarga. Queria acreditar que não sou capaz de matar Cyrus, mas ele está me tentando. — Principezinho, você está confundindo a natureza do nosso relacionamento. Já que quer minha ajuda, talvez não devesse *me expulsar!*

Cyrus ousa parecer chocado. Fechando os olhos, apenas me passa um sermão:

— Como você mesma disse, temos perigos mais urgentes para nos preocupar. A gente pode discutir seu futuro depois, mas neste momento estou tentando fazer meu melhor para conter uma crise iminente...

— Parabéns pela coragem de soar tão trágico. — Empurro o peito dele com força. Cyrus segura meus pulsos, sempre tomando o cuidado de não tocar minhas mãos. Estamos perto demais de novo. As pregas da camisa dele roçam meu corpo. — De vir aqui implorar minha ajuda antes de me jogar fora. De passear por aí com Raya como se ela fosse seu verdadeiro amor, quando nós dois sabemos que a noite do baile foi *bem diferente.*

Quando uma expressão rápida perpassa seu rosto, reconheço o príncipe com o qual convivi enquanto crescíamos: inflexível, mas inseguro, sempre à sombra do destino.

— Aquela noite foi um erro.

— Foi, é? — Quase posso fingir que ele estava atordoado, meio bêbado e sob o efeito de pó de fada, quando praticamente arrombou a porta da minha torre e me tocou como se estivesse com vontade de fazer aquilo havia semanas. — Me diga alguma coisa em que eu possa acreditar sem hesitar, ao menos uma vez.

— Queria que você nunca tivesse entrado na minha vida.

— Teria sido uma vida bem curta — disparo.

— Talvez — responde ele, melancólico de um jeito que faz com que ambos nos calemos. — Mas você entrou. Na minha vida.

Ele ainda está segurando meus punhos, prendendo meus braços erguidos. Respiramos de forma acelerada neste pedacinho de privacidade que encontramos entre teias de aranha. Não há nada entre nós além de desejo e poeira.

— Você ainda quer me beijar — sussurro com uma satisfação amarga. — Não é por isso que está todo irritadinho?

Cyrus chega ainda mais perto. Sei que a colisão se aproxima, mas não saio do caminho, minha arrogância e meu próprio corpo me traindo.

Nos encontramos — um roçar de lábios, depois mais, enquanto cambaleamos um para o outro. Ele me sorve como se estivesse se afogando. Meus olhos se fecham com o impacto. Se eu fizer algum ruído, ele vai capturá-lo com a língua que desliza entre meus dentes.

Esqueço nossos títulos. Esqueço todos os avisos proféticos. O mundo é pequeno enquanto sinto o gosto dele, gosto de licor de frutas. Engancho os dedos na gola do príncipe. Quando nos beijamos pela primeira vez, fiquei chocada demais para agir além do instinto, mas desta vez sou eu quem o puxa para baixo, quem o puxa para perto. Aprendo rápido, sempre aprendi, e surpreender Cyrus vale qualquer gesto atrapalhado da minha parte.

Talvez eu nunca consiga impedir que ele queira me ver longe, mas poderia acabar com o príncipe assim.

Poderia queimar assim.

Tropeçamos nas sombras. Com as mãos no meu quadril e depois enterradas no meu cabelo, Cyrus me empurra no vão entre um suporte de escudos e uma divisória comida pelas traças. Entendo que ele me quer tanto quanto me odeia: sou a farpa em seu coração, entrando mais fundo cada vez que ele tenta me arrancar.

Agora entendo o significado de "inevitável".

Um pensamento distante me lembra: *Isso é perigoso*.

Algo chacoalhando. Dobradiças rangendo.

A porta.

— Shh.

Cyrus engancha o dedo entre minha gargantilha e meu pescoço e me puxa na direção dele. Me beija como se mais nada importasse, e eu o beijo como se acreditasse nisso.

As batidas do meu coração são os sons mais altos no cômodo. Isso é *burrice* e é perigoso, mas, se pararmos, vamos voltar a discutir. Se pararmos, vou ter apenas uma memória me assombrando. Atados pelo toque, somos dois amantes enlouquecidos que não pensam em mais nada. Mal me reconheço. Achei que tinha medo de perder o controle.

Tenho mais medo do quanto gosto disso.

A porta se fecha. Os tilintares silenciam. Estamos sozinhos de novo, e o tempo volta a correr.

Agarrando-o pela nuca, afasto Cyrus de mim, arfando.

— Violet. — Os olhos dele estão arregalados e escuros.

Lembro as palavras dele no labirinto: *A gente pode arruinar um ao outro, e não hesitaríamos em fazer isso.*

— Decida o que você quer. — Limpo a boca com as costas da mão.

— Decida logo, assim posso te arruinar de uma vez.

Pego os grampos de cabelo espalhados pelo chão e saio do depósito de armaduras a passos largos. Se Cyrus me chama, não o escuto acima do som do sangue pulsando nas têmporas.

⸻

O caminho de volta até a torre é longo.

Assim que chego ao meu quarto, me jogo de cara na cama e mordo o travesseiro, esperando que o gesto me cure. Meu coração ainda está batendo acelerado, e o calor do corpo de Cyrus faz minha pele arder.

Será que eu o teria feito parar se não estivesse preocupada com sermos descobertos? O sonho que tive com ele me provoca, aquele em que eu o convido a fazer coisas que só vivi na imaginação. Eu teria amado arrancar os botões da camisa dele — o estalo deles se quebrando, o gemido dele nos meus lábios.

Um tremor perpassa meu corpo até a sola dos pés. Enfio as unhas nas palmas. Na minha mente, listo todas as coisas que odeio no príncipe, começando com as orelhas ligeiramente grandes e como ele anda com a espada presa ao cinto para onde quer que vá, como se estivesse compensando algo. Como não consegue suportar olhar para mim por mais que alguns segundos sem apertar os lábios. Como ele fala como se me conhecesse.

Rolo para ficar de barriga para cima, encarando as joias incrustadas no teto.

Ainda prefiro pensar em Cyrus em vez de naquelas cenas violentas nos fios de Raya. Não entendo: se ela quisesse algum de nós morto, já teve todas as oportunidades para conseguir. Em seus fios do passado, e até agora no presente, Raya parece assustada, não maliciosa. Como se fosse uma marionete. Mas se esse é o caso, quem está no controle?

Alguém bate na porta do térreo.

Por mim, não veria mais ninguém pelo resto do dia — da semana, do mês, do ano. Saio da toca e tudo o que ganho são visões traumáticas. Mas podia ser uma visita pior do que Camilla com um cesto de sobras de bolo.

Ela trocou a roupa da festa; agora, uma túnica vermelho-vivo cobre a blusa com estampa de trevos que escolheu na alfaiataria. Sua gata, Catástrofe, está acomodada junto ao pescoço da princesa como se fosse uma estola felina. Com ou sem encantos, Camilla sempre arruma um jeito de se destacar.

— Bom — diz ela, entrando antes de ser convidada. — Aquilo foi bizarro.

Eu nem sei a que exatamente ela está se referindo, mas concordo.

— Sinto muito. Como foi o resto da festa? Raya se mudou para o palácio?

— Para o pior quarto da ala real! Habitado pela última vez por uma tia-avó obcecada por colecionar ursos empalhados. O mobiliário está *décadas* fora de moda.

— Não é uma punição tão ruim quanto você pensa.

— Me deixe aproveitar essa vitória. — Ela rodopia e se larga no sofá, acomodando a cesta sobre a lareira. — O que você viu nos fios de Raya? Todos estão se perguntando.

Camilla é uma querida, mas contar algo para ela é a mesma coisa que gritar do telhado para toda a Capital Solar e depois escrever cartas nominais para todos que possam não ter ouvido.

— Eu vi... o casamento dela.

Recolho alguns pratos da banqueta de veludo, e Camilla estica as pernas sobre a peça.

— Vai ser sinistro assim, é?

Uma festa de casamento suntuosa, com tudo o que se tem direito, inclusive uma montanha de corpos.

— Vai ser o casamento do seu irmão também, antes que você se empolgue demais.

— Os dois vão chegar ao fim da cerimônia?

— Talvez. O futuro não é fixo.

— Mas é muito provável.

Faço uma careta.

— Especialmente porque não sei como impedir.

A boca de Camilla abre em um "*Ah*". Catástrofe, a única criatura mais mimada do que a princesa, sobe no colo da dona e se enrola ali, como se estivesse encerrando um dia inteiro de trabalho. Camilla coça atrás da orelhinha da gata, cantarolando uma música animada.

— Quer dizer que você *quer* impedir o casamento?

— Você não? — Me largo na poltrona ao lado dela.

— Não estamos falando de mim no momento.

Camilla balança o colar com o frasquinho de sangue como se fosse um pêndulo. Não consigo decifrar a expressão dela, recatada em um segundo, alerta no seguinte, caprichosa como o brilho e as sombras com que pintou as pálpebras.

— Estou curiosa para saber se você tem *outra* razão para impedir o casamento. Mais cedo, foi estranho quando você foi embora com Cyrus...

— Ele também queria saber dos fios de Raya. — Dou uma risadinha irônica. — Não quer nada comigo, até que eu seja conveniente.

E ainda acha que é muito diferente do pai...

— Hum, ele é *mesmo* um moleque. E quantas peças de roupa são arrancadas quando você e Cyrus conversam, agora? Ou quantas ficam no corpo, se for mais fácil contar.

Meu rosto fica tão quente que poderia acender um forno.

— Todas as roupas *ficam no corpo.*

Apoiando-se em um cotovelo, a princesa repousa o queixo na curva da mão, presunçosa como se pudesse ler cada pensamento indecente que estava em minha mente antes de ela bater na porta. Pelas divindades, talvez Cyrus esteja certo. Talvez eu deva *mesmo* ir embora de Auveny para sempre.

— Há quanto tempo vocês estão nisso? — pergunta ela, animadinha.

— Não tem nenhum "*isso*" — respondo entredentes.

— Ah. Nada de compromisso. Entendi.

— Nós só estamos... *Não é...*

— *Ah.* É *recente* para vocês dois. O primeiro... não, segundo encontro. E você já está gaguejando assim? — Camilla contorce o biquinho para um lado, contemplativa, e depois para o outro, com nojo. — Então ele é *esse* tipo de amante... Eu não precisava saber desse detalhe, na verdade. Me arrependo de ter perguntado.

Meu rosto já está dormente. Desisto.

— Ele não é tão bom assim... *nada* bom... Ele...

— É de família. — Ela dá uma piscadela.

— ... *é um problema sério.*

Camilla enfim suspira.

— *Infelizmente.* Você provavelmente está certa, considerando, bem... *tudo* o que está acontecendo. Quem mais sabe?

— *Ninguém.* E espero que continue assim.

— Nem Dante? Aposto que ele sabe. Só está sendo educado.

— Argh.

Afundo no assento. Catástrofe solta um lamento e se enrosca em um círculo ainda menor quando me recosto sem querer no rabo dela. Coço o pescoço da gatinha em um pedido de desculpas.

— Estou falando sério. Eu e Cyrus não temos nada. Foi só uma vez... só duas vezes.

— E aposto que você achava que ia ser uma única vez, antes da segunda. — Ela solta um muxoxo. — Você precisa de uma poção anticoncepcional?

— Não! — Volto a ficar toda vermelha.

Mas no segundo em que eu deixar os pensamentos escaparem do momento presente, meu corpo vai me convencer de que quero coisas que não deveria. Explorar os limiares da intimidade me deixou curiosa e até mesmo ávida, como se eu tivesse deixado um prato de comida pela metade. Nunca fui tímida perto de Cyrus, e talvez esse seja o problema.

— Tem certeza? — Camilla pega a cesta com os bolos e enfia a mão no meio deles, tirando um pequeno saquinho com um cheiro forte de ervas.

— Você já trouxe...

— Ah, eu adivinhei. Vocês dois andam agindo de forma estranha, e vi você voltando para cá com o cabelo *todo bagunçado*. O que me lembra: tome cuidado com os fofoqueiros de plantão. Você sabe como o burburinho se espalha. Uma faísca que seja já pode ser perigosa.

— Eu nem *gosto* de Cyrus — murmuro, em um último protesto.

— Se isso não impediu que vocês se jogassem nos braços um do outro antes, por que impediria agora? — Ela bate os cílios, fazendo sentido demais. — Não dá para controlar nossas vontades. As pessoas se apaixonam por nós, os Lidine, e... e é fácil *demais*. Enxergamos corações assim como você enxerga o futuro. Sei que já é bem crescidinha, mas não significa que não vai fazer besteira nem que não pode se machucar. As coisas podem ir longe demais. Pelas Sinas... Conhecendo vocês dois, com certeza vão.

Enterro o rosto no encosto da poltrona.

— Voltando a Raya...

— Agora que ela está no palácio, posso ficar de olho nela. Mas *primeiro*, ainda não quero uma sobrinha ou um sobrinho, Violet, por mais que o bichinho fosse ser fofo. — Camilla me estende o saquinho. — Eina, sempre uma ama dedicada, me deu essas ervas, mas não preciso delas. Faça uma infusão com duas folhas e beba todo dia de manhã. Reserve para depois, se não for usar agora.

Não faço menção de pegar o saquinho, então ela estende a mão e o enfia no meu bolso. Reviro os olhos, mas ela dá um tapinha na minha bochecha.

— Considere um presente de consolação por gostar de homem.

⸎

Depois que Camilla vai embora, tranco a porta. Passo pelos armários intrincados na parte da frente do cômodo e pela cortina atrás da mesa de adivinhação até chegar a uma estante simples que fica ao lado de caixotes cheios de instrumentos sortidos. Empurro para o lado montes de tecidos que estão na prateleira de cima e estendo o braço para o fundo até minhas mãos tocarem uma caixa entalhada em puro ônix, brilhante como a asa de um corvo. Destranco a peça com a chave que trouxe do quarto.

Quando ergo a tampa, encontro o espinho exatamente como o deixei.

Qualquer espinho normal já teria murchado a essa altura. Ele é rígido como aço, e continua verde feito as novas vinhas ao redor da torre. Seguro-o como se fosse uma faca e o brando no ar, e os movimentos fluem mais fácil do que com qualquer lâmina que eu já tenha segurado. É certeiro como um feitiço, e parece feito para mim.

Sinto uma firmeza que me deixaria confiante se eu estivesse segurando qualquer outra arma; com esta, porém, fico apenas nervosa.

Porque, se foi feita para mim, significa que devo usá-la.

Não consigo me imaginar perfurando o coração de Cyrus com isso. Quando pressiono a ponta contra a madeira do armário, ela deixa uma marca profunda. Não ouso testar o espinho na pele; a ponta ainda brilha com um vermelho sobrenatural.

Quando acertar o coração do príncipe, a arma vai destruir o corpo dele.

Embora fique furiosa ao pensar nele, embora eu seja tão vil quanto muitos outros na corte auvenense, não sou uma assassina.

Mas... peguei o espinho. Estou segurando ele nas mãos agora.

Então talvez eu esteja errada.

Eu poderia ser instigada a fazer isso, não poderia? Poderia fazer qualquer coisa, se tivesse certeza de que ia me safar.

Será que é só o medo da punição que está me impedindo?

Será que matar, assim como mentir, fica mais fácil com a prática?

Lembro que foi o rei Emilius que me ensinou como anunciar profecias diante de uma audiência. *Você não é apenas a receptora de uma profecia*, disse ele. *É tradutora dela. A forma como descreve o que vê é tão importante quanto seu dom em si.*

Nos primeiros anos como Vidente, minha única audiência era o rei. Eu contava a ele os sonhos interessantes que tivera e ele agia de acordo, preparando socorro se fosse uma calamidade ou procurando alguém se eu visse um destino importante.

A primeira alteração que fiz em meus presságios foi bem pequena: depois de sonhar com dragões perambulando pelo interior, o rei Emilius me fez anunciar para a corte que as criaturas causariam o caos especificamente no Décimo Terceiro Domínio. Assim, ele poderia mandar mais destacamentos da Guarda Dracônica para aquela região da fronteira.

Depois, esperei ser acertada por um raio, por acusações, esperei *qualquer* consequência — mas nunca veio. Mudei a verdade e as estrelas não caíram. Mais tarde, fui perceber que o rei queria mandar a Guarda Dracônica até lá para intimidar o lado balicano da fronteira. Na ocasião, muito tempo já tinha se passado, e minha culpa já estava inerte.

Meus sonhos não mostram Auveny sempre sob a melhor luz possível. Também já vislumbrei fios de coisas menos palatáveis — atos de corrupção e falsidade perpetrados nos corredores do palácio, o silenciamento de dissidentes. Sobre tais fios, o rei Emilius me pediu que mantivesse silêncio. Era outra forma com que podia traduzir minhas profecias: não dizendo nada a respeito delas. *Não* interferindo.

Mesmo que aqueles pequenos desvios parecessem errados, o que eu ia ganhar com a desobediência? A boa vontade do rei é mais importante que a de qualquer outra pessoa, e minha palavra não vale mais que a dele.

Mas essa forma de pensar tem seu custo também: vou estar sempre em dívida com reis.

Depois que Cyrus for coroado, provavelmente vou servi--lo pelo resto da vida. Se eu ficar. Se ele sobreviver. Não podemos mudar nossa história, e — por mais que eu resista ao pensamento — tenho dúvidas se podemos ou não mudar nosso futuro. Cada visão é pior que a última, e não vejo outro fim para nossa dança volátil.

A voz toma meus ouvidos, tão fresca na memória que eu juraria que a boca que as disse está neste cômodo: *Este lugar não merece você. Seu príncipe tampouco.*

Viro o espinho nas mãos. Será que fui ficando acomodada demais, aceitando esmolas de poder? Nada dura neste mundo, muito menos nossas vidas. De que vale a vida de Cyrus quando comparo os fios dele à trama infinita do tempo? Quando acabar o luto, todos vamos seguir em frente, especialmente eu.

Sei que é perigoso deixar que meus pensamentos sigam por esse caminho. Sei que todos dizem que é errado pensar tais coisas — mas é verdade. Quanto sangue os reis derramam com suas guerras? Conquistadores escrevem a história e destroem outras histórias com um único golpe triunfante. Quão pequena é minha maldade, em comparação, caso acabe com a vida de um príncipe em troca da minha?

Não há regras sob as quais jogar, as estrelas não têm simpatia alguma. Talvez qualquer bondade plantada no meu coração seja parte do problema.

Nunca vão amar você como deseja que amem.

Talvez cruel seja a melhor coisa que eu possa ser.

Devolvo o espinho à caixa e a tranco no armário, mas meus pensamentos escaparam.

Quando me deito na cama, sonho com espinheiros crescendo ao redor da minha torre, primeiro vermelhos como sangue, depois pretos e apodrecidos.

16

MENSAGEIROS CHEGAM VINDOS DAS FRONTEIRAS. As notícias são sombrias: feras entraram em marcha.

O rei Emilius me chama para a enfumaçada Câmara do Conselho para discutir os relatórios com os lordes; sou uma das poucas a saber de tudo antes do resto da corte. O palácio está amenizando tanto quanto pode as feras avistadas isoladamente, pelo menos até o casamento. Mas os acontecimentos recentes estão em um nível diferente.

Praticamente de um dia para o outro, dezenas de monstros com chifres adornados por rosas emergiram da Floresta Feérica no Décimo Primeiro, Décimo Terceiro e Décimo Quarto Domínios ao mesmo tempo, atacando os vilarejos mais próximos. Parte do dano foi mitigada pelas unidades extras da Guarda Dracônica que estavam por perto, ali alocadas depois que contei minhas visões ao rei, mas os relatórios mencionam mortes. As feras parecem estar seguindo para o norte, na direção da Capital Solar.

— Estamos enviando mais soldados, é claro, mas precisamos entender a origem desses seres — diz o rei Emilius na cabeceira da mesa. Está com olheiras escuras por causa da falta de sono. — Um transporte vai chegar em breve com uma das criaturas que foi capturada viva. Vamos redobrar nossos esforços para erradicar a Floresta Feérica nesse meio-tempo.

Estou viva. Uma fraqueza repentina faz meus joelhos dobrarem quando me lembro da fera na Capital Solar. Aprumo a postura antes que alguém note.

— E a lady Raya Solquezil? — pergunta lorde Ignacio do Décimo Terceiro Domínio, balançando o charuto. — Ela vai ser nossa salvação ou vamos continuar pulando de chá da tarde em chá da tarde até nossa hospitalidade enfim acabar?

Fora do alcance do público, as palavras sobre a Líder de Lunesse ficaram mais severas. Encorajada pelo implacável desgosto de Camilla por ela, a corte começou a implicar com tudo relacionado à pretendente de Cyrus — suas fadas, sua etiqueta, seus vestidos. *Nossa futura Rainha das Asneiras*, foi o que lady Ziza Lace escreveu em seu boletim. O escandaloso colar com pingente de sangue de Camilla também fez sua aparição no periódico.

— Vidente. — Todas as atenções se voltam para mim quando o rei me chama. — Você investigou os fios de Raya. Sugere algum plano de ação?

Não é preciso ter a Visão para enxergar a trajetória decadente da reputação de Raya. Ainda não sei ao certo se é mesmo ela por trás de tudo isso, mas está escondendo *alguma coisa*, e precisamos descobrir o que é. Desde que li seus fios, ela passa o dia entocada em seus aposentos ou grudada em Cyrus, e não tive a oportunidade de fazer uma segunda leitura.

— Teste Raya — digo, pronta para encarar o futuro, nem que seja apenas para parar de temê-lo. — Acho que é hora de ela provar seu valor.

— Hum, concordo — responde o rei. — Agora, mais do que nunca, precisamos garantir que ela é nossa salvação, e não nossa danação. A origem dessas feras é suspeita... Temos que eliminar ainda a possibilidade de que Balica esteja transformando a magia da Floresta Feérica em uma arma e criando essas feras.

Murmúrios surgem como se os lordes já tivessem discutido isso antes. Franzo a testa. Em teoria, Raya e a localização das feras pode ser suspeita, mas que motivação Balica tem para uma ação tão drástica? Nunca foi uma nação bélica, a não ser pelo conflito de quando a mãe de Dante era a Líder de Hypsi, e foi uma disputa pontual de fronteira.

— Odeio pensar tão mal de nossos vizinhos — diz o rei Emilius, e juro vislumbrar a leve curva de um sorriso.

Quando a reunião é encerrada, o rei pede que eu fique na sala. O último conselheiro sai e fecha a porta atrás de si. Me levanto do meu lugar na outra ponta da mesa de mogno e vou até o rei, as mãos unidas atrás das costas.

Ele espera o som dos meus passos morrerem antes de dizer:

— O que mais você viu nos fios de Raya?

Ele poderia usar a traição de Raya para mandar exércitos para o sul antes do fim da semana, disse Dante.

É fácil confundir medo com respeito.

Mas posso me esforçar ao menos para não ser o golpe de machado que vai iniciar essa guerra.

— Vi o casamento dela com Cyrus.

— E o passado da jovem?

— Não vi nada útil aos interesses de Auveny. Não tive muito tempo com ela.

— É mesmo? — O rei parece mais perplexo do que frustrado.

Eu já o vi realmente irritado. Algumas vezes esperei para entrar no escritório enquanto o rei e Cyrus discutiam e, pelo batente, vi o homem vermelho e chiando como uma chaleira. O tipo feio de raiva que só pode existir atrás de portas fechadas.

Não, essa é uma expressão de desagrado diferente, só para mim.

— Isso é surpreendente, Violet — continua ele. — Estou acostumado a receber mais revelações de você, especialmente a respeito de alguém tão importante. Ouvi dizer que sua leitura causou certa comoção... Foi na última festa, não foi?

Não me retraio diante do escrutínio dele, penetrante como alfinetes.

— Porque Cyrus me interrompeu. Ele fez a situação parecer muito mais dramática.

— Entendi. — A expressão dele não muda.

— Mas... posso me encontrar com ela de novo — sugiro. Atrás dos lábios, meus dentes estão cerrados.

— Ótimo. — O rei Emilius agita uma mão trêmula, como se minhas desculpas fossem frágeis e transparentes como vidro. — Mas não perca tempo. Nem o dela, nem o meu.

⚜

Uma enorme carroça coberta escoltada por mais de uma dezena de soldados lentamente traz a besta capturada para dentro da capital. Mesmo escondida, mesmo com o focinho amordaçado, os rosnados guturais provocam medo. Os arranhões, as sacudidas do veículo, o ruído úmido da mandíbula batendo... ela parece feita de fome.

A uma distância segura e dentro de uma carruagem, achei que seria capaz de suportar. Mas levo as mãos ao pescoço quando me lembro da mandíbula da criatura quase se fechando ao redor da minha cabeça. O odor de sangue fresco.

Se eu fosse mais corajosa, ia tentar dar um jeito de ler os fios dela, mas qualquer tentativa revelaria como estou abalada desde a noite do baile. É bobo — a fera que me atacou está morta; estou segura agora. Mais segura do que nunca, com os guardas adicionais pela cidade. Ouvi dizer que o choque faz o medo perdurar, mas isso nunca aconteceu comigo antes, e odeio a sensação assim como odeio todas as coisas que não consigo controlar.

Volto para minha torre antes que a fera chegue ao palácio, assim não preciso pensar em onde vão abrigá-la e em todas as formas como ela pode escapar. Os pesadelos que tenho já são suficientes.

Durmo mal à noite, sonhando de novo com ondas de verde se transformando em preto, flores-de-fada douradas murchando até parecer carvão. Posso sentir, embora não possa ouvir: o lamento silencioso e moribundo da Floresta Feérica enquanto é corrompida e queimada.

Na manhã seguinte, um pássaro-mensageiro traz um panfleto até minha janela. Ele diz:

UM EVENTO ÚNICO PARA TODOS AQUELES
QUE DESEJEM TESTEMUNHAR

Lady Raya Solquezíl de Lunesse

realizando o feito de quebrar uma profecia, hoje ao meio-dia.
O primeiro de vários milagres.

Raya mal se pronunciou desde que chegou à capital, e agora de repente é ousada o bastante para se apresentar em público? Isso já me soa como um tipo de compensação exagerada, mas talvez ela seja o tipo de pessoa que não quer deixar espaço para dúvida. Em especial se suas falhas significarem que Balica vai virar o bode expiatório de Auveny.

Eu me visto, sem dar muita atenção ao traje, já que tenho que usar meu manto e minhas luvas. Quando desço até o pátio externo, a audiência já se reuniu em um generoso espaço restrito por cordões.

Vou para junto da família real nos degraus do palácio, atrás de uma fileira da Guarda Imperial, e assumo um lugar ao lado de Camilla. A princesa está ansiosa, tamborilando os dedos uns nos outros, virando a cabeça para enxergar além dos elmos emplumados dos guardas e ter uma visão melhor do pátio.

— Ah, pelas divindades — murmura ela. — *Aquela coisa* atacou você? Como você ainda está inteira?

Só então percebo a jaula trancada sendo trazida dos estábulos, escoltada por quatro guardas usando as manoplas de aço mais grossas que já vi. Uma fera de olhos verdes anda de um lado para outro lá dentro, os chifres raspando nas barras de metal. Não é tão grande quanto as duas que atacaram minha torre. Parece morta de fome, e só um palmo mais alta que a pessoa mais alta no pátio, mas ainda é monstruosa: tem cabeça de lobo, postura humana e um corpo robusto coberto por pelagem e casca de árvore.

— Mas o que é isso? — murmuro, o coração disparando.

— Raya precisa do bicho para a demonstração que vai fazer. Diz ela que pode curar a fera.

Uma alegação de peso. A jaula deve ser capaz de conter a criatura: é do tipo usada para prender dragões, que têm tamanho similar e dentes e garras tão afiados quanto os das feras. A diferença dos dragões é que tudo o que querem são objetos brilhantes — não olham para nós como se fôssemos *comida*.

A fera se joga contra a porta da jaula e a audiência arqueja e solta gritinhos. Me encolho num reflexo, mesmo estando a mais de vinte passos de distância.

Sinto a mais leve pressão em meus dedos enluvados, que logo some. Um conforto passageiro.

Conheço esse toque. Só percebo agora que, em determinado momento, Camilla se esgueirou da minha esquerda para minha direita, fazendo com que eu e seu irmão ficássemos lado a lado.

Enlaço as mãos às costas e não olho para ele.

Uma espectadora na fileira da frente espia por entre os cordões de contenção.

— O que a fera come? — pergunta.

— Esta não se interessou pela carne de caça que oferecemos. Também não come plantas — diz o responsável pela criatura, algum capitão da Guarda Dracônica do Décimo Terceiro Domínio. — Tentamos até preparar alimentos...

— Ouvi dizer que elas caçam pessoas.

Um murmúrio nervoso se espalha pela multidão. O capitão se cala.

— Sim — diz ele. — Sim, nós, é... Nós de fato vimos cenas perturbadoras no interior que demonstram que... isso pode ser verdade.

Mais perguntas surgem.

Todos os sons morrem quando o rei Emilius bate com a bengala nos degraus de mármore, embora o pavor continue.

— Lady Raya está preparada. Não vamos perder mais tempo.

A mulher no centro das atenções passa pelos guardas, sozinha diante de uma audiência tão faminta quanto a fera. O vestido amarelo bufante não contribui com sua beleza. Me pergunto se ela não deveria estar vestindo algo mais prático, ou ao menos arregaçar as mangas. Como Camilla diz: "Para o amor ou para a morte, *se vista bem.*"

Sob o tecido translúcido do véu, Raya ergue o queixo com uma certeza que nunca a vi demonstrar, o que ao mesmo tempo me deixa nervosa e faz com que goste um pouco mais dela.

Olho para o lado de canto de olho. A boca de Cyrus está comprimida, os nós dos dedos brancos de tanto apertar o punho da espada.

Conforme Raya caminha na direção da jaula, ergue um braço trêmulo e o aproxima perigosamente da mandíbula úmida da fera. Tenho certeza, assim como todas as outras pessoas que assistem à cena segurando o fôlego, que em questão de segundos vamos testemunhar a Líder de Lunesse perdendo um quarto de seus membros, e desvio o olhar.

Mas a fera congela quando um brilho envolve o braço de Raya. Do ombro aos dedos, cada vez mais brilhante, até se transformar em um lampejo cegante.

Eu recuo... Não consigo ver nada.

Gritos.

A ferra ruge, depois solta um grunhido distorcido e gutural.

A comoção se espalha.

— *Pelas estrelas!*

— *É ela!*

— *A fera se transformou...*

Quando os pontinhos dançantes desaparecem do meu campo de visão, não sei o que é mais horrível: a criatura de antes ou a coisa digna de dó que vejo agora — um homem nu, meio transformado, deitado no chão da jaula.

Embora a pele esteja coberta de pelagem em algumas áreas, é mais humano do que fera. Mal consigo escutar a voz dele acima do clamor:

— Obrigado. A bruxa... — E ele desaba, gemendo palavras incoerentes.

Como uma maré subindo, as pessoas avançam, e os guardas lutam para impedir que a multidão passe pelos cordões.

Nós — inclusive o estoico rei — encaramos a cena com o queixo caído, ainda nos degraus do palácio.

— Ela *conseguiu* — diz Camilla, esmagando o leque que tem na mão. Não sei dizer se está mais brava ou impressionada. Cobrindo a boca, ela parece tomada por um novo horror. — Ai, não. Ai, *não*. Quer dizer que *todas* as feras são...

— São — sussurro. — Quando fui atacada, tive a impressão de ver os fios da criatura... As memórias pareciam humanas... Eu...

Mas o que é isso? Como é possível? E como Raya o curou?

Raya parece tão chocada quanto todo mundo.

Cercada pelo tumulto, no centro das atenções, ela cambaleia, revirando os olhos. É suficiente para fazer Cyrus descer os degraus correndo. Ele a pega nos braços assim que Raya desfalece.

— Abram caminho!

Carregando o corpo inerte da jovem, Cyrus dispara em direção ao palácio. A carroça é retirada da área de demonstração, com o homem ainda se retorcendo no chão da jaula.

Quando o choque e a empolgação se espalham, o rei Emilius não pede ordem. Só soma o próprio maravilhamento aos gritos:

— Acabamos de testemunhar a história acontecendo, meus amigos! Oremos pela rápida recuperação dela, para que possa aniquilar a magia das trevas que assola esta terra. Somos abençoados por ter Raya como nossa nova rainha.

A audiência celebra.

Raya tem um número impossível de fadas, trouxe as feras para cá e fez *algo* para transformar a criatura de volta em homem.

Só pode ser outro truque.

Ela tem um ar profético, mas não de uma forma boa. Se aprendi alguma coisa nos últimos meses, é que o desejo das divindades e de suas profecias não é sempre o *nosso* desejo. Elas querem a morte de Cyrus e, se meu vislumbre do futuro de Raya estiver correto, querem um casamento encharcado em sangue.

Depois da demonstração, perambulo pelo palácio perguntando do paradeiro do homem transformado. Me mandam para vários lugares errados, e não vejo a jaula em lugar algum.

Enfim, em uma das casas da guarda, encontro o capitão que retirou a carroça do pátio. Ele está contando uma história espalhafatosa para dois oficiais mais novos, se gabando de como a Guarda Dracônica é importante.

Quando pergunto sobre a jaula, ele faz um gesto animadinho com o dedo e diz:

— Nossos melhores profissionais estão inspecionando o sujeito. Não precisa se preocupar com isso, Mestra Visionária.

— Vocês trabalham muito duro — digo, sem acreditar em uma só palavra.

Me ofereço para fazer uma rápida leitura, já que estou aqui, e ele me oferece alegremente as palmas suadas. Fuço em seu passado recente e os fios serpenteiam na minha Visão.

Sombras entrando e saindo de calabouços.
Uma criatura peluda grunhindo. Uma jaula chacoalhando.
"P-por que..."
Um dos conselheiros do rei franzindo a testa.
"Escondam ele, rápido."

O homem estava se transformando de novo em uma fera. O que significa... que qualquer que tenha sido a magia de Raya, seu efeito já passou. Esses homens devem ter recebido ordens de não prejudicar o casamento.

— As Sinas sorriem para o senhor — digo ao capitão. Já que vou mentir, melhor deixá-lo feliz. — Deve receber uma promoção em breve, se jogar as cartas certas.

— Rá! — Ele brande o punho para os oficiais, que abrem expressões de celebração dignas de um funeral.

Deixo os homens para trás e subo a escadaria que leva à ala real, amaldiçoando a mim mesma. Deixei as coisas irem longe demais; devia ter confrontado Raya antes. Saber o futuro não significa saber como agir. Só significa que me arrependo duas vezes quando deixo alguma coisa passar.

Mais cedo, Camilla me disse que Cyrus levou Raya para o quarto dela, e que a Líder de Lunesse passou o dia enfurnada lá. O curandeiro pessoal do rei fez uma rápida visita à jovem, e Raya pediu que pudesse se recuperar antes de encontrar qualquer pessoa.

Felizmente para mim, cortesia nunca foi meu ponto forte.

O quarto de Raya fica no final do corredor. Retratos margeiam o caminho. À minha esquerda, há uma pintura de Camilla e Cyrus quando não passavam de criancinhas sardentas, e depois uma do rei Emilius em seu auge. À minha direita fica o maior quadro do corredor — a falecida rainha Merchella sentada em uma pose régia ao lado de seu cão de caça. Camilla e Cyrus puxaram mais a ela do que ao pai. Têm as mesmas maçãs do rosto, o mesmo cabelo castanho-avermelhado e até o mesmo olhar elusivo, capturado ali em uma pintura vibrante.

As pessoas a amavam. Auveny ainda estava saindo de seu período de luto quando me tornei Vidente; toda semana alguém construía um altar para algum vegetal nascido com o formato da cabeça de Sua Falecida Majestade. Muitos dos meus clientes perguntavam pelo espírito dela, como se minha Visão fosse capaz de enxergar esse tipo de coisa. Não é. Aprendi rápido como as pessoas ficam burras quando estão com a mente anuviada pela esperança.

Os retratos ficam mais esparsos conforme avanço pelo corredor. Dois dos guardas pessoais de Cyrus estão posicionados do lado de fora dos aposentos de Raya. Sorrio. Já estão bem acostumados com minha mania de me intrometer, o que é bom; sabem que é mais fácil me deixar passar, o que de fato fazem.

Na antecâmara, bato na porta do quarto. Espero, depois bato de novo.

Não ouço movimento algum.

Empurro a porta. O quarto parece uma caverna, decorado com porcelanas azuis e brancas, e bem menos feio do que Camilla fez parecer. Normalmente, eu esperaria baús vazios espalhados pelo cômodo e os armários cheios de roupas de viagem, mas Raya parece não ter trazido nada consigo.

Ela também não está no aposento.

Sinto uma brisa gelada no rosto. A porta da sacada de metal está entreaberta. Olho pelo vão.

Este lado do palácio dá para um jardim fechado. Ninguém passa por aqui, exceto os jardineiros no início da manhã. Ciprestes altos providenciam uma privacidade considerável a qualquer coisa acontecendo no andar de cima.

Como, por exemplo, a futura rainha pulando nas moitas lá embaixo.

Olho pela balaustrada da sacada. A vegetação está amassada em algumas áreas, e, enfiado atrás dela, há um bolo de lençóis que deve ter sido usado como corda.

Merda.

Raya fugiu.

O problema de mentir de vez em quando é o seguinte: tenho que continuar fingindo que nunca soube de nada. Poderia inventar uma desculpa para justificar não ter avisado ninguém a respeito de Raya, mas não gosto de empilhar mentiras; a pilha acaba caindo. Exceto por Dante, o que as pessoas sabem é que eu tinha no máximo uma leve suspeita dessa noiva apressadinha.

Duvido que ela tenha ido muito longe. Lembro uma cena que vi nos fios dela: Raya fora da capital, com as fadas entre as mãos — fadas que também não estão aqui agora. Nas imagens, ela estava em uma colina rochosa perto de uma floresta que parecia com os campos de caça a nordeste.

Está claro o bastante para andar até lá, embora vá estar totalmente escuro quando eu voltar. Mas isso significa que *eu* vou ter que andar até lá.

Resmungo, grata por estar de botas. Na próxima vez em que a vir, vou fazer Raya responder a *cada pergunta que tenho*.

Deixando o terreno do palácio pelos portões a leste, pego o caminho íngreme que desce pela encosta voltada para o rio Julep. Tudo na cidade parece pequeno e bem cuidado a distância: as placas nos telhados, as manchas organizadas dos parques, as construções de tamanhos esquisitos onde a cidade cresceu sem planejamento, os botes adentrando o vale pelo rio, as vias repletas de carruagens.

Na base dos penhascos, cruzo o rio por uma ponte de madeira. O solo se torna irregular e rochoso sob a sola das minhas botas. Um desvio por um pasto e alguns tropeços depois, chego ao topo da exata colina que vi nas memórias de Raya.

Um trabalhador mencionou ter visto uma dama bem- -vestida seguindo pelo mesmo caminho que eu, então meu palpite parece válido. Mas subestimei o tempo que leva para chegar até lá — o sol já está se pondo. Subir a colina seria o caminho mais rápido até os campos de caça atrás. O posto de Vidente garantiu que eu não tenha mais que me virar para chegar aos lugares, mas parte de mim coça de vontade de levantar as saias e escalar.

Porém, acumulei uma quantidade impressionante de ferimentos ultimamente, então começo seguindo por uma área menos inclinada, acompanhada pelo som de grilos e ruidinhos de texugos.

Passo por um pedestal solitário e rachado com a superfície marcada por uma mancha escura — um antigo altar para as Sinas. Há cacos de cerâmica e pedaços de tecido espalhados pelo mato. Ouço uma conversa a distância.

A grama farfalha atrás de mim. Franzo a testa. Ou será que a conversa está às minhas costas...?

— Violet?

Pulo de susto. Algo toca meu ombro e dou uma cotovelada para trás, acertando um corpo.

— Ai. Você... mirou — choraminga uma voz familiar — ou sou só... azarado?

— Dante? — Eu me viro. Ele está apoiado nos joelhos, os olhos arregalados de dor. — Raios, sinto muito. O que você está fazendo aqui?

— Seguindo Raya. O que... — ele arfa — *você* está fazendo aqui?

— Seguindo Raya *também*. Ela desapareceu e mais cedo vi um fio onde ela... Tem certeza de que você está bem?

— Sim, sim — diz ele, com uma careta. As calças estampadas e as botas com um leve salto estão sujas de lama; ele também não parece preparado para uma caminhada pela mata. — Andei bancando o mensageiro do embaixador Pincorn. — Com mais uma arfada, ele consegue endireitar as costas. — Além disso, *aparentemente* há notícias de que o casarão de Raya em Lunesse pegou fogo, e esse não é nem o acontecimento mais chocante. Pelas divindades, que bagunça...

— Tem uma mulher — digo, de súbito. — Sonhei com uma mulher em um casarão pegando fogo.

— E o que ela estava fazendo?

— Rindo... o que me parece um mau sinal.

— Também não sou muito fã de risadas malignas. — Ele faz uma careta. — Pode ser ela. Quem sabe quem Raya é, a essa altura? — Respirando fundo e de modo revigorante, Dante gesticula na direção dos campos de caça. — Mas, em vez de especular, a gente devia ir *procurar* Raya. De longe, nós confundimos vocês duas e a perdemos de vista.

— Nós?

Ouço o ruído de passos se aproximando.

A silhueta de Cyrus anda na nossa direção, as mãos cruzadas atrás da cabeça, o cabelo bagunçado pelo vento quase dourado sob o brilho do pôr do sol. Ele dirige um suspiro a mim. Eu dirijo uma careta de desprezo a ele.

Dante aperta a ponte do nariz.

— Tem alguma coisa que vocês dois queiram discutir em particular primeiro?

— Não — disparamos ao mesmo tempo.

Ele estreita os olhos.

— Vou seguir na frente. Nesse meio-tempo, se resolvam ou *se peguem* ou eu juro que...

— Você *sabe* sobre... — *Nós?* Fecho a boca assim que percebo meu erro.

— Agora sei.

Dante curva os lábios em um sorrisinho. Mesmo na luz cada vez mais fraca, consigo ver o príncipe assumir um tom intenso de vermelho enquanto o amigo leva as mãos ao peito, fingindo estar horrorizado.

— Cyrus, seu cafajeste, achei que você fosse um homem honrado.

— Não quero falar sobre isso agora — rebate Cyrus, empurrando Dante para a frente.

— E nunca vai querer, não é? Quando falei que você devia contar para ela, quis dizer *antes de ficar noivo*. — Há um tom cortante na acusação.

— Me contar? — Olho de um para o outro, a curiosidade superando o constrangimento. — Me contar o quê?

Agora é Dante quem parece corado, e é Cyrus quem aperta a ponte do nariz. O som dos texugos ocupa o silêncio.

— Enfim — diz Dante, enquanto continuo balbuciando.

— A gente precisa encontrar Raya antes que ela consiga fugir.

— *Me contar o quê?* — Nesse momento, mais do que em qualquer outro do dia, odeio não estar sabendo das coisas.

— Quietos. — Cyrus franze a testa. — Escutaram?

Todos nos viramos para os limites da floresta atrás de nós. Alguém está avançando ruidosamente pela vegetação, se afastando.

A colina ainda é inclinada neste ponto, mas vou sobreviver mesmo que despenque daqui de cima.

— Que se dane — murmuro.

Eu me abaixo e começo a descer pela superfície rochosa, tentando encaixar os pés nas reentrâncias que encontro.

— Cuidado!

Dante é o próximo. Com seus braços e pernas longos, chega lá embaixo mais rápido que eu. O príncipe é o último, vagaroso por conta da jaqueta engomada.

Nós três chegamos ao chão e nos espalhamos, seguindo por caminhos diferentes em meio à floresta. As trilhas são estreitas, mas claras, serpenteando e dando voltas ao redor de grandes carvalhos.

Quem quer que estivesse aqui agora está em silêncio. Se escondendo.

Às favas com a furtividade. Raya deve saber que estamos procurando por ela.

— Apareça! — grito, passando por cima de raízes de árvores.

As copas acima de nós se entrelaçam em uma massa sólida de escuridão conforme saio da trilha para a mata fechada. Devo ser capaz de atraí-la de seu esconderijo; lembro-me, na minha visão, de como ela parecia preocupada com as fadas.

— A gente pode ajudar você a salvar suas fadas!

— Sério? — responde Raya. Os cachos dela entram em meu campo de visão quando ela tira a cabeça de trás de uma moita cheia de frutinhas silvestres.

Ahá. Dou o bote, sem ligar para os galhos me fustigando o corpo, e jogo Raya no chão.

Ela solta um gritinho. Luzinhas se espalham ao redor dela, baças e piscantes.

Temos peso e altura parecidos, e com o elemento-surpresa eu a sobrepujo com facilidade, montando na cintura e prendendo seus braços no chão com os joelhos. Assomo sobre ela, e meus cabelos se soltam da trança. Arquejo, satisfeita.

— Vou ficar sentada aqui até você me dar respostas.

— V-Vidente? — Raya só parece ter registrado agora quem sou. Não é todo dia que se é jogada no chão pela principal personalidade divinatória do rei.

— Sim, oi. Sou eu.

Estreito os olhos. É *mesmo* Raya, não é? Quase me pergunto se estou me lembrando direito dela. O maxilar não tem o formato correto, e o nariz parece menos arrebitado, mas ela *soa* como Raya, as sobrancelhas castanhas são as mesmas e o cabelo escuro também, cheio de folhas secas do chão da floresta.

— Não me interessa que tipo de mágica você tirou da manga hoje. Vi nas suas memórias que soltou as feras, então nem pense em mentir, ou antes do fim da noite vai estar dançando pelo Distrito Palaciano em sapatos de ferro incandescente!

Para o meu choque, as primeiras palavras que saem da boca dela não são tentativas de negar tudo. Em vez disso, ela pergunta:

— A senhorita é capaz de ver memórias? Consegue ver uma específica?

— O quê? — pergunto. Ouço Dante e Cyrus correndo na nossa direção. — Geralmente eu... vejo as memórias em que as pessoas mais pensam, ou aquela em que estão pensando no momento, e...

— Então me solte! — arfa ela.

— Não! Por que eu...

— Me solte e olhe minhas memórias. Você precisa olhar!

— Contorcendo-se e debatendo-se, ela consegue libertar um dos braços, que tento prender de novo como uma aranha meio maluca. Ela puxa a manga do meu manto e agarra minha mão. — Por favor!

Sem foco, minha Visão captura uma série de imagens, borradas como pássaros em pleno voo. O sentido em minha mente se adapta, permitindo que eu escolha outros fios conectados à alma dela. Um está vibrando com a necessidade de ser visto. Tenta me alcançar enquanto tento alcançá-lo também.

A memória salta à vida, viva e estilhaçada como se fosse pintada em terror:

O quarto de uma dama e uma tempestade entrando pela sacada. O mobiliário está jogado no chão, encharcado. O estilo do cômodo não lembra nada visto em Auveny: o chão é de azulejos azul-turquesa, os lençóis são tingidos com os

tons ricos das flores estivais, os móveis têm cantos arredondados e formato generoso.
Tudo cheira a podridão.
Duas mulheres lutam. A mais alta empunha um cetro com um orbe brilhante na ponta, o sorriso cruel transformado em alívio toda vez que brande a arma.
Ela se move com uma graça sobrenatural. O rosto é erradamente jovem, como se anos tivessem sido removidos dele.
Uma bruxa.
Ela força a outra mulher a se ajoelhar.
A mulher ergue a cabeça. É Raya, com cabelos e sangue grudados no rosto, quase irreconhecível.
— Socorro — murmura ela, a voz fraca.
A bruxa arrasta Raya pelo chão de azulejos. A garota chuta, grita e tenta arranhar sua algoz, mas é presa no chão pelo cetro, que crepita com uma energia dourada. Não é só um cetro: o orbe é uma pequena jaula, cheia de fadas guinchantes.
Com a mão livre, a bruxa brande uma adaga de dentro do manto...
... e enfia a lâmina no peito de Raya.
Eu afasto a minha mão da dela.
— Você morreu — digo, engasgada, encarando Raya embaixo de mim, viva e inteira.
É estranho como as memórias pareciam vistas de fora. Geralmente, os fios se mostram pelos olhos da pessoa. Alguns podem ser mais distanciados, mas os de Raya aparentavam ser registrados da perspectiva de uma expectadora externa.
Os ângulos do rosto de Raya estremecem com diferenças mínimas que confundem minha mente, e noto que não sou realmente capaz de me lembrar da aparência dela. Foco no olhar; encantos nunca alteram os olhos. Ela não parece exatamente a pessoa que vi na Visão, apenas alguém semelhante.

Mas uma pessoa com cinco fadas no arsenal poderia se tornar parecida o bastante.

— Quem é você? — digo, arfando. — Você não... Você não é...

A garota debaixo de mim nega furiosamente com a cabeça.

— Eu não sou a srta. Raya. A senhorita viu, não viu? A Raya de verdade está *morta*.

17

DANTE, CYRUS E EU CERCAMOS A NÃO-RAYA EM UM canto úmido da floresta. Não-Raya teve o bom senso de levar uma lamparina, nossa única fonte de luz. Deixamos a garota recolher as fadas, que se espalharam quando a surpreendi. Elas mal têm força para voar. Cyrus oferece o casaco quando a vê tremendo no vestido enlameado, e ela o aceita agradecendo baixinho.

— Meu nome é Nadiya Santillion — diz ela, se ajoelhando diante de nós três com a cabeça baixa. — Eu era criada de Raya quando uma bruxa surgiu da Floresta Feérica e atacou o casarão.

— Vou confirmar tudo o que você disser olhando seus fios — alerto a jovem.

— Eu j-juro que é verdade.

O efeito dos encantos sobre Nadiya já terminou. Quando ergue os olhos, vejo seu rosto pela primeira vez. Ela parece muito mais nova, quase da minha idade. Tem feições menos acentuadas e elegantes. Sardas pontilham seu nariz, e as orelhas são de abano como as de um ratinho do campo.

— Ela se apresentou como a Bruxa dos Pesadelos. Matou minha senhora e me forçou a assumir a identidade dela. Disse que se eu não fizesse isso, mataria o resto das pessoas na casa. Me mandou ir até a Capital Solar e assumir o lugar da minha senhora no baile. E a senhorita está certa, Mestra Visionária: eu soltei as feras, mas não... não sabia da existência delas! A bruxa enviou dois caixotes de madeira comigo e me mandou jogar os dois do penhasco, dentro do rio da capital... Eu achava mesmo que ela tinha trancado alguma coisa ruim dentro deles, mas eu... estava assustada. Não pensei direito. Só queria que tudo acabasse!

— Por que essa bruxa te mandaria fazer esse tipo de coisa? — pergunta Dante.

— Para começar uma guerra.

Eu, Dante e Cyrus trocamos olhares.

O príncipe se agacha para nivelar o rosto com o de Nadiya.

— Como você começaria uma guerra?

— Foi o que ela disse, Vossa Alteza, e não peço explicações de uma assassina. — Ela solta uma risadinha esganiçada e tímida, uma espécie de tique.

— Talvez sejam as razões que eu temia — murmura Dante. — Fazer Auveny pensar que Raya, que as estrelas guiem sua alma, causou o surgimento das feras, ou que possa estar sabotando as chances do reino de encontrar seu verdadeiro amor. Seria fácil alegar que Nadiya é uma assassina disfarçada... Daria para inventar muitas coisas se alguém *quisesse* culpar Balica, como seu pai e o Conselho...

— Eu sei, eu sei — resmunga Cyrus.

Dante ergue as mãos.

— Mas o que a bruxa teria a ganhar com esta guerra?

— Talvez ela não esteja trabalhando sozinha.

— Contratada por alguém que quer enfraquecer uma ou as duas nações?

— Mas a gente já teria ouvido *algum* rumor a respeito dela...

Enquanto os dois se perdem em especulações, Nadiya franze as sobrancelhas grossas.

— Sangue. Ela quer derramar sangue. Mencionou que isso torna a magia dela mais poderosa.

Arquejo. Todos olham para mim. Atrás das costas, fecho a mão cortada.

— É possível que a Bruxa dos Pesadelos seja uma Vidente?

Nadiya franze ainda mais o cenho.

— Não tenho certeza, Mestra Visionária. Ela comentou alguma coisa sobre as Sinas.

— Se ela for uma Vidente, isso explica por que deu essas tarefas a você. Talvez tenha visto um caminho para o futuro que ela quer.

Deixo as peças se encaixarem lentamente. Pelo vislumbre que tive da bruxa, ela parece jovem demais para ser uma das Videntes conhecidas de Balica e Verdant, mas há a possibilidade de ela nunca ter contado a ninguém de sua Visão.

— Fios do futuro podem mudar ou ser contraditórios... Mas talvez a Visão dela seja mais poderosa do que a Visão que eu conheço. Ou talvez as Sinas a estejam guiando.

Cyrus fica de pé.

— As Sinas? Por que as *Sinas* ajudariam a bruxa?

Se ele soubesse que ainda está vivo por causa da minha desobediência contínua ao desejo delas... Mereço pelo menos outro agradecimento por isso, mas vou recebê-lo? Duvido muito.

— É por causa das Sinas que sua maldita profecia existe, para começo de conversa. Por que elas *não* ajudariam alguém que enfim vai fazer com que ela se cumpra? — Dou uma risadinha sarcástica. — Você nunca falou com as Sinas. Se tivesse falado, não ficaria surpreso ao saber que elas não se importam com a gente. Tudo o que querem é sangue. E o que feras e guerras causam? *Derramamento de sangue.*

Cyrus parece incrédulo.

— As Sinas não são *do mal*.

— Se você diz. Certamente não são *só* do mal, caso seja isso que quer dizer. Se sangue torna *minha* magia mais poderosa, não é absurdo imaginar que faz o mesmo com a das Sinas.

— Mestra Visionária, Vossa Alteza... Sinto muito, não quero interromper. — Hesitante, Nadiya fica de pé e olha para mim, como se estivesse com medo de que eu a derrubasse de novo. — Minhas fadas estão muito fracas, e vim aqui para ajudá-las.

Em um momento, os olhos inocentes dela distraíram Cyrus, que me dá as costas em uma velocidade que, francamente, chega a ser ofensiva.

— O que aconteceu?

— Tenha alguma dignidade, principezinho — murmuro entredentes.

— Minhas fadas sugaram a magia das trevas da fera mais cedo, a que se transformou de volta em homem. Estavam escondidas na minha manga. Eu mesma não fiz nada. — Nadiya ergue as mãos em concha. O brilho ali dentro tremula, e consigo distinguir as asinhas vibrantes. — Eu não queria arriscar exaurir a magia delas assim, mas o rei estava me pressionando para que eu provasse meu valor e chegando muito perto de descobrir a enganação... Então concordei.

— Foi culpa minha — tranquiliza Cyrus. — Eu devia ter impedido meu pai.

Um rubor leve toma o rosto da jovem.

— O senhor não fez nada errado, Vossa Alteza. Achei que minhas fadas ficariam bem. Estavam quase mortas quando as resgatei, mas quando passei pela Floresta Feérica para entrar em Auveny, elas se recuperaram. Então achei que se as trouxesse de novo para a Floresta Feérica...

Ele corre o olhar pelas árvores retorcidas ao redor, luxuriosas em comparação aos arredores.

— Estes são só campos de caça. A Floresta Feérica fica a no mínimo dois dias de cavalgada da capital.

— Ah. — Ela morde o lábio. Definitivamente, está prestes a chorar.

— Elas vão morrer? Precisamos ir até lá? — Cyrus envolve as mãos de Nadiya com as dele, tão cavalheiresco que me dá até nojo. Reviro os olhos; ele não precisa de muito para confiar *nela*. — Será que ambrosia ajudaria? Muitas fadas na cidade vivem de ambrosia...

— Eu tentei. Elas precisam ir para casa. Precisam da magia da Floresta Feérica.

— Minha torre... — Respiro fundo, entredentes.

Agora, até *eu* estou ajudando a garota. Infelizmente, acho mesmo que ela é inocente, além de nossa melhor pista, se quisermos encontrar a bruxa. Além disso, é uma pobre menina presa em uma corte brutal na qual é estrangeira; não ignoro as similaridades com minhas próprias origens. A sorte dela é que meu coração ainda não virou pedra por completo.

— Se o que você precisa é de um pedaço de Floresta Feérica, real e viva, minha torre tecnicamente conta.

Os olhos grandes e inocentes dela se iluminam.

— Podemos ir até lá, Mestra Visionária?

— Foi por isso que mencionei — resmungo. — Vamos logo antes que suas fadas virem pó.

Seguir até minha torre em grupo, ironicamente, causa menos suspeita do que se eu estivesse sozinha. Parece que o príncipe Cyrus e algumas de suas companhias mais próximas — além de mim — estavam em uma breve expedição de caça. Estranho, mas nada que não possa ser explicado pela presença de vinho. Camilla já voltou cavalgando para o palácio à meia-noite, bêbada e com nada além de roupas de baixo descombinadas, uma história que ela ainda tem orgulho de contar em festas.

De mãos dadas com Nadiya, confiro as memórias dela enquanto caminhamos. Elas se desvelam diante de mim, ansiosas por serem testemunhadas.

Descubro que a bruxa enfeitiçou Nadiya para que a jovem se parecesse com Raya, mas a magia só durou pelo tempo do baile. A intenção era que Nadiya fosse descoberta como fraude, para assim levantar suspeitas sobre Balica. Acho que não esperavam que ela fugisse do baile naquela noite. Sinto a hesitação da garota no momento em que o disfarce foi revelado — o desejo de desistir, de fugir da exaustão de fingir ser quem não é —, antes de ser tomada por uma compulsão desesperada de sobreviver. Conheço essa sensação muito bem. Mesmo que de forma meio desastrada, Nadiya vem mantendo o ardil usando apenas véus e encantos feéricos.

Agora entendo como Nadiya tem tantas fadas: são as que estavam presas no cetro da bruxa. Nadiya roubou o objeto em segredo e o quebrou, liberando as criaturinhas antes de partir para Auveny. As fadas são leais a ela desde então — a ponto de arriscarem a vida durante a demonstração com a fera, mais cedo.

Já quanto à Bruxa dos Pesadelos... Queria poder ver mais a respeito dela. Penso em minha teoria de que pode ser outra Vidente. A magia que a vi usando vai além da minha imaginação — mas, não muito tempo atrás, eu não conseguiria imaginar um espinho sendo criado a partir de nada além do meu sangue e um pedaço da Floresta Feérica. A bruxa tinha um cetro com fadas. Se eu tentasse, será que conseguiria manipular a magia da mesma forma?

Os pensamentos se dissolvem conforme nos aproximamos da base da minha torre. O caminho é estreito ali, com pouco espaço entre o rio caudaloso por conta das chuvas recentes e a encosta do penhasco sob o terreno do palácio.

Nadiya avança aos tropeços e solta as fadas em uma área gramada diante das escadas da torre. As criaturinhas escalam a parede. Diante dos nossos olhos, começam a brilhar, as asas minúsculas tremulando como se sopradas por um vento forte, e o alívio entre nós é palpável. Frágeis fitas douradas fluem entre as fadas e as vinhas, como se algo estivesse sendo sugado da vegetação. As vinhas então murcham e...

Escurecem.

O cheiro de rosas mortas preenche minhas narinas de forma tão súbita que sinto engulhos e tampo o nariz.

Quando ergo o olhar de novo, vejo que a podridão se espalhou pelo caminho percorrido pelas fadas. A mácula se espalha como tinta fedorenta, vazando em veios escurecidos.

Atordoada, empurro Nadiya para o lado, pressionando a mão na parede, tentando interromper o avanço do fenômeno.

— Mas o que...? — sibilo, sentindo a comoção dos outros atrás de mim.

Consigo arrancar as partes mortas com os dedos, mas há mais estrago nas camadas inferiores da torre, ainda se espalhando. As vinhas escurecidas se desmantelam, petrificadas por fora e gosmentas por dentro.

Como a podridão ao redor do espinho que produzi.

Como a podridão em meus sonhos.

Giro nos calcanhares e seguro Nadiya pela gola do casaco emprestado.

— O que você fez?

— Eu... Eu não sabia que isso ia acontecer, eu juro! — berra ela, as mãos erguidas. — Tudo o que sei é que elas se recuperam na Floresta Feérica. Por favor, Mestra Visionária, não me machuque!

— As fadas deviam estar contendo a magia das trevas vinda da fera e precisavam de um lugar para liberar a energia. — Franzindo a testa, Dante pega a lamparina e analisa as vinhas, a respiração ruidosa. A podridão parou de se espalhar, mas o dano já é enorme e irreversível. — A magia delas flui pela Floresta Feérica, então devem estar usando a torre como uma esponja.

As fadas renascidas decolam e zumbem ao meu redor, fazendo barulhinhos como se estivessem pedindo desculpas. Espirro enquanto sacudo Nadiya bruscamente.

— Teria sido bom ter sabido disso *antes* que elas amaldiçoassem minha torre!

— E-eu vou consertar! Não foi minha intenção.

— Boas intenções não apagam seus erros. Sabe o que vejo quando olho para você? — Estreito os olhos. — Um risco.

Solto a garota com um empurrão. Nunca mais vou ser caridosa.

Cyrus se coloca entre nós, os olhos brilhando em um aviso.

— Se acalme. Vou pedir para alguns funcionários virem arrancar a parte podre amanhã.

É fácil para o amado Príncipe Encantado falar isso. Nunca teve que se preocupar com transgressões na vida.

— E *como* você vai explicar isso aqui? Magia das trevas na minha torre vai fazer com que pareça que *eu* que fui corrompida.

— Vou dar um jeito.

Quando ele estende o braço na minha direção com a mesma gentileza que dedicou a Nadiya, me desvencilho. Não quero seu fingimento. Algo vacila no olhar do príncipe, mas ele passa marchando por mim antes que eu consiga decifrar o que é.

— Por sorte conseguimos salvar suas fadas, Nadiya, mas esse é só o começo dos nossos problemas. — Cyrus anda de um lado para outro no chão enlameado. — Preciso mobilizar soldados para encontrar a bruxa, que pode estar em qualquer lugar. Ela deve estar por trás de *todas* as feras, e claramente confia no próprio poder e tem um plano na manga. Ah, além disso — ele leva a mão ao peito —, não acho que seja uma grande surpresa o fato de que eu não estava apaixonado por Raya, mas peço perdão caso tenha feito a senhorita acreditar no contrário. Precisamos dar um jeito de revelar sua verdadeira identidade.

— Não *tão* rápido — protesta Dante.

— Por que não?

— Se formos escolher entre dois problemas, casar com uma Raya falsa pode ser o menor deles. — Ele limpa as mãos nas calças, deixando manchas escuras no tecido. — As pessoas têm fé nela. Vamos quebrar essa confiança *agora*? O dano vai ser pior para vocês dois. Não muito tempo atrás, sua ascensão estava em risco porque você ainda não tinha encontrado uma noiva, Cyrus.

O príncipe faz uma careta.

— E para ser honesto, Nadiya, Violet tem razão. Você *é* um risco. Nunca vai ser uma boa hora para revelar sua identidade, mas enquanto feras estiverem vindo do interior, *definitivamente* não é o melhor momento para fazer isso.

Nadiya aperta o vestido com força.

— Preciso continuar fingindo?

— Não gosto da ideia de continuar com essa farsa — diz Cyrus.

Dante dá de ombros.

— Estou só dando minha opinião.

— Ainda temos que considerar o casamento...

— No pior dos cenários, vocês se casam. Não é como se você estivesse planejando se casar com outra pessoa.

O príncipe inclina a cabeça para trás e suspira, vencido pelo tom razoável do amigo.

— Não, você está certo.

— Estou sempre certo.

Com a lamparina iluminando Cyrus, consigo ver quando ele assume sua versão mais encantadora e cheia de covinhas.

— Se puder fazer o favor de continuar sendo lady Raya, Nadiya, me ajudaria muito. Prometo que vou encontrar a bruxa e fazer com que ela pague.

Reviro os olhos com tanta força que minha cabeça se inclina para trás.

— As promessas dele não têm valor algum — digo a ela. Não consigo mais aguentar a voz melosa do príncipe.

— Violet, não é hora de...

— Cyrus vai fazer o que é melhor para Auveny. É a obrigação dele — digo para Nadiya, ignorando-o. Que a garota ao menos saiba a verdade, já que vai mergulhar de cabeça em nossa corte; não vou tolerar outra alma bajulando Cyrus por sua suposta caridade. — Você vai ficar cercada por pessoas que querem te usar e chantagear. Se ficar entre Cyrus e o trono, eu não apostaria que ele vai manter suas promessas. E estou falando como alguém que ele quer banir sem hesitar por ser *inconveniente*.

Cyrus me fulmina com o olhar enquanto Dante ergue uma sobrancelha para o amigo.

— Vamos conversar sobre isso depois — sussurra o príncipe, com um suspiro, antes de se virar para Nadiya com um novo sorriso. — A situação de Violet é diferente. Isso não teria nem passado pela minha cabeça se eu não achasse que ela é capaz de cuidar de si mesma. Ela ficaria bem aonde quer que fosse e...

— Exatamente o tipo de elogio que uma garota quer ouvir — resmungo. — *Você aguenta o exílio.*

— ... e isso não importa, porque eu prometo — ele coloca uma mão no braço de Nadiya — que não vou fazer nada para te machucar.

Ele não vale o ar que respira, falo para Nadiya só movendo os lábios.

Se a gente continuar discutindo aqui, é capaz que Nadiya arranque um pedaço do vestido de tanto espremer o tecido. Ela parece estar morrendo de medo de *nós dois*.

— E-eu preciso decidir agora?

— Não, não, é claro que... — começa Cyrus.

— Não precisa — digo por cima dele. — Vá dormir pensando nisso e amanhã aceite seguir o plano do príncipe. Digo, tecnicamente, o plano é de Dante, o que prova que é decente. Não vou perturbar você por isso.

Dante suspira ao fundo.

— *Eu* adoraria voltar para casa e dormir. Escutem, vamos nos encontrar de novo. Por "de novo", quero dizer *amanhã*. Preciso reler umas correspondências antigas agora que sei que a casa de Raya está comprometida.

E assim nos despedimos desajeitadamente. Cyrus e Dante trocam algumas palavras em particular, depois Dante diz adeus e volta para o apartamento dele no Distrito Universitário.

Cyrus conduz Nadiya pela escadaria circular ao redor da minha torre. O portão norte que uso todos os dias é a passagem mais próxima até o palácio. Marcho atrás deles me sentindo uma retardatária.

Quando chego ao patamar que fica na metade da altura da torre, Cyrus dá passagem para que Nadiya vá na frente e atravesse primeiro a ponte até o palácio. As luzes da lamparina dela e o barulho das fadas diminuem conforme ela avança, e de repente estou sozinha com o príncipe na escuridão pintalgada de estrelas. Me detenho diante da entrada da torre, já preparada para uma bronca.

Ele não me olha exatamente nos olhos, só brinca com os punhos da camisa.

— Obrigado — diz Cyrus, com a humildade que reserva a Rayas e Nadiyas e pessoas que não eu. — Eu... agradeço a sua ajuda hoje. Mesmo considerando a forma como ajudou.

— Depois que acabarem os problemas maiores, você vai vir atrás de mim de novo — digo, sarcástica.

— Você ainda é meu maior problema. — O tom dele não é gentil, mas quando ergue os olhos, seu semblante não exibe a cautela com que estou acostumada.

O olhar dele é demorado e triste.

— Não me olhe assim — digo.

— Assim como?

— Como se você se importasse comigo.

O espaço entre as sobrancelhas dele se franze. A expressão deixa transparecer algo parecido com compreensão.

— E isso seria tão ruim assim? Você me pediu para decidir o que quero. E se o que eu quero for você, no fim das contas?

Sinto um tremor, um que não posso atribuir ao friozinho da noite.

— Eu não acreditaria.

— Claro que não. Você não facilita as coisas. Só se preocupa consigo mesma, então não pode correr o risco de ser passada para trás.

Abro a boca para protestar, mas na verdade...

— É isso mesmo.

— Sempre tão esperta. — Cyrus sorri como se tivesse vencido, e eu me irrito.

Somos mais perigosos assim, trocando gracejos como se estivéssemos jogando um jogo, abertos e indiferentes ao dano que podemos causar. Como se Cyrus não tivesse passado todo esse tempo tentando se livrar de mim. Como se eu não tivesse ficado tentada a apunhalar o coração dele mais de uma vez. Como se não moldássemos o mundo com nossa presença.

— Boa noite, Violet — diz ele, me olhando como mandei que não olhasse.

Não respondo enquanto parto para meus aposentos.

⸻

O vento sopra pelas portas abertas da sacada, carregando um coro de vozes gargalhantes:

Vi-o-let
Bruxa vil
Idiota da sarjeta.

Me sento na cama de supetão, coberta de suor frio, já me preparando para uma enxaqueca. A neblina lá fora está espessa, e a lua parece tremular no espelho de corpo inteiro.

As Sinas estão aqui de novo.

Enterro as unhas na palma da mão, mas os sussurros não desaparecem. Já não aconteceu coisa o bastante hoje? Escorregando para fora da cama, caminho pelo quarto pintado de uma escuridão azulada. Sigo na direção do espelho, até chegar perto o bastante para pressionar a mão contra meu reflexo, coroado pelo luar.

Em algum lugar no fundo da mente, sinto fios do futuro que não consigo reter por tempo o bastante.

A dívida de uma vida, entoam as vozes.
Tu vais queimar por ele.
Vais queimar até virar cinzas.

— Não vou começar uma guerra por vocês. É o que querem, não? — Enfim consigo ver o panorama geral; os planos

das divindades. A sede de sangue delas. A ânsia pelo poder.
— Vocês estão ajudando aquela bruxa também, não estão?
Ela escolheu, ela escolheu,
sangue, rosas e guerra.
Um peão, uma marionete, uma jogadora;
o que tu serás?
Então é verdade.
— É realmente uma escolha, se vocês não me dão opção além de matar ou morrer? Se estão me observando, sabem que não tem nada que eu odeie mais do que pessoas me dizendo o que fazer.
Não vamos lamentar
quando fores traída.
Tu és ninguém, nada.
Uma sombra, incompleta.
— Ou me dizendo o que eu sou.
No espelho, meu rosto está cansado e pálido emoldurado pelo cabelo solto, quase sem cor sob a luz baça. Minha camisola está amassada por conta do sono inquieto. Na mão, meu reflexo segura o espinho — quando olho para a minha mão de verdade, porém, não vejo nada.
Tu negas teu destino.
Ele envenena teu coração.
— Melhor ele que vocês.
O espinho ganha vida, as vinhas se enrolando pelo meu braço, pelo meu pescoço, pelo meu corpo. Cambaleio para trás, procurando algo com que estilhaçar o espelho, mas o pulsar fraco da mão ferida me lembra: não sei se estou dormindo ou acordada.
Contorcendo-se, a planta cobre todo o meu reflexo até não restar nada além de um vislumbre de um dos olhos. As vozes se fundem, cantando como se celebrassem:
Há algo podre em tua terra.

Será desenterrado, será desenterrado.

— Calem a boca, calem a boca, *calem a boca*! — grito enquanto volto para a cama.

As vozes apenas riem.

Há algo podre em teu coração.

Há algo podre.

18

AS SINAS NÃO CAMINHAM POR ESTA TERRA — FERAS e bruxas, sim. Por mais conhecimento que as divindades tenham, por mais ameaças que façam, elas não estão *aqui*. Vai exigir soldados e estratégia, mas podemos rechaçar as feras até que possam voltar a ser homens. Podemos encontrar a Bruxa dos Pesadelos e detê-la.

Vou sobreviver ao destino usando meus próprios recursos.

O rei Emilius fica menos sobressaltado pelas descobertas sobre a magia das trevas do que por ver Cyrus e eu falando num tom civilizado no escritório dele.

— A Floresta Feérica não está criando feras — digo, um pouco sem fôlego depois de adentrar o cômodo com Cyrus, fingindo que acabamos de ficar sabendo dessa novidade. — Tem uma bruxa por trás disso. Acho que ela está sugando o poder da Floresta Feérica para conseguir mais poder e fazendo com que a mata apodreça.

Não posso contar nada para o rei a respeito de Nadiya, nem que a Raya de verdade está morta, então alego ter visto a bruxa ao ler os futuros de lady Raya e Cyrus. Alerto sobre os poderes imprevisíveis da mulher e da cena horrível que vai se desenrolar no casamento. O príncipe, cumprindo seu papel de futuro esposo apaixonado, insiste em coordenar pessoalmente os planos de ataque para atrair a bruxa de seu esconderijo.

— Procure por um corvo, se puder — digo, lembrando o vislumbre que tive da transformação da bruxa.

A podridão em minha torre se espalhou mais de ontem para hoje, e a base inteira teve que ser cercada por um cordão de isolamento para que as vinhas externas pudessem ser arrancadas. Coloco a culpa disso na bruxa também — um sinal de que ela está se aproximando. Ninguém mais sabe o suficiente do assunto para duvidar. É o que digo a mim mesma, ao menos.

Olhando pelo lado bom, isso significa que a torre está fechada para leituras, então nada de clientes intrometidos. Tenho tempo para reuniões estratégicas clandestinas nos aposentos de Nadiya, que não me incomodam tanto quanto achei que incomodariam. Gosto de andar de um lado para outro entre mapas e cartas que Dante traz, ouvindo a respeito dos movimentos que Balica vem fazendo na tentativa de lidar com as feras. Como não têm um exército forte, se concentraram em evacuar áreas infestadas e realocar os refugiados em cidades mais protegidas. As áreas de Floresta Feérica espalhadas por Balica parecem ter retardado o avanço das feras também; raramente as criaturas são vistas atravessando a mata.

Mantenho distância do príncipe no quarto, o que significa estar com Nadiya no canto da cama. Embora ela seja ingênua, sua companhia não é insuportável, principalmente porque ela não tenta puxar conversa quando o cômodo cai em silêncio. Aproveito a oportunidade para vasculhar melhor o futuro dela, recuando apenas quando já não aguento mais as cenas do casamento.

— Gritaria e caos. Espinheiros cobrindo o salão de baile — murmuro, reprimindo um tremor. — Mas nenhuma explicação.

Não consigo evitar a sensação de que algo está escapando à minha Visão — como se fios estivessem sido mantidos fora do meu alcance.

Nadiya vem se abrindo mais conosco agora que não precisa mais fingir ser quem não é.

— Será que... a gente não poderia surpreender a bruxa com uma armadilha? — sugere ela, hesitante, remexendo em um bracelete encantado.

Esparramado no divã, Dante solta um grunhido.

— Se não tivermos capturado a bruxa até lá, não sei se conseguiremos capturar *durante* o casamento, mas é uma ideia.

— E vamos colocar tantos guardas quanto possível na cerimônia — diz Cyrus.

Não pergunto "E se não for o bastante?" ou "E se só piorarmos as coisas?", porque, se perguntasse, estaria admitindo que, por mais que eu saiba do futuro, não vou ser capaz de impedir que ele aconteça.

Dante nos informa de mais descobertas sombrias sobre o casarão de Raya: por semanas, um feitiço fez com que as pessoas não investigassem o local. Assim que alguém tocava nos muros ou portões, esquecia por que estava ali. O feitiço enfim foi quebrado quando o casarão pegou fogo. Depois, locais descobriram vários corpos de feras entre as ruínas carbonizadas.

— As outras criadas fugiram antes, assim que a bruxa atacou — diz Nadiya, contando como foi o último dia dela em Lunesse. — Minha amiga Lili guiou os funcionários para os fundos da casa. Eu era a única que estava no andar de cima, tentando resgatar nossa senhora. Achei que estava mantendo todos em segurança por fazer o que a bruxa mandava, mas percebi tarde demais que ela podia ter matado todo mundo de qualquer jeito, eu seguindo as ordens dela ou não. Pior ainda, ela transformou as pessoas em feras...

— Você não sabia. Não tinha como saber — garante Cyrus, e percebo que ele esteve segurando a mão dela esse tempo todo, acariciando-a com o polegar.

Nadiya não reage ao toque dele — porque não significa nada para ela ou porque já está acostumada?

— Só queria que a família deles soubesse o que aconteceu de verdade.

— Em breve, espero. Depois que essa história de maldição acabar — diz Dante.

A cada dia, porém, parece menos provável que Nadiya *algum dia* possa deixar de fingir ser quem não é, embora ninguém fale isso em voz alta.

Passamos para assuntos mais leves, como as roupas para o casamento e se Camilla deve voltar a se encarregar da comida de alguma festa, o que faria o palácio correr o risco de acabar com um estoque de bolos para um ano.

Nadiya deixa escapar que não sabe dançar.

— Acho que todos estavam enfeitiçados demais na Festa das Feras para perceber.

— As fadas podem conjurar sapatos para que você não precise nem aprender — digo, orgulhosa, como se eu fosse responsável pelo fato.

— Mas é bom aprender. — Cyrus, sempre gentil, sempre gracioso com todo mundo menos comigo, faz a jovem se levantar. — E é fácil também. Vou te mostrar.

Eles rodopiam pelo quarto, com Nadiya tropeçando metade do tempo, um rubor bonito pintando seu rosto. Um príncipe e uma plebeia, como nas histórias, aproveitando a companhia um do outro. A visão devia trazer um pouco de luz à atmosfera sombria, não um gosto amargo à minha boca.

Me inclino na direção de Dante, pronta para resmungar sobre como Cyrus nunca é gentil comigo, como é deselegante ficar iludindo Nadiya, mas penso comigo mesma: talvez a mudança no comportamento de Cyrus não tenha a ver comigo. Talvez tenha a ver com ela.

Mas o que sussurro é outra coisa:

— A profecia ainda se encaixa.

Dante, sentado no chão logo abaixo de mim, ergue os olhos do que está lendo.

— Oi?

— A que a voz me disse, antes do baile, igual à que ele ouviu da Vidente de Balica. Cyrus já te contou as palavras exatas? *"Nunca é tranquila a jornada até o amor, e seu pai não aprovará a sua, quando a hora for."* Essa.

Faz sentido agora. Eu achava que estava deixando passar alguma coisa, porque o pai de Cyrus tinha arranjado o casamento com Raya, então como os versos podiam ser verdadeiros? Mas como ela na verdade é *Nadiya*...

— O pai dele *não* aprovaria o casamento com Nadiya, então ela talvez seja o amor verdadeiro de Cyrus.

Uma expressão engraçada cruza o rosto do meu amigo, como se ele tivesse pensado em alguma coisa, mas depois descartado a ideia.

— É possível.

— Isso só pode ser uma coisa boa, certo?

Cinco fadas e um disfarce que durou mais do que deveria, e agora a atenção do príncipe. Nadiya *é* especial — enfim alguma coisa que traz esperança, apesar da profecia.

Já meu coração não parece feliz, batendo como um tambor fora do ritmo.

Esfrego as têmporas. Minha cabeça também está pulsando por causa das interrupções constantes ao meu sono. Não descanso bem há muito tempo, e é difícil pensar direito.

Mas meus devaneios são interrompidos de qualquer forma quando Camilla surge na porta do quarto, irritada, uma nuvem de cachos dourados balançando a cada passo.

— Achei vocês! — Ela balança um frasco de sangue com a urgência de um gato golpeando uma mariposa. Fulmina Nadiya com o olhar, e a garota se aninha nos braços de Cyrus. — Vocês todos parecem *muito* próximos de Raya.

Ela enfia o frasco sob meu nariz como se fosse um potinho de sais e estala os dedos.

Abaixo o braço dela.

— Não estou enfeitiçada. — Olho de canto de olho para Nadiya, que cambaleia para longe do príncipe.

— Isso é exatamente o que uma pessoa enfeitiçada diria.

Para a surpresa de ninguém, Camilla se nega a ir embora ou aceitar qualquer desculpa que tentamos dar. Nossos sussurros furtivos só a deixam mais agitada, e acabamos fazendo a princesa se sentar em uma poltrona exageradamente macia para que possamos explicar tudo.

Aplacada, Camilla aceita a verdade em um estado de choque silencioso.

— Então eu estava certa sobre Raya... ou melhor, Nadiya, não é? Eu estava certa esse tempo todo? Ela *está* enganando todo mundo.

— Sim. — Cyrus suspira.

— Mas eu tenho que fingir que *não* estava certa?

— Sim, por favor.

— Pelas divindades, vocês me devem essa.

Nadiya faz uma mesura tão profunda que quase toca a cabeça nos joelhos.

— Sinto muito pela bagunça que causei, Vossa Alteza — diz ela, e Camilla apenas solta um grunhido.

— Elogie a princesa — sibilo no ouvido de Nadiya.

— Oh... Ah, especialmente porque a senhorita... é a mulher mais bela da Capital Solar — acrescenta a jovem, às pressas. — E porque deve ter sido muito frustrante me ver roubando toda a atenção por causa dos encantos das fadas.

Camilla imediatamente relaxa, o rosto franzido se transformando em uma expressão com um biquinho conformado.

— Bom. Pelo menos você *tem consciência* disso. — Ela se levanta e, pisando nos papéis espalhados pelo chão, se aproxima de Nadiya. A pobre solta um gritinho quando Camilla enterra as unhas pintadas de rosa berrante no queixo dela.

— Você tem uma boa estrutura óssea. Não é de se admirar que tenha conseguido fingir ser sua senhora. Você já é bem bonita.

— O-Obrigada, Vossa Alteza.

Camilla vira Nadiya de um lado para outro pelo queixo, depois pelos ombros, depois erguendo os braços da jovem. Faz uma careta enquanto analisa o restante — a cabeça baixa, as mãos encolhidas, o vestido azul modesto e intocado por encantos.

— Se for continuar por aqui, vai precisar aprender a agir com arrogância. E se for continuar perto de *mim*, vai precisar ter pelo menos metade do meu estilo.

— O-Obrigada, Vossa Alteza? — gagueja Nadiya de novo, a expressão entre abismada e assustada.

— Você ama um projetinho pessoal — digo para Camilla. Ela resmunga.

— Amo *mesmo*.

Nadiya ser acolhida sob a asa de Camilla pode ser bom, tanto para sua posição social quanto para seu disfarce. Estou mais cautelosa e preocupada com o que vem pela frente do que otimista, mas não vou reclamar.

Por mais que tenha me rebelado contra as Sinas, os avisos delas ecoam na minha mente, persistentes como minha dor de cabeça. Olho ao redor: será que alguém aqui me trairia? Cyrus seria a resposta mais fácil, mas ele não parece mais ter motivos para isso, agora que enfim chegamos a um meio-termo. Conheço Nadiya há pouco tempo, mas já tive mais contato do que qualquer outra pessoa com os fios dela — do passado e do futuro. Ela não parece ser a traidora.

O tabuleiro do jogo mudou, e não consigo entender muito bem minha posição nele. É difícil imaginar, mas mesmo se — *quando* — superarmos essa profecia, Auveny vai ter outro rei e outra rainha.

Independentemente do que aconteça, o que gostaria é de continuar na Capital Solar sem muito estardalhaço — menos obediente ao próximo rei, mas, fora isso, não muito diferente de quem era antes.

Sozinha em minha torre, vendo tudo e me apegando a nada.

Aos poucos, paro de visitar os aposentos de Nadiya para participar das discussões.

Não é como se ainda precisassem de mim. Não com Dante geralmente dois passos à frente de tudo, analisando os últimos números e movimentos, e Cyrus e Nadiya ocupados flertando em meio a um romance malfadado. Soldados já foram enviados para as fronteiras para combater o fluxo de feras e procurar a bruxa. A corte está agitada com a falta de aparições de lady Raya; nossa esperança é que Nadiya consiga fingir estar meio adoentada até o casamento.

Acho que ninguém vai notar minha ausência até que um bilhete chega a minha janela, carregado pelo falcão de Cyrus. *Reunião hoje? Novas feras vistas no Quinto Domínio.*

Jogo o papel na lareira. Vou encontrar com eles só se tiver vontade.

E decido rapidamente que não estou.

Em vez disso, vou até o Distrito Lunar, usando roupas simples, com algumas moedas que ganhei com as leituras. Por lá as pessoas também estão falando das feras e do casamento, mas em menor grau, e consigo ficar quase em paz.

Compro algumas quinquilharias no mercado: miniaturas de cerâmica, braceletes de doce, uma noz que, ao ter as cascas quebradas, revela uma leitura para sua constelação de nascimento — coisas bobinhas que eu nunca tinha dinheiro para comprar quando era criança. Me sento na casa de chá chique perto do Distrito Artístico que todos os dignitários visitantes adoram — embora seja de fato excelente, é meio espalhafatosa demais. Mato o resto da fome com espetinhos de comida de rua frita e lambo os dedos.

Quando termino o passeio, pego uma carruagem de volta até o palácio, e o príncipe retorna à minha mente como erva daninha.

Tenho vontade de amassar o bilhete dele e o jogar no fogo de novo.

Cyrus e eu chegamos a um padrão de interação funcional, com um acordo tácito de que não falaremos de alguns assuntos. Quando discutimos planos, ele me inclui neles, como se não houvesse um futuro em que não sou a Vidente do reino. Estamos todos unidos por uma enganação conjunta, com Nadiya sendo nossa improvável conexão.

Mesmo assim, sinto o olhar dele do outro lado da sala. Às vezes quero beijá-lo e às vezes quero acabar com ele — mas, na maior parte do tempo, quero que as duas coisas sejam uma só.

O baile não foi há muito tempo, e o casamento não está muito longe. Tudo está acontecendo rápido neste verão, mas vai melhorar logo. Esses sentimentos vão passar, assim como a profecia.

Enquanto subo até minha torre, procuro a chave da sala de adivinhação. Quando me aproximo da porta, vejo que ela está destrancada.

Um ladrão? Ninguém é tão corajoso assim há anos.

Entro às pressas e não encontro ninguém fuçando nas minhas coisas.

Em vez disso, apoiado na mesa de adivinhação, está Cyrus, esperando.

Ele está com os braços cruzados e as pernas esticadas. Não está com nenhuma peça do traje real, só a camisa solta e as calças de montaria que usa nos raros dias que tira de folga — não que ele venha tirando muitas ultimamente.

— Você não respondeu — diz ele.

Talvez isso signifique alguma coisa, penso em disparar como resposta, mas sinto a boca seca. Ele está no exato ponto do cômodo em que a luz cor de mel do fim da tarde emoldura suas feições. Os botões da camisa estão um pouco mais abertos do que deveriam, e uma mecha cai sobre a testa em um sinal incomum de desleixo. É atraente.

Atraente até demais. Estreito os olhos.

— Há quanto tempo você está nessa pose?

Cyrus se afasta da mesa.

— Ouvi você subindo as escadas.

— Meia hora.

— Dez minutos.

O que significa vinte.

Tudo em Cyrus anuncia sua tentativa de sedução premeditada — ele está aqui por um motivo, e não acho que conquistou o apelido de Príncipe Encantado por nada. Mas se eu não me mover, ele vai achar que estou assustada, então forço minhas pernas a avançarem.

— O que você quer?
— Você anda me evitando.
— Eu não *preciso* conviver com você.
— Você não precisa fazer um monte de coisas que faz. — Ele me lança um olhar sedutor. — Está com ciúmes de como trato Nadiya?
Solto uma risada seca.
— Só quero deixar a garota mais confortável — diz ele.
— Não me importa. O que você quer? — pergunto de novo.

Aquela pergunta — a verdadeira, a que de fato importa — continua sem resposta entre nós, independentemente de quantas vezes surja.

Cyrus hesita. No tempo de uma respiração contida, imagino todos os fios que podem se originar deste momento; há muitos à disposição. O garoto que nasceu em berço de ouro me olha nos olhos.

— Você — diz ele, sem rodeios, sem enfeites.

Engulo em seco, consciente demais do som resultante. Não disfarço nada quando me viro de costas para Cyrus, seguindo na direção da lareira na esperança de encontrar algo com que ocupar as mãos. Livros emprestados e pratos sujos lotam a mesa sob a janela aberta. Cuidei pouco do espaço nas últimas semanas; o vestido que usei no baile ainda está embolado em um canto, sem magia e derretido em trapos velhos.

— Violet.

— Não perdoo você por tentar me expulsar — disparo, encarando-o.

— Eu sei.

— Não tenho ideia do que você está fazendo aqui, mas é pura atuação.

— Se é nisso que você acredita...

Um calafrio corre pelos meus ossos quando Cyrus se aproxima. Ele não compra a briga, o que me pega de surpresa, minha língua tropeçando em respostas que não tenho a oportunidade de dar. Ele exala um cheiro leve de rio; costumava gostar de passar as tardes nadando, e estou perto o bastante para ver a pele molhada sob a gola.

Fecho a mão em sua camisa.

— Você não consegue me seduzir.

— Acho que já consegui.

Cyrus baixa a cabeça e, passando reto por meus lábios, pressiona a boca contra meu pescoço, seguindo até o vale da minha clavícula. Qualquer resistência é inútil. Se eu fosse capaz de respirar, xingaria; não deveria ser tão fácil para ele, eu não deveria *deixar* que fosse tão fácil para ele...

— Você vai se casar — consigo dizer antes de perder totalmente o controle.

— E daí?

— *E daí?* E a profecia? E a... *Cyrus*.

— Eu tenho uma noiva. — Os lábios dele se movem sob minha orelha. — Mas quero você.

Eu o agarro pelo cabelo e penso em empurrá-lo para longe, mas o som rouco que ele emite me faz querer mantê-lo bem ali.

— Eu sou *Vidente*. Não vou ser *sua amante*.

— Você espera ser rainha?

Soltou uma risada tola. Não espero é que isso *continue*. Não sei mais quem Cyrus é — o menino ressentido que eu conhecia ou o rapaz astuto que me tem nos braços.

Estou prestes a rebater, mas meu estômago revira: sinto meu corpo ser apertado contra o dele quando Cyrus me ergue do chão. Quando dou por mim, ele está me carregando até o sofá.

Ele me coloca sentada no colo, as saias emboladas nos joelhos, as almofadas de veludo afundando embaixo de nós. Ele não tenta mais nada — por enquanto. Até isso provavelmente é premeditado. Só me beija devagar, como se fizesse uma pergunta. De forma um pouco condescendente, para ser honesta, totalmente ciente de que tem mais experiência do que eu nisso, e que estou em desvantagem.

Então trato de deixá-lo sem jeito. Escapando de suas mãos conforme ele testa onde pousá-las, desviando de sua boca até eu mesma pegar seu queixo e o beijar. Sinto seu sorriso — é impossível não sentir, com meu lábio inferior entre os dele.

Cyrus se vira para beijar minha mão ferida, se demorando na cicatriz ainda brilhante, medindo a profundidade e o ângulo do gesto.

— Foi a fera que fez isso também?

O espinho gerado pelo meu sangue está escondido em um armário a menos de dez passos de nós. Em um outro fio, eu estaria apunhalando o coração de Cyrus com ele neste exato instante. Seria fácil demais estando ele nesta posição, distraído pelo resto do meu corpo. Ele não conseguiria prever.

Engulo em seco.

— Fui descuidada com uma faca. — É a meia verdade que ofereço a ele.

Cyrus não nota a mentira. Em vez disso, me segura pela nuca, essa pequena intimidade mais traiçoeira do que consigo compreender, desenrolando novos fios no futuro.

Meu lado racional grita para que eu pare. Príncipes não se misturam com bruxas. O que vai acontecer quando alguém descobrir? Segredos de alcova são sempre os que provocam as maiores e mais feias consequências. Leio os boletins; de tempos em tempos, o *Ziza Atualiza* chega à minha janela com uma coluna inteira de escândalos ao lado das análises das constelações de nascimento. Cyrus e eu não seríamos apenas uma manchete. Seríamos um caso para servir de exemplo nos livros de história. Mas quando ele me puxa e eu retribuo com um beijo que rouba o suspiro de sua garganta, não consigo resistir ao ímpeto de exercer este poder sobre ele.

Uso um joelho para fazê-lo se deitar no sofá, e ele se esparrama sobre as almofadas à minha mercê, um sorriso malicioso lhe curvando os lábios. Brinca com a ponta da minha trança balançando entre nós — quando a puxa, caio em cima dele.

— Sem promessas — diz ele.

Meu coração está acelerado; meu corpo, quente. Nossos sentimentos não podem ser separados das posições que ocupamos no palácio — razão pela qual ele sempre preferirá me ver humilhada a me dar um beijo de boa-noite. Mas não preciso da confiança ou devoção dele. Nossa atração é simples: nós dois achamos que estamos um passo à frente e precisamos provar que o outro está errado. Quero Cyrus *justamente* porque não confio nele.

O amor é uma coisa caprichosa que acontece entre tolos, mas a luxúria é exatamente isso: sem promessas. É tão faminta quanto qualquer criatura abandonada, mas honesta quanto ao que quer.

E eu o quero.

— Sem promessas — respondo, e beijo sua boca entreaberta.

Embaixo de mim, Cyrus estremece, fechando as mãos na minha cintura, soltando a blusa do cós da saia. Eu poderia sair de cima dele, deixá-lo na vontade, mas por quê? A gente acabaria voltando a este ponto de qualquer jeito.

Um beijo depois do baile é um erro. Dois, um desafio. Mais que isso, um hábito.

Ele solta minha trança e enfia os dedos entre as mechas, bagunçando os fios.

— Violet — ele ofega, a voz rouca, sem humor algum. Gosto do som do meu nome nos lábios dele. Gosto até demais.

Ele abre os botões e solta os laços das minhas roupas com tranquilidade enquanto me atrapalho com as dele — quantas vezes ele já fez isso antes? Tiro sua camisa pela cabeça, e ele tem o corpo tão perfeito que me deixa até irritada. Cyrus fica impaciente com minha anágua e começa a empurrar a peça pelo meu quadril, forçando as costuras com a falta de cuidado.

Camilla já dormiu com inúmeras garotas; me contou parte de suas aventuras, e sei de modo geral como as coisas evoluem deste ponto em diante. Como acontece mais rápido do que se pensa, quando é a primeira vez, como é preciso ter mais cuidado com os rapazes. Sei que o que estamos fazendo é idiota, irresponsável, e que as consequências virão logo. Mas quero saber...

Ele enfia as mãos sob minha anágua. Eu devia detê-lo agora. Estamos indo longe demais, e não vou impedi-lo depois nem que eu queira. Amaldiçoo meu orgulho. Amaldiçoo meus joelhos trêmulos conforme reajo ao toque dele, reprimindo arquejos. Amaldiçoo o príncipe, mais do que tudo.

— Quer mais? — A pergunta vem como uma súplica sussurrada quando Cyrus rola por cima de mim, me colocando entre o corpo dele e as almofadas.

Sim, digo sem emitir som, tombando a cabeça para trás. *Sim. Sim. Sim.*

Alguém bate na porta assim que os dedos dele tocam o ponto que me faz ceder. Nunca fui tão grata por este cômodo ser à prova de som.

Batem de novo. Parece tão longe que não pode ser de verdade. Minhas pernas nuas envolvem Cyrus. Meu corpo está à beira do colapso.

Então ouço a voz de Dante, caindo sobre mim como um balde de água fria.

— Violet? Está por aí?

— Ah, mas que *inferno*. — Arquejo e me sento. Cyrus sai de cima de mim, embolado nas próprias calças.

Dante bate pela terceira, quarta e quinta vez na porta, em uma sucessão rápida — os alertas educados, mas notavelmente impacientes, de alguém prestes a entrar. Ajeito minha anágua e procuro a camisa entre as almofadas bagunçadas, o sangue estrondando nos ouvidos. Cyrus encara a porta, ofegante e corado. A maior parte do sangue dele não está na cabeça no momento, mas isso não deixa minha voz menos esganiçada quando jogo sua camisa no rosto dele.

— Rápido — sibilo. — Não tranquei a porta. Ele vai entrar, se eu não responder.

— Por que você não...

— Você me distraiu! — Puxo a saia e a seguro ao redor da cintura; não tenho tempo de fechar os botões. — Você ficou uma hora posando com a intenção de me seduzir, mas não podia ter pensado nisso?

Com as pernas trêmulas, tropeço na direção da entrada enquanto Cyrus murmura:

— Foram *vinte minutos*.

A porta se abre assim que toco na maçaneta.

— Viol...?

Seguro a porta para que não abra mais. Enfio a cabeça pela fresta, mantendo o resto do corpo escondido.

— Oi. Eu estava me preparando para tomar um banho.

E estou sem fôlego porque tive que descer as escadas correndo, não porque estava me agarrando com seu melhor amigo.

Dante desvia o olhar, sem graça. Ele tem vários cadernos e papéis soltos nos braços.

— Ah, desculpe, eu queria sua opinião em algumas precauções a serem tomadas no dia do casamento, mas... A gente pode ver isso outra hora. Perdão! Volto depois.

— Posso encontrar você nos jardins ou na biblioteca daqui a pouco? — sugiro.

A menos que Cyrus queira se esgueirar da minha torre pela janela.

Algo se move atrás de mim, e acho que o farfalhar é baixo demais para ser escutado de fora até Dante franzir o cenho e se virar devagar.

— Hã... Tem alguém aí?

Fico tensa.

— Não.

— Você sabia que tem um tique nervoso que denuncia quando está mentindo?

— O quê? — Faço uma careta. Preciso dar um jeito nisso.

— Não, eu...

— Passar a noite com alguém não é motivo para se envergonhar — diz ele, dando uma risadinha. Depois a expressão de Dante congela, como se um pensamento lhe ocorresse.

— A menos que...

— Não tem ninguém aqui!

— Não consegui encontrar ele mais cedo, então por favor não me diga que...

— Sim, sou eu — sibila a voz dentro da sala.

Dante esfrega o rosto, e o monte de papéis nos braços dele despenca no chão.

— Pelo amor das...

Cyrus puxa a porta e solto um gritinho, agarrando as roupas para que não caiam. Ele está totalmente vestido, apenas um pouco descabelado.

Dante revira os olhos, estendendo a mão para ajeitar o cabelo de Cyrus e enfiar a camisa do príncipe dentro das calças.

— Não quero nem saber... Na verdade, não, quero saber, sim. Seu direito à coroa e uma profecia que ameaça todo o reino estão dependendo do seu casamento, e suas calças não estão completamente fechadas, então é melhor que valha a pena.

— Estava valendo, até você interromper — zomba Cyrus.

— Foi uma coisa de momento — respondo por cima dele, constrangida.

Dante recolhe os papéis que deixou cair.

— Vou dar um tempinho para vocês resolverem... *isso aí*... Espero lá fora. — Ele segue na direção da escada, apontando o dedo para Cyrus com veemência. — Não estou nem aí se você está pelado. Se não sair dessa torre em cinco minutos, venho te levar arrastado.

Fecho a porta e escorrego as costas contra ela, a mão contra a testa. Espio por entre os dedos e vejo o príncipe com um sorrisinho no rosto.

— Não fique se achando tanto.

Termino de abotoar a saia, mas Cyrus agarra minha cintura e me puxa contra si.

Levo um susto e ergo os olhos.

— O que está fazendo?

— Parece que a gente tem cinco minutos. — O sorriso dele é fácil e letal.

— Você realmente quer...

— Já aguentei essa situação toda. Ele pode me arrastar daqui pelado, se quiser.

Meu corpo já se acalmou desde que nos separamos, mas alguma outra coisa em mim reage ao flerte casual dele — talvez porque seja tão inesperado. Cyrus disse que me quer, mas mesmo depois de tudo que fizemos, eu não acreditei nele até agora.

Ele entrelaça os dedos nos meus e minha mente se enche com seus fios enquanto me beija de novo.

Um relógio batendo as onze badaladas. No labirinto de sebe, uma garota mascarada com um vestido feito de neblina sorri.

A encarquilhada Vidente de Balica pega a mão dele e profere uma profecia em versos.

Cascalho e vinhas e espinhos afiados envolvem o corpo ensanguentado do príncipe. "Violet", sussurra ele, embargado de terror.

Me afasto de Cyrus.

— Violet? — Meu nome sai dos lábios dele como uma pergunta delicada, mas ainda escuto o eco assustado do futuro.

— Você... — Quase conto a verdade. Que já sonhei com seu corpo ensanguentado antes. Mas dessa vez, nos fios dele, vi onde a cena acontece.

Em um quarto no palácio.

Não vi uma versão imaginária dele, e sim *ele mesmo*.

— O que você viu?

Cyrus quer consertar o que me deixou assustada. Quer consertar porque me quer, e quanto mais penso nisso, mais ridículo parece. Uma pergunta queima minha garganta — uma pergunta idiota, que eu nunca faria. Mas se fosse fazer, seria logo depois de alguma afirmação casual, como se a questão fosse retórica: *Sou a melhor coisa que já aconteceu na sua vida, mas ainda não valho todo esse esforço, e a gente nem gosta um do outro, então...*

Por que eu?

Mas só consigo pensar em algumas respostas, e não vou suportar escutar nenhuma delas em voz alta.

— Não importa — digo, me afastando mais a cada palavra. — Nós não temos futuro juntos. Eu não... — Solto uma risada, mesmo sem querer. — Você vai ser o *rei*. E eu vou ser sua Vidente.

E é isso. Nós tivemos nosso momento de trégua aqui nesta sala de adivinhação, longe do resto do mundo e das nossas obrigações, enquanto as divindades escarneciam de nós lá em cima. Agora, vamos seguir em frente, porque precisamos.

Cyrus não cede, então abro a porta para forçar sua decisão. O príncipe não parece nem abalado e nem exasperado quando enfim vai embora — apenas resignado, sua expressão distraída retornando como uma máscara bem ajustada.

19

O CONSELHO DE DUQUES NÃO ESTÁ NUMA REUNIÃO, e sim em uma competição de gritos.

Quando catorze domínios lutam por armas e suprimentos e soldados durante o período mais preocupante de tempos proféticos, cada fragmento de informação abre uma nova via de negociações. Uma alcateia lutaria por uma carcaça de forma mais ordenada do que a cena na Câmara do Conselho.

Os relatos do surgimento de novas feras ficaram menos frequentes, mas os domínios estão lutando para conter aquelas que ainda perambulam por aí. Agora que sabemos que as criaturas já foram humanas, temos a esperança de que talvez voltem à antiga forma. Fortes antigos foram adaptados às pressas para servir de currais improvisados, mas prender as criaturas é um trabalho difícil e perigoso.

Entro na Câmara do Conselho quinze minutos depois do início da reunião — quando as escaramuças já passaram da fase do aquecimento e insultos são proferidos de um lado para outro. A primeira coisa que escuto é lorde Ignacio dizendo que lorde Oronnel tem "miolos cozidos" e, em retaliação, Oronnel chamando a peruca tingida de Ignacio de "esquilo abortado".

Encontro uma cadeira vaga e me sento perpendicularmente ao rei, contra a parede. O rei Emilius não requisitou meus serviços para esta reunião, mas queria que eu soubesse dos planos atuais.

Cyrus está do outro lado da sala, batendo o punho na mesa. As espirais douradas do casaco brilham sob a luz baça. Ele está derrubando o argumento de lorde Denning com um olhar fulminante que nunca usaria em público.

— Não há informação oficial alguma que diga que queimar a Floresta Feérica impede o surgimento de mais feras. Na verdade, Raya acredita que a mata pode ser nosso mais importante recurso na tentativa de remover a magia das trevas desses homens amaldiçoados.

— A demonstração dela não me engana. — Lorde Denning é quem está lidando com as feras há mais tempo, junto com lorde Ignacio e lorde Arus. Voltou há pouco tempo do Décimo Primeiro Domínio, onde pelo menos dois vilarejos tiveram baixas. — Ela credita a magia dela a bênçãos das fadas, mas o homem se transformou de volta em questão de horas. Minha esposa está em posição de dizer que a garota é uma charlatã. Não tenho medo de falar, Vossa Alteza, que sua esposa está mancomunada com a Bruxa dos Pesadelos. Isso se ela mesma não for uma bruxa.

— Como *ousa*? — O príncipe faz seu papel de apaixonado com entusiasmo, já que ninguém ali tem a menor ideia do que houve entre nós. — Os rumores foram desmentidos e...

— Isso não é verdade...

A barulheira se transforma em gritaria. O rei e eu proclamamos que a culpa das feras é da bruxa, mas minha falta de informação sobre ela criou um ambiente propício para a proliferação de rumores; não sei o bastante sequer para mentir e tranquilizar as pessoas. Muitos na corte continuam desconfiados de Raya.

O rei Emilius enfim bate na mesa.

— Ordem — diz ele, a voz quase inaudível, mas é suficiente para fazer o silêncio se espalhar pela mesa. — Não vamos tolerar calúnias a lady Raya. Cooperação com nossos vizinhos é prioridade. Lady Raya é nossa salvação profetizada. Digo mais, é um sinal de que as Sinas planejam que Auveny e Balica se unam algum dia. As Sinas devem ter motivo para ter marcado nossa terra com magia das trevas. Vejam, tanto não é assim que a forma de derrotar as criaturas é juntar o príncipe auvenense e a líder balicana? O que acha disso, Vidente?

Ergo os olhos. O rei Emilius geralmente me avisa de antemão que vai pedir que eu me pronuncie, mas não preparei nada. A postura dele exala paciência enquanto espera minha resposta, mas o olhar está pesado de expectativa, e sei que é um teste à minha lealdade.

Opto por me concentrar na reputação de Raya.

— Lady Raya é escolhida tanto pelas fadas quanto pelas Sinas. Embora alguns possam duvidar dela agora, daqui a uma década vamos nos lembrar de como uma forasteira corajosa compareceu ao baile conforme a vontade das Sinas, hipnotizou a todos e trouxe esperança em meio à escuridão. É o primeiro passo da nova era de Auveny.

Palavras bonitas que dizem o suficiente sem precisar de muitos rodeios. Cyrus está com os lábios comprimidos em uma linha fina. Não é a reposta que ele queria. Mas a briga dele não é comigo; ele fulmina o próprio pai com o olhar.

— Não deveríamos estar pensando em expandir nosso território neste momento. Feras vagam por aí. Vamos nos concentrar primeiro nos problemas que temos.

— Ouso discordar e dizer que este é o melhor momento para pensar nisso — reflete lorde Ignacio, mais adiante na mesa. — A nação de Balica está distraída. Fraca. Imploram nossa ajuda. Deveríamos exigir algo em troca dos soldados que mandamos para eles.

— Falando em ajuda, estamos mandando soldados *demais* para Lunesse. Raya requisitou um pequeno batalhão para ajudar a proteger a capital, não uma quantidade para ocupar todo o estado. Eu deveria coordenar as alocações com o general, mas alguém falou com ele antes. Quem foi?

— As ordens vieram direto de mim — diz o rei Emilius, sem rodeios. — Os soldados sobressalentes foram enviados para garantir a segurança do território.

— *Segurança*... — zomba Cyrus. O olhar dele encontra o meu, como se as palavras fossem para mim. — Isso é um eufemismo para invasão, algo que não será visto com bons olhos pelos balicanos quando Lunesse se recuperar.

Mordendo o interior da bochecha, permaneço em silêncio. Não vou fingir estar gostando dos planos, mas tampouco fingirei que não estava esperando.

A gritaria se eleva a um nível digno de causar dores de cabeça, até que a reunião é encerrada. Lordes e conselheiros deixam o recinto gracejando e batendo boca, e a conversa continua do lado de fora.

— Vidente — chama o rei assim que me levanto. — Gostaria de um momento a sós no meu escritório, se estiver disponível.

— É claro, Vossa Majestade.

Espero o rei diante da porta em arco. Cyrus passa por mim sem me dirigir um olhar. As costas da mão dele roçam na minha, um choque momentâneo que parece mais traiçoeiro do que de fato é, mesmo com minhas mãos enluvadas. O rei Emilius vem logo atrás, e forço um sorriso bem a tempo.

O rei não está precisando de ajuda para caminhar, mas ofereço o braço por educação, e ele aceita. O estresse, mais do que tudo, parece agravar a condição dele. Seu cabelo está um tom mais grisalho desde o começo do verão.

Falamos de amenidades sobre as preparações para o casamento. Os salões principais foram redecorados em branco e dourado. Dá para sentir o cheiro dos doces sendo feitos na cozinha o tempo todo.

Levo a conversa para assuntos mais sérios quando entramos no corredor que leva ao escritório.

— Acho que há mérito no que Cyrus está dizendo — começo, com o cuidado de soar neutra. — Temo que a gente possa mesmo provocar uma guerra com Balica, e a profecia de Felicita falava de guerra.

O rei pigarreia para desconsiderar a questão.

— Balica tem forças militares irrisórias. Nós os esmagaríamos, se os eventos de fato nos levassem a isso.

Mas não é uma questão de vitória, tenho vontade de dizer. *Guerra é guerra, guerra é sangue, guerra é morte.*

Eu costumava sonhar com a guerra quando era criança. Não é igual a ler a respeito nos livros. Vejo coisas que não são registradas para a posteridade: as lágrimas, a covardia, as confissões feitas no leito de morte. Fios esquecidos que contêm momentos de um passado remoto, ou talvez momentos que nunca aconteceram. É a mesma coisa agora; uma história não lembrada é quase uma história que nunca existiu.

As pessoas e as terras além das nossas fronteiras são números para o rei Emilius. Alfinetes e bandeirinhas em um mapa, valiosas apenas quando podem nos ajudar. Ele não se importa.

O rei destranca a porta do escritório e se senta diante da escrivaninha.

— Vamos dizer que Cyrus tem verdadeira paixão por elevar este reino — reflete ele. — Algumas das ideias que tem são *desaconselháveis*, mas ele vai superá-las. Fico contente de saber que vocês estão se dando melhor. Entendo que você está trabalhando mais de perto com ele no que diz respeito às necessidades de lady Raya.

— Sim.

— Excelente, excelente. Mas não exagere e seja frouxa demais com ele. Cyrus continua sendo imprudente, idealista, influenciável demais por viagens e amigos. — *Amigos*. Ele está falando de Dante. — Meu filho acha que devemos abrir mão das frutas já maduras para serem colhidas. Resiste à ideia de trazer novas terras para nosso controle porque teme a responsabilidade. Você nunca faria algo assim. Você agarra toda oportunidade que tem. Essa é a marca da verdadeira ambição.

Sorrio, mesmo com os elogios me causando um incômodo súbito.

O rei espalma as mãos sobre o mapa do Continente Solar preso à parede. Se olhar bem de perto, consigo ver onde as fronteiras de Auveny foram traçadas e retraçadas conforme a Floresta Feérica foi sendo devastada para abrir caminho para novos domínios. A sul, Balica parece minúscula em comparação, um terço do tamanho.

O rei tosse em um lenço, que dobra e devolve ao bolso.

— Auveny é um reino forte. Você sabe disso. Somos gentis e generosos. Não nos envolvemos em guerras desde os tempos do meu avô. Cyrus vai ser um bom rei, apesar das nossas discordâncias, e se formos um grande reino com um ótimo rei, como Balica ou qualquer outra nação poderia reclamar? Todos serão gratos.

É claro que Auveny *deve* ser um grande reino; a alternativa é inaceitável. Porque, se não fôssemos, seríamos uns brutos. Agressores.

— Quando será a ascensão dele ao trono? — pergunto.

— Por enquanto, estou bem o bastante para continuar governando. Talvez por mais um ano ou dois... Depende de quanto tempo meu filho levar para abrir mão desses pontos de vista tolos.

— Ah.

Até o momento, o rei tinha insinuado que abdicaria do trono assim que Cyrus se casasse, no fim do verão; será que mudou de ideia recentemente?

O rei Emilius não parece notar minha confusão, passando para um novo assunto enquanto tamborila um dedo no maxilar barbado.

— Tenho um pequeno pedido a fazer.

— Claro, Vossa Majestade.

— Durante o casamento, gostaria que você discursasse no momento da união de Cyrus e Raya. Que torne a bênção das Sinas oficial. Palavras divinas vão ajudar a calar opositores. Profecias mantêm a ordem quando o bom senso é incapaz disso, como você sabe, e isso plantará a primeira semente da unificação.

— É claro. Vou preparar algo.

— Excelente. — Ele sorri. — Sempre posso confiar em você.

Faço uma mesura e me retiro.

No corredor, consigo enfim voltar a respirar. Estou farta dos futuros que vejo nos meus sonhos e nos planos que o rei definiu.

A voz na minha cabeça diz que a guerra é inevitável. E não é nisso que acredito também? O mundo é feito para os lobos e suas guerras. É feito para ser tomado. Cada novo século traz novos reis e novas escaramuças, mas a visão limitada e a ganância continuam iguais.

Para que alguém seja lembrado como bom, precisa *fazer* o bem.

Para ser lembrado como alguém grandioso, precisa afundar na merda até o pescoço e sair imaculado. O rei Emilius será lembrado como alguém grandioso. O rei Emilius fez Auveny crescer de oito para catorze domínios. Queimou áreas inteiras da Floresta Feérica, que todos sabemos que é perigosa e inabitável para criaturas não mágicas. Sempre me perguntei quanto dessa crença foi estimulada pelo próprio rei.

Ele é especialista em fazer suas ações soarem sábias e necessárias. Interessante que, a cada acre de Floresta Feérica queimada, Auveny também tenha ganhado um acre de terra. Foi uma forma de expandir nossas fronteiras, e eu nem tinha percebido até Dante apontar, no outro dia.

Depois que botânicos aprenderam a destilar ambrosia, o rei Emilius transformou esse conhecimento em patrimônio para os cofres reais. Todas as áreas recém-queimadas foram transformadas em campos dourados de flores-de-fada para produzir ambrosia. Encantos de fadas se tornaram moda, uma marca de virtude que passou a poder ser comprada. Velhas fábulas sobre as fadas ressurgiram, adoçadas para as novas gerações para vender os felizes-para-sempre. A Mestra Visionária Felicita contribuía para essa fantasia, e não raro trabalhava como casamenteira para o povo da Capital Solar enquanto era Vidente.

Esses detalhes têm pouco significado quando isolados. Coincidências espalhadas pela linha do tempo, anedotas. Mas tudo junto? Talvez o brilho astuto nos olhos envelhecidos do rei esteja intenso demais.

O sucesso de Auveny não é o poder, as terras ou os encantos feéricos. São as histórias a respeito de sua grandiosidade. Elas dizem que tudo que conquistamos nos estava destinado, que merecemos tudo neste mundo — e mais.

Quando a verdade é relativa, você faz com que ela gire ao seu redor.

⁂

No salão de jantar, encontro a única coisa boa do dia — bem, tão bom quanto pode ser um acadêmico-extraoficialmente- -transformado-em-conselheiro de ombros caídos, rosto inchado e roupa amassada. Dante também está almoçando, então posso fazer companhia à tristeza dele.

Me largo na cadeira ao lado e, sobre uma cópia abandonada do *Ziza Atualiza* de hoje, coloco minha cumbuca de sopa. Leio a manchete sob a comida — REVIRAVOLTA COMPLETA: CAMILLA ENFEITIÇADA. O artigo detalha que a princesa e lady Raya foram vistas pela cidade. Ziza Lace, como sempre, se baseia muito em especulações.

Elas fizeram compras e jantaram em todos os distritos. Testemunhas de olhos aguçados dizem que até compartilharam roupas, o que levanta a pergunta: isso é só amizade ou algo mais? Quando os sinos da cerimônia do casamento tocarem, daqui a duas semanas, talvez vejamos Sua Alteza Camilla desafiando o irmão no altar pela noiva. As estrelas bem sabem que nossa princesa sempre consegue o que quer.

Eu morreria de rir se isso acontecesse, mas Nadiya é quietinha demais para o gosto de Camilla. Se bem que, depois que a princesa terminar de transformá-la, talvez não seja mais. Ziza geralmente está pelo menos meio certa.

Estou na metade da leitura irônica do artigo quando o intendente de lorde Denning passa por nós com um prato de peixe branco. O olhar dele recai sobre o boletim, depois sobre Dante, e ele diz em voz alta:

— Eu devia ter viajado mais. Claramente, os membros da nossa família real gostam de coisas exóticas.

Preciso agarrar o punho da camisa de Dante quando seu ar tranquilo evapora em um piscar de olhos. Posso imaginar a resposta, presa no fundo da garganta: *Claramente, você gosta de umas porradas na cara.* Mas Dante não durou esse tempo todo na corte auvenense sem saber como se controlar, mesmo quando as pessoas não merecem tal controle.

Quando o intendente se afasta, Dante murmura:

— Idiota. Eu devia ter socado ele.

Ele pega as cascas de pão que descartei e passa um pouquinho de manteiga antes de comê-las.

— E acabar desafiado para um duelo? — bronqueio. — A reunião do Conselho foi complicada. O rei quer espalhar a ideia de unificação com Balica, mas acho que ele está criando mais opositores à ideia.

— O mais frustrante é que se Balica *pudesse* confiar em Auveny, poderíamos trabalhar juntos para encontrar a bruxa. — Ele suspira. — As pessoas acham que nós só trabalhamos juntos em um sentido, se é que você me entende. Minhas visitas à ala real não passaram despercebidas. Como se tudo o que eu tivesse a oferecer à coroa fosse meu *belíssimo* corpo!

— Bom, seu corpo é mesmo *belíssimo* — digo, seca. — Eles vão respeitar você quando for conselheiro do rei.

Dante brande uma colher no ar, veemente.

— *Caso* isso aconteça, vão achar que consegui o posto *dormindo* com o príncipe. A pior parte, a pior parte mesmo, é que, para ser sincero, sou *mesmo* muito bom de cama...

Um pouco da sopa que estou bebendo entra pelo caminho errado.

— ... e não me oporia a certos arranjos, se as circunstâncias fossem diferentes. Eu adoraria que Cyrus tivesse padrões elevados.

— Nossa, que generoso da sua parte.

— Obrigado. — Dante me olha de esguelha. — Seria do seu interesse também.

— *Cale a boca.*

Quando terminamos de comer, vamos para os jardins. Percebo que Dante contorna o tópico toda vez que tocamos no nome de Cyrus, mas nenhuma conversa que pudéssemos ter seria segura em público.

Como se fosse capaz de ler meus pensamentos, ele pergunta:

— Quer sair da cidade?

— Você não está ocupado?

— Estou *muito* ocupado. Mas se tiver que decifrar mais uma página da caligrafia da Líder de Gramina, vou voltar a ser analfabeto. — Ele solta a pistola da cintura e a gira pelo gatilho no dedo indicador. — Você não queria aprender a atirar?

— Não, Camilla que queria me ensinar.

O inverno passado tinha se resumido a chuva e neve constantes, e ela ficou doida de passar tanto tempo trancada dentro do palácio. Uma princesa yuenesa tinha dado a ela um conjunto de pistolas com coronhas esculpidas na forma de serpentes gêmeas, mas os campos estavam enlameados demais para caçar alguma coisa interessante. Ao fim da estação, o palácio ostentava uma série de novos buracos de bala nas paredes e dois jogos de jantar a menos. Camilla me deixou tentar atirar com elas, mas eu era uma péssima atiradora, e ela, uma péssima professora.

— Posso ensinar você a lutar corpo a corpo — sugere Dante. — Nunca se sabe quando vai voltar a enfrentar uma fera.

Eu já o vi lutar com Camilla, mas acho que estava só agradando a princesa; não sabia que ele gostava disso.

— Aprendeu na universidade?

— Muitos aristocratas são mandados para cá com o dinheiro do papai. — Ele abre um sorriso. — Eu aprendo rápido, só isso. Vamos, preciso de uma distração.

Seguimos de novo na direção dos campos de caça mais próximos, onde há um espaço amplo ideal para a prática de tiro e arquearia. O gramado ondulante é espesso e de um verde-dourado; andar em meio a ele é satisfatório como correr os dedos pela crina de um cavalo penteado. Abro os braços para aproveitar a brisa.

Dante prende o cabelo cacheado com um cordão e começamos. Ele me mostra alguns pontos fracos, uma postura na qual posso usar o corpo como alavanca, e a melhor maneira de mover os membros de acordo com quais partes do meu corpo estiverem presas. Amarro minha saia para facilitar os movimentos; consigo até imitar bem os gestos dele, mas não com a mesma velocidade. Sabia que Dante era forte, mas ainda assim fico surpresa.

Enquanto pratico socos, esqueço de avisar que vou atacar e quase acerto o nariz dele com a base da minha palma.

Dante baixa a minha mão a centímetros do rosto dele.

— Então. A sua coisa com Cyrus.

— A gente precisa mesmo falar disso? — Tento desferir um chute nele, mas Dante desvia.

— Eu só estava pensando... — diz ele, dando de ombros com uma casualidade exagerada. — Você está... *apaixonada* por Cyrus?

— Não vou nem me dignar a responder — sibilo.

— Eu não te julgaria, se estivesse.

— Mas eu estou te julgando por achar isso!

Ele baixa a cabeça para desviar com facilidade do meu golpe.

— Só aquele maxilar dele já partiu muitos corações...

— Você tem péssimo gosto para homens. Não me arraste junto para o fundo do poço.

— ... e é óbvio que ele mexe com você.

Inspiro fundo.

Ele dá uma risadinha, apesar da postura solene, como se *quisesse* poder se divertir mais com isso.

— Você não precisa que eu te diga que se envolver com Cyrus é perigoso.

— Sabe que foi ele que começou, né? Ele que foi até a minha torre. Achou a noiva para quebrar a profecia, e agora quer que a Vidente seja a amante dele — resmungo. — Mas é verdade, a gente não devia estar botando o casamento em risco, e...

— Digo, é perigoso *para você*.

Dante se move tão rápido que só registro que ele me agarrou pelas pernas quando estou voando, o estômago revirando. Ele me pega, um braço atrás das costas e outro sob a cabeça, tão perto do chão que meus cotovelos raspam na terra.

Dante paira acima de mim, o céu de um azul-brilhante atrás dele.

— Sabe por que algumas pessoas gostam de manter a Vidente na torre mais alta do reino? — A testa dele está brilhante de suor, e o cabelo cai sobre o ombro quando o rabo de cavalo se solta. — Porque se as coisas desandarem, é fácil saber para onde apontar.

Eu recupero o fôlego.

— Eu sei.

— Sabe, é?

O brilho nos olhos dele é curioso como um segredo; me lembra de Cyrus por um momento atordoante. Ao longo dos anos, os dois acabaram compartilhando maneirismos, como a forma de passar os dedos pelo cabelo ou inclinar a cabeça quando ouvem algo absurdo, mas não podem comentar a respeito. Me pergunto se há alguma linha do tempo em que beijei Dante em vez de Cyrus no baile, e se essa versão de mim está vivendo com menos arrependimentos.

— Você tem o hábito de se convencer de que é inabalável.

Dou uma risadinha sarcástica.

— Só estou viva porque sou boa nisso. Estou *aqui* porque sou boa nisso.

— Não estou negando seus sucessos, Violet. Mas quanto mais alto o voo, maior a queda.

Dante me ergue pelos pulsos. Quando os solta, meus dedos roçam de leve a palma da mão dele.

Uma cavalgada pelos campos. O sol espiando pelo horizonte irregular. "Eu prometo", *diz Cyrus.*

A lembrança é clara e nítida — recente. Instintivamente, tento ver mais, apertando minha mão contra a de Dante. A cena se desenrola por completo.

"Eu prometo", diz Cyrus, "manter Auveny longe das fronteiras de Balica. Tanto agora quanto quando for rei."

"E se você não conseguir?", pergunta Dante.

"Prometo que vou ser um rei justo para eles. Mais do que justo."

Dante balança a cabeça.

"Se você não puder manter a promessa, vai ter guerra."

"Balica não tem forças militares..."

"Não estou dizendo que tentar resistir não será suicídio. Mas estou dizendo que não vamos ser pacíficos."

A imagem desaparece da minha mente quando Dante afasta a mão.

— Desculpe! Não foi minha intenção...

— Sério? — Ele me fulmina com o olhar, sua raiva mais potente por ser tão rara, sombreada pelo sol às costas dele. — O que você viu?

— Só vi uma conversa de quando você saiu em uma cavalgada com Cyrus.

Dante tem todo o direito de duvidar de mim, porém, embora use esse truque com outras pessoas, nunca tinha invadido a privacidade dele assim.

Sua testa continua franzida, e Dante esfrega as mãos como se isso fosse apagar o que vi.

— Achei que Balica estivesse tentando evitar a guerra — digo, baixinho. — Você não **pode** deixar que acabe nisso. É exatamente o que a bruxa quer. Exatamente o que a profecia alerta que vai acontecer.

Ele solta um suspiro contido.

— Então talvez signifique que é inevitável.

— Não diga isso. — Já ouvi demais essa palavra na minha mente.

— Essa bruxa está semeando a desconfiança entre os reinos. É uma dor de cabeça, mas está agravando problemas que já existiam. Mesmo que a gente a encontre e se livre das feras, mesmo que Cyrus e "lady Raya" se casem, o avanço de Auveny não vai se resolver automaticamente. É fácil botar a culpa de tudo que acontece na profecia, mas o cerne do problema está... *aqui*. Na ganância do reino.

Não conto a Dante como o rei me pediu para falar no casamento em apoio à unificação. É uma culpa que vou carregar em segredo, como o espinho no meu armário. *Vou tomar essa decisão quando chegar a hora*, digo a mim mesma, embora saiba que simpatia não tem lugar na hora da sobrevivência.

Melhor correr entre lobos do que ser devorado por eles.

— O que podemos fazer? — pergunto mesmo assim.

— *Espero* que a relação entre os reinos seja diferente sob o reinado de Cyrus, e que as tensões diminuam como resultado. Essa é só mais uma razão pela qual precisamos que esse casamento aconteça logo. Ele tem duques que o apoiam, mas no momento estão na surdina, ganhando tempo até a coroa ser dele.

— Mas o rei Emilius talvez não abdique ainda.

Dante faz uma expressão séria.

— Achei que depois do casamento...

— Ele está mais saudável — digo, cutucando a terra com o pé. — Acho que com Cyrus discordando dele, vai optar por governar um pouco mais até que o filho deixe de lado seus... hm... impulsos idealistas.

Dante esfrega o rosto, deixando uma mancha de suor na bochecha.

— Pelas divindades, esse passeio era para ser relaxante. É como se nenhum plano nosso fizesse diferença.

A lua surge bem distante no céu claro. Não sou apaziguada pelas nuvens passando e pelo céu escurecendo — sinais de dias mais frios e curtos conforme o fim do verão se aproxima. Uma fada solitária pisca lá em cima, voando na direção da capital.

Algo no padrão da luz me parece estranhamente familiar; quando fito a criaturinha, penso em alguns dos sonhos que tive ultimamente em que as Sinas falavam comigo, sonhos que pareciam invadidos por fadas. Elas iluminavam o céu quando sonhei com feras nos campos e, antes mesmo disso, me guiaram até um Cyrus amaldiçoado e consumido pelos espinheiros. Era como se estivessem tentando me alertar de algo além do que minha Visão inata conseguia me mostrar.

Comprimo os lábios.

Incluindo a visão que tive sete anos atrás, que permitiu que eu salvasse Cyrus.

Me lembro claramente dela, como na noite em que sonhei com a cena: o céu acima do mercado estava repleto de incontáveis luzes enquanto o príncipe morria. Mas agora entendo algo que não sabia na época — as luzes eram fadas.

Será que elas também estavam me alertando de algo, na época?

Um pensamento há muito reprimido se renova.

— Vai, *sim*, fazer diferença — murmuro. — É disso que as Sinas têm medo.

Dante ergue o olhar.

— O quê?

— Cyrus se tornar rei. — Os fios flutuando em minha mente se juntam para formar um panorama claro. — Acho que ele foi amaldiçoado porque as Sinas não querem que ele governe, porque esse futuro deve ser o único em que evitamos derramamento de sangue. — As Sinas querem sangue, então querem guerra, então querem um rei que vá permitir que algo assim aconteça. — É por isso que queriam que ele morresse, sete anos atrás. É por isso que eu não devia ter salvado ele.

O mundo volta subitamente ao foco quando deixo os pensamentos de lado. É só uma teoria, mas parece que cada camada da minha mente vê coerência nela. Uma fagulha de esperança que posso oferecer a Dante — o fato de que talvez todo esse esforço não seja em vão, contanto que Cyrus sobreviva para assumir o trono.

Mas meus sonhos atuais também são repletos de ameaças e espinhos, e há muita coisa que não posso admitir ao meu amigo. Ainda sou incapaz de responder à pergunta mais importante de todas.

Onde vou estar depois que essa profecia tiver passado?

O sangue escorre por entre minhas pernas à noite. Em meus sonhos, a Sina que não é uma Sina suspira. Espreita das sombras sem estrelas na minha mente, o lugar que minha Visão considera insondável, embora saiba que há algo lá.
O garoto ainda vive.
A condescendência me irrita, mesmo já sendo esperada.
— O que está fazendo aqui?
Vim lembrar você da traição do príncipe. E rir da sua tolice.
Estreito os olhos.
— Se quer tanto que eu mate Cyrus, me diga exatamente como ele vai me trair.
Já estou farta das frases vagas das profecias.
O que vai acontecer quando ele se cansar de você? Quando você o contrariar? Use a imaginação. Reis são assim.
— Isso não prova nada.
Assumi um problema grande demais para que qualquer um de nós seja capaz de lidar com ele sozinho, mas trabalhar com Cyrus não tem sido impossível. Mesmo que nossas aventuras particulares sejam imprudentes. A voz na minha cabeça me deu aquele espinho quando eu estava no fundo do poço, e ela sabia disso. Agora está desesperada para me derrubar de novo.
Mas é no desespero que revelamos quem somos de verdade.
— Você diz que não é uma Sina, mas está trabalhando com elas, sei que está — digo, presunçosa. — E você quer que essa profecia tenha o pior dos desfechos. Está ajudando aquela outra bruxa, não é? Ela é uma Vidente. E agora você tenta me recrutar. Me responda ou vou saber que está só enrolando.
Você diz que quer respostas, até encontrar uma verdade insuportável. A voz passa a falar de forma mais rápida e

ríspida. *Você é o brinquedinho dele. A verdade é que odeia a si mesma por querer o príncipe. Por que deixa esse ódio supurar?*

Sinto o rosto esquentar. Inconscientemente, cravo as unhas no colchão.

— Eu não...

Descarada, você é uma descarada, Violet da Lua — há vergonha no seu coração, maior ainda por ser tão pequena, se escondendo na escuridão que você não ousa perscrutar.

Umedeço os lábios; ainda posso sentir o gosto de sangue de quando Cyrus me beijou sem delicadeza.

— Você está tentando plantar coisas na minha cabeça... Está tentando me manipular.

A manipulação é o idioma dos mortais. O amor é manipulação, a esperança também.

Conforme o fervor da voz aumenta, ouço aquele tom humano nela de novo, e fico completamente imóvel.

— Quem é você?

Ah, estrelinha. Você faz as perguntas erradas.

Cerro os olhos na escuridão e juro que posso sentir uma presença próxima, algo do outro lado dos ecos. Correndo a língua pelos dentes, engulo o resto do gosto ferroso. O sangue torna a magia de uma Vidente mais poderosa... Mas quais são os limites? Será que é possível ter um poder grande o bastante para invadir a mente de alguém?

Uma Sina que não é uma Sina.

— Não — sussurro. — *Você é uma Vidente.*

Ah, errou de novo. E agora cansei de você.

Dessa vez, *sinto* a conexão ser interrompida. Me agarro ao sonho, torcendo para não acordar ainda conforme a escuridão recua...

Mordo a língua com força.

A dor se espalha. Minha boca se enche de sangue. Engulo tudo, denso e amargo, mas sinto um poder renovado nascendo em mim, me prendendo àquele mundo sombrio conforme ele se dissolve. Gargalhadas respondem, delirantes e maníacas e mais próximas do que antes. Me lembro do som, ecoando de uma sacada em chamas e de uma visão de triunfo sobre o cadáver de Raya. No momento brilhante logo antes de acordar, vislumbro um par de olhos escuros se fechando, o rosto obscurecido por penas de corvo.

A Bruxa dos Pesadelos.

20

QUEIMO O ESPINHO.
Fico olhando enquanto ele escurece e murcha até não passar de cinzas na minha lareira.

Quanta ajuda eu, em minha tolice, dei à bruxa? Quanto da minha mente ela espiou? Ela não se chama de Vidente, mas tem a Visão — só pode ter, uma vez que sabe do futuro. Fala das Sinas como se tivesse conversado com elas.

Por mais vilanesca que ela possa ser, o que me pergunto depois de ver seus feitos é: do que *eu* seria capaz, caso tentasse?

A Visão é apenas a superfície da magia de uma Vidente.

Só porque ela é malvada não significa que isso seja mentira.

Mas acho que isso é exatamente o que ela quer que eu pense.

Estamos a apenas duas semanas do casamento. Duas semanas do destino. As respostas vão chegar, eu querendo ou não, e estou vibrando com uma expectativa que não é inteiramente medo.

Enquanto isso, o príncipe está preocupado com tudo, menos com a noiva. As três fadas do palácio seguem Cyrus o tempo todo, retocando seus encantos enquanto ele solta fogo pelas ventas de salão em salão, furioso demais com os planos do pai em relação a Balica para manter a pose. Se os encantos que o deixam mais charmoso funcionassem com o Conselho, ele ao menos teria muito mais aliados.

Na reunião seguinte na Câmara do Conselho, o general informa que patrulhas avistaram um corvo incomumente grande circulando pelos céus em vários momentos, mas não conseguiram abatê-lo. Ele sempre escapava para a Floresta Feérica. Foi visto pela última vez perto do Terceiro Domínio — o mais próximo da Capital Solar que já esteve.

Considero contar a alguém — ao rei Emilius ou a Cyrus ou a Dante ou mesmo a Camilla — das minhas conversas com a bruxa. Confessar o que ela me pediu, para que saibam quão perigosa e sobrenatural ela é. Mas seria admitir coisas demais, explicar coisas demais, e minha língua está amarrada com todas as verdades que omiti até o momento. Se contasse a eles como ela me pediu para matar Cyrus, todos saberiam que fiquei tentada a obedecer.

Se soubessem do espinho, talvez até ficassem com medo de *mim*.

O retorno às minhas responsabilidades cotidianas é uma distração inesperadamente bem-vinda. Limparam as partes apodrecidas da torre, então posso voltar a receber clientes. Da base da torre, a visão é esquisita; com todas as partes escuras arrancadas, novas gavinhas estão se estendendo para preencher o buraco. Crescem tão rápido que, se alguém parar para observar, é possível ver a mudança acontecendo diante de seus olhos.

Menos agradável é o fato de que estou tendo mais dores de cabeça.

— A torre para de apodrecer e a minha cabeça começa — resmungo enquanto abro a porta da sala de adivinhação.

Me forço a encarar três sessões de leitura, balbuciando futuros que são metade baboseira. As pessoas são muito transparentes; não é difícil descobrir o que querem ouvir, mesmo com minha cabeça latejando. Inseguranças se escondem em suas falas, esperanças presas em uma risada.

Uma mãe chega à minha torre com as duas filhas. Uma tem mais ou menos minha idade e a outra é novinha demais para fazer qualquer coisa além de suspirar e chutar o pé da mesa. A mais velha vinha se preparando para se mudar para o Sexto Domínio para servir de ama dos primos mais abastados, mas a viagem ainda é perigosa, com feras escapando esporadicamente do cerco do exército.

Sinto as mãos suadas enquanto faço as previsões. Vejo um pouco da chegada dela nos fios, mas nada muito além disso.

A mãe me interrompe, perguntando:

— Mestra Visionária, me perdoe se eu estiver sendo inconveniente, mas a senhorita está doente?

Levo a mão à testa. Está queimando de febre.

A fadiga me derruba pelo meio do dia. Tento ficar na cama, mas dormir é aterrorizante. Sonho e acordo, sonho e acordo. Só me lembro de trechos do que ouço e vejo; o que persiste é um medo paralisante de estar sendo observada em alguma parte da minha mente.

A bruxa me provoca das sombras mais profundas:

Ah, como nossas sortes mudaram porque ousei reivindicar o poder... Já fui rebelde como você, quando não sabia de nada. Você está escolhendo o caminho mais difícil. Mas vai aprender.

As bordas dos meus pensamentos se desfiam, se transformando na mandíbula aberta de uma fera.

As feras estão com fome. Ele vai morrer e a guerra começará. Você vai ser a danação do príncipe.

A escuridão se estilhaça em uma luz cegante. Me sento na cama, e a luz do sol me acerta em cheio nos olhos. Praguejando, puxo as cobertas sobre a cabeça e caio de volta no travesseiro, tendo perdido qualquer sensação de descanso.

⌐⊃⌐

Recebo visitas preocupadas de Camilla e Dante ao longo dos próximos dias, mas me sinto melhor depois de descansar um pouco. Assim que a febre baixou, as vozes que perturbavam meu sono também se foram.

Várias manhãs grogues se passam até que um falcão conhecido bate no vidro da janela.

Os olhos brilhantes me fitam conforme abro a tranca. Preso à pata do animal há um bilhete cor de creme com o selo de Cyrus. Vai entender — beijei o príncipe algumas vezes, e de repente ele não para de me mandar cartas.

A mensagem é simples como as outras: *Soube que está se sentindo melhor. Pode vir me encontrar no meu escritório?*

Às vezes, quando o sol bate na mesa de adivinhação, penso em Cyrus apoiado nela. Nos lábios dele roçando o meu pescoço, furtivo como um segredo. Eu deveria jogar o bilhete fora, como fiz com os outros. Deveria continuar ignorando o príncipe, porque o casamento dele está chegando, e parece imprudente correr o risco de agitar as coisas agora que elas se assentaram em outro período de calmaria.

Ou eu poderia fazê-lo provar do próprio veneno.

Precisando de um pouco de alegria, não consigo resistir. Refaço a trança. Fuçando no fundo do guarda-roupa, escolho um vestido com decote em forma de coração que faria Camilla assoviar. É de um vermelho-escuro elegante, bordado com libélulas prateadas e bem apertado ao redor da cintura. Um pouco mais delicado e torneado se comparado a meus trajes usuais, mas não obviamente sedutor a ponto de parecer que estou me esforçando para tentar Cyrus.

O que, talvez, eu esteja fazendo.

Por cima, jogo meu manto. É uma visita oficial, afinal de contas.

Conforme atravesso a ponte que leva aos jardins do palácio, crio conversas na minha cabeça para todas as razões pela qual Cyrus pode ter me chamado. Se ele perguntar a respeito dos planos do pai para o casamento, vou fingir que não sei dos detalhes. Se precisar de um favor, vou dar uma leve chantageada nele. Tirando confiança, essa é a única moeda que interessa.

Há também os cenários menos inocentes. Engulo em seco quando me lembro do toque quente da boca dele. As mangas deste meu vestido já ficam na beirada dos ombros, ele poderia facilmente tirá-lo, se quisesse.

Eu me recomponho.

Traçando caminhos por trilhas mais vazias, entro no pátio externo por uma passagem lateral. A maior parte das flores cor de creme caiu das magnólias, e não consigo encontrar uma impecável para colher. O esvoaçar de uma capa roxa chama a minha atenção no arco oposto, seguido pelo cintilar de botas com bico de ouro seguindo na direção da minha torre.

— Cyrus?

As botas se viram. É ele *mesmo*.

— Bom di... a. — Algo parece entalar na garganta dele quando me aproximo, e a fenda do meu manto revela parte do vestido por baixo.

— Você não me pediu para te encontrar no seu escritório?

— Achei que você fosse ignorar meu bilhete de novo. — Cyrus me olha de cima a baixo quando minha atenção se volta para o som de batida de asas e ele acha que não estou olhando. O falcão dele pousou em um galho acima de nós.

— Você vai pegar um resfriado assim.

— Não se você continuar me olhando desse jeito. O que quer dessa vez?

Ele não responde de imediato, como se me ver assim o fizesse reanalisar o pedido.

— Minha recatada noiva está nervosa por causa do casamento, e seria bom se a Vidente pudesse dar uma ajudinha.

Então, no fim, não vamos para o escritório dele. Não vamos sequer para os aposentos de Nadiya. Vamos para o quarto de Camilla, onde Nadiya aparentemente está passando metade do tempo.

A caminhada é silenciosa na maioria do tempo; nenhum de nós tem interesse em fingir uma conversa casual, e qualquer coisa mais importante que isso não pode ser discutida em público. Ainda assim, pergunto baixinho:

— Como vão as coisas com seu pai?

— Ele ainda não me deserdou. — É a resposta otimista dele.

Na ala real, espirro antes de ver as fadas flutuando do nosso lado. Tento afugentá-las, mas elas saem de alcance. Uma dá um rodopio, e uma flor brota em pleno ar — uma flor de magnólia perfeita, noto. Ela flutua até se acomodar na minha mão.

— Obrigada? — Prendo o botão atrás da orelha. As fadas vão embora zumbindo.

Embora Cyrus esteja olhando para a frente, consigo ver um sorriso em seu rosto.

— Elas gostam de você.

— Por quê?

— Eu me pergunto a mesma coisa. — É um flerte se ele fez a frase parecer um insulto? — Algumas pessoas acreditam que as fadas são atraídas pela esperança.

— Pelo jeito algumas pessoas estão *erradas*.

A antessala para os aposentos de Camilla é uma sala de estar. O teto espelhado reflete meu rosto como em um caleidoscópio. O lustre baixo tem pingentes de safira.

Assim que Cyrus fecha as portas, ele relaxa os ombros, aliviado, como se a caminhada em público fosse a pior parte. Esfrega os cabelos sem me olhar diretamente.

— Camilla está ganhando a confiança de Nadiya com os pequenos passeios juntas, mas ela ainda está... inquieta — explica ele. — Fica nervosa sempre que alguém menciona o casamento, o que não é um bom sinal para o casamento *em si*. Está com medo do que você viu no futuro dela, sobre a bruxa aparecendo. O que faz sentido, mas o palácio vai estar trancado e o casamento precisa acontecer. Ela ficaria mais confiante se você fizesse alguma leitura mais animadora.

— Eu não *decido* o que vejo nos fios do futuro — digo, como se fosse óbvio. — O futuro é o futuro.

— Então... faça o que faz de melhor.

Inclino a cabeça quando a confusão desaparece, uma bolha de diversão irrompendo no lugar.

— Principezinho, você está me pedindo para *mentir* para ela?

— Estou pedindo para você fazer o que faz de melhor. — Ele pigarreia antes de bater na porta do quarto, e sua postura se alinha de repente. — Sou eu, Cyrus. Violet está comigo.

As portas se escancaram e uma nuvem de pétalas amarelas explode no meu rosto. Escuto Camilla exclamar de algum ponto atrás do ataque floral:

— Violet! Você parece estar se sentindo bem! Graças às estrelas.

Cabideiros com vestidos de todas as cores formam um labirinto no quarto da princesa — zigue-zagues de brocado, seda brilhante e tafetá enrugado. Buquês enormes e mesas cheias de quitutes preenchem as lacunas. Há comida o suficiente para uns dez casamentos.

Camilla, por incrível que pareça, é a coisa menos decorada no cômodo, vestida apenas com uma toalha e uma máscara facial melequenta. Atrás dela, o banheiro exala uma fragrância frutada. Cyrus tomba a cabeça para trás, grunhindo e revirando os olhos. Ela mostra a língua, caminhando de novo na direção do vapor.

— Não ligue para mim. Nadiya está no sofá!

Não consigo sequer *enxergar* o sofá. Mas ouço um farfalhar, e o rosto gracioso da garota surge por entre uma muralha de saiotes.

— Olá, Mestra Visionária! Peço perdão por fazer a senhorita vir até aqui.

Depois que abro caminho pelos cabideiros, encontro a saleta de Camilla barricada por montes de tecidos e uma estação de costura repleta de rolos de fita. Nadiya traz apressadamente uma bandeja de café, tomando o cuidado de não pisar em Catástrofe, que está se espreguiçando em uma réstia de sol. Cyrus pega uma xícara; eu rejeito a oferta e ela volta com a bandeja até um aparador.

— Eu teria ido a sua torre, mas parece que a cidade inteira sabe que estou saindo sempre que coloco o pé para fora — diz ela, rápido. — Juro, parece que tem um nobre escondido atrás de cada vaso de plantas pronto para me perguntar algo sobre Balica e minhas intenções e se sou uma *bruxa*. Como vai a senhorita? Está linda hoje, Mestra Visionária. Ah... e Vossa Alteza também.

— "Cyrus" já serve muito bem — relembra o príncipe, pelo que parece ser a milésima vez.

— Tenho certeza de que Vossa Alteza serve muito mais que bem ao seu povo — responde ela, sem entender o recado.

Pego um biscoito de uma segunda bandeja que a jovem traz, só para que ela pare de correr de um lado para outro.

— Você está falante hoje.

— Sua Alteza Camilla acha que ter um ar de mistério é supervalorizado, então estou tentando manter mais conversas. — Nadiya dá uma risadinha meio abafada. — Ela diz que preciso agir como se tivesse alguma coisa importante a dizer, porque isso projeta confiança.

— Está preparando essa confiança para o casamento?

— Ah. Eu... — Ela se senta e coloca as mãos no colo, sobre a saia azul-bebê. — Sua Alteza provavelmente lhe contou das minhas preocupações.

— Está com medo da bruxa?

— Mais do que com medo. — Os lábios dela se franzem em uma tentativa de encontrar a expressão apropriada. — V-Vai ser um longo dia, Mestra Visionária. Uma longa festa após a outra, um banquete completo. Não sei se os encantos das minhas fadas vão durar tanto. Vai haver dignitários balicanos, pessoas que conheciam minha senhora pessoalmente. Felizmente não serão muitos, devido à dificuldade da viagem. Digo, não estou falando que é feliz o fato de as feras estarem dificultando as viagens. — A voz dela vai ficando cada vez mais aguda. — Recebi cartas da irmã de lady Raya, que tem a intenção de vir, e eu... eu sei que ela vai descobrir que sou uma fraude. Meu medo é que...

— Eu entendo — interrompo antes que ela hiperventile.

— Não é a situação ideal. Mas você ficaria surpresa de descobrir em quanta coisa as pessoas acreditam só porque querem acreditar, e muitas pessoas querem que você seja Raya. Querem que ela esteja viva, que seja uma centelha de esperança. Posso consultar seu futuro, se isso for te tranquilizar. Talvez a gente já tenha mudado o que está por vir.

— Seria ótimo. Queria não ter que passar por tudo isso.

— Balançando freneticamente a cabeça, ela acrescenta: — Sem ofensas, Vossa Alteza. Tenho certeza de que algumas pessoas fariam fila para se casar com o senhor.

Cyrus sorri, a xícara nos lábios.

— Fazer fila é algo ordenado demais para elas.

— Eu queria... Me perdoe, mas é que eu queria me apaixonar algum dia.

— Bom, a ideia ainda não foi descartada, não é? — digo, direta, estendendo as mãos. — Venha, vamos ver.

Nadiya põe as mãos sobre as minhas. Sabendo o que vi da última vez, me preparo para as cenas horrendas que vão aparecer. Fecho os olhos e mergulho na escuridão. A distância, fios do passado me chamam, mas os ignoro. No futuro...

No futuro, não vejo nada. Nem mesmo o borrão de fios arredios.

Há apenas escuridão. O nada. A falta do que deveria existir.

Aperto os lábios, mas depois me lembro de que deveria estar tranquilizando Nadiya.

— Hum... — murmuro em tom positivo, enquanto por dentro quero apenas gritar. Isso nunca aconteceu antes.

Mas as noites anteriores foram estranhamente desprovidas de sonhos. A última vez em que minha Visão agiu sozinha foi durante aquela febre, no começo da semana, quando a bruxa me perturbou...

Abro as pálpebras e encontro o olhar fixo de Nadiya.

— O casamento vai correr muito bem — minto. — Mantenha a cabeça erguida, não beba muito e fique ao lado do príncipe. Recomendo alguns encantos, mas não o bastante para enfeitiçar as pessoas. Não o suficiente para parecer suspeita, caso os encantos *de fato* acabem.

— Ah... Ah, certo. — Ela se apoia no espaldar da cadeira, hesitante, o sorriso mais educado do que genuíno.

Seguro a mão dela por um segundo a mais do que o necessário e acrescento:

— Nobres só ladram, não mordem. E falo isso como alguém que nasceu sem um tostão no bolso. Você pode não saber barganhar com um rei, mas é capaz de se defender melhor do que ninguém. Você chegou até aqui, Nadiya Santillion. O futuro não é sempre gentil, mas você não precisa deixar que isso a atrapalhe.

Um sorriso brilhante ilumina o rosto da garota.

— Obrigada, Mestra Visionária. Vou fazer o que puder. Talvez esse reforço de confiança mude um pouquinho o futuro. É tudo o que posso esperar. Meus pensamentos vagam de novo até o vazio da minha magia, e o medo se assenta em meu estômago. O que está acontecendo comigo?

O cantarolar de Camilla e o som de água corrente vêm do banheiro. O tilintar da xícara de porcelana no pires parece particularmente alto atrás de mim quando penso que quem os está segurando é Cyrus.

— Preciso ir — digo, quando a decoração alegre passa a parecer claustrofóbica.

Cyrus se levanta depois de mim.

— Acompanho você.

Olho para ele.

— Sei como chegar a minha torre, principezinho.

Ele leva a mão ao peito, inocente. Pelas divindades, seu charme é realmente ridículo quando ele o usa em mim.

— Você ainda está se recuperando. E se desmaiar?

— Então que os ramos de uma roseira amparem minha queda.

Quando saio, ouço o príncipe se despedindo de Nadiya. Nós dois deixamos os aposentos de Camilla lado a lado. Assim que ficamos sozinhos, Cyrus pergunta:

— Você mentiu para ela?

— É claro. Você me deve essa, hipócrita.

— Talvez sejam tempos desesperados demais para confiar só na verdade — admite ele, as mãos alisando as bordas douradas do casaco. — Temos a profecia de Felicita prometendo ruína, uma garota desafortunada fingindo ser minha

prometida, os duques *e* meu pai para manter sob controle...
E tem você.
Eu. A mulher que ele quer. A mulher que ele deseja que nunca tivesse entrado em sua vida.
— Mas quando você foi qualquer coisa além de um problema? — continua Cyrus, e suspira. Alguns passos largos e silenciosos depois, ele se vira para mim, ajeitando a gola da camisa. — Violet...
— Não invente coisas — digo, antes que a voz dele se torne doce. — Estou tentando garantir que uma profecia não mate todos nós. Só isso.
E nem estou me saindo muito bem.
Ele sorri.
— É por isso que você se arrumou toda para me ver?
— Arrogante da sua parte presumir isso.
— Você vem até meu escritório? — A pergunta dele é uma proposta, não há dúvida alguma. Abro a boca para recusar quando Cyrus acrescenta, mais baixinho: — Só dessa vez?
Uma última vez antes do casamento, é o que ele quer dizer. O frio que sinto na barriga parece mais absurdo considerando que estou neste vestido que com certeza coloquei para ele, como se meu coração estivesse à mostra na parte exposta do meu peito. Se alguém espiasse agora, diria que não há razão para o príncipe e a Vidente estarem se olhando tão de perto, e que não há nada de inocente na forma como ele me encara.
Mas não há ninguém aqui.
Então vou com ele até seu escritório.

21

DOIS PASSOS ESCRITÓRIO ADENTRO E UM CLIQUE da fechadura, e estou com as costas coladas à parede e a boca de Cyrus pressionando a minha.

Ninguém conta essa parte nos livros de histórias. Falam sem parar sobre amor verdadeiro, embora ninguém saiba explicar o que é. Não dizem onde você deve colocar as mãos quando o Príncipe Encantado só quer dar uns amassos. Não contam que a boca vermelha, úmida e desejosa dele é como uma fruta proibida, nem se ela é veneno ou prazer — ou as duas coisas. Você precisa morder para descobrir.

E eu não devia estar nos braços dele. Sou a garota errada, a bruxa, a mulher a quem ele nunca deveria ceder...

Mesmo assim, sou eu quem ele quer.

Empurro Cyrus para trás, quase tropeçando no tapete felpudo no centro do cômodo. Ele briga com os cordões ao redor da minha cintura. Minha mente está a mil, mas se eu não for rápido demais, vou parar, e não quero parar. Sem promessas. Sem um futuro para vislumbrar. Depois que eu for embora deste escritório, nada disso vai ter acontecido.

Meu vestido escorrega de um dos ombros conforme ele beija meu decote. Tentando ao máximo continuar impassível, solto uma risada.

— Você é tão fácil de ler. — Deixo o manto cair e se embolar aos meus pés.

— Então me explique — Cyrus me faz subir na escrivaninha, as mãos descendo pelas minhas pernas. — Diga o que exatamente eu quero fazer.

Não confio em ninguém neste mundo, muito menos nele, mas sei barganhar, e esse toque é uma troca. Há um momento para emoções mais suaves, mas não quando o desafio cintilando no sorriso dele me faz querer que Cyrus me perturbe o máximo possível. Com o nariz roçando o meu, não vejo em seu rosto a charmosa máscara que desprezo, e sim uma expressão mais rebelde e secreta. Gosto desse lado dele. Gosto que seja *meu*.

Faço Cyrus se ajoelhar e dou a resposta na forma de uma ordem.

— Implore.

Sentada na mesa dele como se fosse um trono, aprendo o que significa ceder: um príncipe ajoelhado diante de mim com uma boca livre para explorar territórios. Ele sobe minha saia até a cintura, olha para cima como se estivesse fazendo uma pergunta e sorri, o rosto contra a minha coxa, um sorriso que também é meu. Coro com o olhar, com quão pouco posso me esconder, com a forma que ele se deleita com o que descobre.

Quando os lábios dele enfim me tocam, agarro seu cabelo, arquejando, a reação tão imediata que desvio o olhar. Ele me beija até minhas pernas tremerem, até eu não me importar mais com minhas reações.

Agarro a camisa amassada dele, puxando-a pela cabeça. Cyrus arranca meu vestido. Tombamos no chão.

Venho tomando as poções feitas com as ervas que Camilla me deu, mas de repente fico preocupada com a possibilidade de que isso não seja o bastante; tive tempo desde nosso último encontro para pensar em todas as coisas idiotas que quase fiz. Quando o corpo dele se acomoda sobre o meu, me apoio nos cotovelos.

— Eu não... A gente não pode arriscar — arquejo.

— Certo. — Cyrus ofega, sua boca salgada, e seu próximo beijo é mais gentil. — Certo.

E só então, quando ele se controla, é que percebo que talvez eu tenha medo de como sempre vamos rápido demais, longe demais, um com o outro.

Mas estabelecer limites pode ser divertido também; nós sempre chegamos bem perto de ultrapassá-los. Ele passa o polegar, depois a boca, pelas partes mais sensíveis do meu corpo, e eu agarro o tapete até os nós dos meus dedos ficarem brancos. Não importa o que Cyrus está fazendo; é *ele* que eu quero — quero que ele me queira. Quero que nós dois escolhamos a mesma imprudência. As histórias são uma mentira: o destino não é nada além da batida volátil do coração de um príncipe, e o deste está quase escapando do peito, pulsando contra o meu.

Quando noto que ele está convencido demais, mexo os quadris e faço Cyrus rolar até ficar debaixo de mim. Ele me provoca, mordendo o lábio, mas sou melhor em bancar a perversa, e também acho que me divirto mais com isso. Se tem um tipo de garantia em uma rixa longa como a nossa, é a de que nenhum de nós vai se conter.

Com uma mão na garganta dele e a outra segurando a parte de seu corpo que pulsa por mim, desfruto da minha vitória quando ele diz meu nome em um tom baixo e delirante. Se eu ainda não assombrava os sonhos dele, agora vou.

Ficamos deitados no tapete, meio vestidos, olhando o papel de parede estrelado no teto do escritório. Nossos braços nus irradiam calor, a um milímetro de se tocar.

— Essa é uma péssima ideia — murmura Cyrus.
— Foi — respondo.

Foi uma péssima ideia. Já aconteceu, e é também a única razão pela qual estamos com a cabeça clara agora. O calor em mim se aplacou e não penso mais nos lábios dele toda vez que Cyrus respira. Péssimas ideias ou são repulsivas ou muito tentadoras; o pêndulo foi muito para o lado do último, mas agora está retornando.

Viro a cabeça e encontro o olhar dele em mim. As pessoas se pisoteiam só para encostar nesse rosto. Ele tem mais sardas do que me lembro. Penso nos lábios dele de qualquer forma, enterrados na curva do meu pescoço nem dez minutos atrás.

Até eu preciso rir — e é o que faço.

— Qual é a graça?

Nós. Tudo.

— Isso. — Movo as mãos no ar. — O Príncipe Encantado se envolvendo com a bruxa local. Somos um pesadelo diplomático.

— Isso não é engraçado.

— É um pouco engraçado.

O destino de uma era repousa em nossos lábios. Proclamo profecias que podem coroar reis, e o beijo dele poderia estabelecer impérios, se prometidos à pessoa certa — o que não é meu caso. As coisas em jogo são tão grandes que parece absurdo. Se as circunstâncias fossem diferentes... Bem, é inútil pensar nisso.

Já vi meus clientes cambalearem vida afora tomando decisões ruins apesar dos meus conselhos. Mas as coisas de alguma forma se voltam em benefício deles e, por pouco, evitam a decepção. Eles envelhecem felizes porque não têm noção dos fios que poderiam ter sido. Não sabem de nada. O problema é que eu sempre sei de tudo. Não consigo ver meus próprios fios, mas posso imaginar. Sei que não devia provocar Cyrus. Devia morder a língua e fingir, elogiar o príncipe e me referir a ele com o título apropriado e não com um apelidinho infantil. Não deveria retribuir seus beijos. Nosso envolvimento não era inevitável porque estava escrito nas estrelas, mas porque é impossível jogar tantos fósforos acesos em um barril de pólvora e esperar que nenhum provoque uma explosão — e eu deveria ter parado de jogar fósforos.

Mas agora está tudo sossegado. Uma réstia de luz filtrada pela cortina banha os ângulos do corpo desnecessariamente definido de Cyrus, o cabelo perfeitamente bagunçado, e ele me encara como se pudesse ver algo que eu não vejo, como se houvesse algum significado neste momento.

— Já te falei para não me olhar assim — digo.

Cyrus solta uma risada alegre e meu coração erra uma batida. Ele engole em seco e abre um sorriso apologético, como se não tivesse tido a intenção de rir daquele jeito, e uma vontade impossível surge em mim, a coisa mais idiota, mais ingênua...

Tenho vontade de que tudo isso fosse de verdade.

A risada foi verdadeira. Mas Cyrus sabe, assim como eu, que temos nossos papéis a cumprir, e que já quebramos vezes demais as promessas feitas para arriscar agora. Como seríamos diferentes se não tivéssemos discordado em todas as questões importantes... Poderíamos ter encontrado segurança, e não desconfiança, em nossa familiaridade.

Não me arrependo das mentiras que contei, de não seguir as ordens do pai dele, de ter mantido aquele espinho guardado por tanto tempo antes de queimá-lo. Mas me arrependo *deste* momento, roubado de um fio diferente no qual não sabemos de nada e somos felizes.

Eu nunca devia ter ouvido o príncipe rir daquele jeito.

— Você se lembra da profecia que me contou? A dos versos? — murmura Cyrus.

Nunca é tranquila a jornada até o amor,
e seu pai não aprovará a sua, quando a hora for.

— Combina com Nadiya. — Engulo a sensação na garganta. — Antes não combinava, quando ela era Raya, mas agora faz sentido.

— Acho que combina com Nadiya, sim. — Ele me encara, depois olha para o teto. — Mas também combina com você.

A pessoa lhe pegará de surpresa, disfarçada,
mas lhe escapará antes que a meia-noite ecoe a última badalada.

Eu o surpreendi no labirinto. Fugi do baile.

E, o mais importante, o pai dele ficaria furioso se nos descobrisse.

Sinto a boca seca.

— O que você quer dizer com isso?

Ele não responde.

Me sento, o sangue subindo para a cabeça.

— Cyrus.

— Não importa. — Ele fecha os olhos ao repetir as palavras que eu disse em nosso último encontro. — Eu vou ser o rei, e você vai ser minha Vidente.

— Você pode ter qualquer pessoa. Por que ia me querer? Por que, depois de todos esses anos...

Ele apenas ri, exausto e tenso.

— Não foi *depois*. Foi desde sempre.

Sempre.

Sempre.

Ele *sempre* quis...

— Eu soube, no instante em que te vi, que você era diferente. Falava como se tivesse visto muito mais do que poderia ter visto, tendo morado no Distrito Lunar a vida inteira — diz Cyrus, baixinho. — Você era esperta e rápida, e nunca seguiu uma regra de que não gostasse, e precisa entender como isso foi chocante para um jovem príncipe. E eu achava que você ainda se tornaria muito mais. — Ele se vira para mim. — Fico bravo com meu pai por muitas coisas, mas a principal é ter te transformado em uma mentirosa. Que bênção ele ganhou quando eu encontrei você... Uma órfã Vidente. Meu pai apostou no fato de que você seria maleável...

Sinto os pelos da nuca se arrepiarem.

— Ninguém me transformou em nada.

— ... e, em troca, você o ajudou mil vezes mais. Mas você é adulta agora — continua ele, sem nem uma pausa. — Nós dois somos. Achei que você fosse se livrar da influência dele. Já viu mais do mundo, sabe como ele não tem coração. Meu pai é capaz de casar o próprio filho com qualquer uma e pedir a você para anunciar um futuro que leva à guerra.

— Seu pai está jogando segundo as regras deste mundo... e ele sempre foi justo comigo. Não vou desperdiçar sete anos de bom relacionamento com ele só porque você está me falando palavras bonitas há meio verão.

— Faça isso pelo futuro que você quer. Dante me contou sua teoria, de que minha ascensão vai fazer diferença, o que é uma ótima dose de esperança, mas e se depender de *você*?

— Seu olhar é verde e penetrante. — E se *você* fizer meu pai abdicar com uma profecia inventada? E se você não tivesse medo d...

— Eu não tenho medo dele!

Sob meu olhar fulminante, Cyrus se apoia em um dos cotovelos. A camisa pende do corpo — de novo, *perfeitamente*, o que me deixa com raiva de sua beleza natural.

— Você olha as pessoas nos olhos quando mente. Quando está falando uma verdade assustadora, desvia o olhar. É esse o seu tique.

Minha respiração está ofegante, minha pulsação rápida traindo meu estado.

— E quem vai me proteger, se eu o desafiar? — sussurro.

Cyrus segura a minha mão.

— Eu.

— Você não hesitaria em me destruir. — São as palavras dele.

Cyrus beija a ponta dos meus dedos.

— Não se você fizesse isso por mim.

— Promete?

Mesmo com todo o charme treinado, ele hesita antes de responder:

— Prometo.

— Eu não acredito em você.

Fico de pé.

Escolhemos nossos caminhos: vou fazer o que for melhor para mim, e o príncipe vai fazer o que for melhor para o reino. Tudo o que podemos pedir um do outro é que não nos atrapalhemos.

Quando me inclino para recolher meu manto, Cyrus se ajoelha. Pega meu rosto entre as mãos, tenta me fazer olhar para ele.

— Você não tem ideia do quão brilhante seria, se tivesse um pingo de coragem.

Me desvencilho, agora sentindo suas palavras doces deixando um gosto amargo.

— Chamar *tolice* de um nome mais agradável não faz com que valha a pena ser tola.

Arrumo o vestido e ajusto o corpete para ficar um pouco mais apertado que antes. Corro os dedos pela trança. Está um pouco bagunçada, mas não o suficiente para levantar suspeitas caso alguém me veja assim.

— Fique com a sua *coragem*. Não espere por mim.

— Não quero que a gente acabe em lados opostos de novo. Fui inconsequente quando tentei te mandar embora, mas eu tinha um motivo. Preciso colocar em prática minhas ideias para Auveny, e se isso significar fazer inimizades com meu pai, com o Conselho... com você, se precisar, então vou fazer.

Sinto o sangue gelar. A ameaça veio por último.

Os reis são assim, disse a bruxa.

Cyrus umedece os lábios intumescidos por nossos beijos, sua respiração ofegante. O contorno ressecado de sua boca some contra a pele.

— Sei que meu pai pediu para você fazer um discurso no meu casamento. Em vez de obedecer, force a abdicação dele. Diga que meu reinado precisa começar para que a maldição termine...

— Mesmo agora, tudo o que você quer é que eu te obedeça. — Incapaz de falar com o tom cruel de sempre, minhas palavras saem desanimadas. Estou cansada e tudo dói, da cabeça ao coração. — Você pode até ser um rei melhor que seu pai, mas vai continuar sendo um *rei*.

— Prometo que não vou ser como meu pai. Eu não...

— Sem promessas, lembra?

Não é minha intenção que as palavras saiam como um pedido de desculpas, e digo a mim mesma que é melhor brigar com um tolo do que me unir a um. Sinto o corpo tremer, e sei que preciso ir embora.

Cyrus aperta meu pulso para me segurar e se inclina como se fosse me beijar de novo, mas me desvencilho antes que ele consiga. Antes que a imagem dele implorando fique gravada em minha memória.

22

NENHUM SONHO OU CARTA ATRAPALHA OS ÚLTIMOS dias do verão. E, sorrateiramente, o dia do casamento de Cyrus e Nadiya chega.

Ignoro os festejos desanimados espalhados pelas ruas. Qualquer coisa celebratória certamente foi plantada pelo palácio para elevar os ânimos. Um desfile de dançarinos e músicos de Balica percorre o Distrito Palaciano em homenagem a Raya. Barraquinhas temporárias vendem bolos de chá branco e máscaras de papelão para atrair as criancinhas.

No céu, o sol está rubro como sangue. A Floresta Feérica queima além da Capital Solar e a fumaça paira pelos céus. Escutei mais histórias a respeito de feras mortas, apesar dos protestos das pessoas que tinham entes queridos desaparecidos nas últimas semanas. Tenho pena deles; ouviram as histórias da demonstração de lady Raya e depositaram as esperanças em um truque de mágica.

Na privacidade da minha torre, ando de um lado para outro de camisola, a trança chicoteando às minhas costas. O vazio em minha mente é perturbador — não mais um alívio, e sim o roubo de uma parte íntima de mim.

Quero minha Visão de volta.

Quero que tudo isso acabe.

Não sei o que quero.
De alguma forma, todas essas coisas são verdade.
Ao pôr do sol, vou ficar diante dos convidados do casamento e proferir as palavras que o rei Emilius pediu que eu dissesse. *As Sinas abençoam a união entre Cyrus Lidine e Raya Solquezil. Já estava escrito, assim como a união entre Auveny e Balica.* Vou pensar em algumas palavras mais bonitas para inserir entre as afirmações. Não é o ideal, mas a vida raramente é.
Eu poderia tentar inventar uma previsão que agrade todo mundo. Dizer algo que faça parecer que estou apoiando as ambições do rei Emilius, mas ainda permita que Cyrus distorça minhas palavras no futuro, quando Emilius não estiver mais no trono.
Será que o rei perceberia? O pensamento me ocorre de forma automática.
Não importa, digo a mim mesma, *porque não tenho medo dele.*
Não sou um dos peões do rei. Posso ver suas enganações. Cyrus diz que já sou crescida o bastante para ter coragem; bom, digo que sou crescida o bastante para saber que neste mundo bondade vale menos que mingau gelado. Pelo menos o mingau dá para comer.
Fecho os olhos. Penso em Cyrus sorrindo. Penso naqueles versos idiotas.
Penso nele implorando.
O príncipe imagina uma versão de mim que não existe. Sei como ele quer que as coisas se desenrolem: eu passo a odiar o que o pai dele e sua corte estão fazendo, então me rebelo, arruíno os planos de Emilius e apoio abertamente a ascensão rápida de Cyrus. E talvez eu seja a peça no tabuleiro que pode mudar tudo.
Ou talvez eu seja só uma gota em um lago.

Mudar de lado em um momento tão precário, quando não tenho nada além de maus presságios em meu futuro, significa colocar meu próprio pescoço na guilhotina e confiar em Cyrus para impedir a descida da lâmina. Não tenho a fé cega dele. Já vi lembranças de pessoas comuns e os legados das extraordinárias, e em vez de me fazer acreditar em livros de histórias e finais felizes, o resultado foi o exato oposto.

Mas eu queria...
Um suspiro deixa minha garganta.
Eu queria que os sentimentos dele bastassem para mudar os meus.
Queria que fizessem diferença.
Nunca ansiei por nada assim.
Um cintilar chama a minha atenção. Um instante depois, espirro. As três fadas do palácio estão na minha mesa de adivinhação, se equilibrando sobre as xícaras e colheres do meu conjunto de chá. Devo ter deixado alguma janela aberta lá em cima.
Com o coração vazio e dolorido, franzo o cenho.
— O que vocês querem agora?
Uma faixa de tecido surge no ar entre elas, caindo aos meus pés. Camilla trouxe um cabideiro cheio de vestidos para mim ontem, mas ainda não escolhi qual vou usar — de toda forma, todos parecem mais adequados a uma noiva.
Suspiro, ergo os braços e me entrego ao capricho das fadas.
— Certo, terminem logo com isso.

∞

A decoração do salão de baile é sem graça se comparada à magia de tirar o fôlego do dia da Festa das Feras. O recinto parece imaculado ainda assim: magnólias brancas e flores-de-fada douradas pendem dos arcos, há tecidos drapejados em todos os cantos, e cada área do espaço foi polida até brilhar — mas não há artifícios escondidos. Devido aos últimos acontecimentos, qualquer coisa excessiva parece vulgar; assim, para o casamento real do século, não teremos nem céu estrelado feito de velas nem esculturas de gelo improvisadas derretendo em meio a mesas com trinta sabores de bolo.

É alto o falatório entre os grupos de sicofantas embriagados e cortesãos perambulando pelas fileiras de cadeiras e pelo corredor central por onde caminhará a noiva. Uma inquietação macula o ar — a esperança coletiva de que este casamento traga um futuro melhor e a desordem caso isso não aconteça. Todos os convidados foram inspecionados por guardas e testados quanto à presença de encantos, o que estraga o clima de imediato; ninguém gosta de ter sangue esfregado no nariz, mesmo com os lencinhos de cortesia para limpar a sujeira, mas é o melhor jeito de garantir que não vamos receber a Bruxa dos Pesadelos por acidente.

Repuxo as mangas rendadas do vestido enquanto traço meu caminho em meio à multidão. As fadas produziram para mim um traje verde-claro que fecha na frente. Flores peroladas e folhagens douradas se aninham entre as pregas da saia e do corpete. É elegante sem ser espalhafatoso, uma boa escolha para alguém que não é o foco da noite.

Camilla está ajudando Nadiya a se aprontar, e vai estar entre as últimas a chegar. Tenho a impressão de ver Dante nos fundos do salão, mas depois percebo que é alguém com um maxilar parecido e o mesmo amor por chapéus escandalosos. Suponho que ele esteja com Cyrus, que também não apareceu no salão ainda.

Odeio ficar sozinha em eventos. Uma Vidente isolada está sempre implorando para ser abordada.

— Srta. Lune!

Me encolho. Ninguém me chama assim. Ou é alguém tentando ser condescendente ou alguém que não dá a mínima para títulos.

No fim, é alguém que se encaixa nas duas hipóteses: lady Ziza Lace, fofoqueira profissional, está vindo direto na minha direção com duas taças de vinho nas mãos. O cabelo preto está preso em um penteado que desafia a gravidade; ela está corada das bochechas ao peito, onde o vestido flerta com o limiar do recato.

— Olá, olá, já se serviu de um drinque? Trouxe um extra.

— Ela enfia uma das taças na minha mão. — Não vai ter bebida depois que a cerimônia começar, então aproveite agora!

Tento me afastar, mas ela me segue, dez vezes mais persistente, então ofereço um sorrisinho e dou um gole cauteloso.

— Obrigada.

— Não há de quê! É sempre animador não ser a única dama yuenesa no salão. Poderia prever uma coisa dessas, srta. Lune? — Ela estende os dedos e vejo os anéis de cores pastel. — Um casamento tão apressado... Vai ser uma pena se tivermos só isso. Espero que haja uma festa mais extravagante depois de resolvida a questão das feras... Isso se Cyrus e Raya continuarem juntos até lá, claro.

Ela faz uma pausa, como se me convidasse a dar minha opinião. Não tenho nada a dizer.

— Você é uma garota astuta, que sabe mais do que deixa transparecer — continua a mulher, batendo a taça na minha para brindar. — O que diz a respeito do sucesso do casal? Sinto que eles não têm aquela... aquela *faísca*, mas é só minha opinião.

— Se eles parecem nervosos, talvez seja só o fato de que tem uma bruxa má atrás deles — ironizo, entornando o vinho.

Ziza deve saber muito bem do que estou falando: vem publicando artigos longos a respeito da Bruxa dos Pesadelos. Especula sobre as origens e os objetivos dela, e até mesmo sua constelação de nascimento, tentando compará-la a Raya enquanto questiona se o amor da Líder de Lunesse vai ser suficiente para nos salvar.

— Essa pressão toda com certeza amortece um pouco o romance.

— Tem razão, tem razão. Ou alguns diriam que *incrementa*, uhu! A senhorita *é* jovem. Aproveite, antes de ficar cheia de rugas como eu — diz Ziza. A pele dela é imaculada.

— Ando ouvindo coisas muito *interessantes* a respeito de Sua Majestade, e me pergunto se a reputação dele é verdadeira. A de que ele pode até ser um Príncipe Encantado nas ruas, mas é um conquistador entre os lençóis...

Engasgo com o vinho. Mas que raios, preciso parar de beber coisas enquanto converso.

— ... cheio de luxúria e muito exigente. As garotas hoje em dia amam um cafajeste. Talvez seja tudo invenção, mas um passarinho me contou que a senhorita talvez saiba.

— Eu? — Não estou gostando nada da conversa.

— Segundo minhas observações, sentimentos tão intensos quanto o ódio e a paixão são dois lados da mesma moeda. Um se transforma no outro incrivelmente rápido, dependendo das circunstâncias. Mais faíscas surgem da fricção do que da cooperação, afinal de contas. Às vezes odiamos tanto uma pessoa que nos apaixonamos por ela.

E talvez, se eu começar um fogo quente o bastante, comece a cagar cubos de gelo.

— A senhorita bebeu demais, lady Ziza. — Começo a me afastar.

— Estou perfeitamente sóbria... Ah, bem, um pouco altinha, talvez. — Ela cambaleia na minha direção, depois se inclina até tocar minha orelha com os lábios. — É melhor a senhorita mesma me dizer a verdade, em vez de me deixar desenterrar os fatos do pior jeito possível. A senhorita e o príncipe foram vistos bem juntinhos... inclusive atrás de portas fechadas.

Meu coração dispara.

— Se a senhorita não está bêbada, então está alucinando. — Mantenho o olhar firme, mesmo enquanto sinto o rosto corar, a situação piorada pelo álcool. — Me deixe em paz antes que eu a faça ser expulsa por perturbar a Vidente.

— Não precisamos chegar a esse ponto, srta. Lune. Estou apenas oferecendo uma chance de divulgar detalhes do assunto da forma que achar melhor. Damas bem-sucedidas devem sempre apoiar umas às outras. Mas talvez devamos discutir o assunto de novo em um momento mais apropriado, em particular. — O sorriso de Ziza apenas aumenta, e é só quando me viro que percebo o motivo.

Cyrus surgiu das portas laterais do salão de baile. Está vestido em um branco cândido, com espirais de contas e bordados ornamentando as bainhas. Um único cacho pende na testa, fazendo com que pareça ainda mais bonito, e logo abaixo estão seus olhos de um verde-vivo — olhando direto para mim.

Estavam olhando. Assim que nossos olhares se encontram, ele muda o foco para outro lugar.

Mas que *raios*, somos *mesmo* óbvios.

Pelo salão, as pessoas se remexem no assento. Uma harpa começa a tocar uma melodia romântica. Enquanto isso, lady Ziza aguarda minha resposta com as sobrancelhas finas arqueadas.

— Com licença — digo, com meu olhar mais fulminante. — Preciso ir para o palanque.

Deixo a taça na bandeja de um criado que passa por mim e me afasto da fofoca e das risadas embriagadas da mulher.

Assim que me aproximo do pequeno tablado, entendo por que esta parte do salão está tão vazia — está tão fortemente guardada que a fileira de soldados da Guarda Imperial parece até fazer parte do papel de parede. E ninguém quer vinte pares de olhos sobre si enquanto se afoga em vinho.

É um sinal de que não temos um bom plano para quando a bruxa chegar. O que esperam fazer — abater um corvo no ar, caso ela apareça? O que *podemos* fazer diante de uma magia das trevas que esta terra nunca viu?

Mas ela não me conhece tão bem quanto imagina. Analisou fios do futuro e eu consegui surpreendê-la mesmo assim. Me neguei a cooperar. O reino está fechando o cerco. *Ela* é quem está desesperada.

Subo os degraus acarpetados para fazer uma mesura diante do rei Emilius em seu trono. Seus cabelos grisalhos foram tingidos e cortados, e o manto dourado está amontoado ao seu redor, cintilando sob as luzes. O sorriso é cordial como o de um pai, mas não encontro conforto nele dessa vez.

— Você vai falar depois de mim, e antes do celebrante — diz ele. — Tenho certeza de que suas palavras serão muito sábias.

Aquiesço e assumo meu lugar na lateral do palanque.

E os pensamentos de traição recomeçam.

E se eu não seguir as ordens do rei e, em vez disso, disser que depois do casamento Cyrus deve assumir o trono? Será que o rei Emilius negaria minhas palavras, ou o dano já estaria feito? Com certeza posso confiar em Cyrus o bastante para acreditar que ele vai me proteger contra a ira do pai. Ou será que só *quero* confiar nele, o que parece quase a mesma coisa?

Vou ficando mais inquieta conforme a cerimônia se aproxima; depois do confronto com Ziza Lace, minha vontade é fazer algo imprudente só para provar que sou capaz.

A multidão ainda não sossegou. Não vejo Camilla ou Dante. Torço para Nadiya não ter desistido de última hora.

Ouço uma respiração que não é minha e sinto uma nova presença ao meu lado. Não olho para ele.

— O que estava discutindo com lady Ziza? — murmura Cyrus.

Meu rubor, que enfim tinha desaparecido, volta.

— Sua falta de discrição.

— Minha ou nossa?

— É 99% sua. Você fica praticamente *me comendo* com os olhos.

— Tenha piedade, eu estou apaixonado.

— Não está nada.

Felizmente não tem ninguém por perto, e o burburinho constante da multidão é o bastante para abafar nossa conversa. Olho de lado para o rei. Ele parece preocupado, com um membro da Guarda Imperial sussurrando algo em seu ouvido.

— A gente precisa mesmo falar disso agora? — resmungo.

— As pessoas podem ver, e aí é que *vão mesmo* comentar.

— As pessoas sempre comentam. Esta é a última vez que podemos conversar antes que eu passe por uma cerimônia da qual provavelmente vou me arrepender. Aceito correr os riscos. — Ouço o príncipe trocar o peso de perna. — E se eu quisesse que a noiva a entrar por aquelas portas duplas fosse você?

Enfim olho para Cyrus. O sorriso dele parece um anzol. A forma como ele fala — meio de brincadeira, meio a sério — faz com que soe como verdade e ficção ao mesmo tempo. Ou talvez seja meio com amor, meio sem, duas metades em

conflito. Um desafio e uma confissão, e um toque de teatralidade para poder negar tudo depois.
Eu não devia dar atenção a ele. Mas quero saber, então pergunto em um tom pouco mais alto que um sussurro, tão fraco que nem parece que falo em voz alta:
— Você está apaixonado por mim?
Uma palavra parece pairar na língua dele, como se a resposta mudasse conforme meu olhar endurece.
— Pare de tentar adivinhar o que quero ouvir. É sim ou não. *Você está apaixonado por mim?*
— Não sei — sussurra ele, conseguindo a proeza de dar a resposta mais angustiante de todas.
A música orquestral vai aumentando. É chegado o momento de Cyrus assumir seu lugar diante do trono e esperar a noiva, mas ele se demora ao meu lado para dizer às pressas suas últimas palavras:
— Você acha que é idiotice eu te amar. Qualquer pessoa te amar. — Cada frase sai rápida e cortante, afiada como o olhar dele. — Porque você não seria idiota de retribuir. Seu coração é de pedra. Mas a verdade é que você nunca precisou ser tão fria, cruel e mercenária para chegar até aqui. Só acredita nisso para não se sentir culpada por ser desse jeito.
Estou tremendo quando ele se afasta. Cyrus está errado, completamente errado. A essa altura, reajo a ele por puro instinto, e a raiva borbulha na minha garganta com a vontade de dar uma resposta cortante. Se ao menos não estivéssemos em seu casamento...
Assim que engulo a réplica, outra parte de mim desperta, a que está cansada deste mundo que nunca muda: *você é orgulhosa, mas ainda não é feliz.*
Por todo o salão de baile, a audiência está sentada e em silêncio. O espaço entre Cyrus e eu nunca foi tão vasto e frio. Tento focar outra coisa, escondendo os punhos cerrados nas flores e pregas da saia.

Enfim, as portas duplas se abrem. Quase não me dou conta; achei que alguém anunciaria o início da cerimônia primeiro. Um estranho clamor irrompe do fundo da audiência. As pessoas se levantam. Até o rei fica de pé.

O celebrante no tablado grita:

— Pelas estrelas, o que...

Não é o tipo de apresentação esperada.

Mas são essas palavras que recebem as duas mulheres que entram correndo no salão de baile, aos gritos. Os vestidos brancos estão destroçados, os cabelos bagunçados, os dentes arreganhados. Quando levantam o rosto, a fúria nos olhos inocentes é a mesma.

Exatamente a mesma.

Atacando uma à outra na entrada do salão há duas ladies Rayas.

23

PELA PRIMEIRA VEZ, ESTOU TÃO CONFUSA QUANTO a multidão. Tropeço até a beira do palanque. Cyrus já está avançando a passos largos pelo corredor, empurrando a turba que há entre nós e a cena.

Guardas imperiais cercam as Rayas. Enquanto convidados se acotovelam para ter uma vista melhor do acontecimento e Cyrus e os guardas tentam manter a ordem, a Raya à esquerda aponta um dedo acusatório na direção da outra, a voz clara acima da algazarra.

— *Essa* garota...

— Eu sou a verdadeira Raya Solquezil! — exclama a Raya da direita. Está com o rosto vermelho e parece pronta para o ataque, impedida por um guarda que a puxa para trás.

— ... está fingindo ser eu.

— Não deem ouvidos a ela!

A Raya à esquerda ergue uma das mãos, um sorriso apologético no rosto enquanto ajeita um dos vários cachos rebeldes atrás da orelha.

— Essa fraude é uma das minhas criadas. Ela roubou minhas fadas e minha identidade.

— Ela tentou me matar! — berra a outra Raya. — Mas eu revidei. É *ela* quem é perigosa!

— Que tal todo mundo *se acalmar?* — grita Cyrus, como se alguém no mundo já tivesse se acalmado com um pedido para *se acalmar*. — Podemos resolver isso em particular...

— Vamos resolver isso *aqui*, com todo mundo como testemunha, para que eu possa ter um julgamento justo — resmunga a Raya da esquerda. Ela abre os braços. — Podem testar para ver se estou usando algum encanto. Nos encharquem de sangue, se for preciso. Não tenho nada a esconder, ao contrário de *certas pessoas*.

Quando chego mais perto, os olhos escuros dela se viram... *para mim*. Não para a outra Raya, mas para mim, e meu coração começa a bater cada vez mais forte, como se soubesse que precisa temer algo que ainda não compreendi. As palavras dela ecoam na minha cabeça, e o tom sinistro de sua voz resgata uma memória, fazendo um calafrio descer pela nuca...

A Bruxa dos Pesadelos.

Como se percebesse que a reconheci, ela abre um sorriso sarcástico antes de desaparecer em um piscar de olhos. Me sinto subitamente sufocada, gelo correndo pelas veias quando todos os sentidos parecem me escapar.

— Ela é... — Fecho a boca de súbito assim que a abro. Não. Muitas coisas não podem ser explicadas diante de uma multidão. Porque a outra Raya deve ser Nadiya; Nadiya não conseguiria fingir ser outra pessoa nem se tentasse. Mas se o rosto verdadeiro de Nadiya for revelado, ela será marcada de imediato como culpada, sendo que a única pessoa perigosa aqui é a que está ao lado dela.

— Me deixe examinar seus fios — digo, passando pelos guardas. — Ninguém vai derramar sangue hoje. Posso descobrir quem é a verdadeira Raya.

A bruxa estreita os olhos.

— E por que é você quem vai decidir?

— Porque sou a Vidente.

— Videntes podem mentir. — Ela balança o cabelo. — O que você tem a perder se testarem nós duas para ver se estamos usando encantos? Ou será que você estava do lado da fingida esse tempo todo?

— Podemos fazer os dois testes — digo, entredentes, tirando as luvas. — Não cabe à *acusada* decidir como vamos lidar com a situação. Acho que Sua Alteza concorda, certo, Cyrus?

Espero que ele seja capaz de ver claramente qual é Nadiya e qual não é. Ele não sabe que a outra é a mesma pessoa que andou invadindo minha mente e sugerindo que eu *o apunhalasse*.

Quando olho para o príncipe, ele está me encarando com uma expressão confusa, a testa franzida como se em conflito.

— Qual é o problema?

Ele fita a multidão, depois as Rayas, fazendo uma expressão indecisa.

— A única pessoa... que verificou que Nadiya estava falando a verdade... foi você.

Ele fala tão baixo quanto consegue; com toda a atenção em nós, porém, é impossível evitar que escutem o que dizemos. Murmúrios de "*Quem é Nadiya?*" se espalham pela multidão.

Balanço a cabeça.

— E daí? Eu li os fios do passado dela. São memórias, não previsões. Não há adivinhações envolvidas. Eu vi a verdade.

Mas Cyrus continua me encarando, e entendo que não é isso que ele quer dizer.

Ele não confia *em mim*.

Meu queixo cai.

— Você não pode estar duvidando do que vi... Juro que vi de verdade. Eu vi Raya mor... — Mas preciso me conter. Não posso dizer que a vi morrer, não diante de todo mun-

do. Isso exigiria outra explicação. — Você não acredita em mim, não é?
 Ele respira fundo, mas não responde. Apenas murmura para si mesmo:
 — Não acredito que não conferi. Eu confiei na sua declaração, saí em uma caçada desesperada...
 — Já chega — resmunga a bruxa. — As únicas fraudes aqui são a minha antiga criada e, aparentemente, sua Vidente. Ela claramente vem fazendo profecias mentirosas para me difamar. Está tentando seduzir o príncipe, e parece que foi bem-sucedida.
 Lanço um olhar culpado para Cyrus rápido demais. Ele apenas me encara, congelado, e me pergunto por que está demorando tanto para assumir o controle da situação. Com um grunhido de desprezo, disparo:
 — Isso é ridículo. Cyrus e eu nos odiamos...
 — Você está certa — diz o príncipe por fim, mas percebo um segundo tarde demais que não está falando comigo. — Violet tentou me seduzir.
 O embrulho em meu estômago é tão violento que quase caio de joelhos. Os arquejos que se espalham pelo salão soam como um rugido. Eu me viro para encará-lo. *O que...*
 Então olho além dele, na direção da multidão. Se não estivesse procurando por pistas de jogo sujo, não teria percebido os sinais sutis nos olhos arregalados demais e no queixo caído de todo mundo, como se as pessoas não estivessem mais em controle total da própria mente. Estão todos encantados. A bruxa os está encantando, assim como Nadiya encantou todo mundo no baile.
 — *A Vidente me disse que eu não tinha chances com Sua Alteza.*
 — *Eu sabia que não devia ter dado ouvidos.*
 — *...mentiu sobre outras profecias antes...*

— A mãe dela também se deitava com um príncipe.
Todos os pelos do meu corpo se arrepiam como se em um aviso tardio. Deixo de sentir o chão debaixo dos meus pés quando Cyrus continua, a expressão impassível:
— Violet ficou com ciúmes de Raya. Eu sabia que ela me queria, mas fiquei com dó e a perdoei.
— Você está enfeitiçado... Ela encantou todo mundo e... Mas estou falando muito rápido, muito desesperada. Entendo isso assim que as palavras deixam meus lábios. Aquela fúria incapacitante vai crescendo dentro de mim de novo, a consciência de que fico impotente quando questionada. Algo que Cyrus nunca precisou temer.

Avanço às pressas e agarro o braço dele, mas mãos fortes me puxam para longe — guardas tentando me conter.

— Façam ele despertar! Tragam sangue! — berro, mas já estão me arrastando para longe. — *Parem!*

Meus protestos soam imediatamente patéticos, os lamentos de uma menininha tentando alertar da chegada do lobo. Meu coração já desistiu enquanto procuro as palavras certas.

Realmente importa se as pessoas estão enfeitiçadas ou não? Já contei muitas mentiras, e nunca acreditaram de verdade em mim aqui nesta cidade. Sempre duvidaram de mim, lá no fundo, engolindo minhas invenções só quando lhes era conveniente.

E quem acreditaria mais em mim do que em Cyrus? Quem não desejaria um príncipe? Sou eu quem está sendo ridícula.

Os burburinhos vão ficando cada vez piores:

— *Você viu a parte apodrecida da torre?*

— *... ouvi dizer que ela anda se esgueirando por aí...*

— *... trouxe as feras... e até planejou o próprio ataque.*

Não — posso acabar morta por causa dessas acusações. Mas elas soam plausíveis até para mim. Sabia coisas demais e contei coisas de menos nesse tempo todo. Como é fácil pintar uma imagem a partir de mentiras...

Nadiya parece ter encolhido. Está tentando debilmente alcançar Cyrus, as mãos em um gesto de súplica.

— Vossa Alteza, por favor... O senhor precisa acreditar em mim. Estamos correndo grave perigo.

— Vamos ver onde está o verdadeiro perigo — responde Cyrus, ignorando tanto ela quanto eu. — Guardas, prendam as duas ladies Rayas. Supervisionem as fadas também. Tomem cuidado: talvez elas saibam usar magia, mas pode ser um simples caso de termos uma impostora.

— E a Vidente, Vossa Alteza? — pergunta o guarda mais próximo. — Ela...

— Ela não está por trás do ataque das feras, mas pode ser um peão. Levem Violet... — Ele engole em seco quando seu olhar encontra o meu, fulminante. — Levem Violet até um quarto vago e fiquem de olho. Vou lidar com ela mais tarde.

Um guarda me pega pelo braço. Forço o calor no meu rosto a diminuir para não queimar meu último fio de reputação. Todas as respostas em que penso só piorariam as coisas; esta não é uma batalha que vou vencer na base da grosseria.

Escuto a risada familiar atrás de mim. A risada que conheço dos meus sonhos, uma gargalhada que lembra o uivo do vento.

Eu te avisei.

— Você enfeitiçou Cyrus — digo entredentes, girando nos calcanhares.

A expressão da bruxa não muda, uma ventríloqua perfeita enquanto invade minha mente: *Eu enfeiticei todas as pessoas na multidão, exceto ele. Ele fez tudo sozinho.*

Eu me viro para o príncipe e Cyrus me encara. Não parece enfeitiçado, bravo ou em dúvida. Está apenas determinado.

— É para o seu próprio bem — murmura ele, e é como um tapa na cara.

Andei focada demais nas duas Rayas. Esse foi meu erro: esquecer que, apesar de Cyrus e eu termos inimigos em comum, fui a primeira nêmese dele, a que assombrou seu coração e sua mente desde o dia em que nos encontramos. Ele já teria se livrado de mim, se eu fosse um pouco menos teimosa.

A gente pode arruinar um ao outro, e não hesitaríamos em fazer isso.

Ele tinha me distraído com sorrisos e palavras bonitas, que me embalaram e me fizeram esquecer dessa verdade, mas só consigo pensar nisso agora. Um pensamento sombrio vem à tona, como veneno transbordando: a bruxa está certa. Eu devia ter apunhalado Cyrus quando tive a chance.

Estou quase aceitando meu destino de virar motivo de chacota. Receber olhares curiosos e ser alvo de rumores, até que meus pés cansados me arrastem para outro lugar. Como um coelhinho em uma armadilha, não posso fazer nada além de me debater.

Mas nunca aprendi a cair com graça.

— Foi *Cyrus* quem tentou me seduzir — sibilo, plantando os pés no chão de mármore do salão de baile, obrigando os guardas a me puxarem com força para me mover.

Risadas irrompem por todos os lados, mas não me importo. Cyrus não ousa olhar para trás.

— Ele quis me usar. Me convenceu de que se preocupava comigo e queria que eu fosse *corajosa*, mas ele mente bastante com essa boca de sorrisos perfeitos.

Esta noite é um lembrete de como sou diferente. Além da minha Visão, além do meu cabelo e dos olhos escuros, além da minha cara fechada, obtive meu lugar aqui através de muita luta. Não consigo nada a menos que vá lá e tome.

A multidão se esbalda nessa exposição toda porque aceitam qualquer tipo de entretenimento disponível. As pessoas não parecem mais enfeitiçadas; não, é meramente como elas são — frívolas e lupinas e nada preocupadas com a verdade. Só querem alguma coisa sobre a qual possam fofocar.

— Ele só finge ser o Príncipe Encantado, mas vocês sabem que não é o caso. Já ouviram rumores de como ele é um cafajeste. Bom, ele me quis primeiro.

Não me importo mais se estão acreditando em mim, mas a última palavra vai ser minha, só de ódio. Não ligo para o que a bruxa vai fazer com os convidados. Por mim, podem todos queimar. Podem todos apodrecer.

— Ele me beijou na minha torre e ainda foi além, depois tentou me expulsar do reino à força por causa disso, porque sabe que sou uma ameaça ao reinado dele. E talvez vocês não se importem com isso. Talvez até achem que mereci. Mas saibam que ele também é culpado de tudo que possa me culpar!

Quando respiro fundo de novo, uma ordem do rei Emilius emerge do meio do alarido, pesada e arrematada por um suspiro.

— Tirem esta mulher da minha frente, e rápido.

24

SOU TRANCAFIADA EM UM QUARTO DE HÓSPEDES desocupado. Uma prisão confortável, mas ainda assim uma prisão.

Ando de um lado para outro no tapete, abrindo uma trilha no tecido malhado. Não consigo me acalmar, me recuso a me acalmar. O futuro, o passado, todos os meus erros, o que ainda há por vir — tudo preenche minha cabeça como espinheiros, sem deixar espaço algum para pensamentos.

Não seria difícil escapar daqui. O cômodo fica no térreo e tem janelas amplas pelas quais eu poderia sair, se me espremesse. Mas o que poderia fazer, se escapasse? Voltar à minha torre e ficar lamentando lá, em vez de aqui? Há guardas por todos os lados, e fugir só pioraria as acusações. Faria com que as pessoas achassem que realmente tenho algo a esconder.

Estou aprisionada pelo que pensam de mim. É a parte mais estúpida de tudo isso.

Os guardas do lado de fora da minha porta, que reconheço como parte do destacamento pessoal de Cyrus, me entregaram um garrafão de vinho e uma bandeja cheia de comida que seria servida no banquete. Coloquei tudo na cama e belisquei alguns biscoitos, pensando no que um dos guardas disse quando veio deixar as coisas:

— Sua Alteza é bonzinho demais. Isso é mais do que você merece. Bruxa ou não, você é uma descarada.

Não muito tempo atrás, ser expulsa do único lugar que já considerei meu lar parecia o pior destino em vista, mas fui incrivelmente sem imaginação. Cyrus me humilhando na frente de toda a corte, fazendo com que as pessoas pensem que *eu* estou por trás das armações da bruxa... isso é muito pior. Isso vai me assombrar pelo resto da vida.

Escuto uma batida incisiva na porta. Cyrus entra sem esperar resposta, os olhos disparando de um lado para outro até me encontrarem.

Deixo a comida de lado e avanço a passos largos na direção dele.

— Violet. Eu...

Ele não trouxe guardas, então posso fazer o que quiser. Começo dando um empurrão tão forte quanto consigo nele.

— *Vá se danar.*

O príncipe agarra meu pulso antes que eu possa rasgar a gola de sua camisa. Tem a ousadia de parecer *abalado*.

— Meu pai vai chegar em breve...

A porta abre e fecha de novo com um estrondo. O rei Emilius é o único que ainda parece imaculado em seu traje, como se estivesse prestes a participar de um banquete de casamento e não repreender os filhos travessos. Ele fecha as mãos no punho em forma de leão da bengala, cuja ponta apoia entre os pés.

O rei nunca ficou tão obviamente irritado comigo, mas os sinais são claros — os movimentos súbitos e acentuados do queixo, a fúria marcando as palavras. Ele está tremendo não por causa da doença, mas da raiva.

— Não sei com quem estou mais decepcionado. Em que você estava pensando, Cyrus? Entende as consequências de...

— Entendo. — Cyrus se desvencilha de mim e encontra o pai no meio do quarto, os ombros empertigados. — Agora você também não pode mais usar Violet.

Solto uma risada abafada. Que belo cavalheiro. Me arruinando para que nunca mais possa servir como Vidente, para qualquer rei que seja. Pelas divindades... E ele parece achar que me fez um favor.

Cyrus retribui a expressão do pai, mas posso ver os punhos do rei cada vez mais cerrados, os nós dos dedos manchados de vermelho e branco. Espero que ele comece a gritar; me preparo para isso.

Mas ele dá um tapa no rosto de Cyrus.

Os anéis do rei abrem um corte na bochecha do príncipe, que fica vermelha com o impacto. No movimento seguinte, com uma força desconcertante, Emilius brande a bengala e acerta Cyrus nas costelas. É tão rápido — um estalo e o príncipe está encolhido no chão, a cara ensanguentada — que recuo por instinto antes de pensar em como reagir. Me seguro em uma penteadeira, a garganta tão seca por causa do choque que não consigo gritar.

— Você confia demais na sua beleza. — O rei cutuca Cyrus com a bengala, e o príncipe resmunga baixinho. — Devia aprender outros truques.

Gotas de sangue sujam o tapete quando Cyrus tosse.

O rei Emilius ergue os olhos — gélidos, verde-claros — na minha direção, e me encolho.

— É verdade? Você se envolveu com meu filho?

— E isso importa? — Percebo que estou tremendo.

— Hum. Tem razão. Não importa. Como planeja consertar isso?

— Eu... Hum. — Minha voz soa pequena. Idiota. Assustada. Não consigo evitar. — A... A alternativa mais fácil é Cyrus se retratar.

— Infelizmente, prefiro que você saia como mentirosa do que meu filho. — O rei me encara por mais um segundo. Franze a testa. — Ou talvez seja melhor cortar o mal pela raiz. Há duas Videntes em Verdant. Vamos entrar em contato e negociar uma delas. Você pode se aposentar.

Eu me recosto na penteadeira, suprimindo uma risada — de horror ou de alívio, não tenho certeza. As coisas poderiam ter acabado pior. Porém, mais uma vez, Cyrus conseguiu o que queria desde o princípio: se livrar de mim. E saiu apenas com algumas costelas quebradas como consequência. Que bela concessão, não?

Cyrus se põe de joelhos, oscilando enquanto aperta a lateral do corpo. Agora que minha descrença inicial passou, parte de mim se deleita com sua dor. Ele vai se curar, mas ao menos vai sofrer.

— Eu sei que foi você quem planejou tudo com lady Raya — diz ele, olhando para o pai. — Sei desde antes da Festa das Feras que você fez Violet mentir para mim e...

— E daí? — O rei dá uma bufada sarcástica. — Raya é uma pretendente melhor que qualquer outra que você fosse arranjar sozinho. Mas você conseguiu desperdiçar a oportunidade, e a troco de quê? Só há um tipo de amor que importa, Cyrus, e é o amor do seu povo.

— E um império vai fazer nosso povo feliz? O povo não quer ser enviado para fora do reino. Não ia querer terras roubadas se você não lhes dissesse que deve querer. Não dá para alimentar ou proteger pessoas com *glória*. Essas escolhas só servem aos piores de nossos duques...

— Que vão apoiar você. Que não têm qualquer outra razão para apoiar você, sem isso. Se quiser fazer alguma coisa, precisa antes garantir que sua cabeça permaneça em cima do pescoço. — Ele brande a bengala na minha direção, depois de novo para Cyrus. — Vocês dois são espertos e orgulhosos. Até demais para seu próprio bem. Que hoje seja a única vez que precisam se humilhar. Não tenho prazer algum em chutar cachorro morto. Mas vou ter certa satisfação em expulsar Dante Esparsa da capital, em desgraça.

Cyrus arqueja, e ergo o olhar rápido demais.

— Apenas para nos punir? — falo sem pensar.

— Ele é um espião. No início da noite, interceptamos correspondências que comprovam. Ele andou enviando mensagens codificadas para Balica.

— *Espião?* Não. Impossível. Quando Dante teria tempo para ser um *espião* se...?

Sinto o queixo cair.

A menos que seja *justamente* por isso que ele *nunca* tem tempo.

E por isso que nunca me deixa ler os fios dele.

Por isso que sabe lutar.

Será que é por isso que não o vi hoje à noite?

— Ele é a única razão pela qual não estamos em guerra — cospe Cyrus. Não parece nem um pouco surpreso. — Não é um espião, está comprometido a ajudar as duas nações. Eu dei a ele informações para negociar e ele manteve a paz, em troca de promessas que vou cumprir durante meu reinado. Caso contrário, Balica não teria tolerado a forma como os tratamos.

— Você não sabe quem são seus verdadeiros aliados — diz o rei Emilius com desprezo. — Mas acho que eles foram feitos de bobos, de toda forma. Você não terá reinado algum. — Ele pega o relógio do bolso e o confere, casual, antes de voltar a guardá-lo. — Quero que vocês se arrumem. Depois, vamos arrumar essa bagunça toda.

O rei vai embora. Quando a porta se fecha, o cômodo cai em um silêncio ensurdecedor. Cyrus se deita devagar no chão. Estou atordoada pelo choque e tremendo de raiva.

— Odeio você — sussurro.

Para ser honesta, tudo o que quero é chutá-lo enquanto ele está caído.

— Não me arrependo de nada — diz ele, fazendo uma careta de dor. — Faria tudo de novo.

— Não ouse falar que foi para o meu próprio bem. Não me venha com aquele teatrinho... — Dou o bote e pulo em cima de Cyrus. Eu o aperto contra o chão, as mãos em seu pescoço. — Não me venha com aquele teatro de *principezinho*, como se tudo o que você faz fosse *muito honrado*. Você queria se livrar de mim, admita.

— Sempre vai ser um de nós puxando a coleira e o outro tentando se livrar dela. — Ele fecha os olhos, deixando a cabeça cair para o lado. Abre um sorriso triste, com os dentes perfeitos manchados de vermelho. — Nunca agi sem pensar quando quis me livrar de você, Violet. Só esperei tempo demais para fazer isso. Sabia que nunca seríamos capazes de trabalhar juntos. A gente nunca confiou o suficiente um no outro para isso, e o que sinto por você não muda nada.

Aperto a garganta dele com mais força. Entregue, ele não esboça reação. Estou um caos dos pés à cabeça: as saias emboladas ao redor dos joelhos ralados, as mãos ainda trêmulas. A única alegria que tenho é ver como a respiração de Cyrus está ofegante e como ele arfa quando afundo o cotovelo com mais força em seu peito.

— Eu não menti sobre Nadiya. Não que você ligue para isso — digo. — Aquela Bruxa dos Pesadelos vai matar todo mundo, e não estou nem aí. Vai ser sua culpa, e espero que você testemunhe tudo com os próprios olhos.

Atônito e exausto, Cyrus balança a cabeça.

— O general e seus soldados estão vigiando as duas — diz ele. — Um movimento em falso e eles não vão hesitar em cortar a garganta da bruxa. Depois de tanta enganação, dessa vez vamos ser cuidadosos em garantir que estamos com a verdadeira culpada antes de executá-la.

— Por que você não me escuta? Aquela bruxa é capaz de enfeitiçar pessoas. Ela andou invadindo meus sonhos, andou... — Solto uma risada amarga. Andou tentando me convencer a me juntar a ela. Eu devia ter aceitado. — Sua sorte é que não dei ouvidos a ela.

— Do que você está falando?

— Ando sonhando com ela há semanas. A última vez que dormi uma noite inteira foi... Pelas divindades, deve ter sido antes do baile. Achei que a melhor coisa a fazer era não dar ouvidos. As Sinas dizem que devo uma vida a elas, porque não deveria ter salvado você, e agora entendo o motivo.

Se eu tivesse matado Cyrus quando a bruxa me disse, teria tido a satisfação temporária do ato. Teria me transformado em uma vilã, mas ao menos teria sido violentamente triunfante, de certa forma. Melhor do que ser uma tola apaixonada que está fadada a ser substituída e esquecida.

Ela me avisou. Até as Sinas me avisaram. *Você será traída. Por todos.*

Cyrus me encara como se eu fosse maluca — e, escutando tudo isso em voz alta, talvez eu seja. O coração podre dele... vai ser sua *danação ou salvação*, era o que a profecia de Felicita dizia. Bem, foi a primeira opção. Eu devia ter ido em frente. Devia ter apunhalado Cyrus.

Como se fosse uma resposta, algo cintila no limiar da minha visão.

Atrai meu olhar; é difícil se desvencilhar da magia quando ela sabe que você quer alguma coisa. Do lado oposto do quarto, entre uma estante cheia de quinquilharias e uma poltrona de leitura, há um vaso com uma planta. As folhas são de um verde vibrante — intenso demais para a sombra, quase como se estivesse brilhando — e foram aparadas na forma de um arbusto ornamental. O caule é grosso e envolto por vinhas, que culminam em uma única flor dourada, desabrochada como uma estrela. Uma flor-de-fada.

O tipo de inflorescência encontrada na Floresta Feérica. Ou no exterior da minha torre.

A cicatriz na minha palma coça.

Eu poderia fazer isso, não poderia?

Sim, sim, responde uma voz distante que é familiar demais.

Eu nem sei se funcionaria, mas sinto meu sangue vibrar. No fundo da mente, sei que vai funcionar.

Ele merece. Todos eles. Seja cruel e talvez você continue viva.

Quando largo Cyrus e me levanto, estou meio tonta — metade instinto, metade raiva, desesperança ocupando cada espaço que esvaziei dentro de mim.

— Violet?

Você se odeia por desejar o príncipe.

Arranho minha ferida, arrancando a pele. Não resta mais nada em mim. De que valem minhas ambições, quando o mundo é construído com enganações? Eu não construí nada real — nem eu nem qualquer outra pessoa. O império de Auveny nascerá de falsas esperanças e de um falso amor, porque a mentira é a moeda de troca deste mundo. Mentiras, grandes e pequenas, são as pedras angulares dos sonhos.

Você se odeia.

Meus dedos estão sujos de sangue. O corte é irregular e vermelho, pulsando de dor renovada. De que valem meus sentimentos quando são apenas medo com diferentes máscaras?

— Violet. — Ouço Cyrus gemer e me viro para ele. — O que você está fazendo?

Estou garantindo que nunca mais vou perder o controle para ele — seja como rei e sua Vidente, seja como amantes em conflito. Ele já tomou muito de mim.

Agarro o caule da planta e o mancho com meu sangue. Como em um pesadelo, um espinho de ponta vermelha brota sob minha palma.

Se usar o espinho, pode sair impune. Quando acertar o coração do príncipe, a arma vai destruir o corpo dele.

Quebro o objeto na base. Ele se acomoda perfeitamente nos meus dedos.

Sempre estive destinada a empunhar esta arma.

Cyrus tenta se levantar, mas atravesso o cômodo em silêncio e apoio um joelho no peito ferido dele. Já o prendi no chão assim outra vez. Envolvo seu pescoço com a mão e ele arqueja — choraminga, na verdade, tentando respirar. Não sei se as Sinas estão me dando força ou se ele é fraco assim, mas Cyrus mal resiste.

— É isso que nossas divindades querem. — Ajusto a pegada; o espinho está escorregadio de tanto sangue. — Eu errei em desafiá-las. Estavam certas sobre todo o resto.

Um som escapa da garganta dele. Acho que está rindo.

— Vá em frente, se tem tanta certeza.

Acho que Cyrus está delirando, reagindo à morte iminente, mas ele me agarra pela cintura e não me empurra para longe. Em vez disso, encosta a ponta do espinho no peito com toda a força que pensei que não tivesse.

— Vá em frente.

Afundo o espinho na pele dele através da abertura na camisa, mas meu pulso está preso em seus dedos, e noto que não parei de tremer.

— O pior erro que cometi — começa Cyrus, os lábios rachados e inchados — foi deixar Camilla me convencer de que a gente devia escapar até o Distrito Lunar naquele dia.

Termino o pensamento por ele.

— Por que me encontrou?

— Porque me apaixonei.

Mentiroso. Sedutor. Mentiroso.

— Você está falando isso para se salvar — murmuro.

— Minha maldição, minha ruína, minha Violet... Meu coração é seu. Sempre foi. Fique com ele.

Cyrus ergue a mão e passa o polegar pela minha bochecha. Me encolho diante da sensação molhada na pele — minhas próprias lágrimas.

Eu o odeio. Eu o odeio *tanto* por me fazer sentir assim.

— Cale a boca.

— Me obrigue. — Ele tem a audácia de sorrir.

Ergo o espinho bem alto. Chega de joguinhos. Vou libertá-lo da minha vida. Me libertar do nosso destino.

— Vá em frente. — O olhar dele expressa segurança, mais do que qualquer outra vez em que me desafiou, correndo pelo meu rosto como o encantamento de um amante. Confiante, confiante *demais*. — Ao menos não sou um covarde.

— Você não me conhece — digo entredentes.

E enfio o espinho no peito dele.

Ferro e terra preenchem o ar. A faísca de triunfo queima rápido quando, tarde demais, os lábios de Cyrus se abrem em choque.

Ele nunca acreditou que eu faria mesmo.

O sangue escorre entre meus dedos. Minha mão, trêmula, se suja com ele. É tarde demais para me arrepender, mas a náusea faz meu estômago se revirar mesmo assim, e não consigo mais olhar para ele...

O ferimento explode em um jato de folhas.

Vinhas irrompem dele como em uma explosão estelar, se espalhando por seu corpo e por entre meus joelhos e pelo tapete e pelo assoalho. Cambaleio para trás, tropeçando na vegetação, e ela se embrenha ao redor dos meus calcanhares com ânsia e um toque gélido de magia.

O corpo dele estremece, como se dominado por algo que corre em suas veias, e — vivo e horrorizado — ele leva as mãos ao peito.

— O que você... O que está acontecendo comigo?

Mas tudo o que consigo é observá-lo, porque não sei. O pesadelo invade minhas memórias, vibrante: Cyrus em um leito verde, os lábios vermelhos como sangue. Vermelhos *de* sangue. A ferida já se fechou, um vergão marrom enraizado com brotos. Sangue coagulado cai como terra. O espinho sumiu sem deixar vestígios.

A porta se abre de repente. Tento libertar meus pés e cambaleio para trás, como se um pouco mais de distância fosse me fazer parecer menos culpada.

Mas não é o rei nem ninguém do palácio que entra. Os dois guardas que estavam na minha porta estão caídos.

Na entrada, vejo o vulto horripilante da mulher que poderiam chamar de lady Raya — não fosse o fato de que o rosto dela parece estar derretendo. Em um piscar de olhos, o resto do disfarce some e revela a Bruxa dos Pesadelos que vi nas memórias de Nadiya.

— Até que enfim — diz a mulher.

25

A TONTURA QUASE ME FAZ CAIR ENQUANTO ME forço a levantar. O ímpeto de fugir ou lutar é sobrepujado por minha ânsia por respostas.

— Você andou invadindo minha cabeça — digo, em uma voz baixa e sibilante.

— *Invadindo* é uma palavra feia. Eu só estava tentando ajudar.

Ela entra quase deslizando, envolta em um manto feito de noite tão escura que parece absorver toda a luz. Não é nem idosa nem moça, está em um ponto intermediário — olhos profundos e sábios em um rosto estranhamente jovem, emoldurado por cachos negros e sedosos. Poderia muito bem ser uma rainha, tivesse ela um reino.

— Quem é você?

Me preparo para uma luta, e fico subitamente ciente de como devo estar: o vestido adornado por encantos rasgado onde o sangue de Cyrus o manchou, e minhas roupas de baixo aparecendo pelos vãos. O belo penteado que fiz em mim mesma desmontou quase por completo. Pareço mais uma megera do que ela.

— Eu nunca me dei um nome, ao contrário de você — responde ela, apenas. — Enquanto caminhava por este mundo, fui chamada de Bruxa dos Pesadelos, Bruxa do Fogo Sombrio, Bruxa dos Desejos. Mas você, estrelinha, pode me chamar apenas de irmã.

— Você... Você não pode ser...

— Ora, estrelinha, sei que você sente. Somos parentes. Se não de sangue, de alma. Somos iguais. — Ela caminha devagar ao redor de Cyrus e da explosão de vegetação que surgiu, soltando muxoxos. — Ele é bonito. Maculado pelas fadas, mas bonito.

O príncipe ainda está respirando; o som é áspero e úmido. A pele dele está pálida como casca de bétula. Engulo o nó na garganta e, aos tropeços, recuo mais para o fundo do cômodo, procurando por vasos ou bandejas que possa usar para esmagar a cabeça da bruxa.

— O que o espinho fez com ele? — pergunto.

— Você queria apenas matá-lo? Ele vai morrer quando chegar a hora, não se preocupe. Está amaldiçoado, como as outras ferinhas. — Ela se curva sobre ele, um olho em mim enquanto guia o queixo de Cyrus com o indicador. O olhar dele está vidrado, os membros moles. Algo brilha em sua testa.

Chifres começando a irromper.

Tenho vontade de gritar. Não é possível. Mas os chifres aumentam diante dos meus olhos, e ouço os sons horríveis da transformação — os grunhidos de dor, os estalos das articulações e os ossos se realinhando conforme Cyrus se revira no chão. O que eu deveria gritar, se fosse pedir ajuda? *Eu* entreguei o príncipe a esse destino pior que a morte.

— Se ele não se alimentar, vai se transformar por completo em fera — diz a bruxa. — E aí, vai caçar ou ser caçado. Um maravilhoso jogo sangrento.

— Por quê? — pergunto, sem fôlego. — Por que você...

— O caos que as feras semeiam agradam as Sinas, e a força das criaturas me dá força. Você deve sentir também, agora que seu espinho tomou o coração do príncipe: a vida dele vai dar vida a você. Que sorte a sua, ter reivindicado o coração daquele que a ama. Talvez equivalha ao coração de um vilarejo inteiro. Talvez consiga até superar o bloqueio que ergui na sua mente para garantir que não perceberia minha chegada. As noites sem sonhos. Minha Visão obscurecida. Ela é capaz de fazer magias das quais nunca ouvi falar. Mas eu acabei de transformar o príncipe usando um espinho nascido do meu próprio sangue. É uma magia que estava escondida em mim esse tempo todo, também.

— O que é você? Se não é uma Sina, é apenas uma Vidente?

— Vidente é um título para aquelas que têm a Visão e se submetem a servir mortais. Não me insulte. — Ainda assim, os lábios dela se curvam em um sorriso. Ela estreita a distância entre nós com um único passo deslizante, o manto tremulando como se os pés mal tocassem o chão. — Eu tenho a Visão, isso é verdade. É assim que consigo falar com você só através da mente. E foi por isso que eu quis te ajudar. Estrelinha, todas nós, dotadas de Visão, já fomos próximas das divindades no passado. É o que nos faz especiais, de cabo a rabo, até o sangue que corre em nossos corpos. Só estamos aqui porque cometemos o erro de cair há muito, muito tempo. Por conta de alguma encarnação estúpida, de um passado bem distante, que escolheu a mortalidade e viver entre criaturas não muito melhores do que feras.

Encaro minhas mãos trêmulas. São de carne e osso — mas, ao apontar essas origens, a bruxa me deu os meios de explicar por que parte de mim nunca está satisfeita neste mundo. Como se a conexão entre minha pele, meu sangue, meus ossos e os fios que não enxergo fosse mais antiga do que eu. Vim a este mundo cautelosa demais para esperanças, como se já tivesse vivido por muitas eras.

— Nós não somos como os outros. Sei que você sente. Sempre fui diferente. O que é mais uma diferença?

A bruxa estende a mão com a palma virada para cima — uma oferta de futuro, tentadora como uma maçã do amor.

— Eu vi os fios. Juntas, estamos destinadas à grandeza — continua ela. — Vamos servir às Sinas da forma como elas devem ser adoradas até o dia em que nos juntaremos a elas de novo. Vamos dar às divindades o sangue que tanto anseiam. As fadas são fracas e a floresta delas está queimando; nada pode nos deter agora. Juntas, vamos recuperar cada faísca de poder que deveríamos ter.

— Eu nem conheço você.

— Mentirosos nunca acreditam em ninguém. — Ela suspira, como se já estivesse esperando minha resposta, e me pergunto quanto do futuro ela viu. A bruxa prossegue, tão despreocupada quanto eu quando leio os fios de alguém: — Pense no que está acontecendo agora, estrelinha. Raya é uma fraude. O príncipe não vai mais se casar. E quando a corte vir a transformação dele, junto com os eventos desta noite, vão culpar você e sua estranha bruxaria. Muitos acham que as feras estão vindo de Balica. O exército já está lá; foi despachado há semanas. A guerra se aproxima, como profetizado; seu débito de uma vida vai ser pago dez mil vezes mais.

As palavras dela soam sinceras, apesar da óbvia cilada. Várias e várias vezes, ela me avisou do que aconteceria se eu não matasse Cyrus. Ela pode ter aberto um caminho bárbaro, pode ter trazido sangue, rosas e guerra aos nossos portões — mas ainda não mentiu.

Mesmo que seja um truque, que escolha tenho? É questão de tempo até alguém nos encontrar. Não tenho para onde fugir — não tenho aonde ir *mesmo* que fugisse.

Talvez não haja outro caminho possível além do dela. Um único fio, por mais que eu o odeie. E essa é a única razão pela qual hesito — porque odeio a ideia de estar amarrada a ele.

De reis a livros de histórias, inventamos regras para o porquê de o mundo funcionar como funciona, querendo que o bem gere o bem e a maldade seja submetida à justiça. Mas a vida não é justa, e não dá a mínima para minha teimosia.

Ergo minha mão ferida para segurar a dela.

Com a volta da minha Visão, vejo meu futuro pela primeira vez:

Eu, desconectada de um corpo, alternando entre humana e luz, cintilando com o conhecimento de uma divindade caída.

Esfrego meu sangue na terra. Sombras e espinhos brotam. O mar fica vermelho. Feras desmembrando feras.

Meus braços ensanguentados se estendem para a noite. A lua me coroa.

Risadas gélidas saem dos meus lábios feito pérolas, soando como uma canção.

Pareço sobrenatural. Intocável. Se poder é a única verdade, talvez a reação perfeita seja o deleite. Talvez todas as criaturas vivas sejam o horror.

— Não dê ouvidos a ela — diz uma voz rouca e alquebrada.

Atrás do manto escuro da bruxa, a vegetação está se espalhando e mudando de forma, folhas farfalhando e vinhas estalando. Membros com veios esverdeados emergem do meio da massa e não consigo compreender o que vejo — pois não pode ser Cyrus.

A bruxa se vira e gargalha.

— Você vai proteger a garota? Depois de ela ter tentado te matar?

Cyrus fica de pé. O suor escorre como orvalho de seus músculos em transformação, e o musgo cobre sua pele. Seu tronco força as costuras da camisa, já rasgada desde a luta de mais cedo. Embaraçada a seu cabelo há uma coroa de espinheiros e botões de rosa — ele é um príncipe mesmo em forma de fera. Tão aterrorizante quanto belo.

Ele abre a boca, exibindo presas protuberantes.

— Violet. A profecia...

Seu coração será sua danação ou salvação.

— ... você ainda pode nos salvar.

Cyrus me encara — os olhos mais verdes que o verde — como fez tantas vezes antes, como se eu fosse uma estrela cadente para a qual está fazendo um pedido. Ele se apaixonou por uma garota que inventou em sua mente, com um coração de ouro e não de gelo. Uma garota com coragem em vez de artifícios. O buraco no peito dele devia ser evidência de que nunca vou ser quem ele queria que eu fosse.

Mas ele me ama mesmo assim. E essa é sua verdadeira maldição.

O arrependimento crescente embota meus sentidos. *O que eu fiz com ele?* A pior coisa possível. É tarde demais. Ele é mais fera do que príncipe. Eu sou mais monstro do que garota.

Não há futuro para nós.

— Violet — implora ele enquanto seu corpo é destruído.

Cyrus sabe como me sinto quando ele diz meu nome. Proferido agora, é como um cinzel entre minhas costelas.

Não consigo desviar o olhar. Quero estender a mão — pegar a dele como em um milagre, como se eu pudesse salvá-lo de novo.

Ele ainda é meu. Meu pelo ódio, pelas mentiras e pelas verdades.

Meu para que eu o arruíne. Meu para que eu o ame.

Eu o odeio.

Mas também não o amo?

A única coisa inevitável somos nós.

— Vocês realmente viram uns idiotas — diz a bruxa, estalando a língua. Ela nos fita com os olhos redondos e escuros. — Vou contar uma coisa: humanos foram feitos para sangrar. A esperança é um adendo. Vocês são devoradores, sanguessugas, restos queimados raspados do fundo de uma panela. Nada além de *escória*. O amor não vai salvar vocês.

Em um movimento ágil, ela saca uma adaga de dentro do manto e a brande na direção de Cyrus.

Ele bloqueia o golpe letal antes que eu possa encontrar fôlego para gritar. A adaga afunda no braço do príncipe em vez de em seu peito, e uma seiva leitosa escorre pelo antebraço junto a fios de sangue.

Meu corpo escolhe por mim. Jogo a bandeja de chá mais próxima na direção da bruxa, acertando-a na coxa — tudo o que provoco é uma expressão de desprezo, mas é o bastante para distraí-la enquanto me jogo em cima dela também.

Vidro se estilhaça quando nos chocamos com o armário cheio de quinquilharias. Caio com ela, enchendo os braços de arranhões e cortes. Sou lançada longe no meio da queda — mas Cyrus me segura antes que eu caia no chão.

Seus joelhos vacilam; ele se apoia em mim tanto quanto me apoio nele.

— Pegue a adaga — diz ele, arquejando.

Quando tento agarrar o objeto, as vinhas aos meus pés se enrolam em meus tornozelos, apertando e me fazendo tropeçar.

A bruxa se levanta, o rosto sangrando. Ela retira uma esfera brilhante do bolso; dentro, cinco luzinhas resplandecem: as fadas de Nadiya. Estendendo a esfera, seus dedos afundam no orbe enquanto ela absorve sua energia.

— Então você ainda o escolhe. Sendo assim, sofra como ele.

O resto da vegetação irrompe do chão para me separar de Cyrus. As vinhas sobem cada vez mais pelas minhas pernas, perfurando a pele. Dou um grito.

A bruxa se aproxima de nós, esmagando os cacos de vidro sob os pés. Talvez meu destino sempre tenha sido cair desse jeito — lutando, ferida, espumando de loucura.

Não quero morrer assim.

Não quero morrer.

Cyrus me ama. O coração dele vale mais do que todos os que a Bruxa dos Pesadelos reivindicou para si. Se ela consegue fazer esse tipo de magia, eu também consigo.

Fecho os olhos e busco minha Visão. Uma energia cáustica infiltra minha mente, uma antítese sombria aos fios dourados do tempo. Tocando-a, sinto as vinhas se enrolando pelas minhas pernas acima. Eu as vejo além de sua forma física, como magia que posso retorcer e dissolver a meu bel-prazer.

As vinhas cedem e se rompem. Avanço aos tropeços, livre. Cyrus emite um grunhido seco.

— Ah, ela aprende rápido. — A bruxa faz novos espinheiros se erguerem enquanto as fadas dentro do orbe gritam e guincham. Rompo cada uma das vinhas pela raiz antes que possam encostar em mim. — Mas você sabia que, ao invocar seu poder, suga a energia dele? O coração amaldiçoado do rapaz alimenta sua magia, mas ainda é mortal. Você está disposta a matá-lo para se livrar de mim?

— Estou — respondo, arfando.

Meus dedos roçam o punho da adaga enfiada no braço de Cyrus. Seguro com firmeza e a arranco. Ele uiva. Dou o bote e consigo abrir um rasgo no manto da bruxa, acertando a carne.

Ela sibila e se retrai. Golpeio de novo, e ela recua mais. Tento alcançar o orbe. As fadas guincham de novo e arfam quando agarro o objeto. Duas já viraram poeira. As outras três estão emitindo um brilho baço.

— Sinto muito — sussurro, sem ter a menor ideia se as fadas conseguem me ouvir ou entender. — Seu povo só estava tentando me avisar.

Enterro os dedos no vidro esquisito, e uma energia fresca flui por minhas veias. As últimas fadas arfam mais uma vez. Se tenho que ser uma vilã, será por vontade própria — mas hoje, vou usar este poder para expulsar a bruxa.

Absorvendo sem parar as sombras em minha mente, volto o feitiço contra a feiticeira, forçando a vegetação aos nossos pés a atacá-la. Não é muito, mas só preciso de uma distração. Ela arranca o orbe da minha mão, mas não preciso mais dele.

Levanto a outra mão e finco a adaga no peito dela.

O choque perpassa seus olhos escuros.

Ainda assim, a bruxa ri, cuspindo sangue a cada tossida.

— Você forjou seu próprio inferno — cospe ela. — Continua sendo seu destino.

O corpo dela se deforma, encolhendo a cada passo vacilante. Estendo a mão para agarrar a barra de seu manto, mas ele tremula ao redor dela e se mescla à sua pele. Penas de um preto-azulado brotam dos braços, se estendendo em asas. Em seguida, não há mulher alguma à vista — apenas um corvo voejando instavelmente pela janela na direção da noite sem lua. Tufos de penas ensanguentadas escapam dos meus dedos.

Uma pontada de dor quase racha minha cabeça quando uma lufada de vento entra no cômodo, enregelando meu corpo febril. Me lembro de respirar e meu fôlego sai em um soluço.

Escuto a risada em minha mente. *Nós nos veremos de novo... Se não em carne e osso, em sonhos.*

26

RASTEJO ATÉ CYRUS, QUE ESTÁ CAÍDO E ENFRA-quecido por conta da magia que suguei dele. Seus membros e dedos se alongaram, e ele agora ocupa toda a área do tapete. Suas veias bombeiam mais seiva do que sangue, derramada em manchas grudentas por seus trajes formais. O que resta de pele humana está pálido; o restante é casca de árvore ou pelagem ou raminhos macios crescendo diante dos meus olhos. Curvado ao lado de cada orelha há um chifre do tamanho dos de um carneiro, pontuado de botões de rosa.

Se eu o tivesse matado, poderia simplesmente tirá-lo da cabeça. Mas tenho sentimentos demais para conseguir ser uma vilã e não o suficiente para ser uma heroína, então em vez disso eu o amaldiçoei duplamente: uma com um espinho e outra com o seu amor por mim.

Cyrus não é mais o príncipe intocável que eu odiava. É outra coisa completamente diferente agora.

Minha respiração fica mais rápida e entrecortada, o arrependimento ameaçando me destruir tamanha sua magnitude. Ainda tenho um pouco de força para lutar, e gasto tudo tentando me manter sob controle.

Pego o punhal caído no chão. Minha visão está borrada, e estou fraca por conta dos ferimentos, mas consigo rasgar um pedaço dos lençóis. Amarrando Cyrus para o caso de ele se debater enquanto se transforma, procuro o corte aberto em seu braço. Devo ter piorado a ferida ao arrancar a arma, e fico surpresa que ele não tenha desmaiado.

Quando limpo a seiva leitosa, porém, vejo que o machucado já está quase todo fechado. Coberto por uma casca de fibras amarronzadas e por âmbar dourado, como o ferimento sobre seu coração.

Ele está se curando.

Cyrus espasma de repente conforme os chifres se curvam mais um pouco e as rosas começam a desabrochar.

— Violet... — A voz dele está mais grave, como se ecoasse de um tronco oco.

Corro a mão pela pele áspera da bochecha de Cyrus.

Não sei quanto tempo ele tem até terminar a transfiguração.

Se ele não se alimentar, vai se transformar por completo, disse a bruxa.

As feras se alimentam de gente, mas não ouvi caso algum em que a maldição foi quebrada assim. Mas talvez meu sangue, maculado pela magia que o transformou, tenha o poder de fazê-lo voltar a ser homem.

Pressiono a mão ainda sangrando contra a boca dele.

— Beba.

Cyrus avança, como se o cheiro de ferro ativasse nele algum instinto primal, depois hesita. Faz uma expressão de nojo, e entendo que a parte humana dele não quer fazer isso.

— É necessário. — Forço a palma contra os lábios dele.

O instinto vence e ele expõe as presas; a dor de seus dentes perfurando minha carne é quente como um ferro incandescente. Se eu não estivesse preparada e já toda dolorida, talvez não aguentasse; agora, porém, apenas enfio as unhas na casca de árvore que sua pele se tornou e cerro os dentes em reação à dor.

Ele agarra meu braço com força para me firmar e continua bebendo, ávida e profundamente, os dentes abrindo novas veias. Solto um grito, beirando a inconsciência. Ele puxa meu corpo quase desfalecido contra o seu.

Os chifres param de crescer. As rosas murcham e ressecam. O corpo dele treme a cada gole. Quando passa a língua sobre o corte, os olhos arregalados pelo resultado de sua alimentação desajeitada, a ferida se fecha, deixando para trás apenas uma cicatriz irregular e avermelhada.

Os membros dele enfim começam a voltar ao normal. Ele lambe meus ferimentos menores — os cortes que os espinheiros fizeram nas minhas pernas, os arranhões nos ombros. Quando o último pedaço de casca de árvore se desfaz, ele ergue o olhar para o meu. É de novo o Cyrus que conheço, os lábios e queixo manchados de escarlate. Não fossem os horrores que acabamos de encarar, pareceria o batom manchado de uma amante.

Mas...

— Seus olhos... — sussurro.

Ou será que a mudança de cor é só um truque de luz? As íris dele sempre foram verdes, mas não assim — vibrantes como vegetação feérica. Quase brilhantes, como um par de pedras preciosas encantadas.

Cyrus se vira na direção do espelho da penteadeira. É visível que sente dor quando se levanta; os cortes em seu corpo não estão sangrando, mas há muitos deles. Os trapos de roupas que ainda restam jazem pendurados como uma tentativa debochada de manter a modéstia.

Ele encara o espelho por um longo minuto, os dedos tocando o rosto e apertando a cicatriz no peito. O resto dele parece bastante humano. Será que ele se sente humano?

O que devo dizer a ele? *Me desculpe por tentar matar você?* É fácil demais tirar uma vida — um único golpe de uma lâmina, brandida em um momento de raiva. A carne cede mediante o menor dos esforços. Deveria ser mais difícil fazer algo tão monumental.

— Entendo por que você queria nunca ter me conhecido — digo por fim, o mais próximo de uma desculpa que vou chegar.

A luz das velas está fraca; estão queimando desde antes de eu chegar. É uma surpresa ainda não terem nos descoberto. Como Cyrus vai explicar o que houve aqui? Ninguém vai acreditar em qualquer história que venha de mim. Não vou ser perdoada por isso, e não acho mesmo que deveria.

Cyrus enfim se vira do espelho, cambaleando e exausto.

— Vamos.

Então seguimos na direção do futuro que escolhemos.

Cyrus vasculha um guarda-roupa até encontrar um roupão, e vamos até a porta juntos. Ele se apoia em mim. Sob uma iluminação melhor, o tornozelo direito dele parece não ter voltado corretamente ao lugar, ou talvez só esteja torcido e inchado.

Espio o corredor. Estamos em algum lugar da ala oeste do palácio, longe da câmara de audiências. Aos meus pés estão os dois guardas, que morreram sufocados em rosas e com o corpo perfurado por espinhos. Ouço Cyrus arquejar ao meu lado.

Passamos por eles e continuamos avançando.

O palácio está estranhamente silencioso. Quando chegamos à porta lateral de um dos salões de baile, uma réstia de luz ilumina o chão vermelho e escorregadio. Não quero mais olhar. Já sei o que vou ver.

Quando olhamos para dentro, levo a mão ao nariz e à boca para evitar o cheiro e conter as ânsias de vômito. Há corpos espalhados por todos os lados — e nem todos são humanos. Vinhas petrificadas e apodrecidas se espalham como em uma teia de aranha do chão ao teto, as raízes se alimentando da morte a nossos pés. Folhas e caules estalam conforme se espalham, sem dar a mínima para os horrores ao redor.

A visão fica marcada a ferro em minha mente, até parecer que vou desabar de tanta dor. Cyrus se apoia contra a porta, a respiração trêmula e úmida, o punho apertado contra a têmpora.

Um ruído de algo cambaleante ecoa atrás de nós, nos sobressaltando.

— A gente precisa... — murmura Cyrus, espiando as alcovas e portas fechadas do corredor.

Então, virando a esquina, surge uma sombra dotada de chifres.

Cambaleamos para trás, mãos e braços puxando um ao outro em direções diferentes. Uma fera com chifres adornados por rosas vem caminhando na nossa direção, as pernas grossas como caules de árvore.

Essa fera chegou muito mais longe na transformação do que Cyrus, mas ainda conserva traços humanos, e é possível notar resquícios do pânico que a faz avançar.

Nós nos empurramos pelo corredor de onde viemos, certos de que ao menos lá estava seguro, mas a distância entre nós e a fera diminui cada vez mais rápido.

Disparo na direção da sala mais próxima, mas a porta está trancada. Corro até outra, no lado oposto do corredor: também está fechada. Cyrus tenta derrubá-la com o ombro.

O chão estremece com os passos da fera. Merda, merda, merda.

Arranco um grampo do cabelo, mas minhas mãos não estão firmes o bastante para enfiá-lo na fechadura — muito menos para tentar arrombá-la.

— *Socorro!* — grita Cyrus, depois tem um acesso de tosse. Como se em um eco, a fera geme:
— Socorro...
Sangue é capaz de reverter a transformação. Porém, os dentes expostos da criatura estão se fechando sem muito controle, e eu acabaria perdendo uma mão se a oferecesse.

Enfio o grampo mais fundo na fechadura. Uma garra me puxa pela manga das roupas de baixo, me fazendo girar, e grito a centímetros do rosto da fera.

As próximas palavras que a criatura fala saem truncadas e eu, de queixo caído por causa do choque, não tenho forças de empurrá-la para longe. Ela se ergue com dificuldade, cambaleando para o lado enquanto seiva verde flui de seu pescoço.

Outro lampejo de uma lâmina e a criatura despenca, sem cabeça, derrubada por Camilla, logo atrás.

Ela está ofegando e aturdida, fluidos diversos sujando as calças e os braços nus, a espada pesada ao lado do corpo. Ela cutuca o cadáver para virá-lo e deixá-lo menos grotesco, encarando-o como se não soubesse muito bem como lamentar aquela morte. Era uma pessoa não muito tempo antes, afinal de contas.

— Vocês estão bem? — pergunta ela às pressas.

Cyrus parece a um fio de desmaiar.

— Não.

— O que aconteceu aqui? — pergunto.

Ela passa o braço pela testa, enxugando o suor.

— Aquela lady Raya... Aquela *vagabunda*... matou o capitão da Guarda. Matou todos os homens dele também... Ou melhor, os transformou. E nós fomos forçados a matar as criaturas. — Ela engole em seco. — A maioria dos monstros é da Guarda, provavelmente. Não tivemos escolha quando atacaram o salão de baile. Mas podia ter sido muito pior. Acho que metade dos presentes está apinhada na ala leste agora, em segurança. Vim até aqui para procurar vocês. Estamos todos de pé por um fio.

— Você está bem? — pergunto para Camilla.

— Aquela bruxa quase me matou quando emboscou Nadiya e eu nos meus aposentos, antes do casamento, mas algumas vinhas não são suficientes para me estrangular. — Ela abre um sorriso trêmulo. — Mas não soube mais de Nadiya depois disso. Ela *é mesmo* Nadiya, não é? Ouvi falar das duas ladies Rayas.

— Sim. — Os olhos de Cyrus se fecham, aceitando o erro tarde demais para ter qualquer importância. — Ela é Nadiya mesmo. Você viu Dante?

— Ele estava comigo mais cedo, mas o perdi em alguma escaramuça. Tenho certeza de que ele está bem... tem que estar. Ele é sempre cuidadoso. — Então, como se tivesse percebido que está encarando as duas pessoas menos cuidadosas *do mundo*, acrescenta: — Que tal a gente ir para o andar de cima? Lá vai ser mais seguro. Vocês dois parecem *acabados*. Vão mais atrapalhar do que ajudar por aqui.

Camilla assume a missão de carregar Cyrus e avançamos por entre carpetes destruídos por garras e cacos de vidro espalhados pela escadaria principal. Conto que a bruxa escapou, embora eu tenha conseguido dar uma boa punhalada nela. Camilla comemora, porque não digo mais nada do que aconteceu naquele quarto — nem Cyrus.

Estou sem fôlego quando chegamos à ala real. Poderia muito bem **me** deitar e cair confortavelmente no sono aqui mesmo no carpete. Perto dos aposentos de Cyrus, uma porta aberta mais adiante chama a minha atenção. Eu talvez não ligasse para ela, se fosse qualquer outra noite, mas nunca houve uma noite como esta antes.

— Aqueles são os aposentos do seu pai? — pergunto, apontando com o cotovelo.

O estranho silêncio nos deixa desconfiados o bastante para que andemos bem perto uns dos outros, o nervosismo estimulando meus músculos cansados. Camilla espia lá dentro e depois se afasta com um soluço.

Os guardas no interior estão mortos — um apunhalado no olho, outro caído como se tivesse lutado corpo a corpo com alguém antes de morrer com uma faca enfincada no pescoço.

Cyrus passa por eles, tropeçando na direção das portas fechadas do quarto do rei.

— Pode ser perigoso! — sibila Camilla, preparando a espada.

Mas ele não dá atenção a ela. Abre as portas com um empurrão brusco, ofegando e desesperado para descobrir o que há lá dentro, como se já soubesse o que vai encontrar.

Quando me aproximo, sigo o olhar fixo de Cyrus, que percorre o rastro de porcelana quebrada e a bengala com punho de cabeça de leão caída ao lado da poltrona diante da lareira. Onde Dante, vestido de preto, segura uma adaga contra a garganta do rei Emilius.

Um espião.

Um assassino.

— Não, não... Você não pode...

Mas, quando Cyrus se aproxima, Dante pressiona a lâmina com mais força, e uma linha vermelha surge na pele pálida do rei; ele resmunga, quase inconsciente. Cyrus se detém, erguendo as mãos.

— Ninguém precisa saber de nada. Não...

— Você acha que eu estaria aqui, se esta não fosse minha última opção? — diz Dante, a voz baixa e calma. Ainda há afeto nos olhos dele. *Pena.* — A Vidente de Balica me contou vários futuros. Este é o final que talvez possa nos salvar.

— *Por favor...*

Com um movimento do pulso, Dante degola o rei.

Emilius cai com os olhos arregalados, ainda vestido no manto brilhante, sangue vermelho jorrando da garganta cortada.

Camilla grita. Cyrus cambaleia como se o mundo tivesse saído do eixo. Sou a única que não desvia os olhos de Dante, ao mesmo tempo horrorizada e compreendendo o que ele acabou de fazer.

Ele viu seu destino. Escolheu sem hesitar.

Dante avança de costas até a janela aberta atrás de si e sobe no beiral com um único salto ágil. Ele para, emoldurado pela noite e pelas cortinas tremulantes, abrindo e fechando a boca para encontrar o que dizer.

No fim, tudo o que sai é:

— Sinto muito, Vossa Majestade.

E, sem mais uma palavra, ele salta da janela.

27

A CAPITAL SOLAR LAMENTA SUAS PERDAS EM MEIO ao caos. Estandartes celebratórios são removidos. Os trajes sociais são trocados pelo preto do luto. Rumores soam mais altos do que nunca.

Não lamento a morte do rei Emilius, mas ele era como um pai para mim — mesmo que fosse um pai horrível. Próximo a tudo em minha vida. Já foi um dos homens mais poderosos do continente, e agora simplesmente se foi. Não tenho como não ficar abalada.

Oficialmente, o culpado pelo assassinato não foi apontado, principalmente porque Cyrus se nega a fazer isso. Camilla não disse nada em público, mas está furiosa. Não vai denunciar Dante diretamente — ela tem sentimentos mais complexos do que jamais admitiria —, mas era muito apegada ao pai e vai querer vingança, ou ao menos uma resposta.

Quando pergunto de Dante a Cyrus, ele apenas diz:

— Ele garantiu que eu assumisse o trono, a qualquer custo.

Me pergunto quando Dante planejou o ataque. Se foi algo de momento ou se ele estava esperando para atacar no maldito casamento o tempo todo. Repasso sem parar a cena daquele dia em que lutamos perto da cidade — um momento tão inofensivo na época, quando dei a ele a esperança de que a ascensão de Cyrus pudesse fazer toda a diferença. O que ele tinha ouvido da Vidente de seu país? Conforme o choque diminui, a principal coisa que sinto é... saudade dele. Ou sinto saudade de quem ele era. De quem nós todos éramos, antes do banho de sangue no casamento. Me esgueiro pelos cantos do palácio. Para a minha sorte, as fofocas sobre a Vidente arruinada quase somem, ofuscadas pelo massacre e pelos assassinatos. Houve testemunhas o bastante da bruxa transformando homens em feras para que não acreditem mais que sou a responsável, mas algumas pessoas se perguntam se eu a ajudei. Fico atenta sempre que deixo a torre, recentemente lembrada de quão súbita pode ser a morte e de como sou um alvo. Ninguém mais acredita no que falo, e a boa-fé das pessoas para com Cyrus também está se degradando. Ele provavelmente está grato pelo fato de que sou o bode expiatório do nosso caso, já que os clamores por guerra já devem ser um fardo bem pesado para carregar.

Na primeira assembleia aberta depois dos acontecimentos, todos gritam e ninguém escuta nada.

— Nosso rei não pode continuar colocando seu coração antes de Auveny... ou da justiça! — proclama lorde Ignacio de seu assento. Ele perdeu um pé durante o ataque da bruxa. Quase deu para salvar o membro, mas gangrenou. — Todas as evidências apontam para o envolvimento de Balica na morte de Emilius.

Do trono, Cyrus apenas afirma, calmo:

— Foi a bruxa quem se fingiu de lady Raya e foi responsável pelas feras. É provável que também tenha sido a assassina do meu pai.

— E quem disse que não foi Balica que enviou a bruxa? Quem disse que não estão de conluio? Quem ainda não apareceu em meio à multidão? Cadê seu querido amigo, Vossa Majestade?

— Dante Esparsa é um *acadêmico*. Ele é incapaz de matar uma pessoa.

— E *cadê ele*, Vossa Majestade?

Cyrus passa a mão pelo cabelo, se demorando no ponto onde antes cresceu um chifre. Às vezes o vejo apertar os cordões da camisa, como se quisesse esconder melhor a cicatriz que deixei em seu peito. Ele nunca me culpou de nada, o tolo de coração mole.

— Espero que esteja em algum lugar seguro. Não estou pronto para lamentar a perda de mais uma pessoa. Mas ainda não identificamos os corpos de todas as feras, e há uma chance alta de que ele esteja entre as vítimas. Mas uma coisa é certa: não vamos tirar conclusões precipitadas só para iniciar uma guerra.

A assembleia vai à loucura, baixando o nível até que os participantes estejam xingando e gritando *"Como ousa?"* um para o outro. Há, como sempre, perguntas demais e respostas de menos.

O rei Emilius está morto e Dante desapareceu. Nadiya também não está em lugar algum. Temo que tenha mesmo sido uma vítima da bruxa; ninguém mais a viu.

Para o público, duas Rayas apareceram, depois sumiram na mesma noite em que o rei foi assassinado e feras invadiram o palácio. Uma Raya era a salvadora que falhou — isso se fosse mesmo a salvadora. A outra era a bruxa que quase matou todo mundo.

Cyrus envia condolências a Lunesse por Raya, tentando manter os resquícios da farsa, mas não é o bastante. Uma noiva, um espião e uma bruxa que vieram todos de Balica. Estranheza atrás de estranheza dos nossos vizinhos ao sul.

A guerra vai acontecer. Está escrito no rosto dos lordes, e na vontade das Sinas. Ninguém mais tem a esperança de evitar a última parte da profecia. Cyrus devia ceder às demandas por uma invasão. Dar aos duques o que eles querem em troca de qualquer suporte que possa conseguir.

Caso contrário, talvez estejamos prestes a ver um golpe de Estado.

⚜

A única notícia boa é que a terra começou a se curar. Com a bruxa escondida, não há mais feras ou espinheiros novos — exceto na minha torre.

Quando percebo, já é tarde demais. O que antes deviam ser algumas pequenas áreas de podridão agora já escureceram metade da torre. O lugar fede como um cadáver. Com base na velocidade com que a podridão se espalha, suspeito que a bruxa deva ter derramado o sangue dela na minha torre na noite do casamento. Talvez tenha sido de onde ela tirou os espinhos mágicos para transformar pessoas em criaturas, ou quem sabe uma tentativa de me fazer parecer culpada.

Visito Cyrus no escritório dele para discutir o que fazer e onde posso ficar enquanto isso. O cômodo parece não ter mudado quase nada. Algumas coisas foram trazidas do escritório do pai, incluindo um grande mapa do continente. Da última vez em que estive aqui, estava nos braços de Cyrus enquanto ele me implorava para que eu desse ouvidos ao meu coração.

Veja aonde isso nos levou.

Atrás da escrivaninha, Cyrus mal ergue o olhar. Está com olheiras surpreendentemente escuras; geralmente, esconde os sinais de cansaço com encantos feéricos.

— Sua torre... — começa ele, direto ao ponto, porque é a forma de interação mais fácil entre nós.

— Provavelmente foi corrompida pela bruxa. E acho que já está além de qualquer salvação — respondo simplesmente.

Ele bufa contra as mãos unidas diante do rosto.

— Meu medo é que a doença continue se espalhando. Vamos ter que queimar a torre o quanto antes. Pegue tudo de que for precisar.

Pode ser só a luz bruxuleante das velas, mas juro que vejo algo cintilando em meio aos cachos bagunçados de Cyrus. Ele me dispensa com um gesto, mas continuo olhando para o topo de sua cabeça. Quando nota, ele se senta mais aprumado para que eu não possa ver. Os olhos dele ainda estão verdes demais.

— Você está bem? — As palavras parecem estranhas em minha boca; não exatamente gentis, mas tentando ser.

É uma pergunta idiota de toda forma. É claro que ele não está bem.

Mas é claro que ele responde:

— Estou ótimo.

— Teve alguma notícia dele?

Cyrus hesita, olhando para a pilha de cartas não lidas em um cesto na escrivaninha.

— Não.

Qualquer tópico é perigoso entre nós: o pai, a coroa, Dante, suas cicatrizes. Nesta nova Auveny, com a guerra fermentando e a magia antiga irrompendo da terra, sinto gosto de arrependimento. Há coisas que quase quero dizer a ele, mas nenhuma vale o esforço de trazer o assunto à tona. Se ele ainda me quisesse, se quisesse um momento para esquecer do mundo enquanto se entrelaça ao meu corpo, ele pediria. Nunca foi tímido quanto a isso.

Mas há um reino a gerenciar e uma cicatriz em seu peito, então o deixo trabalhar e volto à minha torre sob o olhar desconfiado de soldados.

A maior parte dos itens cerimoniais já foi removida da torre, então só embalo minhas roupas e o dinheiro arrecadado. Tenho quinquilharias de festivais de rua e que ganhei de clientes ao longo dos anos, mas nada que tenha vontade de manter. Não há cartas para me lembrar de pessoas, ou presentes de que eu goste exceto um pequeno diário que Dante me deu. Só escrevi na primeira página. Guardo o objeto no bolso das minhas vestes. É quase constrangedor como está leve o baú que entrego a um criado.

Dou uma última olhada da sacada e me lembro da visão da Capital Solar daquele ponto que é — pela última vez — o mais alto da cidade.

Talvez reveja aquela paisagem em algum sonho.

Os espinheiros continuam tomando a construção, subindo ao redor da minha torre. Quando anoitece, ela já está coberta até o topo, e espinheiros retorcidos já avançam na direção do portão norte do palácio. O cheiro é soprado pelo vento, fedendo a chuva misturada com esgoto com um toque de rosas murchas.

Assisto à queimada dos jardins, perto o bastante para ver tudo acontecendo, mas não o suficiente para atrair olhares suspeitos. Soldados arrancam as vinhas mais grossas e empilham para formar uma fogueira. Vejo a silhueta da torre apodrecida apenas como uma sombra contra as estrelas, e logo é obscurecida por completo pela fumaça.

O garoto deve morrer antes do fim do verão, ou tu vais queimar. Foi o que as Sinas me disseram. Mas Cyrus está vivo, assim como eu. O que nos salvou foi meu desafio à bruxa, ou foi isso o que quase nos condenou? Quão perto está aquele outro futuro?

E será que este é realmente muito melhor?

Tudo pelo que trabalhei não valeu de muita coisa, no fim.

Eu amaldiçoaria as estrelas e as divindades que vivem entre elas, se achasse que fosse adiantar de algo.

Entendo por que as pessoas botam tanta fé nas Sinas: não desejamos todos — além de qualquer ouro ou fama — estar certos? Ter alguma autoridade que nos diga com certeza que fizemos o melhor com a vida que temos? Então deixamos que reis e divindades nos digam o que fazer, mesmo sem ter a menor ideia de quais são suas verdadeiras intenções. Mesmo que tudo o que queiram seja sangue.

É mais fácil do que pensar por nós mesmos. Mais fácil do que lidar com o arrependimento quando não tomamos as decisões que deveríamos. Pela primeira vez, eu deixaria alegremente alguém tomar as decisões por mim, só para ter alguém em quem colocar a culpa pelos meus erros. Para que eu não tenha a sensação de que todas as escolhas que fiz até hoje foram um erro.

Vejo minha torre ser tomada pelas chamas como já vi antes em meus sonhos.

E enfim caio no choro.

28

DECIDO IR EMBORA POR VONTADE PRÓPRIA.

Todas as noites, me pergunto onde a bruxa está. Todas as noites, tenho medo de dormir, temendo a voz nos meus sonhos. Naquele futuro que vislumbrei quando segurei a mão dela, eu estava feliz, mas não era eu mesma.

Ela me disse que via grandiosidade em nosso destino. Duvido que estivesse mentindo — foi a única razão pela qual ela poupou minha vida. Pela qual me deu a chance de me juntar a ela. A bruxa só não esperava acabar em um fio no qual eu a rejeitava.

Honestamente, nem eu.

Onde quer que meu futuro esteja, não é mais em Auveny. Sou uma sombra vagante aqui, assombrada por memórias, atormentada pela impotência.

Não demoro muito para preparar minha partida da Capital Solar. O baú com as coisas que separei da torre já está pronto; só preciso arrumar alguns suprimentos mais rotineiros. Não tornei público o fato de que estou indo embora para que não virasse uma grande questão. Vou sentir saudades de Camilla, mas podemos trocar cartas. E ela tem outros amigos, de qualquer forma.

Não tenho um destino em mente, mas também não tenho muitas escolhas. As fronteiras estão queimando. Cruzar para Balica não é uma opção, e é difícil encontrar uma passagem para Verdant pelo norte. Tudo o que me resta é o Continente Lunar, do outro lado do oceano, onde com sorte ninguém ouviu falar muito de mim.

No quarto de hóspedes que ocupei no palácio, me lavo e me preparo para dormir. Assim que começo a desfazer a trança, alguém bate na porta. Quando abro, quase a bato de novo de susto. Há um vulto encapuzado no corredor. Mas reconheço sua respiração ruidosa e a forma de seu corpo.

— Cyrus?

Ele tira o capuz. A ponta de chifres de cristal brilham no topo de sua cabeça.

Arquejo, mas logo o deixo entrar.

Ele se senta na cama, tirando o manto. O rosto está ficando mais rígido, como casca de árvore. Quando puxa as mangas da camisa, revela os braços manchados de musgo e raminhos quebrados onde aparou os brotos frescos.

Quando dou por mim, estou tremendo de novo. É claro que a cura pelo sangue seria temporária, assim como as fadas de Nadiya são capazes de absorver apenas parte da magia das trevas. A maldição vive no coração de Cyrus, sendo bombeada pelas veias dele de forma constante.

Atravesso o cômodo e procuro uma faca no fardo que preparei.

— Há quanto tempo? — pergunto, pegando também um rolo de bandagens.

— A pele está indo e voltando de forma há dias. Achei que ia passar. Mas então os chifres...

— *Como* você achou que simplesmente *ia passar*, principezinho? — Eu me viro, mordendo a língua tarde demais; Cyrus é rei agora. — Sei que você está lidando com um milhão de tarefas, mas não acha que voltar a ser uma fera exigiria uma providência imediata?

Com a faca, abro a ponta do ferimento na minha palma. Como não estou correndo risco de vida, cortar a carne dói mais do que me lembro, e meus olhos ardem com lágrimas. Me sento ao lado dele, estendo a mão, e Cyrus pega meu pulso com gentileza. A boca se retorce em uma careta, mesmo que eu possa ouvir a língua dele ávida atrás dos dentes.

Ele está com nojo de si mesmo, percebo.

Enfim, sua boca pressiona o machucado e ele bebe. É um corte pequeno e o sangue não flui tão livremente quando comparado à última vez; os chifres demoram mais para encolher, e o murchar das plantas também é mais lento. Nenhum de nós fala, ou sequer olha um para ou outro, mas às vezes sinto ele apertar mais forte, e minha pulsação acelera sob seus dedos.

Quando as mudanças em Cyrus regridem por completo, ele cai de costas na cama, suspirando de alívio. Começo a envolver a mão em uma atadura, com cuidado para o vermelho não manchar o branco da minha camisola.

Depois de um minuto, ele volta a se sentar. Analisa o cômodo, meus itens cuidadosamente embalados e meu equipamento de viagem, e franze a testa.

— Você está...?

— Finalmente vou sair do seu pé.

— Você não pode ir embora — diz Cyrus, determinado, enquanto olha para o curativo que acabei de fazer.

Entendo o que ele quer dizer e solto uma risada.

— Porque você precisa do meu sangue? Você não está entendendo. *Você* é que claramente precisa ir embora também. Entregar o trono para Camilla ou coisa do gênero. Olhe para você. Não tem como governar assim.

— Entregar o trono para a minha irmã seria o mesmo que colocar fogo no reino. O resultado vai ser igual, só que mais rápido. Ela não ficaria feliz de fazer isso, mas... Não, preciso governar. Caso contrário, o que Dante fez terá sido... Não vai valer de nada.

Lembro com quem estou lidando — o antigo príncipe maculado pela doença que ele chama de coragem — e rio alto na cara dele, até Cyrus entender.

— O que está feito não pode ser desfeito. Seu pai morreu; de que importa como? Para o inferno com o bem-estar do reino! Os duques estavam prontos para manter você longe do trono com base em uma profecia que ainda nem tinha acontecido. Agora está acontecendo. Você está se transformando em *fera*. Eles vão querer sua *cabeça*.

Mas Cyrus nunca hesita em confundir sobrevivência com egoísmo. Vejo em seu olhar perdido que ele não compreende. Que não acha a situação nem um pouco ridícula.

— Eles não precisam me ver assim. É por isso que você deve ficar. A gente pode se encontrar uma vez por semana, como agora, e deve ser suficiente para...

— Não. — Me levanto, e ele salta atrás de mim.

— Isso é culpa *sua*!

Pronto, aí está. O ataque que ele reprimiu todo esse tempo. É *mesmo* minha culpa. E estou fugindo das consequências, sei que estou.

— Você vai fazer com que nós dois sejamos mortos — respondo, e desvio o olhar.

— Vou precisar ameaçar você?

— Não tenho nada a perder.

Quando Cyrus ergue meu queixo em sua direção, só me encara em um silêncio desesperado até que enfim pergunta:

— O que você quer em troca de ficar?

— Nada que você possa me dar.

— Posso fazer de você a rainha.

O sangue pulsa em meus ouvidos.

Conheço esse olhar no rosto dele. Já o vi esperançoso, exausto, monstruoso, sempre belo independentemente da forma, o rosto corado e coberto de sombras que incitam o mistério, embora ainda cheio de sardas como o garotinho com o qual cresci. Não há enganação ou manipulação nesse olhar. Nem sequer desprezo.

O polegar dele acaricia meu queixo em um gesto pensativo.

— Sempre soube que a rainha ao meu lado deveria ser feita de gelo e não de carne e osso — murmura ele. — Que seria cruel amar alguém menos resiliente que isso. Mas não esperava me ver tão contente com isso.

Agarro o tecido da minha camisola, sem me importar mais com o sangue escorrendo da palma. Será que ainda não fiz o bastante a ele? Lembro quando me disse, coagido, que seria eu a decidir a profecia de Felicita. Não é possível que ele ainda acredite nisso. A profecia já passou. A danação já se abateu sobre nós.

Mas a bruxa ainda está por aí, e a guerra ainda não chegou.

E *eu* ainda poderia ser a noiva dele...

Estou zonza com a vitória em um jogo que não deveria nem estar jogando.

— As pessoas iriam... Elas nunca me aceitariam. Além disso, que bem faria me associar a um rei condenado?

— As pessoas aceitam qualquer coisa, se estiverem entretidas o bastante. Você sabe disso melhor do que ninguém. E, bem, para onde planeja ir caso contrário? — Cyrus faz um gesto na direção dos meus poucos bens. — Você não sabe como é a vida fora desta cidade. Posso tornar sua viagem tão complicada que você vai querer voltar correndo.

É minha vez de fulminá-lo com o olhar.

— Vou dar conta. Você precisa mais de mim do que preciso de você.

— Então a gente ainda precisa um do outro.

O tempo todo, minha mente está trabalhando rápido. O fato é que, com a ajuda de Cyrus, eu *poderia* inventar uma história que seria lembrada para sempre. Uma que me absolveria de tudo o que fiz, mesmo que ainda me faça parecer uma donzela indefesa. Precisa ser assim; pequenas mentiras funcionam melhor. Seria uma história de amor daquelas destinadas a acontecer, que faria o mundo esquecer de todo o resto.

Meu coração está acelerado — de empolgação, não de medo.

Um sorriso se abre no rosto dele, a primeira demonstração de alegria que vejo em Cyrus desde seu quase casamento.

— Você já pensou em alguma coisa, não pensou? Me conte, Violet. Teça sua trama.

Vai exigir certo teatrinho arriscado; ele nunca concordaria com isso. O campo de batalha mudou. O rei Emilius não está mais na jogada. A popularidade de Cyrus é instável. Os duques estão à beira da revolta. Mas dada a chance de fugir ou enganar todos eles... Me sentar em um trono que todos já cobiçaram...

— Precisa ser convincente — digo, estendendo a mão para ele. — Quase um milagre.

Cyrus leva os lábios à minha mão envolta em ataduras.

— Então vamos dar um milagre ao povo.

A NOIVA DO REI DOS ESPINHEIROS

ERA UMA VEZ UMA GAROTA QUE SALVOU UM PRÍNCIPE que deveria morrer.

Você vai ouvir muitas versões deste conto, e nenhuma estará exatamente correta, mas a que foi registrada em tinta na história foi a seguinte: eles cresceram juntos. Seus caminhos se separaram. Era da natureza deles se odiarem, pois um príncipe criado em um palácio e uma garota tirada das ruas eram criaturas muito diferentes.

Mas, certa noite, quando o príncipe estava fadado a encontrar seu verdadeiro amor, eles se enxergaram de uma forma completamente nova, mascarados em um labirinto sob o luar.

Descobriram que, afinal, não eram tão diferentes assim.

Na mesma noite, uma bruxa malvada quis tomar o príncipe para si. Mudou sua aparência e alegou ser uma dama de uma terra vizinha. Com seus feitiços, seduziu o príncipe até que ele se apaixonasse por ela. Fez o príncipe rejeitar a garota e traí-la.

De coração partido, a garota ficou triste e raivosa.

A bruxa, abrigada na capital, espalhou sua influência sombria pelo mundo. Por toda a terra, feras surgiram dos espinheiros, com chifres curvados e corpos cobertos de musgo.

Conforme o casamento dela com o príncipe se aproximava, ela ficou entediada com ele; tinha muitos outros brinquedinhos agora.

Então deu um punhal para a garota rejeitada. Sussurrou no ouvido dela: "Mate o príncipe por ter sido tão volúvel." Mas a garota não era capaz disso, pois o amava. Em vez disso, apunhalou a própria bruxa.

Com um último suspiro chocado, a bruxa soltou o resto de sua magia das trevas, fazendo-a se infiltrar na terra para amaldiçoar o reino por décadas. Também amaldiçoou o príncipe: ele sofreria o destino de virar uma fera.

O príncipe, agora rei, foi se transformando aos poucos. Escondeu sua condição até não poder mais, até que certa manhã uma criada encontrou uma fera deitada na cama do rei, os membros parecendo galhos e a cabeça coberta de rosas.

O palácio entrou em desespero. A garota, arrasada e esquecida, conseguiu passar pelos espectadores horrorizados. Jogou-se sobre a fera e a beijou até os lábios sangrarem.

Quando enfim se afastou, o rei tinha voltado à forma humana em seus braços, e ele lembrou que a amava.

Havia uma profecia de que o coração do rei seria sua danação ou salvação. A terra cairia nas trevas antes de surgir o sol. A garota estava no centro dessas palavras — pois o coração do rei pertencia a ela. Sempre pertencera, desde que ele era príncipe.

Ela o salvou três vezes. Salvaria a todos de novo. Há forças maiores em jogo, mas somos apenas peças nos tabuleiros das Sinas; não cabe a nós entender tais forças.

Tudo o que importa é o seguinte: a terra está repleta de sangue e rosas, e a guerra está chegando.

Ele perguntou se ela seria sua rainha, e ela disse sim.

AGRADECIMENTOS

HÁ ONZE ANOS, COMECEI A ESCREVER A HISTÓRIA de uma heroína que via o mundo com clareza demais. Ela era impetuosa, cínica e inesperadamente pessoal. Mal sabia eu que a história dela se tornaria a inspiração para meu livro de estreia. Muitas pessoas fizeram esta jornada ser possível.

Primeiro, agradeço minha editora Hannah Hill: sentimos aquela energia do destino irradiando uma da outra desde o princípio. Você é sábia e perspicaz, e sinto que conhece meus personagens melhor que eu. É uma alegria imensa trabalhar com você para fazer minhas histórias brilharem. Obrigada também à incrível e experiente equipe da Delacorte Press, incluindo Beverly Horowitz, Barbara Marcus, Wendy Loggia, Dominique Cimina, John Adamo, Tamar Schwartz, Colleen Fellingham, Alison Kolani, Casey Moses e Jen Valero. Este livro não estaria nas prateleiras se não fosse por vocês.

Agradeço ainda minha agente, Elana: eu não poderia querer uma companheira melhor nesse mercado. Você viu a história que meu manuscrito poderia ser e garantiu que isso acontecesse.

Aos meus amigos: obrigada por segurarem minha mão, apesar do caos que isso contempla. Zeba, onde eu estaria sem você? Que loucura estes últimos onze anos, e estamos só começando. Se você fosse minha única leitora, já seria o suficiente. Haley, o mundo pode ser pequeno, mas fico grata por você fazer parte dele — e não só porque você sempre faz as perguntas certas. Diya, este livro é seu golpe de mestre; pode se vangloriar à vontade. Em, minha pessoa do emoji-de-aperto-de-mãos que está sempre comigo para tudo: nenhuma taxonomia pode quantificar o alcance do meu amor por você. Farah, não tem ninguém com quem eu goste mais de dividir uma caçamba de lixo, e isso é amor de verdade. June e Andrea, obrigada por me permitirem fingir ser popular ao andar com vocês. Hannah e Allison, vocês são meus ovinhos favoritos. Wendy, nós vamos estar na liderança da ódiomancia. Jade, você e seu oásis de gamers legais são um bálsamo.

Para meu grupo de escrita mais antigo: nem todos continuam escrevendo, mas ótimas memórias permanecem. Fico ridiculamente grata de não ter sido a primeira de nós a ser publicada, e já não vou ser a última. Annie, Julie e Sarah — vocês são o motivo dos meus momentos engraçados.

Lena: fico ridiculamente feliz por *ser* a primeira de nós a ser publicada, mas você já sabia disso. Obrigada por ter dado um berro bem alto quando dei a notícia.

William e Sally: obrigada por me suportar, para que outras pessoas não precisassem.

Obrigada ainda a vocês, pessoas que têm blogs e que vendem livros e que leram cópias adiantadas do meu, por toda a torcida. É muito bom saber que tem tanta gente empolgada com minha heroína espinhosa.

E para todas as pessoas ao redor do mundo que me seguiram ao longo dos anos: guardo todos os seus comentários em letras maiúsculas no meu coração. Vocês me viram crescer como escritora, foram as primeiras pessoas a me dizer que minhas palavras tinham importância, e tornaram possível o maior *plot twist* da minha vida. Obrigada pelo apoio e pela paciência incondicionais. Eu prometo: volto logo com novidades! ❤

Impressão e Acabamento:
BMF GRÁFICA E EDITORA